Fahimeh Farsaie

Hüte dich vor den Männern mein Sohn

Fahimeh Farsaie

Hüte dich vor den Männern mein Sohn

Roman

Dittrich Verlag

Übersetzt aus dem Persischen von
MONIKA MATZKE
unter Mitarbeit von Friederike Voigt

Gefördert vom Ministerium für Stadtentwicklung, Kultur und Sport des Landes Nordrhein-Westfalen NRW.

CIP-Einheitsaufnahme: Farsaie, Fahimeh
Hüte dich vor den Männern mein Sohn / Fahimeh Farsaie -
Köln: Dittrich, 1998

ISBN 3-920862-17-1

Lektorat: Gabriele Hilgers
Abbildung auf Schutzumschlag: Ausschnitt aus einem Gemälde von Lutz Voigtmann
Druck und Bindung: Freiburger Graphische Betriebe

I

»Endlich gehe ich weg von hier. Ich fliehe. Selbst wenn ich alles verlieren sollte.«

Was hätte ich noch sagen sollen. Es gab nichts, dessen Existenz ich mit diesem »selbst wenn« bedrohen würde. Ich blickte hinüber zu einem Stück struppigen Rasen, der sich auf der anderen Seite des Geländers unter den Bäumen ausbreitete, und begann loszulaufen. Der Gehweg war so voll, daß sich die Schatten der Menschen überschnitten. Djawid kam mir nachgerannt. Ich sagte:

»Wenn es sein müßte, würde ich sogar mein Leben dafür geben.«

Djawid hängte sich an meinen Arm und sagte:

»Jetzt laß uns doch nebenan in die Teestube gehen und einen Tee trinken! Du willst doch nicht gleich deine Sachen packen? Oder?«

Ich hätte schon gewollt und war sogar bereit, mich ohne Gepäck auf den Weg zu machen. Ohne zu wissen wohin. Geradewegs der Sonne würde ich nachlaufen und mich nicht einmal umdrehen, um zu sehen, ob sich mein Schatten auf der Erde von der Stelle bewegt hat. Ich wich einem älteren Mann aus, dessen Gesicht schwarz wie bei einem Bergmann war. Djawid trat aus seinem Schatten und schrie in den Straßenlärm hinein:

»Laß den Quatsch, Junge. Das nützt doch nichts! Du mußt erst einmal gründlich nachdenken. Wenn deine Großmutter noch lebte, sie würde dich sicherlich daran hindern ...«

Ich hatte keine Lust, Djawid und seinem Geschwätz länger zuzuhören. Er war ein solcher Esel, daß er eine Tote zu Hilfe nahm, um mich von meinem Plan abzubringen. Ich stieß heftig mit einem Kind zusammen. Es weinte laut mit in die

Luft gerecktem Kopf und offenem Mund und blieb stehen. Der Geruch von verbrannter Baumwolle schwängerte die Luft. Ich sagte:

»Na und, sie lebt aber nicht mehr. Also übernimm meinetwegen auch nicht die Rolle einer Toten. Geh weg!«

Er trat zur Seite und verdeckte mit seinem Körper die Hälfte der Steinmauer. Das Stück, das über seine borstigen Haare hinausragte, war geädert und durchlöchert, und in der Mitte war es so dick wie die Brustwarze von Monawar-Chanom. Die Schatten der Fahrzeuge verschwammen auf der Wasseroberfläche des Grabens und flossen dahin. Djawid sagte:

»Ich sag doch nur, du sollst aufpassen, daß du nicht vom Regen in die Traufe gerätst!«

Noch ein Wort von ihm und ich hätte meinen Kopf gegen die steinerne Brustwarze von Monawar-Chanom gehauen. Weshalb konnte er nicht begreifen, daß ich jetzt schon unter der Traufe stand.

Es war windstill. Aber die Blätter auf dem Boden waren lautlos in den Schutz der Mauer gekrochen und steckten die vertrockneten Finger in ihre Löcher in der Hoffnung, daran emporzuklimmen. Djawid trat schnell neben mich. Wie lange würde er hier noch herumstehen! Ich sagte:

»Ich möchte nicht zu Kanonenfutter werden. Bei diesem Krieg, den sie in Kurdistan angezettelt haben, geben sie übermorgen jedem von uns ein Gewehr in die Hand und sagen, verteidigt eure islamische Heimat ... Die Fremden wollen das Land zerstückeln, hindert sie daran ... Euer Haus und Hof ist in Gefahr! Ich aber habe weder Haus noch Hof, das ich verteidigen möchte.«

Djawid war wirklich enttäuscht:

»Und was ist mit Onkel Toms Hütte?«

Er hatte recht. Onkel Toms Hütte war unser einziger sicherer Platz. Unwillig wiegte ich meinen Kopf hin und her und sagte:

»Das Haus der Liebe kann man auch ohne Verteidigung schützen!«

Ein Mann mit einem karierten Bündel auf dem Rücken ließ

uns auseinanderfahren. Ich unterbrach meine Worte und gab einem bettelnden Jungen, der sich an meinen Ärmel gehängt hatte, mit der flachen Hand einen Klaps auf den kahlgeschorenen Schädel. Er spuckte in meine Richtung und verschwand in der Menge mit ihren tausend Farben und Gerüchen.

Die Sonne verzerrte alle Schatten und verlieh den Dächern der Autos spiegelnden Glanz. Am Adamsapfel von Djawid war eine kleine Schwellung zu sehen. Wenn er sprach, bewegte sie sich auf und ab. Er fragte:

»Sag, wohin willst du denn überhaupt? Zu wem? Mit leeren Händen ...«

Ich legte meine Hand auf die Stirn und drehte mich schnell nach links. Einige Passanten wichen mir aus. Ein schmaler Durchgang öffnete sich für mich. Ich antwortete:

»Zu Mahtab. Sie träumt jede Nacht von mir.«

Der Geruch Djawids nach Schmierfett und grüner Seife zog mir wieder in die Nase. Wütend sagte er:

»Das heißt ernsthaft, du willst alles verlassen und gehen?«

Ich erwiderte:

»Komm doch mit. Sardar Ahmad wird sich freuen.«

»Wer ist denn Sardar Ahmad?«

»Der Schlepper von Mahtab und ihrem Bruder aus Zahedan. Wir müssen nur einen Paß und eine Fahrkarte beschaffen. Der Rest ist einfach.«

»Du denkst, das ist einfach. Nein! Ich habe kein Geld dafür.«

Ich schaute auf seine Fingernägel, deren Ränder schwarz von der Wagenschmiere waren und sagte:

»Wenn du, obwohl du arbeitest, kein Geld hast, was soll dann ich sagen? Mein Großvater hat immer gesagt: Jedem, dem Zähne gegeben sind, wird auch Brot gegeben. Wir helfen uns gegenseitig und beschaffen das Geld.«

»Nein, ich komme nicht mit. Was soll ich mit meiner Mutter machen? Ihre ganze Hoffnung liegt auf mir.«

Ich hatte die Nase voll von Frauen, deren ganze Hoffnung die Männer waren. Es war mir egal, daß eine von ihnen Djawids Mutter war. Meine grünäugige Tante war auch so eine. Ich sagte:

»Warum nimmst du deine Mutter als Vorwand? Gib doch zu, daß hier mit Mustafas Hilfe deine Chance größer ist, Ingenieur zu werden. Deshalb willst du mich allein lassen … genau so ist es!«

Djawid blieb stehen. Breitbeinig stellte er sich vor mich hin. Seinen Arm streckte er so weit aus, daß er meinen Hemdkragen berührte. Er sagte:

»Du weißt doch selbst am besten, daß es nicht so ist. Ich kann diese arme alte Frau nicht ihrem Schicksal überlassen. Aber was ist mit dir? Mußt du denn unbedingt gehen? Chomeini hat die Basidj* doch noch nicht ausgerufen.«

»Wenn er es getan hätte, dann könnten wir beide hier nicht zusammenstehen und uns gegenseitig das Herz ausschütten! Wir müßten uns ins letzte Loch verkriechen oder uns wie die Frauen einen Tschador überwerfen.«

Er stand mit dem Gesicht zur Wand, umkreiste meinen Schatten und zwang mich, ungeduldig von einem Fuß auf den anderen zu wechseln. Schließlich sagte er:

»Und was ist mit deiner Großmutter? Du quälst damit nur ihre Seele!«

Das langgezogene Hupen eines Busses pustete meinen Kopf wie eine Blase auf. Als ich Djawid anschaute, platzte sie plötzlich. Ich erwiderte:

»Seit wann sorgst du dich um die Seele meiner Großmutter?«

Die langgezogene Straße endete auf einem großen Platz, der weiß und rund wie das Zifferblatt einer Uhr war. In mir war alles so verworren, daß mich das Geradeauslaufen Kraft kostete. Djawids Antwort war wirr wie seine Augenbrauen:

»So bist du eben. Hat sie etwa nicht das Vermächtnis hinterlassen, daß du mindestens einmal im Monat zu ihrem Grab gehen und ein Gebet für sie sprechen sollst?«

Ich packte die Spitze eines Zweiges, die bis zu meiner Stirn herunterhing, und brach sie ab.

»Um die Seele meiner Großmutter brauchst du dich nicht zu sorgen. Sie ist auch so zufrieden. Ich gehe zu meiner Frau, die mir nach religiösem Gesetz angetraut wurde. Ich lebe als Schwiegersohn im Haus ihrer Eltern und bekomme meinen Unterhalt von ihnen. Meine Großmutter selbst hat unsere Ehe im Himmel geschlossen … Wenn sie sieht, daß wir uns Tisch und Bett teilen, wird sich ihre Seele freuen.«

Um Djawid zu überzeugen, versuchte ich, die hohe zittrige Stimme meiner Großmutter nachzuahmen. Ich sagte:

»Sie selbst hat immer gesagt: Es ist mein einziger Wunsch, daß ihr euch Tisch und Bett teilt.«

Djawid wurde langsam ärgerlich. Mahtab, meine irdische Fee, gefiel ihm überhaupt nicht. Plötzlich drang mir der Rauch von Raute in Augen und Ohren, und ich begann zu husten. Ich sah Monawar-Chanom, die nackt, nur in den Rauchschleier gehüllt, tanzte. Djawid hielt sich hinter dem Vorhang aus Rauch verborgen. Noch bevor ich an dem Zifferblatt angekommen war, wollte ich in eine enge Gasse abbiegen, deren hohe Gebäude dem Sonnenlicht schon am Eingang den Weg versperrten. Meinen Rücken wandte ich einer versprengten Menge zu, die in schmutziger und abgetragener Kleidung durcheinanderlief. Sejjed Karim hatte gesagt: Diese Leute haben sich in der Hoffnung auf ein Wort Chomeinis auf den Weg nach Teheran gemacht. Für kostenloses Wohnen, Wasser und Strom! Djawid rief mir von der anderen Seite des Gehweges gehässig zu:

»Wenn du in dir keinen Stolz hast und im Haus deiner Schwiegereltern leben willst, bitte! Geh und tu es! Niemand wird dich daran hindern.«

Ich warf ihm einen scharfen Blick zu und machte mich auf den Weg. Die bittere Wahrheit in seinen Worten spuckte ich wie giftige Galle auf den Boden, und hustend ließ ich die Biegung der Gasse hinter mir. In meinem Inneren gab es keinen Stolz. Aber bevor ich an der Front zu Kanonenfutter werden sollte, zöge ich es vor, ohne Stolz zu sein. Ich wußte nicht, was Djawid mit einer stolzen Leiche hätte tun wollen. Plötzlich wurde ich am Arm gezogen. Eine Frau packte mich am Handgelenk. Ich hatte Angst, es könnte meine Großmutter sein, die aus Sorge darüber, daß ihre Seele allein gelassen würde, unruhig geworden wäre und mich um jeden Preis vom Weggehen abhalten wollte. Aber sie war es nicht. Ich beruhigte mich wieder. Vor meinen Augen tauchte ein blauer Stern auf. Er war auf der zerfurchten Stirn der Frau eintätowiert, die meine Hand gegriffen hatte. Die Hand war dunkelrot und rauh wie Sandpapier. Mit stockender Stimme sagte sie:

»Ich wußte, daß ich dich noch treffen würde. Ich warte schon sehr lange auf dich. Nun bist du doch noch gekommen.«

Die Gasse lag gänzlich im Schatten, und es gab kaum Platz zwischen den verwinkelten hohen Häusern. Ich entzog ihr meine Hand und herrschte sie an:

»Geh Schwester, geh weg. Gott gebe dir dein täglich Brot irgendwo anders.«

Die Frau ergriff wieder meine Hand. Erst jetzt bemerkte ich ein Kind, das an ihrem Hals hing und dessen rosige Wangen im Schatten bläulich schimmerten. Das nachlässig umgebundene weiße Kopftuch bedeckte nur ihren Hals. Schwarze Haarsträhnen fielen ihr wirr ins Gesicht. Sie streichelte meine Hand und sagte:

»Wenn du wüßtest, was ich über dich weiß, würdest du das nicht sagen. Dinge, von denen du selbst keine Ahnung hast, die noch gar nicht geschehen sind. Aus deiner Zukunft ...«

Meine Zukunft lag bereits hinter mir. Niederlage um Niederlage. Man konnte sie nicht nur in meiner Hand, sondern auch an den tiefen Furchen auf meiner Stirn ablesen, ganz zu schweigen von den blauen Flecken und den Wunden, die die Zeit auf meinem Körper hinterlassen hatte. Die Hellseherin war schon dabei, meine Hand mit Schmirgelpapier einzureiben. Das Kind schluchzte auf, und indem die Frau sanft mit der Faust auf seinen Rücken klopfte, beruhigte es sich wieder. Rasselnd setzte sie ihre Bratspieße, Siebe und Drahtkörbchen auf der Erde ab und zog mich in die Mitte der sonnenlosen Gasse. Ich schrie sie an:

»Laß mich in Ruhe, Frau! Ich habe kein Geld. Hau ab!«

Als sie meine Faust öffnete, stieg ein warmer Metallgeruch auf. Mit einem Zipfel vom Hemdchen ihres Kindes wischte sie den schmutzigen Schweiß aus den Furchen meiner Hand. Sie sagte:

»Ich arbeite nicht immer für Geld. Du hast mir gefallen. Ich möchte sehen, was für ein Schicksal du hast.«

Sie zog ihre Brauen hoch und legte ihre Stirn in Falten. Der Schatten ihrer langen Wimpern legte sich dunkel auf ihre roten Wangen.

Aufgeregt sagte sie:

»Deine Chancen stehen gut. Dein Leben ist voller Ereignisse. So steht's hier. Eine Frau hat ihre Augen immer auf deinem Weg. Aber du gehst auf eine weite Reise ... Auch das ist hier zu lesen. Das Geld liegt für dich auf der Straße. Du mußt dich nur bücken und es aufheben. Wenn du auf deinen Kopf gut aufpaßt, wirst du es schaffen! Das ist deutlich hier abgezeichnet. Nicht, daß du denkst, ich habe mir das alles ausgedacht ...«

Djawid packte die Frau an der Schulter und zog sie mit einem Ruck weg. Das Kind plärrte wieder. Drohend schrie er:

»Hau ab, bevor ich den Pasdaran* Bescheid gebe.«

Die Frau legte sich das Kind auf die gebeugte Schulter und schenkte Djawid keine Beachtung. Sie hielt mir ihre dunkelrote flache Hand hin und forderte in drohendem Tonfall:

»Gib mir mein Geld. Ich habe dir doch nicht umsonst die Zukunft vorhergesagt. Gib mir wenigstens soviel, damit ich für das Kind etwas zu essen besorgen kann!«

Während das Kind plärrte, umkreiste mich Djawid und schob mich hin zum sonnenbeschienenen Ausgang der Gasse. Mit wütenden Drohungen versuchte er, die Flüche der Frau abzuwürgen, die sie gegen uns beide ausstieß. Je weiter wir uns entfernten, desto mehr ließ auch der Geruch nach Milch und dem Rauch der Raute nach. Am Ende der Gasse fiel mein Blick auf den Grund des Wassergrabens, der silberhell war. Ich griff in meine Tasche, zog eine warme und metallisch riechende Münze heraus und drehte sie in den wirren Runzeln meiner Handfläche, die die Straßen meiner langen und weiten Reise mit Geld pflastern sollten. Während Djawid mich vorwärts schob, sagte ich:

»Mensch, laß sie doch! Leg dich doch nicht mit den Zigeunern an.«

Über den Kopf warf ich der Hellseherin die glänzende Münze zu.

2

Sejjed Karim drehte sich auf dem Bett herum, und als sein Blick auf mich fiel, sagte er:

»Sitz gerade, Junge! Sonst bekommst du noch einen Buckel, he!«

Ich hatte mich daran gewöhnt, so zusammengekauert zu sitzen. Die Ellenbogen stützte ich auf die Knie, und mit gekrümmtem Rücken starrte ich auf irgendeinen Punkt. Alle dachten, ich sei weit weg in einer fremden Welt. Aber ich war da. Obwohl ich es nicht sein wollte. Es war kaum Platz. Der Bus war immer voll. Sogar auf den hinteren Schutzblechen und Trittbrettern standen Leute. Sobald meine Großmutter in den Bus stieg, hängte sie sich an alles, was in ihrer Reichweite war, Zöpfe, lockere Gürtel, den leeren Ärmel einer Jacke …, aber niemals berührte sie den Körper eines Menschen. Für sie waren das alles Fremde, denen man nicht zu nahe kam. Mir hatte sie befohlen, nicht zuzulassen, daß mich jemand berührte, insbesondere Männer. Aber das war unmöglich. Der schmale Durchgang, den die Passagiere für sie öffneten, indem sie sich dünn machten, schloß sich wieder, sobald sie sich auf dem Sitzplatz niedergelassen hatte, der ihr wegen des Alters angeboten worden war, und ich, der ich wie der Saum ihres schwarzen Tschadors hinter ihr her kroch, wurde unterwegs von Wänden aus Fleisch festgehalten. Aus Luftmangel liefen meine Lippen blau an. Wenn es in dieser fleischigen Grube auch nur einen Hauch von Luft gegeben hätte, ich hätte es dennoch vorgezogen, ihn nicht einzuatmen. Den Körpern und der Kleidung der Fahrgäste entströmten tausend verschiedene verwirrende Gerüche, nach Schlachterei, Schuhmacherei, Färberei, nach Milch … und alles brodelte in der betäubenden Hitze, die so heiß war wie das Schmiedefeuer in der Schahpur-Gasse.

»Ich gehe nicht mehr mit Ihnen ins Krankenhaus, Großmutter!«

Sie ließ sich unter dem gewaltigen Eukalyptusbaum nieder, der den halben Hof beschattete, und starrte mich mit ihren blauen, tränenden Augen an. Erstaunt fragte sie:

»Aber warum denn, mein Junge? Alle Kinder in deinem Alter mögen es, mit dem Bus in der Stadt herumzufahren ...«

»Aber ich nicht! Nicht einmal einen Fahrschein kaufen Sie für mich ... Immer feilschen Sie mit dem Gehilfen des Busfahrers: Das ist doch noch ein Kind! Das ist kein Mensch ... er braucht kein Ticket!«

Meine Großmutter fühlte sich beleidigt. Sie klappte ihr Gebetbuch zu und legte es auf das Tuch, auf dem sie kniete. In der Hand hielt sie noch ihre Gebetskette aus Bernstein. Um Unglück durch Dämonen und Teufel abzuwehren, pustete sie rings um sich, wenn sie gebetet hatte. Sie sagte:

»Welchen Unterschied macht das schon für dich?! Muß man denn gleich aus einer Mücke einen Elefanten machen? Du fährst mit oder ohne Fahrschein im Bus mit!« Sie verschob die Gurkenschalen, die sie abgehobelt und sich zur Kühlung auf den Kopf gelegt hatte, und ohne daß ich ein Wort gesagt hätte, hatte sie ihre Meinung geändert:

»Also gut! Von jetzt an kaufe ich für dich auch einen Fahrschein ...«

»Aber ich gehe nicht mehr mit Ihnen ins Krankenhaus ...«

»Warum, mein Junge? Möchtest du etwa, daß ich das letzte bißchen Augenlicht auch noch verliere?«

In ihrem dünnen weißen Kleid unter dem Blätterdach des Eukalyptusbaumes sah sie aus wie eine Braut, die ihren Falten im Gesicht selbst nicht glaubte.

»Nein! Aber ich halte es nicht mehr aus, dort im Zimmer zu bleiben und zuzusehen, wie diese Männer Nadeln in Ihren Augapfel stechen ...«

» ... Wenn du im Zimmer bist, spüre ich den Schmerz nicht so sehr ...«

Mit einem Satz sprang ich auf und hängte mich an den

Baumstamm. Er war so dick, daß meine Arme ihn nur mit Mühe umfassen konnten.

»Nein, ich kann nicht ... ich komme nicht mit!«

Die Großmutter kam mir entgegen. Sie sagte:

»Gut. Dann bleib vor der Tür. Komm nicht rein.«

»Nein! Ich komme nicht mit. Es reicht mir!«

Ich klammerte mich mit den Fußsohlen an den rauhen Baumstamm, um nicht zu fallen. Zuerst ließ ich meine Füße nach oben gleiten, dann zog ich den Körper nach. Ich wollte bis zur Spitze des höchsten Astes klettern, dort hin, wo die Sonne den Schopf des Baumes gelb färbte und die Wespen ihn summend umkreisten ...

Die Großmutter brummte:

»Was sind das doch für Zeiten, he ...! Jetzt muß man schon Leute um Hilfe bitten, die man sonst nicht beachtet! ...«

Aber ich wollte sie nicht mehr begleiten. Nicht deshalb, weil sie allen laut erzählte, daß ich kein Mensch sei. Nicht, weil meine Knie zu zittern begannen, wenn ihr die Spritze in die Augäpfel gegeben wurde, und mir bittere Galle gluckernd bis in die Kehle stieg. Es war wegen einer Sache, die ich ihr nicht sagen konnte. Es war wegen der Männer, denen ich nicht zu nahe kommen sollte! Männer, die sich mit einer Hand an der Stange im Bus festhielten und sich fortwährend an mich drückten. Wenn ich es nicht mehr ertragen konnte, hob ich mühevoll meinen Kopf, um zu sehen, was sie wollten. Aber sie schauten mich nicht an. Sie reckten ihr Kinn in die Luft und taten so, als ob ihre Gedanken irgendwo anders seien. Sosehr ich versuchte, ihren Blick aufzufangen, es hatte keinen Zweck. Schließlich begann mir der Nacken wehzutun und so senkte ich meinen Kopf wieder. Der Geruch nach Hammelschwanz machte mich benommen. Aber die Eidechsen, die diese Männer in ihren Hosen verborgen hatten, hörten nicht auf zu zappeln. Wäre der Bus nicht so voll gewesen, hätte ich vor Angst zu weinen begonnen. Je kleiner ich mich machte, desto größer wurden die Eidechsen! Wenn ich nicht mehr aus noch ein wußte, rutschte ich langsam im Bus nach hinten. Dann ertönte die Stimme meiner Großmutter. Sie packte meinen Arm und setzte mich auf ihren Schoß. Ich verging vor Scham und murrte:

»Nein. Ich will nicht ... Lassen Sie mich runter! Ich bin doch kein Mädchen, das auf Ihrem Schoß sitzen muß! ...«

Ich stieg einen Ast höher und war genauso groß wie der Dattelpflaumenbaum. Der Duft der reifen Früchte war betörend. Alle hatten eine orange Farbe angenommen. Die Krähen rissen mit ihren spitzen Schnäbeln ihre Haut auf und zerrten das gelbe Herz der Früchte heraus.

» ... Du machst doch nur Unfug. Bleibst nicht an deinem Platz ... läufst im Bus herum ... Was soll ich machen, wenn du verlorengehst? Ich nehme dich mit, damit du für mich siehst, nicht damit ich mich ärgere!«

»Nein! ... Ich komme nicht mehr mit.«

Die Großmutter beruhigte sich wieder.

»Gut, wenn du versprichst, dich nicht von meiner Seite zu rühren, setze ich dich nicht mehr auf meinen Schoß.«

»Nein! ... Das ist mir peinlich.«

»Ach was! Gott bewahre! Red keinen Unsinn! ... Willst du Dreikäsehoch mir etwa Anweisungen geben?«

Meine Großmutter hatte sich dermaßen aufgeregt, daß ihre schönen blauen Augen schielten und ihre falschen Zähne klapperten. Sie reckte wie der Erzengel Gabriel eine Hand gen Himmel und flehte Gott an, ihre Qualen und ihr Unglück zu bezeugen:

»O Gott! Mache keinen Menschen wie mich abhängig von solchen Schurken!«

Interessiert schaute ich einer Wespe zu, die um den Kopf einer Krähe schwirrte, die wiederum mit ihrem Schnabel ins Innere einer reifen Dattelpflaume eingedrungen war. Ich vergaß die Großmutter, das Krankenhaus und sogar die Eidechsen, die mich manchmal bis in den Schlaf hinein verfolgten. Ich zögerte, ob ich die Wespe vertreiben sollte, damit sie die Krähe nicht sticht, oder die Krähe, damit sie von der Dattelpflaume abläßt. Die Entscheidung war schwer. Die Sonne schob sich durch die Blätter des Eukalyptusbaumes und rückte langsam den Ast beiseite, in dessen Schatten ich stand. Mein Gehirn brodelte, als auf einmal ein Schrei des Großvaters ertönte.

»He ... du Eidechse! Wer hat dir gesagt, daß du da hinauf sollst?«

»Die Eidechse« war ich. Ängstlich zitternd sagte ich:

» ... Ich wollte die Krähen vertreiben, damit sie die Dattelpflaumen ...«

»Du niedrige Kreatur! ... Komm runter!«

Ganz still kletterte ich herunter. Der Großvater drohte mir so laut, daß alle Nachbarn es hören konnten. Er sagte, ich sei überhaupt kein Mensch. Ich sei ein seltsames Tier, das nichts anderes gelernt habe, als eine arme alte Frau zu quälen. Ich sei noch hundertmal schlimmer als mein nichtsnutziger Vater und wenn ich den Unsinn nicht sein lasse, wird er mich in Stücke reißen, damit ich nicht mehr aufstehen kann. Schließlich ordnete er an:

»Was auch immer deine Großmutter sagt, du gehst ohne Wenn und Aber mit ... es gibt kein Nein. Sonst schlage ich diesen Stock kurz und klein auf dir. Hast du mich verstanden?«

Ich hatte gut verstanden.

Zu Sejjed Karim, der jetzt wie eine Zypresse im Fensterrahmen des Hotelzimmers stand, sagte ich:

»Sie brauchen sich nicht zu sorgen, daß ich einen Buckel bekomme ... Eine Figur wie die meinige finden Sie im ganzen Land nicht noch einmal!«

Spöttisch erwiderte er:

»Fürwahr, wenn der sagenhafte Rostam* lebte, würde er dich um deinen kräftigen Nacken beneiden ... Jetzt steh auf, nimm die Schüssel und hol von Ali, dem Türken, am Ende der Gasse ein Pfund Joghurt ...«

Ich wußte, warum er mich wegschickte. Bestimmt hatte sich seine Eidechse geregt. Für eine Weile mußte ich den grausamen Sejjed mit meiner adretten Tante alleinlassen. Ich sehnte mich so nach dem Eukalyptusbaum in unserem Hof. Ich richtete mich auf und sagte:

»Geld ...«

Meine Tante suchte eine Zeitlang vergeblich in ihren Taschen und schaute schließlich mit ihren blaugrünen, Zuneigung erheischenden Augen zu Sejjed Karim.

»Hast du Kleingeld in deinen Taschen, Karim?«

»Für dich findet sich alles bei mir, meine Liebe!«

Als er seine Hosentaschen durchsuchte, machte er sich ein paarmal an seiner Eidechse zu schaffen. Er zog seine Windjacke davor. Unter seinen Achseln stank es wie in der Gosse. Beim Suchen fragte er:

»Hast du von der Familie den Vorschuß für diese Sache noch nicht bekommen?«

Meine Tante gab ihm mit ihrer Mimik zu verstehen, daß er in meiner Gegenwart nicht über diese »Sache« sprechen soll. Aber ich wußte über vieles Bescheid. Auch Fachri-Chanom hatte ich gesehen. Sie besaß einen cremefarbenen Peugeot mit einem Schiebedach, den sie immer eine Straße vom Hotel entfernt parkte. Ich wünschte mir sehr, eines Tages darin zu sitzen und den Schariati-Boulevard hinauf mit Vollgas in Richtung Demawand zu brausen. Das wäre eine tolle Sache, besser als in die Krone des Eukalyptusbaumes zu klettern! Das Größte wäre, wenn ich fern von den Blicken der Pasdaran ein wenig meine Haare verstrubbeln könnte. Der Wind würde durch meinen Haarschopf fahren und die Stirn mit wirren Locken bedecken. Eine Sonnenbrille mußte ich mir auch kaufen. Sobald ich einen richtigen Bart bekäme, wollte ich jeden Tag nach dem Rasieren mein Gesicht eincremen, damit meine Wangen und mein Kinn wie bei dem Mann von der Nivea-After-Shave-Werbung glänzten.

Sie würden dann wie zwei zusammengepreßte Felsen hart und glänzend erscheinen. Ich mußte noch lernen, ständig finster zu blicken. Mit den zerzausten Haaren, der Sonnenbrille und dem zusammengepreßten Kiefer, wie großartig würde ich aussehen! ...

Der Schweißgeruch von Sejjed Karims Windjacke widerte mich an. Wie der Schlag einer Uhr meldete sich der Hunger in meinem Bauch. Ich stand auf und fragte:

»Wollt ihr nun Joghurt oder nicht?«

Sejjed Karim erwiderte gereizt:

»Warte eine Minute. Siehst du denn nicht, daß wir uns unterhalten?«

Natürlich sah ich es. Ich wandte meinen Kopf und schaute zur überdachten Terrasse am Haus meiner Großmutter. Sie lag völlig im Schatten. Aber im Zimmer war es ganz hell. Alle außer mir saßen beim Essen. Ich schaute ihnen durch den Türrahmen zu. Es schien, als ob sie sich auf einer klaren Wasserfläche spiegelten. Mein Großvater hob seinen Kopf von der Suppenschüssel mit den Brotstückchen und sagte:

»Er ist so eingebildet, daß er seinem Arsch sagt, folge mir nicht, du stinkst ... eben der Sohn seines nichtsnutzigen Vaters.«

Durch den Türrahmen sah ich, wie meine Mutter einige Radieschen aus dem Korb mit dem Grünzeug nahm und auf einen Teller legte. Beschwichtigend sagte sie:

» ... Aber Vater! Was erwarten Sie denn von einem Kind ...«

»Du brauchst ihm nichts zu essen bringen ... Der muß solange hungern, bis er vergißt, solchen Unfug zu reden ... Hast du nicht gehört, wie er diese arme alte Frau gequält hat?«

Meine Mutter war weiter damit beschäftigt, ein Tablett mit Essen für mich vorzubereiten. Der Joghurt, den sie mir hinstellte, war zu wenig! Bedächtig hob ich einen Stein auf und warf ihn mit aller Kraft in Richtung der Krähe, die gedankenlos das Fruchtfleisch der Dattelpflaume zerfetzte. Wenn der Stein doch ihren Kopf treffen und das Gehirn zerschmettern würde. Das Spiegelbild vom Eßzimmer schwamm im Wasserbecken. Mein Stein verfehlte sein Ziel und zerriß den Bauch der reifen Frucht. Bevor sie auf den Boden klatschte, flog die Krähe mit orangefarbenem Schnabel auf und ließ sich auf demselben Ast nieder, von dem mich der Großvater vor einer Stunde herunter gezerrt hatte. Meine Mutter wußte nicht, wie sie mich verteidigen sollte. Sie sagte noch einmal:

»Ach Vater, seien Sie nicht so streng ... er ist doch noch ein Kind ...«

Das Tageslicht verharrte reglos im Zimmer. Der Großvater neigte sich wieder über seine Suppenschüssel. Ich legte meinen Kopf auf das Gesims der Terrasse zwischen zwei Blumenkübel mit Jasmin, stellte mich schlafend und begann zu schnarchen. Ich hatte keine Lust auf diese Streitereien. In meiner Phantasie setzte ich mich neben die Krähe auf den dünnen Ast. Ich wollte ihr eine Schnur um die Füße binden, damit sie mir gehörte. Aber sie war schneller als ich. Sie zog ihren geputzten Schnabel unter den Flügeln hervor und flog, ohne mich eines Blickes zu würdigen, auf und davon. Der Großvater sagte ein letztes Mal:

»Wenn er ein Kind ist, muß er aufs Wort hören. Wenn er groß ist, soll er sich selbst Geld beschaffen und seinen Bauch füllen ... Er ist wie sein schmarotzender Vater. Er führt sich auf, als ob er nach sieben blinden Töchtern auf die Welt gekommen wäre ...«

Dann schob er seinen Stock begierig unter das Tablett mit meinem Essen und kippte es mit einer Bewegung um. Er sagte:

»Ich mache schon noch einen Menschen aus diesem Burschen!«

Sejjed Karim trat aus dem Fensterrahmen und stand vor der Kommode. Seine Windjacke hatte er ausgezogen, und die Hände in seiner Hosentasche klimperten mit einigen Münzen. Er rülpste geräuschvoll und der üble Geruch von gekochtem Kohl breitete sich aus. An meine kokette Tante gewandt sagte er:

»Du mußt sehen, daß du ein bißchen Geld von ihnen bekommst ... So geht das nicht ...«

»Aber wie denn, nach der Lüge, die du ihnen aufgetischt hast?«

»Welche Lüge? Ich habe alles mögliche versucht. Aber es hat nicht geklappt.«

»Und ob du alles mögliche versucht hast! Begreif bloß, daß deine Lügen nichts wert sind.«

»Sag ihnen, daß er umgebracht werden soll.«

»Was für eine originelle Idee! Wer bezahlt denn für eine Leiche?«

Ich brauchte auch Geld. Mir wäre es egal, ob ich es für eine Leiche bekäme oder für einen leeren Sarg. Mein Problem bestand darin, daß ich nicht wußte, über welche Leiche der grausame Sejjed und meine verführerische Tante sprachen. Er wechselte seinen Platz, stellte sich, noch immer mit den Händen in der Tasche, vor den Spiegel und schrie meine Tante an:

»Aber das ist eine vertrauliche Nachricht. Das mußt du ihnen sagen!«

Ich konnte sein Geschrei nicht mehr ertragen. Wenn ich meine Krähe gefangen hätte, hätte ich ihr jetzt die Flügel auf dem Rücken zusammenhalten und sie ihm vor seine platte Nase halten können. Damit sie sich ordentlich um unseren Sejjed kümmerte, war ich bereit, ihr auch einen Flügel zu brechen. Dann würde sie ihm laut ins Gesicht schreien und ihn vor Angst vergehen lassen. Meine Tante sagte:

»Ich habe getan, was ich konnte. Aber …«

Sie hatte recht. Als sie Fachri-Chanom das erste Mal traf, war ich dabei. Wir hatten vereinbart, ins Geschäft von Moradi zu gehen und uns die Sonnenbrillen anzusehen. Ich stand unter dem Vordach eines Ladens, um nicht vom Regen durchnäßt zu werden, und Fachri-Chanom saß in ihrem warmen und gut gepolsterten cremefarbenen Peugeot. Die Blicke von uns beiden waren auf dieselbe Stelle gerichtet, eine halboffene Tür, über der eine farbige Tafel blinkte, so daß die dicken Regentropfen bunt gefärbt wurden. Dort war ein Damenfriseur. Ich wartete auf meine Tante, die jetzt vielleicht damit beschäftigt war, ihre Nägel zu lackieren, während sie unter der Trockenhaube saß und mich, mit gekrümmtem Rücken und schlechtgelaunt unter dem Vordach stehend, völlig vergessen hatte. Womöglich hatte meine liebe Tante unsere Verabredung vergessen. Ich dachte an meinen Eukalyptusbaum, den ich nach unserem Rauswurf aus dem Haus der Großmutter überhaupt nicht mehr sehen durfte. Vielleicht war er inzwischen völlig vertrocknet.

Plötzlich setzten sich die Scheibenwischer des Peugeot in Bewegung und schoben quietschend den Regen hin und her, der an den Scheiben hinunterlief. Die Frau hatte sich auf das Lenkrad gestützt und hielt sich eine Hand vor die Stirn. Ihr starrer Blick zerriß die abendliche Dunkelheit. Der Knoten ihres Kopftuches saß locker. Wenn sie die Pasdaran so überrascht hätten, wäre ihr für die wirren Haare auf ihrer Stirn eine Strafe im Wert von fünf Sonnenbrillen in ausgezeichneter Qualität auferlegt worden. Ich heftete meinen Blick auf die Nylonfäden, die vom Himmel herabhingen und krächzte ungeduldig in Richtung des Friseurladens: Komm. Komm.

Scheinbar hörte meine Tante das Krächzen sofort. Denn im nächsten Moment erschien sie in der Tür mit aufgedonnerten Haaren, die sie wie einen Ballon unter ihrem Kopftuch versteckt hatte. Sie war nicht allein. Eine andere Frau trat zu ihr, deren Gesicht von der Dunkelheit verhüllt wurde. Diese hielt sich mit der einen Hand eine Tasche über den Kopf, und mit der anderen hing sie am Handgelenk meiner Tante und zog sie zu dem Peugeot. Am trippelnden Gang der Tante war zu erkennen, daß sie so tun wollte, als sei es ihr unangenehm, dieser Frau zu folgen. Sie zierte sich und tat so, als sei es eben von Gott gewollt, daß sie jemand in dieser Dunkelheit und Kälte in sein Auto setzte und davor bewahrte, in der Schlange an der Bushaltestelle stehen zu müssen.

Immer noch das Gelenk meiner Tante umklammernd, beugte sich die Frau zum vorderen Fenster des Peugeot hinab. Meine Tante warf einen flüchtigen Blick um sich, und obwohl ich einen Schritt unter dem Vordach des Geschäfts hervortrat, sah sie über mich hinweg. Sie öffnete die Autotür. Mich packte die Angst. Wenn ich mich zu spät rührte, müßte ich den ganzen Weg zum Hotel im strömenden Regen zu Fuß zurücklegen. Wieder rief ich mit der Stimme meiner Krähe: Wohin? Wohin?

Dieses Mal hörte meine Tante nicht. Schnell hängte ich mir meine Jacke über den Kopf, rannte durch den Regen und warf mich auf den Rücksitz des Peugeot. Statt sich mir zuzuwenden, widmete meine Tante sich der Schilderung meines Schicksals. In blumigen Worten erzählte sie, daß es auf der ganzen Welt kein unglücklicheres und verlasseneres Wesen als mich gäbe und sie mein einziger Schutz sei! Ich sagte mir, sollen diese Frauen doch denken, daß ich vor Hunger umkäme, wenn meine Tante nicht wäre. Ich kroch noch tiefer in meinen Sitz hinein und merkte nicht, wann sie endete zu reden. Nach einer Weile hörte ich sie zu mir sagen:

»Sitz gerade! Zieh wenigstens deine Rotznase hoch …«

Ich tat, wie mir geheißen. Aber niemand beachtete mich mehr. Nur manchmal starrte mich Fachri-Chanom durch das graue Licht im Rückspiegel an. Sobald sie eine Gelegenheit fand, brach sie in Tränen aus. Wenn ihre Schwester sie nicht daran erinnert hätte, einen anderen Gang einzulegen, hätte sie so viel Gas gegeben, daß der Motor explodiert wäre. Sie war völlig durcheinander. Anstatt den Scheibenwischer zu beschleunigen, schaltete sie den Blinker ein, und anstatt die Heizung einzuschalten, öffnete sie die Klappen für die Frischluftzufuhr. Sie drehte ihren Kopf nach links und sagte: «Das letzte Mal habe ich ihn an dieser Kreuzung gesehen, huuu, huuu.« Sie schaute nach rechts und bemerkte: «Seine Winterschuhe habe ich in diesem Laden gekauft, huuu, huuu.« Meine Tante tröstete sie:

»Jetzt quäl dich doch nicht so, liebe Fachri-Chanom. Es wird schon werden. Wir werden schon einen Weg finden, ihn zu retten. Ich kenne viele von der Moschee hier im Viertel.«

Sie hatte recht. Viele in der Moschee des Viertels kannten sie. Aber niemand außer dem gewissenlosen Hadji Moschiri konnte sie leiden. Die Schwester hielt Fachri-Chanom das letzte Papiertaschentuch unter die Nase und sagte:

»Was heißt kennen, ich kenne auch viele Leute. Das wichtigste ist das Komitee. Wir müssen eine einflußreiche Person im Komitee finden.«

Die Regentropfen fielen ununterbrochen wie das Ticken einer Uhr auf die Fensterscheiben und vermischten den Friseurgeruch, der sich im dunklen Auto verbreitet hatte, mit dem Geruch nach Feuchtigkeit. Die Straße war bis zum Eingang des Hotels ruhig und leer.

Beim Aussteigen sagte meine Tante:

»Moschee oder Komitee, das macht keinen großen Unterschied. Wir müssen nur sehen, daß ...«

Sie verschluckte den Rest ihrer Worte und, als ob alle ihrer Idee zugestimmt hätten, fügte sie hinzu:

»Das ist meine Sache. Es kostet nur eine Kleinigkeit. Aber das wissen Sie doch am besten.«

Fachri-Chanom begann heftig zu schluchzen. Ihre Schwester sagte fast schreiend:

»Was immer Sie tun, wir sind Ihnen sehr dankbar, meine liebe Schahla-Chanom. Sie sehen doch, sie macht sich selbst fertig. Hoffentlich können wir es Ihnen eines Tages vergelten!«

Sejjed Karim stand immer noch vor dem Spiegel. Wann immer er uns besuchen kam, verbrachte er die meiste Zeit auf dem Bett oder vor dem Spiegel, auf dem Bett mit meiner eitlen Tante und vor dem Spiegel, wenn er verstohlen seine Statur und seine Augen musterte und sich an seiner Männlichkeit ergötzte. Er wendete sich vom Spiegel ab und sagte ungeduldig:

»Man muß etwas unternehmen.«

Meine Tante verfolgte Sejjed Karim gleichgültig mit dem Blick bis zum Telefon. Dann begann sie sich ihre Nägel zu lackieren. Erfreulicherweise hatten mich beide vergessen. Er wählte eine Nummer und stand mit dem Hörer in der Hand mitten im Zimmer. Sehr gern hätte ich ein Kinderfoto von ihm gesehen. Mit diesem dreieckigen Gesicht, den breiten Augenbrauen und der platten Nase sah er einer Fliege sehr ähnlich. Als die Verbindung zustande kam, erkundigte er sich eine Weile nach dem Befinden. Er lachte scheinheilig. Dann klemmte er sich den Hörer an den Mund und summte eine Zeitlang wie eine Fliege. Ich setzte mich gerade hin, um zu sehen, wie sich sein Gesicht veränderte. Als er den Hörer auflegte, wußte er nicht, ob er froh oder traurig sein sollte. Zu meiner Tante sagte er:

»Es geht dem Typ wirklich sehr schlecht.«

Und weil es keinen freien Stuhl im Zimmer gab, setzte er sich auf meine Bettkante. Still und leise rückte ich ein wenig zurück und starrte auf den Boden.

»Wir müssen so schnell wie möglich anfangen.«

Auch meine Tante war neugierig geworden. Sie schraubte den Nagellack zu und während sie ihre Hände mit abgespreizten Fingern in die Luft hielt, setzte sie sich neben Karim. Bevor sie mich bemerken würden, sollte ich mir einen anderen Platz suchen.

»Was heißt das?«

»Das bedeutet, wenn wir uns nicht richtig anstrengen, war alles umsonst, was wir bisher getan haben!«

An den zusammengekniffenen blaugrünen Augen meiner Tante war zu erkennen, daß sie den Satz des Verschwörers Karim-Agha für sich wiederholte, um den Sinn zu verstehen. Nach einer Weile kam ein langgezogenes »Hmmm« aus ihrer

Kehle. Indem sie auf ihre lackierten Nägel pustete, fragte sie stockend:

»Aber … haben sie … ihn denn … umgebracht?«

»Was weiß ich!«

»Na dann frag doch!«

»Wen denn? Etwa diese Hure? Dieses nichtsnutzige Gesindel, das glaubt, wenn man ihm eine Kalaschnikow in die Hand gibt, stellt es etwas dar?«

Sejjed Karim war sehr aufgebracht. Er sprang hoch und versetzte dem Bett einen Fußtritt. Plötzlich fiel sein Blick auf mich. Er brüllte:

»Hab ich nicht gesagt, daß du eine Schüssel Joghurt kaufen sollst? Du ißt und schläfst und mästest nur deinen faulen Wanst. Ich schicke dich noch an die Front, damit du ein Mann wirst!«

Ich reagierte sehr spät. Damit es nicht noch später wurde, stand ich auf, und ohne noch einmal vom Geld zu sprechen, verließ ich das Zimmer.

Drinnen sagte Sejjed Karim zu meiner Tante:

»Wir müssen ihr Vertrauen wieder gewinnen! Ruf sofort Fachri-Chanom an und sag ihr, daß das Objekt bereit ist. Wir beginnen bald mit der Operation …«

Meine Tante fragte erstaunt:

»Welches Objekt und was für eine Operation?«

Sejjed Karim schnalzte laut in ihre Richtung und redete wie ein Betrunkener:

»Komm her meine Liebe, komm! … Tu, was ich dir sage! Ruf sie an und richte ihnen aus, was ich dir gesagt habe!«

Der Hotelkorridor war dunkel und stickig. Ich knipste den Lichtschalter ein paar Mal an und aus. Eine runde Lampe, die wie eine Spinne an der Decke klebte, flackerte einige Male auf, ging aber nicht an. Plötzlich tauchte der Kopf von Mohadjeri, dem Inhaber des Hotels, auf.

»Hallo, junger Mann! Hast du kein anderes Spielzeug, daß du hier mit dem Lichtschalter spielen mußt?«

Der kristallene Lampenschirm war dermaßen schmutzig, daß er fast schwarz wirkte. Spinnen hatten von einem Ende des Korridors zum anderen so dicke Fäden gesponnen, die nicht einmal zerreißen würden, wenn sich zehn Krähen darauf setzten. Es roch überall nach feuchter Erde. Ich sagte:

»Er ist kaputt.«

»Was geht dich das an! Geh erst mal und sag deiner lieben Tante, daß sie ihre überfällige Miete zahlen soll, dann komm und beschwer dich über den Lichtschalter! Hau ab, mein Lieber! Entweder geh in euer Zimmer, oder scher dich auf die Straße!«

Ich scherte mich hinaus, weil meine Tante im Zimmer sicher damit beschäftigt war, die Eidechse des grausamen Sejjed zu besänftigen. Wieder einmal mußte ich bei Ali, dem Türken, Joghurt auf Kredit kaufen. Ich nahm meine Krähe mit und wenn Ali, der Türke, wieder seinen Mund verzog und sagte: «Auf Pump gebe ich nichts!«, könnte ich sie zu den Joghurtkrügen fliegen lassen, um sie dort mit den Worten meiner Großmutter »ihre Notdurft« verrichten zu lassen!

Meine Krähe ist geduldiger als ich. Ich muß mir hundert Listen ausdenken, damit sie einmal krächzt und sich für mich an anderen rächt. Sie verhält sich genauso wie Djawid. Ständig schaut er mit traurigen Augen hierhin und dorthin und sagt: »Was hat das für einen Sinn?« Eines Tages stelle ich mich vor die beiden hin und sage ihnen, daß der Sinn des Ganzen die Flucht aus dieser Hölle und die Ankunft bei Mahtab ist, das Bücken nach dem Geld, das wie Kies auf meinem Lebensweg liegt. Der Sinn der Sache ist, glücklich zu werden! Etwas zu finden, von dem man dachte, es für immer verloren zu haben, und auf einmal sieht man, daß es vor einem liegt. Ich mußte nur auf meinen Kopf aufpassen. Was hatte die Wahrsagerin damit wohl gemeint?

Ich stand da und war versunken in den Anblick meiner Krähe. Sie hatte ihren Kopf unter ihre schwarzen Flügel gesteckt und saß reglos und unbeirrt auf dem Baum. Meine Großmutter schrie:

»Los, Junge! Wohin starrst du in dieser Kälte und bei dem Schnee?«

Als ich wieder zu mir kam, war meine Großmutter verschwunden. Benommen von dem Permanganatgestank lief ich durch das ganze Krankenhaus und rief in allen Etagen nach ihr. Aber nur die trostlosen Krähen antworteten mir, die aufgereiht auf den Telegrafendrähten im Krankenhausgarten hockten. Die Menschen versetzten mir einen freundschaftlichen Klaps in den Nacken und sagten, daß man auf dem Krankenhausgelände nicht herumschreien dürfe!

Verstört rannte ich zur Bushaltestelle. Gierig atmete ich die Schneeluft ein, um den Permanganatgeruch in meiner Nase loszuwerden. Es war schon gegen Abend, und von meiner Großmutter fehlte jede Spur. Wenn nicht alles voller Schnee und Schmutz gewesen wäre, hätte ich mich an den Wassergraben gesetzt und laut geweint und geschrien, damit sie mich fände.

Vor Angst und Verzweiflung stand ich am Rand des Fußgängerwegs. Der Schnee unter meinen Füßen war fest und voller Bosheit. Flimmernd schien er mit mir zu sprechen. Wenn ein Fußgänger vorüberging, warf er das Licht der durchbrochenen Lampe vom Stand des Rote-Beete-Verkäufers zurück. Wenn niemand vorüberging, verschluckte er es. Es schien, als wolle er sagen, das geschieht dir ganz recht. Warum hast du deine Großmutter so schikaniert? Warum hast du ihr Gebiß versteckt, so daß die arme alte Frau nichts essen konnte? Warum hast du die Brustbeeren gestohlen, die sie unter tausend Mühen aus Maschhad mitgebracht hatte? Warum hast du gestern, als sie einige getrocknete Limetten in die Mörserschale gegeben hatte, sie so in Wut versetzt, daß sie Herzbeschwerden bekam? Warum …

Warum? Ich wußte es selbst nicht. Ich zertrampelte den Schnee unter den Füßen, damit er nicht immerzu fragte, und zog meine Nase hoch. Es war so kalt, daß mir ein Eisstückchen in die Kehle geriet. Unablässig liefen mir die Tränen übers Gesicht. Um mein Gewinsel im Halse zu ersticken, preßte ich die Lippen aufeinander. Ich schaute hinüber zu dem heißen Dampf, der von den gekochten roten Beeten aufstieg. In Gedanken an ihren süßen Saft starrte ich zu dem Bohnenverkäufer, der seinen Ofen ein paar Meter weiter auf einem fahrbaren Karren angeheizt hatte. Daneben war ein Stand, an dem es Kuttelflecke gab, der Mann goß mit einer Schöpfkelle schmutziges heißes Wasser auf die Hammeldärme. Wenn meine Großmutter da wäre, hätte sie mir von allem eine Schale gekauft. Plötzlich ertönte die Stimme des Mannes mit den roten Beeten. Er rief:

»Junge, komm her ...«

Ich hatte Angst, denn ich dachte, daß ich wieder etwas angestellt hätte und er wollte mich bestrafen. Also drehte ich meinen Kopf weg und tat so, als hätte ich ihn überhaupt nicht gehört.

»Dich meine ich, Junge! Komm her ...«

Zögernd trat ich vor. Ich achtete auf seine Hand, damit ich schnell wegrennen könnte, wenn er sie gegen mich erhob. Oh Gott, laß meine Großmutter kommen!

»Bist du nicht der Enkel von dieser Hadjie*, die jede Woche zweimal ins Krankenhaus kommt?«

Ich zog meine Hände aus der Tasche, um besser wegrennen zu können und trat einen Schritt zurück. Warum hatte ich bloß wie ein Mädchen so dicht am Wasser gebaut ...? Woher kannte der Rote-Beete-Verkäufer überhaupt meine Großmutter?

»Du bist doch nicht etwa stumm, daß du nicht antwortest ...«

Ich trat noch einen Schritt zurück.

»Sehe ich so furchtbar aus, daß du vor mir erschrickst? ... Komm her, ich tu dir nichts. Ist diese blinde Frau deine Großmutter?«

Ich war gekränkt, blickte ihn herausfordernd an und sagte:

»Meine Großmutter ist nicht blind! Sie hat nur schwache Augen.«

Er warf sein kariertes Handtuch von einer Schulter auf die andere und entgegnete ungeduldig:

»Na, was auch immer. Gehört sie zu deiner Familie?«

Ich nickte. In der Hoffnung, daß er mir etwas von den roten Beeten gibt, schaute ich ihn an.

»Sieh mal an! Seinen großen Kopf bewegt er, aber er ist nicht bereit, seine Zunge zu rühren ...«

Er war nicht verärgert. Er hatte bloß keine Geduld. Mit Daumen und Zeigefinger wischte er sich den Rotz von der Nase und schleuderte ihn gegen die Wand. Als er seine Hand an der Hose abwischte, sagte er:

»Deine Großmutter war vor einer Minute hier. Sie läßt ausrichten, du sollst hierbleiben bis sie zurückkommt ...«

Vor Freude sprang ich hoch und packte ihn an den Händen. Jetzt kamen mir tatsächlich die Tränen. Wenn ich ein Mädchen wäre, hätte ich mich nicht so geschämt! Ich schrie:

»Wann? Wann? ...«

Er gab mir keine Antwort. Unverhofft war ein Kunde gekommen. Bevor er ihn bediente, wickelte er eine Portion rote Beete in Zeitungspapier und reichte sie mir. Ich war beruhigt, daß ich nicht verloren war. Mit den Rüben in der Hand trabte ich verwundert los. Der Bohnenverkäufer stellte sich mir in den Weg und sagte streng:

»Junge, bleib hier am Rote-Beete-Stand. Deine Großmutter sucht dich!«

Vor Aufregung konnte ich nicht stillstehen! Kaum hatte ich mich wieder ein paar Schritte davongemacht, als der Mann von dem Stand mit den Kuttelflecken vor mir auftauchte und die Worte des Bohnenverkäufers wiederholte. Auch die Laufburschen vom Naschwarenstand, vom Milchstand und dem Fleischer umringten mich und richteten mir dasselbe aus ... Als meine Großmutter schließlich mit ihrem schwarzen Tschador aus Crèpe de Chine aus der Dunkelheit des Abends trat, rannte ich Hals über Kopf zu ihr hin, umklammerte ihre Knie und küßte mit aller Kraft ihre Hände, die mich vom Boden hochziehen wollten. Mein Geschluchze hörte erst auf, als wir zu Hause ankamen. Dort erwartete uns das dicke Ende in Gestalt meines Großvaters. Mit seinem Stock schlug er mir fortwährend gegen die Brust, so daß ich mich krümmte.

Er fuhr mich an:

»Deine Sorte kenne ich gut. Du bist nach deinem nichtsnutzigen Vater geraten. Du bist der alten Frau davongelaufen und wolltest sie nur ärgern. Wolltest irgend etwas tun, damit du beim nächsten Mal nicht mehr mitkommen brauchst. Aber da bist du auf dem Holzweg. Egal was passiert, solange ich lebe, begleitest du sie zum Krankenhaus!«

Ich schaute bei allen Milchverkäufern der Ladenzeile nach Joghurt vorbei, aber ihre Krüge waren allesamt leer. Auch Ali, der Türke, öffnete in dem Geruch von Ingwer und Gelbwurz seinen schiefen Mund und sagte: Wir haben keinen! Ich ging wieder auf die Straße zurück. Ins Hotel zu gehen, hielt ich nicht für sinnvoll. Meine eitle Tante konnte in dieser kurzen Zeit die Eidechse des grausamen Sejjed nicht beruhigt haben. Ich zog den Brief von Mahtab aus der Tasche und begann im Licht der Straßenlaterne, das wie ein Stück Blattgold auf dem Fußweg lag, zu lesen. Sie schrieb:

»*Ohne dich / steht alles still / die Zeit / das Licht / das Leben. / Nur meine Liebe / ist noch mehr für dich entflammt / ich verbrenne im Feuer deiner Entfernung, / außer deinem Namen / singe ich kein anderes Lied / überall sehe ich dich, dein schönes Gesicht!*«

Im Schaufenster von Moradis Fotoladen warf ich einen Blick auf mein schönes Gesicht. Meine Augen blitzten vor Freude. Still öffneten sich meine Lippen zu einem zufriedenen Lächeln. Anmutig zog ich meine rechte Augenbraue hoch, als mich ein Schlag auf den Rücken erschütterte. Es war der dicke Mustafa, der jetzt in der Moschee als ergebener Gefährte von Imam Hosein bekannt war. Er schlug mir noch einmal auf die Schulter und sagte:

»Du treibst dich allein herum, he! Während wir in der Moschee so viel zu tun haben ...«

Der Kopf auf meinem Körper bebte noch vom Schlag des ergebenen Gefährten, als ich antwortete:

»Ja, ich sehe schon. Du kommst vor lauter Arbeit um. Bist ja völlig vom Fleisch gefallen. Was hast du denn gemacht, lieber Mustafa?«

Den spöttischen Unterton in meinen Worten bemerkte er nicht. Er zog mich vom Schaufenster weg. Mein schönes Gesicht verschwand. Stolz sagte er:

»So ist es eben. Wie oft finden wir denn die Möglichkeit, die Stützpfeiler einer göttlichen Herrschaft auf der Erde zu errichten? Wenn solche unerschrockenen Kämpfer wie wir den historischen Augenblick nicht ausnutzen, müssen wir wieder tausendvierhundert Jahre warten!«

Man merkte, daß er in den ideologischen Schulungen gut aufgepaßt und die Phrasen von Scheich Chazal gelernt hatte. Er bemühte sich, sehr ernsthaft und gewählt zu sprechen. Ich äffte ihn nach:

»Gott der Erhabene vergelte es euch einmal im Diesseits und tausendmal im Jenseits!«

Er zog den Bund seiner Hose über den aufgeblähten Bauch und fragte:

»Was ist mit dir? Möchtest du nicht an der Belohnung im Jenseits teilhaben?«

»Ich bin mehr für eine Belohnung im Diesseits. Ich brauche Geld. Ich brauche es dringend, mehr als die Paradiesjungfrauen, die mir im Jenseits in die Arme fallen sollen.«

Der ergebene Gefährte wurde wieder der dicke Mustafa. Er warf sich den Riemen der Kalaschnikow über die Schulter und rieb sich die Hände:

»Ach mein Lieber, die Paradiesjungfrauen, die Paradiesjungfrauen! Ihretwegen bin ich bereit, in eine Kugel zu laufen. Was ist dagegen schon Geld. Komm morgen in die Moschee, dann gebe ich dir Geld soviel du willst. Du mußt nur etwas tun dafür. Du übernimmst eine Aufgabe, zum Beispiel in der Gruppe der Wagemutigen. Ja?«

Plötzlich verabschiedete sich Mustafa in strammer Haltung von mir und zog seinen Schatten, der wie ein langer runder Turm auf der Erde lag, mit sich fort. In Gedanken an eine irdische Belohnung und an mein schönes Gesicht ging ich wieder zu Moradis Fotoladen. Ich mußte mich ganz allein ohne die Gruppe der Wagemutigen und den ergebenen Gefährten Hoseins aus der Misere ziehen, damit mir meine irdische Fee Mahtab in dieser Welt in die Arme fällt. Wenn mein Lebensweg, auf dem das Geld wie Kies liegen sollte, in der Moschee von Hadji Moschiri und durch die Kalaschnikow von Mustafa sein Ende finden sollte, war es besser, wenn ich darauf verzichtete. Ich hätte nicht mit einem Gewehr und Munition umgehen können. Meine wirksamste Waffe war der spitze Hornschnabel meiner Krähe, die in einem Augenblick einen Feind lautlos aus dem Felde schlagen würde. Meine dunkelrote Handleserin hatte gesagt, ich sollte auf meinen Kopf aufpassen. Wenn ich mich den ergebenen Gefährten anschließen würde, würde ich ihn vielleicht aufs Spiel setzen. Nein, ich mußte einen anderen Weg finden, mich zu bücken und das Geld aufzusammeln. Aber was für einen Weg? An wen könnte ich mich halten? Wen könnte ich um Rat fragen? Wie könnte ich herausfinden, was mit Fachri-Chanom los war? Was für einen Plan hatten Sejjed Karim und meine hinreißende Tante ausgeheckt für sie und die Leiche, von der ich nicht wußte, wem sie gehörte?

Ich schaute auf die verzerrten Fotos im Schaufenster von Moradis Laden. Sie widerten mich alle an. Die Männer hatten ihren Mund geöffnet, und über ihren Lippen stieg ein dichter Schnauzbart empor. Alle meine mir bekannten und unbekannten Onkel hatten einen Schnauzbart. Es waren sieben und sie hatten drei Väter. Meine Großmutter war der gemeinsame Ursprung dieser zehn Helden. Wenn Monawar-Chanom sie necken wollte, fing sie von ihren heldenhaften Ehemännern und Söhnen an. Meine Großmutter seufzte auf und sagte beschämt:

»Ach, Gott behüte! Zehn stämmige Kerle mit Schnauzbärten bis zu den Ohren! Ich weiß nicht, was ich getan hätte, wenn mir Gott nicht zum Schluß noch diese eine Tochter geschenkt hätte.«

Als meine Großmutter das letzte Mal krank wurde und sich ins Bett legte, rief sie mich, damit ich mich neben sie setzte und ihr die Fotoalben zeigte. Sie wollte nicht vergessen, wer jeder einzelne war, woher er kam und was er von sich zurückgelassen hatte. Immer fürchtete sie sich davor, daß sie sich selbst verliert, oder daß das Licht ihres Gedächtnisses verlöscht und sie mit ihren halbblinden Augen im Dunkeln bleibt. Wenn sie mich fragte, würde ich sagen, daß sich alles so ereignet hat und sie sich ohne Grund mit Hilfe der Fotos, von Erzählungen und Erinnerungen bemüht, das Gegenteil davon zu beweisen. Als ich ihr das Foto ihres ältesten Sohnes vor die trüben Augen hielt, sagte sie griesgrämig:

Wer ist denn das?

Onkel Gholam Hosein! Von Ihrem ersten Mann. Monawar-Chanom sagt, er war Koch am Hof …

Onkel Gholam Hosein war mit einer Sonnenbrille fotografiert worden. Wie ein Band bedeckte die Brille mit ihren breiten schwarzen Bügeln seine Augen samt Brauen. Viel war von seinem Gesicht nicht übrig geblieben, außer zwei schlaffen

Wangen, die wie Säcke herabhingen, und einem dreieckigen Kinn, das sich plötzlich auf halbem Weg nach oben reckte.

Meine Großmutter streckte ihren Kopf ein wenig vor und riß ihre Augen auf so weit sie konnte. Sie fragte:

»Was ist das für ein Ziegenbeinchen unter seiner Nase?«

»Das ist kein Ziegenbeinchen. Das ist ein Schnauzbart. Das ist noch aus der Zeit, als der Onkel ein Derwisch war.«

»Das wußte ich doch gleich, daß dieser Gholam Hosein nicht zuläßt, daß ich in Ruhe und Frieden lebe! Was für ein Unfug! Jetzt ist er ausgerechnet ein Derwisch geworden? Wie war noch mal sein Name?«

Sie geisterte wieder in einer anderen Welt umher und war in die Vergangenheit zurückgekehrt. Ich mußte sie ablenken. Sonst würde sie womöglich noch aufstehen und in die Schule gehen wollen!

»Wessen Name?«

»Von seinem Vater.»

Ich hatte keine Lust, ihre konfusen Fragen zu beantworten. Deshalb hielt ich ihr ein anderes vergilbtes Foto vor die Nase und sagte:

»Und das ist Onkel Gholam Reza. Der jüngste Sohn von Ihrem zweiten Mann! Sein Vater war der Kerbela-Pilger* Hasan oder Hosein! Ich kann es nicht gut lesen … es ist verblaßt. Hier steht geschrieben, daß er an der Gabelung von Bozardjomehri* einen Trödelladen hatte …»

Der Blick des Mannes, der mich von dem Foto anschaute, wirkte unstet. Sein ganzes Gesicht war eckig. Eine dünne Haut hielt die spitzen Winkel zusammen und verhinderte, daß die Handvoll Adern, Nerven und Knochen auseinanderfiel. Seine großen, abstehenden Ohren ragten wie Elefantenohren aus beiden Seiten des Gesichts. Die Großmutter fragte erstaunt:

»Das ist Gholam Reza?«

Ich war nicht sicher, daß sie überhaupt etwas gesehen hatte. Trotzdem nickte ich mit dem Kopf und sagte:

»Unter dem Bild steht geschrieben: Mitarbeiter des Büros zur Konfiszierung von Eigentum … Oder irgend etwas Ähnliches!«

Sie nahm mir das Foto aus der Hand und starrte eine Weile darauf. Dann sagte sie streng:

»Denk dir nicht solches Zeug aus. Ich kann mich nicht erinnern, daß Hasan so einen Sohn hatte ... Ist er am Leben?«

»Aber was soll mit ihm sein?«

Sie gab mir keine Antwort. Sie fragte nur widerwillig:

»Was ist das für ein Hühnerdreck über seinen Lippen?«

Sie hatte recht. Sie sah etwas! Ungeduldig stöhnte ich und sagte:

»Das ist kein Hühnerdreck! Es ist ein Schnauzbart. Aus der Zeit, als der Onkel für Hitler war ...«

Erstaunt riß sie ihre Augen auf:

»Pah, was redest du da! Willst du jetzt vielleicht noch sagen, daß Hitler mit uns verwandt war?«

Die Situation war gefährlich. Wenn die Großmutter weiter herumstritte, würde alles in einem lauten Gezanke oder mit Weinen und Geschrei enden. Dann würde die fürchterliche Gestalt meines Großvaters auftauchen. Zuerst würde er eine Handvoll Flüche auf meinen nichtsnutzigen, schmarotzenden Vater ausstoßen, dann seinen Stock an meinem Körper kurz und klein schlagen oder mir kein Abendbrot geben! Seit meine Großmutter krank geworden war, benahm sie sich wie ein Kind. Wie auch immer, ich mußte sie ablenken. Ich fragte:

Wer war denn Hitler, Großmutter?

Sie zuckte zusammen. Diese Frage hatte sie nicht erwartet. Hitzig schlug sie ihre Bettdecke beiseite, unter der sie zusammengedrückt worden war, und öffnete ihr blaues Hemd bis zu dem Lichtband, das vom Fenster herüberschien. Obwohl es warm war, hatte sie ihren Platz unter dem Eukalyptusbaum verlassen und war in diese Rumpelkammer umgezogen, die nur ein Fenster in den leeren Hof hatte. Sie antwortete:

»Hitler war derjenige, der das deutsche Volk aus dem Unglück errettet hat! Er allein konnte verhindern, daß die Kommunisten die Frauen kollektivieren und unser Land teilen, um an die warmen Gewässer zu gelangen!«

In Gedanken an meinen tapferen Onkel Gholam Reza betrat ich den Fotoladen von Moradi. Eine klangvolle Stimme, die ich vor zwei Tagen gehört hatte und die noch in meinem Kopf kreiste, sagte mir, daß ich den einzig Tapferen, den es in unserer Familie noch gab, anrufen und mein Problem mit ihm besprechen solle. Bestimmt würde er mir helfen. Er würde mir Geld geben und mir den Weg ins Paradies öffnen. Wenn ich ihm erzählte, daß ich beabsichtige, nach Deutschland zu fahren, in ein Land, in das zu reisen er sich ein Leben lang erträumt hatte, würde er mich noch mehr unterstützen. Wenn ich dann in Deutschland meine Fabrik für Haargelproduktion aufgebaut hätte, würde ich die doppelte Geldsumme mit einem Dankesbrief in einen Umschlag legen und ihm schicken. Mit freundlichen Grüßen an meinen ehrenwerten Onkel! Teurer Onkel, hätten Sie mir nicht Ihre großzügige Zuneigung im kritischsten Augenblick meines Lebens erwiesen, wäre ich jetzt nicht in der Lage, Ihnen diesen Brief ... Ob mein tapferer Onkel wohl solange leben würde, bis ich Unternehmer war?

Herr Moradi blickte verstohlen zu mir herüber. Ich tat es ihm gleich. Er blätterte in einem Album. Er hatte viele von diesen Alben. Ein paar von ihnen hatte er mir gezeigt. Einmal sah er mich mit seinen tiefblauen Augen an und bemühte sich, seine schmalen Lippen so zu öffnen, daß es aussah, als ob er mich anlachte. Ich wollte diese Brille mit dem Horngestell und den schwarzen Gläsern. Sie hatte mir auf Anhieb gefallen. Der Rahmen verdeckte die Hälfte meines Gesichts von den Augenbrauen bis zur Mitte der Wangenknochen. Hinter ihren dunklen Gläsern könnte ich überall hinschauen und niemand könnte meine Blicke verfolgen. Ich könnte sogar den grausamen Sejjed anschauen, und er würde glauben, daß ich wie immer auf den Boden starre. Wenn ich traurig wäre, könnte ich meinen Tränen freien Lauf lassen und niemand würde es bemerken! Oder ich könnte genausogut mit offenen Augen in Gedanken an meinen Eukalyptusbaum, an die Dattelpflaumen und meine Krähe vor mich hinstarren. Als meine Tante den Preis der Brille erfuhr, legte sie sie an ihren Platz zurück und sagte: »Die ist nichts. Das ist Plunder. Etwas für Mädchen!« Wenn mir meine Tante diese Brille kaufen würde, wäre ich sogar bereit, wie die Mädchen ein breites rotes Band um meinen schönen Haarschopf zu binden und damit drei Runden um die Stadt zu laufen! Ich antwortete: »Ja, Tante, du hast recht!«

Ich sagte mir, soll mich Moradi doch anlächeln. Dort ist eine Tür und ich habe zwei Beine! Herr Moradi zog sein graues Jackett aus, und während er es sorgfältig über die Stuhllehne hängte, fragte er mich, ob ich seinen neuen Brillenkatalog sehen möchte. Dann spreizte er seine Finger und fuhr sich durch die welligen Haare. Wann immer er diese Bewegung machte, hielt er ein Weilchen mit seiner Hand im Nacken inne. Ich hätte sehr gern gewußt, was er dort tat. Vielleicht nichts Außergewöhnliches. Aber ich war neugierig! Dann, als ob er müde geworden wäre, ließ er plötzlich los. Der Arm baumelte träge wie ein Uhrpendel einige Sekunden neben seinem Oberschenkel und stand dann still.

Ich konnte mich nicht beherrschen. Begierig wie jemand, der zum ersten Mal die Möglichkeit erhält, sich etwas zu kaufen, fragte ich: »Ein neuer Katalog?« Und Herr Moradi hielt seinen Arm wie ein Hinweisschild in Richtung eines Stuhls hinter dem Ladentisch. Ich sagte mir, ob vor oder hinter dem Ladentisch ist auch egal. Außerdem, wenn Herr Moradi sich immerzu durch seine Locken fährt und sich den Nacken krault, kann er nichts anderes tun! Die Brillen im Katalog waren richtig toll. Bloß die Motive haben mich geärgert! Diese Möchtegern-Schickimicki-Frauen, die ihre Beine gekreuzt hatten und ihre Schuhe mit hohen Absätzen zur Schau stellten! Anstelle eines Einkaufsbeutels oder einer Handtasche hatten sie einen dürren, behaarten Hund von der Größe einer Ratte unter den Arm geklemmt. Auf dem Kopf hatten alle einen rauchfarbenen Kübel. Als ich Herrn Moradi danach fragte, sagte er: »Man hat ihnen mit Filzstift einen islamischen Schleier aufgesetzt.« Am lächerlichsten aber waren die Männer mit ihren weichen und schmalen Lippen, die einen Spalt geöffnet waren. Ihre Gesichtshaut war so glatt, als ob sie niemals einen Bart hatten und niemals zum Mann geworden waren. Und dann diese kitschigen Landschaften im Hintergrund! Ich an ihrer Stelle hätte die Brille im Schaufenster aufgesetzt, mein Kiefer fest aufeinandergepreßt, mich an den Eukalyptusbaum gelehnt, einen Zweig mit reifen Dattelpflaumen in die Hand genommen und mir meine Krähe mit offenem Schnabel auf die Schulter gesetzt. Was aber, wenn sie mit ihrem Schnabel das Herz der Dattelpflaume zerreißen wollte?!

Herr Moradi tat gar nichts! Er blätterte nur mit seinen langen, dünnen Fingern, die aussahen, als ob auf die Nägel Rosenblätter aufgeklebt seien, die Katalogseiten um. Manchmal tippte er mit seinem Zeigefinger wie mit einem Stück Holz auf eine Brille, die ihm sehr interessant erschien und ließ sich über ihre Qualität und schöne Form aus. Am besten gefielen ihm Brillen, in deren Gläsern sich Blumen und Pflanzen, Wolken und der Himmel wie im Wasser eines Beckens widerspiegelten. Er versäumte auch nicht, eine verwirrte Strähne seiner Haare auseinanderzuziehen. Das einzige, was sich an seinem Verhalten verändert hatte, war die Pendelbewegung seines Armes. Wenn er zwischen den Beinen ankam, wurde er langsamer, und manchmal hielt er dort an! Es war eine lächerliche Szene. Das Lachen stieg und fiel wie Wasser in meiner Kehle, und um es nicht herauszuprusten, mußte ich mir auf die Lippen beißen. Nur das Bild von dem tapferen Gholam Reza verhinderte, daß es aus mir herausplatzte. Der Klang, den ich vor zwei Tagen gehört hatte, stieg und fiel jetzt mit dem Bild vom unansehnlichen Gesicht meines tapferen Onkels. Die Stimme hatte das Lied geändert und sang mir nun ständig ins Ohr: »Ruf ihn an, mein Junge, ruf ihn an!« Ich fragte:

»Haben Sie ein Telefonbuch, Herr Moradi?«

Er hatte alles erwartet, nur nicht diese Frage. Erstaunt antwortete er:

»Nein. Warum? Wenn du eins brauchst, besorge ich es. Seit der Revolution geht alles drunter und drüber und niemand verfällt auf den Gedanken, Telefonbücher zu drucken. Macht es etwas, wenn es ein altes ist?«

Es machte nichts. Ich mußte meinen tapferen Herrn Onkel anrufen, der meine einzige Hoffnung war. Aber es war besser, zuvor ein Andenken aus seiner Jugendzeit unter den Habseligkeiten meiner Großmutter zu finden und darüber mit dem

Hitler-Gholam Reza ins Gespräch zu kommen. Ich ging ins Hotel zurück. Im Zimmer roch es nur noch nach Bett und der Erregung des grausamen Sejjed und meiner Tante. Ich öffnete das Fenster und stellte mir beide beim Betreten der Moschee des gewissenlosen Hadj Moschiri vor. Dann zog ich unter dem Bett den alten Koffer hervor, in dem ich die Andenken meiner Großmutter verwahrte. Ich öffnete seinen Deckel, auf dem mein Schatten ruhte, der plötzlich lang und dünn wurde, als er auf die Wand traf. Auf der Suche nach einem Symbol aus der Vergangenheit des tapferen Gholam Reza zog ich das Foto eines nackten Vierjährigen und ein weißes Dreiecktuch hervor, auf dem mit buntem Garn sein Name gestickt war. Das Tuch hatte man ihm vielleicht beim Baden um seinen Eierkopf gebunden, damit er sich nicht erkältete! Weder dieses Bild noch das fadenscheinig gewordene Tuch würde einen alten Mann, der vielleicht schon seit längerem mit dem Leben abgeschlossen hatte, so beeindrucken können, daß er das einzige Kind seiner Halbschwester unterstützen wollte. Ich schlug den Kofferdeckel heftig auf meinen Schatten und stieß ihn mit einem Fußtritt wieder unter das Bett. Der Schatten rettete sich sofort und heftete sich wieder an meine Füße. Um einen Weg in das Herz des tapferen Gholam Reza zu finden, mußte ich mir etwas anderes einfallen lassen. Ich warf mich aufs Bett und sann über Begebenheiten nach, die sich weder in meinem noch im Leben meines Onkels ereignet hatten. Aber jedes gütige Herz würde sich wünschen, mindestens einmal in seinem Leben wegen eines solchen Ereignisses in Aufregung zu geraten. Aber war das Herz von Hitler-Gholam Reza gütig?

Am darauffolgenden Tag ging ich wieder zu Moradi. Er bestellte für mich ein Glas eisgekühlten, süßen Honigmelonensaft. Ich setzte mich auf einen der weißen Plastikstühle, die wie in einem Wartezimmer beim Arzt ringsherum im Laden aufgestellt waren. Das alte Telefonbuch, das er für mich beschafft hatte, legte ich mir auf die Knie und blätterte darin herum. Sonnenflecken tanzten auf dem Mosaikfußboden. Knirschend zerkaute ich in der Stille die süßen Eisstückchen und schluckte sie hinunter. Mit geschlossenen

Augen verfolgte ich genußvoll ihr Schmelzen von meiner Kehle bis in den Magen. Wenn meine Großmutter dort unter dem Eukalyptusbaum geblieben wäre und ihren Koran gelesen hätte, hätte ich es richtig genießen können. Aber die alte Frau hätte es nicht fertiggebracht, mich in Ruhe zu lassen. Die ganze Zeit über starrte sie mich an, während ich mit gesenktem Kopf da saß und nach der Telefonnummer meines tapferen Onkels suchte. Schließlich stand sie gebeugt von ihrem Platz auf. Lichtpunkte fielen durch die Blätter hindurch auf ihren Kopf und verloren sich auf ihrem weißen Seidenkleid. Sie stemmte ihre Hand in den Rücken, um sich aufzurichten. Dann machte sie einen Schritt hin zu dem Kübel mit dem Jasmin und fragte mich, der ich am Becken saß und Brot für die Fische zerbröckelte:

»Was hat das zu bedeuten, daß du Tag für Tag zu diesem Moradi läufst!? ... Immer wenn man dich sucht, muß man bei Moradi nachfragen. Was hast du Dreikäsehoch mit diesem Gauner zu schaffen?! ... Du bringst die Fische noch um! Wie oft soll ich dir sagen, daß du das Brot ordentlich zerkrümeln sollst! Solche große Stücke bleiben ihnen im Schlund stecken.«

Die letzten Eissplitter ließ ich mit meinem warmen Speichel schmelzen und unterdrückte mit Mühe ein Aufstoßen, das schon bis in meine Brust emporgestiegen war. Ich schrieb einige Telefonnummern auf einen Zettel und fragte Moradi:

»Entschuldigen Sie, kann ich von hier anrufen? Meinen Onkel.«

Moradi glotzte mich an. Ohne einen Wimpernschlag sagte er:

»Bitte sehr, natürlich! Du hast einen Onkel?«

Ich ging an der Vitrine mit den Ferngläsern und Brillen vorbei und sagte:

»Aber ja, sogar einen ganz tapferen!«

Ich hob den Hörer ab und wählte die erste Nummer. Die Zukunft und das Schicksal meines irdischen Paradieses, in dem sich nur eine einzige Fee ohne Flügel und mit einem runden Gesicht und verträumten Augen namens Mahtab herumtrieb, hing von diesem Telefongespräch ab. Wenn mein tapferer Onkel »nein« zu mir sagte, würde ich in dieser sumpfigen Stadt bleiben und verfaulen. Sicherlich würde ich mir dann wie er so einen Hitler-Schnauzbart stehen lassen, von Mustafa und seiner Gruppe der Wagemutigen eine russische Kalaschnikow erhalten und die Straßen unsicher machen. Aber ich wollte als jüngster Importeur von Sonnenbrillen mit Horngestell aus Deutschland Zigarren rauchen und mein schönes Gesicht mit festem, glänzendem Kiefer von allen Seiten fotografieren lassen. Mein Onkel mit seinem kantigen Gesicht und den Elefantenohren mußte »ja« sagen. Er mußte mir helfen, jetzt, da ich mich gebückt hatte und das Geld von der Straße aufsammeln wollte. Er durfte nicht zulassen, daß ich in diesem Land zugrunde gehe. Eine Männerstimme war vom anderen Ende der Leitung zu hören:

»Ja, bitte?«

Ich fragte:

»Ist Hadji Gholam Reza zu sprechen?«

In der Nähe des Hörers befand sich offensichtlich ein großer Wecker, der hastig tickte. Vielleicht gehörte dieses andauernde Ticken dem gütigen Herzen meines tapferen Onkels, das zu klopfen begonnen hatte, als er die Stimme seines jungen Neffen gehört hatte. Oder es war vielleicht auch mein eigenes aufgeregtes Herz, dem unbegreiflich war, wo sein Besitzer auf einmal all diesen Mut hernahm, mit einem Fremden zu telefonieren und zu erwarten, daß dieser ihn erkennt und ihm sein Geld, seine Zeit und seine Möglichkeiten zur Verfügung stellt. Und das alles nur deshalb, weil er vor Jahren mit Halbgeschwistern an einem Tisch gesessen und das Brot mit ihnen geteilt hatte. Wenn der tapfere Gholam Reza mir einen Tritt in den Hintern versetzte, während ich mich gebückt hatte, um meinen Anteil von dem Geld auf der Straße aufzusammeln, so war das sein gutes Recht! Ich hatte nur ein paar Mal in seine umherschweifenden Augen geblickt, und er ... die Stimme neben dem Wecker sagte:

»Bleiben Sie am Apparat!«

Hätte mich Moradi nicht so angestarrt, hätte ich den Hörer sofort wieder aufgelegt. Mein Herz pochte sehr schnell. Ich wußte nicht, was ich meinem ehrwürdigen Onkel sagen sollte.

Außer diesem Foto, dem weißen Tuch und einigen verworrenen Erinnerungen wußte ich nicht viel über ihn. Ich wußte nicht einmal, ob er sich an meine selige Existenz und an mein schönes Gesicht erinnern würde, wenn er meine Stimme hörte. Jetzt, da ich meinem Ziel so nah war, durfte ich nicht zweifeln und aufgeben. Wie die Jungs aus den amerikanischen Filmen könnte ich alles easy nehmen und mit kräftiger Stimme lachend in den Hörer brüllen: »Hallo Onkel! Haben Sie noch diesen Hitler-Schnauzbart? Ha, ha, ha!« Nein. Das konnte ich nicht. Dafür müßte ich zuerst das rasende Ticken meines Herzens ersticken, das immer lauter und lauter wurde. Durch die Telefonleitung war das Tacktack eines Stocks zu hören. Im gleichen Maße wie Moradi mich angrinste, sprang mein tapferer Onkel mit dem Stock des Großvaters auf mich zu! Unwillkürlich hob und senkte sich mein Brustkorb vor Angst und Aufregung. Das Licht neben der Hand Moradis, auf die er sein Kinn aufgestützt hatte, warf wie ein Vorhang Falten und floß hinunter auf seine Hosenbeine. Der Stock meines tapferen Onkels erhob sich, er wollte wie ein Schwert auf meinen Kopf niedersausen und ihn spalten. Blitzschnell sprang ich zurück. Im Hörer erklang eine alte Stimme. Obwohl ich zitterte, fuhr ich in die Haut des amerikanischen Jungen. Der Herr Onkel erkannte mich sofort! An mein schönes Gesicht könnte er sich nicht erinnern! Aber es machte ihm nichts aus. Ich wäre wie Hunderte von Jungen »ein Revolutionär«, wie er sie täglich auf der Straße sähe und für deren Wohlergehen er betete!

Mein Herz beruhigte sich etwas. Ich sagte mir, wenn der tapfere Gholam Reza schon für mein Wohlergehen betet, fällt es ihm vielleicht nicht so schwer, auch etwas für meine Freiheit zu tun. Wenn er mir Gelegenheit zum Sprechen gegeben hätte, hätte ich den Mut gefunden, meine Bitte zu äußern. Aber ohne noch einmal Atem zu holen, sagte er:

»Jetzt liegt die schwere Last der Revolution und des Krieges auf den Schultern von euch jungen Leuten. Das hoffnungsvolle Auge des »Führers« und der »islamischen Gemeinschaft« liegt auf euch. Freue dich, daß auch du in diesem gerechten Kampf gegen das Unrecht teilnehmen und das einzige Kapital, das du besitzt, nämlich dein Leben, dafür einsetzen kannst ...«

Aber ich wollte mein Leben für nichts anderes einsetzen außer für meine eigene Rettung. Lauter als er sagte ich:

»Ja, Sie haben ganz recht, Herr Onkel. Aber ...«

»Bravo, mein Junge. Ich wußte, daß du ein kluger Junge bist. In welcher Moschee bist du jetzt aktiv?«

Sosehr ich mir den Kopf zermarterte, der Name der Moschee, in der der wagemutige Mustafa und seine Gruppe agierten, fiel mir nicht ein. Vor Moradi wollte ich nicht lügen, um es später zu bereuen. Was hätte ich von dem Hitler-Gholam Reza erwarten können, aus dem jetzt ein Verteidiger der Revolution geworden war. Ganz allgemein und undeutlich sagte ich:

»In vielen.«

Ungeduldig drehte ich mich auf der Stelle und lauerte auf eine günstige Gelegenheit, mich zu verabschieden. Moradi war mit einem Riß beschäftigt, der sich auf seinem verkramten Ladentisch aufgetan hatte. Als ob er ihn gerade erst entdeckt hätte! Mein tapferer Onkel schüttelte vielleicht gerade seinen Eierkopf und kratzte sich die Elefantenohren. Aus tiefster Überzeugung sagte er:

»Ich hoffe, daß du so bald wie möglich die Gnade des Märtyrertums erlangst. Ich bin doch schon aus den Reihen ausgeschieden.«

Der tapfere Gholam Reza, den ich bitten wollte, mich bei der Rettung meines Lebens zu unterstützen, wünschte mir in aller Aufrichtigkeit den Tod, und ich wartete immer noch mit dem Hörer in der Hand auf eine Gelegenheit, mich bei ihm zu bedanken und zu verabschieden. Meine Kehle schwoll vor Lachen an. Um die Neugierde Moradis nicht noch mehr anzustacheln, wollte ich den Abschiedsgruß gleichsam in den Hörer spucken und dieses tödliche Gespräch zu Ende bringen. Das Lachen erwischte mich jedoch. In der Leitung knackte es und der Hörer fiel mir aus der Hand. Moradi sprang von seiner weißen Decke aus Licht auf und fragte:

»Was ist denn? Ist die Leitung unterbrochen?«

Mein Atem, begleitet von meinem Lachen, befreite sich auf

einem dünnen Weg. Auch ich mußte wie der Atem einen Weg in meinem Leben finden und mich daran hochziehen. Ganz allein. Ohne an den Elefantenohren des Herrn Onkel zu hängen, für den ich eine blutüberströmte Leiche war, die sich daranmachte, die Reihen zu verlassen. Im Geiste zerriß ich den Dankesbrief an meinen ehrwürdigen Onkel und sagte mit meiner angeschwollenen Kehle:

»Ja. Seit der Revolution ist alles chaotisch. Die Telefonleitungen sind ein Kapitel für sich!«

3

Der Gedanke an die Flucht ließ mich meine Augen schon im Morgengrauen öffnen. Sejjed Karim und meine grüngekleidete Tante waren wie zwei Mehlsäcke aufeinandergefallen. Mir klang noch immer das Rauschen der Meeresbrandung von der Küste meines Schlafes in den Ohren. Mein Bettzeug und die Kleidung waren durchnäßt. Ich stand im Wind auf weichem Sand und starrte auf das gekräuselte Wasser in der Pfütze unter meinen Füßen. Ich konnte mich nicht daran erinnern, wie ich an diesen Strand gelangt war und wie ich weiterkommen wollte. Das Wasser tropfte von meinen Hosenbeinen und verstärkte die kleinen Wellen. Die Stimme meiner Großmutter übertönte das Gelächter des Windes, der den Saum meines Hemdes zusammenrollte und gegen meinen Körper schlug:

»Zieh dich nicht aus, Junge. Du kannst doch nicht vor all den Leuten nackt dastehen!«

Wie hätte ich ohne meine Großmutter dieser stickigen Stadt entkommen und an diesen verträumten Strand gelangen können?

Ich griff mir das Buch vom Religionsunterricht, in dem ich durchgefallen war, damit der grausame Sejjed keinen Vorwand hatte, sich mit mir in die Haare zu kriegen, wenn er wach wurde. Im Rauschen des Meeres begann ich über das Leben der keuschen Imame zu lesen, und ohne etwas zu verstehen, schickte ich meine Gedanken los, damit sie im tiefen Dunkel der Ratlosigkeit herumtappend einen Fluchtweg fänden. Plötzlich wurde mir das Buch aus der Hand gezogen. Sejjed Karim stand an meinem Kopfende im Fensterrahmen, und anstelle eines Guten-Morgen-Grußes schrie er:

»Lernst du etwa diesen Quatsch? Geh lieber in die Moschee und arbeite für die Front. Zeig Hadji Moschiri, daß du ein fähiger Junge bist! So wirst du besser vorwärtskommen.«

In dieser Hinsicht wollte ich aber nicht vorwärtskommen. Ich wollte so schnell wie möglich Geld zusammenraffen und mich aus dem Höllental retten. In die Moschee des gewissenlosen Hadji Moschiri wollte ich nicht gehen. Seit meine Großmutter gestorben war, hatte ich meinen Fuß nicht mehr dorthin gesetzt. Im Moscheehof wuchsen keine Bäume. Nur der Bogen dort war interessant. Man hatte ihn so gebaut, daß sich die Sonne in ihm brach wie in einem Becken voller Licht und sich dann als weißer Brunnen auf die acht purpurfarbenen Blumenvasen im Muster des Teppichs ergoß. Dieser Brunnen aus Licht weckte in mir immer den Wunsch hineinzuspringen und wie diese Blumen in den Vasen klar und strahlend zu werden. Meine Großmutter bewachte jene heilige Stätte wie ein Drachen. Sie ließ mich nicht in ihre Nähe kommen. Nur einmal, als sie ihren Tschador über das Gesicht gezogen hatte und bei der Lesung des Geistlichen auf der Kanzel über das traurige Schicksal des ungerecht behandelten Hosein* und seiner zweiundsiebzig Gefährten klagte, nutzte ich die günstige Gelegenheit und streckte mein Bein aus, um den Rand dieses Brunnens aus Licht mit dem großen Zeh zu betasten. Plötzlich sauste ein Hackmesser auf mein Schienbein hernieder. Der Lichtbrunnen verschwamm vor meinen Augen und meine Seele flog krächzend vor Schmerz mit einer Krähe gen Himmel. Meine Großmutter schlug noch einmal mit der scharfen Kante ihres Fächers auf meine Fußsohle und schimpfte:

»Setz dich hin, Junge! Das ist eine Sünde … man lümmelt sich doch in der Moschee nicht so hin!«

Sejjed Karim wich zurück in die Nähe des Spiegels und fuhr mich an:

»Los, auf! Schämst du dich nicht, dich vor zwei Erwachsenen so hinzufläzen und zu pennen?«

Die beiden Erwachsenen waren der grausame Sejjed und meine grünäugige Tante, die ständig in dem fünf mal sechs Meter großen Hotelzimmer herumwuselten und sich miteinander amüsierten. Ich schickte meine Krähe los, damit sie im Haus meiner Großmutter mit den dreiundsiebzig Türen vorbeischaut. Ich sagte:

»Doch. Ich schäme mich. Ja.«

Und in Gedanken an den tapferen Gholam Reza, der mir den Märtyrertod an den Hals gewünscht hatte, stand ich auf. Das Zimmer war dämmrig und allmählich wurde es vom Quietschen des Bettes meiner Tante erfüllt, die sich beim Aufstehen räkelte. Plötzlich ertönte der markerschütternde Schrei Sejjed Karims aus dem Bad. Wie von einer Tarantel gestochen, stürzte er ins Zimmer. Angeekelt hielt er eine tote Maus am Schwanz, schwenkte sie in der Luft und schrie:

»Wer hat diesen Unrat im Bad hinterlassen?«

Dieser Unrat war keine tote Maus. Es war ein Strumpf von mir, den ich am Vorabend gewaschen und zum Trocknen auf den Türgriff gelegt hatte. Er roch nach Lux-Seife und war hundertmal sauberer als die Pranken von Sejjed Karim, von denen man nicht wußte, womit sie die ganzen Nacht über beschäftigt waren. Sein stechender Blick und die gerunzelten Augenbrauen ließen erkennen, daß er an diesem Tag mit dem linken Bein zuerst aufgestanden war. Ich mußte ihm aus dem Weg gehen, bevor er seine schlechte Laune an mir ausließ. Beleidigt riß ich ihm den Strumpf aus der Hand.

Wie ein Adler verfolgte er meine Bewegungen. Er wartete darauf, daß ich etwas sagte, um sich dann auf mich zu stürzen und mich in Stücke zu reißen. Aber ich sagte nichts. Ich verließ das Zimmer und schlug die Tür hinter mir zu. Hätte ich doch nur den Mut, die Tür dieses Landes ebenso heftig zuzuschlagen und wegzugehen. Dann hätte ich nicht all diese Demütigungen ertragen müssen. Das Geschrei von Sejjed Karim war so laut, daß es bis in den Korridor drang:

»Morgen melde ich diesen Burschen bei den Pasdaran, damit sie ihn gleich an die Front schicken. Sein Blut ist auch nicht röter als bei anderen. Er denkt ...«

Die helle und kalte Stimme meiner Tante machte das Geschrei des grausamen Sejjed zunichte. Sie sagte:

»Dann braucht sich der gnädige Herr hier nicht mehr sehen zu lassen.«

Ich war nicht sicher, ob Sejjed Karim die Drohung meiner Tante ernst nehmen würde. Es war sehr gut möglich, daß er bei einem dieser Tobsuchtsanfälle, die ihn immer wieder heimsuchten, meinen Namen in die Liste der »Kriegsfreiwilligen« eintrug und die Pasdaran zu mir schickte. Sie fänden mich, auch wenn ich mich in einem Mauseloch verkriechen würde, und ich würde in Kanonenfutter verwandelt. Bevor das Blut des grausamen Sejjed in seinen Adern zu kochen begann, mußte ich mir etwas überlegen. Oder ich mußte über einen Zufluchtsort nachdenken, bevor er mich mit einem Fußtritt aus diesem bescheidenen Zimmer hinauswarf. In Onkel Toms Hütte wollte ich nicht gehen! Für die Liebe war jetzt nicht der richtige Zeitpunkt. Ich mußte einen Ersatz für meinen Hitler-Onkel finden, jemanden, der mich nicht vor der Zeit ins Jenseits schickte. Auf wen konnte ich zählen? Auf niemanden! Ich war völlig verloren, und es gab keinen Rote-Beete-Verkäufer, keinen Bohnenhändler, es gab niemanden, der mir sagte, wo ich mich hinstellen mußte, um aufgelesen zu werden. Ich war ganz allein, nur auf mich gestellt. Ich würde arbeiten müssen, das Geld zusammenbringen und damit das Maul von Scheich Faghfur mit seinen Geschichten stopfen, damit er sich um eine Fahrkarte und einen gefälschten Paß für mich bemühte. Sobald ich über die Grenze und in Pakistan angekommen war, wäre alles überstanden. Von Karatschi bis Berlin war es nur ein Katzensprung! Mahtab hatte mir geschrieben:

»*Mein Herz schweigt / mein liebendes Herz ist traurig / es möchte dich umhüllen / beschützen / verbergen / die Nacht ist sternenklar und du bist nicht bei mir / ich sehe dein schönes Gesicht in ihnen!*«

Ich sagte mir, soll Mahtab doch denken, daß ich das Ebenbild der Sterne bin! Seit wann war sie zur Dichterin geworden? Vielleicht bewirkten die Einsamkeit und Fremde, daß alle zu Dichtern wurden. Dann könnte ich zum größten Dichter der Welt werden!

Ich betrat die gesprengte und gefegte, leere Straße und reckte mein schönes Gesicht gen Himmel. Froh darüber, daß kein Stern zu sehen war, schaute ich zu der blassen Sonne, die ihr eben erstrahlendes Licht wie einen Bienenschwarm aussandte. Ich nahm mir vor, daß ich, bevor diese Bienen wieder in der Dunkelheit der Nacht verschwunden wären, einen Weg gefunden habe, um zu meiner angetrauten, dichtenden Frau zu gelangen. Bis zum Ende der Woche beschloß ich, die Tür dieses Landes für immer hinter mir zugeschlagen zu haben. Dann könnte Sejjed Karim alle an der Front kämpfenden Truppen mobilisieren, um mich zu finden, es wäre umsonst. Zum Schluß stünde er meiner flinken Krähe gegenüber, die ihm im Fluge seine Murmelaugen aushackte. Außer meiner Krähe könnte ich noch auf meinen lieben Djawid zählen. Meine irdische Fee Mahtab würde mich bestimmt auch unterstützen. Das schöne Gesicht und die Erfahrung, daß ich die Tür vom Haus meiner Großmutter hinter mir zugeschlagen hatte, würden mir auch nützen. Meine Tante mit den großen, grünen Augen hob plötzlich ihren Kopf von der Brust des grausamen Sejjed und schaute mich wie eine Tigerin an. Sie sagte:

»Nein. Nicht du hast die Tür zum Haus deiner Großmutter zugeschlagen. Man hat dich mit einem Tritt hinausgeworfen. Nachdem du dich ein paar Tage in den Straßen und Gassen herumgetrieben hast, hast du gesehen, daß du keinen anderen Ausweg hast. Deshalb bist du zurückgekommen und fällst mir wieder zur Last. So war das.«

Sie irrte sich. An dem Tag, als die Pasdaran in unser Haus eindrangen, um es zu beschlagnahmen, war ich der einzige, der die Tür zuschlug und ging. Meine Tante nämlich lief ganz von selbst und warf sich ihnen vor die Füße, nachdem sie bei ihrem Anblick voller Angst eine Weile herumgeirrt war und auf der Suche nach ihrem Tschador in den Zimmern das Unterste zuoberst gekehrt hatte. Die Pasdaran waren im grauen Licht des Sonnenuntergangs gekommen. Zu fünft waren sie in den Hof mit seinem Jasminduft eingefallen und hatten das Haus umstellt, es aber nicht betreten. Ich stand in der zweiten Etage im Fensterrahmen und war ungefähr so groß wie der Dattelpflaumenbaum. Nur einige krumme Zweige reckten sich über mir in den Himmel. Als die Pasdaran umherliefen, setzte sich eine Krähe auf einen der Äste, krächzte kurz auf und verstummte sofort wieder. Als ob man ihr plötzlich die Worte abgeschnitten hätte. Aber ihr Hecheln drang noch an mein Ohr. Trotz der Abenddämmerung blitzten die Stiefelspitzen und die Gewehrschäfte der Pasdaran. Einer von ihnen schrie mit einem gemischten Akzent:

»Hausbewohner aufgepaßt! Mit erhobenen Händen einzeln aus dem Haus treten! Flucht oder Widerstand ist zwecklos, das Haus ist umstellt. Ich zähle bis drei, also: eins.«

Als er Atem holte, wurde seine Stimme kräftiger. Ich konnte von oben nur seine beiden weißen Zahnreihen sehen, die wie ein Band schmal und breit wurden, wenn der Mann seine Lippen bewegte. Meine Tante schlug sich die Hände vors Gesicht, und weil sie ihren Tschador nicht fand, öffnete sie das Gebetstuch meiner seligen Großmutter und zog den weißen Tschador daraus hervor. Sie sagte:

»Ach, Ahmad, siehst du wie wir vom Unglück verfolgt werden. Lauf und hol den Vertrag über unsere Ehe auf Zeit* aus der Kommode, damit wir nicht unseren Kopf riskieren!«

Ahmad war vor vier Monaten mein neuer Vater geworden. An drei Abenden in der Woche kam er zu uns, und wenn meine Tante in ihrem Schlafzimmer seine Eidechse beruhigte, gab er Geräusche von sich wie eine Grille. Er befahl mir:

»Lauf, Junge! Geh runter. Lenke sie ab, bis wir kommen.«

Ich sagte mir, soll Ahmad-Agha doch denken, daß ich wie ein Affe die bewaffneten Pasdaran ablenken kann. Obwohl die Krähe mit der abgehackten Stimme mit einem Auge schräg zu mir herüberschaute, sah sie mich immer noch nicht. Mit vorgereckter Brust saß sie auf einem abgeknickten Ast und beobachtete vielleicht mit dem anderen Auge die Dattelpflaumen. Sie hatte keine Angst. Solange sie die Früchte in Ruhe ließ, sollte sie sich ruhig so kühn gebärden. Als ob er nieste, schrie der Pasdar:

»Drei!«

Die Tante und ihr lieber Ahmad kamen aus dem Haus gerannt. In der grauen Dämmerung glich meine Tante einem Gespenst. Die Zipfel vom weißen Tschador meiner Großmutter hatte sie mit den Zähnen gepackt und darunter hielt sie ihre Hände zum Zeichen der Kapitulation hoch. Mit jeder

Bewegung blähte sich ihr Tschador auf und fiel wieder zusammen. Damit er ihr nicht vom Kopf rutschte, nuschelte sie ängstlich durch die Zähne: »Nicht schießen! Nicht schießen! Wir sind nicht bewaffnet!«

Beide bewegten sich hektisch und blieben vor den Pasdaran stehen. Einer von ihnen richtete seine Waffe auf das Gespenst und fragte:

»So? Und der Rest eurer Kameraden will sich nicht ergeben?«

Ahmad-Agha setzte einen Fuß nach vorn. Er reichte einem der Pasdaran den Vertrag über die Ehe auf Zeit und stotterte:

»Welche Kameraden, Bruder? Wir sind nur zu dritt!«

Dann blickte er verwirrt um sich. Erst jetzt hatte er bemerkt, daß ich nicht bei ihnen war. Er warf einen Blick auf meine Tante, die hinter ihm stand, und mußte über ihr gespenstisches Aussehen lachen. Obwohl er sich die Hand vor den Mund hielt, damit niemand etwas bemerkte, gelang es ihm nicht, sein Lachen zu unterdrücken. Wie ein verschämtes Mädchen begann er hinter vorgehaltener Hand zu kichern bis der Pasdar mit dem verworrenen Akzent schrie:

»Ruhe! Die treiben noch Scherze. Haben wir euch nicht gesagt, daß ihr das Haus räumen sollt? Wo sind diese Heuchler und Provokateure?«

Als ob ihm plötzlich etwas eingefallen war, zielte er mit seiner Waffe direkt auf die Stirn von Ahmad-Agha und schrie:

»Wo hat er sich denn versteckt, der Dritte?«

Aufgeregt warf sich meine Tante zwischen die beiden und mit den Händen, die sie unter dem Tschador gen Himmel ausgestreckt hatte, zeigte sie auf die abgeknickten Äste und die Krähe, die auf einem von ihnen hechelte. Dazwischen war bestimmt im Fensterrahmen mein Kopf zu sehen. Alle blickten in meine Richtung. Ich konnte nur das Weiße in ihren Augen sehen, weil die fortschreitende Dämmerung außer dem gespenstischen weißen Tschador meiner Tante alles verschluckt hatte. Das Knarren beim Entsichern des Gewehrs verjagte die Krähe. Auf einmal sah ich, daß das Gespenst wie ein weißer Schatten dem Pasdar mit dem merkwürdigen Akzent zu Füßen fiel und mit wütender Stimme sagte:

»Erbarmen! Als seine Großmutter starb, hat sie mir dieses Waisenkind anvertraut. Wenn ihm auch nur ein Haar gekrümmt wird, muß ich Buße tun!«

Ich sagte mir, soll sie doch allen sagen, daß ich niemanden habe und von allen verlassen worden bin. Es stimmte, daß meine Großmutter mich und das Haus meiner Tante anvertraut hatte. Aber ich war keine Waise. Meine Mutter lebte irgendwo in der weiten Welt. Aber sie war so mit ihren politischen Aktivitäten beschäftigt, daß sie mich vergessen hatte! Wenn meine Großmutter der Tante keinen Unterschlupf gewährt hätte, wäre sie noch mehr Waise als ich!

Der Pasdar schob sie mit dem Lauf seiner Kalaschnikow beiseite und schrie:

»Männer, an die Waffen!«

In Wirklichkeit würden diese einsatzbereiten Pasdaran nicht viel an meinem Zustand ändern, wenn sie sofort feuerten. Die einzigen Dinge, die ich verlöre, wären eine Krähe und ein Eukalyptusbaum, wobei ich vielleicht etwas ähnliches irgendwo im Jenseits, im Paradies oder in der Hölle finden könnte. Ich war mir sicher, auch Djawid eines Tages dort zu treffen. Trotzdem wollte ich mich nicht einfach ergeben. Meine Großmutter würde im Jenseits ganz bestimmt nach mir sehen und mich nochmal umbringen, weil ich ihr Haus mit den dreiundsiebzig Türen, ihren Eukalyptusbaum und die Blumenkübel mit dem Jasmin so vernachlässigt hatte. Deshalb blieb ich reglos im Fensterrahmen stehen. Ich war nur darüber in Sorge, daß meine Krähe wegflog. Der Pasdar legte seine ganze Kraft in die Stimme. Er wollte mich einschüchtern und schrie:

»Komm runter. Hände hoch und raus aus dem Haus.«

Meine Tante fiel fast in Ohnmacht. Ihre Hände hatte sie nicht mehr zum Zeichen der Aufgabe erhoben, sie hatte sie flehend in meine Richtung ausgestreckt. Sie beschwor mich zu gehorchen. Vielleicht hatte sie Angst, daß ihr »monatlicher Zuschuß« nicht mehr gezahlt würde. Vor ihrem Tod hatte meine Großmutter etwas Geld bei Hadji Moschiri, dem Vater von Mustafa, hinterlegt, damit er jeden Monat etwas davon für meinen Unterhalt an sie auszahlte. Hadji Moschiri und meine Tante lagen darüber in einem ständigen Streit. Ahmad-Agha drehte sich um und schimpfte:

»Junge, bist du taub? Befolge den Befehl des Bruders Pasdar. So eine Unverschämtheit! Komm runter. Mach keine Dummheit!«

Die zunehmende Abenddämmerung stieg wie Nebel auf und füllte alles aus. Außer dem weißen Tschador meiner Tante, der ihr Gesicht wie einen Laib Brot eingerahmt hatte, waren von den Gesichtern der anderen nur das Weiße in ihren Augen und die Zähne sichtbar. Auch ein paar helle Flecken waren im tiefen Grau verstreut, ich vermutete, daß sie zu dem schmutzigen Glanz ihrer Waffen gehörten. Gern hätte ich mir eines der Maschinengewehre gegriffen und sie alle auf einmal umgelegt. Der Pasdar, der das Papier über die Zeitehe meiner Tante in der Hand hielt, sagte zu seinem Kameraden:

»Schalt die Scheinwerfer an, Bruder! Vielleicht hat dieser Esel eine Bombe oder eine Granate oder etwas ähnliches. Den Kindern von diesen Heuchlern ist alles zuzutrauen.»

Dann wandte er sich an den Pasdar mit dem netten Akzent und fragte:

»Befehlen Sie nicht, das Gebäude zu stürmen? Die Brüder sind müde.«

Auf einmal war der Hof hell erleuchtet. Inmitten der grauen Dämmerung wurde es taghell. Aber in der zweiten Etage stand ich noch im Dunkeln. Als ich in den Hof schaute, der wie ein Stück weiße Farbe in das Schwarz gefallen war, bemerkte ich erst jetzt, daß neben jedem Baum ein Pasdar stand. Insgesamt waren es zwölf Männer. Ich stieg aufs Fensterbrett und stand in voller Größe im Rahmen. Jetzt war ich größer als der Dattelpflaumenbaum! Mit einer Stimme, die meiner überhaupt nicht ähnlich war, knurrte ich aus tiefster Kehle:

»Dieses Haus gehört meiner Großmutter. Niemand hat es zu betreten. Sonst springe ich hier runter!«

Alle erschraken. Die Pasdaran wußten jetzt nicht, was sie mit ihren Gewehrläufen tun sollten, die sie auf mich gerichtet hatten. Meine Tante setzte sich auf die Erde und Ahmad-Agha beugte sich mit erhobenen Händen über sie. Der Anführer befahl:

»Alle Mann zurück!«

Die Truppe zog sich nicht zurück. So, wie sie stand, richteten sie ihre Gewehrläufe auf den Boden und mit offenen Mündern wandten sie ihre Köpfe zum Himmel und schauten mich an. Meine Krähe kehrte flügelschlagend zurück und setzte sich auf den obersten abgeknickten Ast, von dem ein Büschel Dattelpflaumen herabhing. Ich ließ sie ruhig das Fleisch von einer Frucht herauspicken. Ich war am Ende angelangt. Ich streckte die Hand aus und pflückte eine Dattelpflaume. Niemand dachte mehr daran, mich zu töten. Im Gegenteil, alle waren darauf aus, mein Leben zu retten. Jetzt erteilte meine Tante anstelle des Anführers der Pasdaran die Anweisungen. Sie befahl, mich zu retten. Sie flehte sie an, die Feuerwehr anzurufen. Ab und zu hob sie den Kopf in meine Richtung und rief, daß es an der Zeit sei, Vernunft anzunehmen! Auf dem Hof war ein sinnloser Tumult im Gange.

Ich hatte das Gejammer meiner grünäugigen Tante satt. Ich zielte auf ihren Kopf und warf mit aller Kraft eine Dattelpflaume in ihre Richtung. Sie klatschte auf den Boden und färbte einige Stücke des Steinmosaiks orange. Mein Gehirn war weiß. Wenn ich genau dorthin fallen würde, würde es das Orange des Mosaiks weiß sprenkeln. Plötzlich ertönte eine Stimme hinter mir, sie platzte in die dunkle Stille des Zimmers und versetzte meinem Gehirn auf dem Fensterrahmen einen Schlag. Es war die Stimme von Hadji Moschiri. Ich geriet in Panik. Meine Krähe sah mit ihrem rechten aufgerissenen Auge seine Gestalt im dämmrigen Zimmer. Sie krächzte kurz auf und flog mit ihrem blutigen Schnabel von dem Ast auf. Während ich versuchte, mich mit den Händen irgendwo an ihren Flügeln festzuklammern, begann ich zu fliegen. Ich war in der Luft. Aber ich hätte geglaubt, daß ich schnell ins Wasser eintauchten würde. Meine Krähe verschwand hoch oben in der Dunkelheit und ich blieb in der Luft hängen. Im Fallen packte mich zwischen Himmel und Erde plötzlich Hadji Moschiri hinten am Kragen und zerrte mich hoch. Der Fahrtwind zog so scharf an mir vorbei, daß ich dachte, er habe mein rechtes Ohr abgeschnitten. Aber das verwirrte Getöse der Leute im Hof hörte ich ausgerechnet mit dem abgeschnittenen Ohr.

Kaum auf dem Boden angekommen, versetzte mir Hadji Moschiri eine saftige Ohrfeige. Ihr Schmerz ließ mein nicht vorhandenes Ohr anschwellen. Dann hob er mich an meinem Kragen hoch. In diesem Zustand war ich schwerelos. Ich war eine Blase, die auf der aufgewühlten Wasseroberfläche eines Becken hervorquoll. Ich sagte mir, jetzt platze ich. Es ist besser, diese Welt nicht ohne Abschied zu verlassen. Aber ich hatte niemanden von dem ich mich verabschieden konnte. Deshalb sagte ich, auf Wiedersehen Leben.

Jemand kam ins Becken. Das Geräusch aufgewirbelten Wassers drang in mein Ohr. Nein, das Leben wollte mich nicht gehen lassen. Hadji Moschiri trug mich durch die Luft schwebend bis zur Treppe und stieß mich mit einem Fußtritt hinunter. Ich landete vor den Füßen eines Pasdar, der Ahmad-Agha am Kragen gepackt hatte und ihn anschrie:

»Was hat ... dieser Kerl ... hier zu suchen?«

»Ich bin zur Zeit mit dieser Frau verheiratet!«

»Woher soll ich wissen, daß du kein Kuppler bist?!«

»Hier ist doch der Ehevertrag.«

Die monotone Stimme von Ahmad-Agha wurde laut:

»Bruder, sogar im Koran steht geschrieben, daß man mit den Frauen respektvoll umgehen soll!«

Sicherlich hatte er bei diesem Satz seinen Kopf schiefgehalten. Obwohl ich noch ruhig auf der Erde lag, ging in meinem Innern alles drunter und drüber. Der Anführer achtete nicht auf das Gefasel von Ahmad-Agha. Er befahl:

»Legt dieser Eidechse ... Handschellen an und werft sie ins Auto ... Wenn er eine Zeitlang im Gefängnis gesiebte Luft geatmet hat, wird er schon begreifen, wieviel die Freiheit wert ist, dann wird er nicht mehr auf die Idee kommen, uns zu veralbern.«

Mit der Eidechse war ich gemeint. Meine Tante warf sich auf mich. Wenn ich nicht schon durch den Sturz und die Fußtritte der Pasdaran gelitten hätte, wäre ich sicherlich jetzt unter dem Gewicht meiner Tante und aus Luftmangel erstickt. Einer der Pasdaran sagte:

»Aber Bruder, unsere islamische und revolutionäre Pflicht ist die Beschlagnahmung dieses Hauses, und nicht, ein Kind von neun oder zehn Jahren festzunehmen! Die werden alle über uns lachen, wenn wir mit diesem Knirps in den Stab kommen!«

Meine Tante rückte zur Seite. Ich stand auf, als der Anführer mit seinem Bein nach mir stieß. Sein Fuß traf mein Hinterteil. Aber ich spürte keinen Schmerz. Laut sagte er:

»So machen wir uns doch nur zum Gespött der anderen. Wenn wir mit einem Zeitehevertrag, einem Kuppler und seiner Hure zurückkommen.«

Hadji Moschiri trat keuchend in den Hof. Er wandte sich an meine Tante:

»Wenn ihr das Haus selbst ohne Aufsehen geräumt hättet, hättet ihr euch die Scherereien erspart.«

In meinem abgerissenen Ohr klopfte der Schmerz. Ich sagte:

»Das ist das Haus meiner Großmutter. Wenn es sich ein anderer unter den Nagel reißt, zünde ich es an!«

Das Durcheinander um mich herum beachtete ich nicht. Meine Tante beschwichtigte:

»Gut, Hadj-Agha. Es ist doch gar nichts passiert. Wir gehen gleich.«

Hadji Moschiri erwiderte:

»Halt den Mund! Was spielt sich dieser Dreikäsehoch auf. Ruhe! Das Haus hier war der Unterschlupf von Heuchlern unter dem Kommando deiner geflohenen Mutter. Alle wissen, daß in jedem der dreiundsiebzig Zimmer ein Plan gegen die islamische Republik und den Islam ausgeheckt und in Umlauf gebracht wurde. Ich kann es bezeugen.«

Hadji Moschiri log. Er selbst wußte nur zu gut, daß nach der Revolution die Türen der einundsiebzig Zimmer niemals geöffnet wurden und niemand anderes außer meiner Großmutter, meiner grünäugigen Tante, mir und manchmal noch Monawar-Chanom gerade mal zwei Zimmer benutzten. Wir hatten doch mit der Sache des Islams und der islamischen Republik nichts zu schaffen. Vor Aufregung überschlug sich die Stimme von Hadji Moschiri. Offenbar hatte er unseren Hof mit den Stufen der Kanzel in der Moschee verwechselt. Der Anführer der Pasdaran befahl:

»Männer, nehmt die Verbrecher fest und schafft sie auf die Wache!«

Die Pasdaran setzten sich geräuschvoll in Bewegung und ergriffen als erstes Ahmad-Agha. Meine Tante fiel Hadji Moschiri flehend vor die Füße. Im Gedanken daran, abtransportiert zu werden, stand ich reglos neben dem Beet. Schon sah ich mich mit blutüberströmtem Kopf, festgebunden an ein federndes Bett, während ich ausgepeitscht wurde. Die Peitsche wand sich wie der Schwanz einer Schlange zwei- dreimal um meine Beine. Aber noch mehr tat mir weh, daß ich nicht mehr auf den Eukalyptusbaum klettern und die Krähen von den Dattelpflaumen vertreiben konnte, daß ich die Leere, die meine Großmutter hinterlassen hatte, in den Ecken und Winkeln dieses Hauses vergessen mußte. Ich biß einem der Pasdaran, der mich an den Händen und Füßen gepackt hatte, um mich hochzuheben, ins Handgelenk, weil ich darauf spekulierte, daß er an Ort und Stelle »seine islamische und revolutionäre Pflicht« erfüllte und sein Magazin in mein Gehirn entleerte.

Er tat es nicht. Statt dessen fiel er mit Fausthieben und Fußtritten über mich her. Seine Ohrfeigen klangen wie das Geknatter von Zündplättchen und seine Fäuste schlugen wie ein Hammer auf meinen Kopf ein. Meine Tante schrie:

»Tun Sie doch etwas Hadj-Agha! Er bringt dieses unschuldige Kind noch um!«

Ich lockerte meinen festen Biß und ließ das Handgelenk des Mannes los. Hadji Moschiri entgegnete:

»Das ist seine eigene Schuld. Warum ist er so frech. Er kann seine Zunge nicht für einen Augenblick im Zaume halten.«

Trotzdem schrie er dem Pasdar zu, daß er mich loslassen soll. Sie rissen ihm die Hände zurück und hielten ihn fest, damit er mich nicht wieder überfiel. Meine Tante flehte Hadji Moschiri ins Ohr:

»Stehen Sie uns bei Hadj Agha! Retten Sie uns aus dieser mißlichen Lage. Wir werden alles tun, was Sie sagen. Ich schwöre bei Gott, tun Sie etwas, daß das hier endlich aufhört.«

Ich hatte den salzigen Geschmack von Blut vermischt mit ein paar borstigen Haaren im Mund. Unbemerkt von den anderen beruhigte Hadji Moschiri meine Tante durch Blicke und schrie die Pasdaran plötzlich an:

»Schützt ihr so die Ehre des Islam und der Revolution? Wer hat euch Vagabunden erlaubt, über diese schutzlosen Menschen herzufallen. Ich werde diese Angelegenheit heute abend mit dem Vorsteher der Moschee des Viertels klären. Es war mein Fehler, daß ich dachte, ihr seid gekommen und könntet das heilige Gewand zum Schutz der Revolution anziehen. Los, hopphopp! Verlaßt dieses Haus.«

Der Anführer fuhr dazwischen:

»Entschuldigen Sie, Hadj-Agha! So geht das doch nicht. Wir müssen dieses Haus beschlagnahmen. Wir haben einen schriftlichen Befehl. Bitte, sehen Sie! Wenn sich diese Heuchler widersetzen, müssen wir sie festnehmen. Das ist das Schreiben. Bitte. Hier ist es.«

Hadji Moschiri nahm das Schriftstück und zerriß es, ohne es gelesen zu haben. Er schrie:

»Seit wann hast du mir Anweisungen zu geben? Zeig mir zuerst deine Bevollmächtigung! Wenn ich ein Wort sage, kehrst du unverzüglich auf den Basar zurück und sammelst als Kellner mit einem Tablett in der Hand die leeren Teegläser und Untertassen von den Läden ein. Was soll das Theater überhaupt. Ich habe gesagt, daß ihr das Haus verlassen sollt! Diese Frau und der Junge sind mir anvertraut worden. Sie sollen Heuchler und Feinde sein? Was für ein Unsinn! Sie stehen unter meiner Obhut. Dieses Waisenkind ist ein Nachkomme des Propheten und diese Frau hat bei mir Zuflucht gesucht ... Ich vertraue ihnen mehr als meinem Augapfel. Das Haus beschlagnahme ich selbst und bringe die Urkunde in den Stab. Hopphopp! Zieht nicht das Ansehen der Leute in den Schmutz. Diese Frau hat mir selbst gesagt, sie hat sogar versprochen, das Haus ohne Aufhebens in einer Stunde zu räumen. Dieser junge Mann ebenso!«

Soll doch Hadji Moschiri jetzt glauben, daß er der Retter eines Nachkommens des Propheten ist. Aber als Waisenkind hatte ich ihm nichts versprochen. Nach all den Faustschlägen, Fußtritten, Ohrfeigen und Flüchen wiederholte ich den Satz, den ich in dieser Abenddämmerung schon mehrmals gesagt hatte:

»Das ist das Haus meiner Großmutter. Wenn es sich ein anderer unter den Nagel reißt, zünde ich es an.«

Ich fühlte wieder den Schmerz in meinem abgeschnittenen Ohr und sah die Hand Hadji Moschiris, die sich von meinem Gesicht entfernte. Ich schaute mich um, um meine Krähe in der Dunkelheit zu entdecken. Sie war spurlos verschwunden. Ich schleppte mich zur Tür. Niemand stellte sich mir in den Weg. Meine Schritte waren auf dem Steinmosaik nicht zu hören. Als ob ich mit nackten Füßen auf weichem Sand ginge, oder überhaupt nicht existierte! Die Tür knallte ich hinter mir zu. Sollten sie doch alle denken, daß ich ein verlassenes Waisenkind sei.

4

Mahtab hatte geschrieben:
»Du und ich, wir sind allein / um das Leben zu beginnen / allein auf der Erde / allein auf dem Wasser / allein in der Zeit / die ohne dich nicht vergeht / komm und hebe mich in den Himmel!«

Das Lachen gluckerte in meiner Kehle wie in einem Samowar. Soll Mahtab doch denken, daß ich ein Hubschrauber bin! Ich stand *allein auf der Erde* und meine ganze Sorge bestand darin, die Türklinke dieses Loches zu finden, das mein Land war. Was hatte ich mit *dem Himmel* zu tun?

Im grellen Licht der Sonne und unter den brennenden Stacheln ihrer Bienen machte ich mich zu Djawid auf. Wenn meine Tante mir damals diese Mädchenbrille gekauft hätte, hätte ich mich besser und männlicher gefühlt. Mustafa war auch dort. Ich wollte umkehren. Djawid packte mich am Arm und drückte ihn. Er hatte sein gelb-blau kariertes Hemd an. Wenn ihm seine borstigen Haare in die Stirn fielen und er nicht seine Augenbrauen runzelte, sah er mimmer sehr gut aus. Hinter der Autowerkstatt von Fathollahi, wo es trocken wie in der Wüste war, brannte die Luft. Mit dem Gedanken an den Druck auf meinen Arm blieb ich stehen. Ich wußte nicht, was der wagemutige Mustafa dort zu suchen hatte. Ich hatte Djawid losgeschickt, damit er etwas über die Angelegenheit von Fachri-Chanom und ihrer Schwester herausfindet. Jetzt stand Mustafa vor mir, und ich wußte nicht, wem er eigentlich berichtete:

»Die Schwester von Fachri-Chanom heißt Badri. Sie treibt sich immerzu mit ein paar Männern herum. Der kann man überhaupt nicht trauen. Schon vor der Revolution hatte sie mit besseren Leuten zu tun. Sie hat ihre Häuser und Villen eingerichtet.«

Mit Händen und Füßen gab ich Djawid zu verstehen, daß es mir nicht paßte, wenn Mustafa sich in meine Angelegenheit einmischte. Djawid zuckte nur mit den Schultern. Seit er im Fahrradladen von Ali Akbari Arbeit bekommen hatte, waren seine hervorstehenden Augen von dunklen Ringen umgeben. Er konnte nicht mehr in die Schule gehen, denn er mußte arbeiten und den Lebensunterhalt für sich und seine Mutter bestreiten. An den wagemutigen Mustafa gewandt sagte er:

»Was für einen Unsinn erzählst du schon wieder? Durften die Leute unter dem Regime etwa nicht arbeiten, um sich ihr Brot zu verdienen? Mußten etwa alle vor Hunger sterben, damit ihr zu der Auferstehung des Mahdi, dem 12. Imam*, gekommen seid?«

Mustafa konnte die Meinung anderer nicht ertragen. Er war mit vier jüngeren Schwestern aufgewachsen, auf die er eindrosch, sobald sie einen Mucks von sich gaben. Manchmal beschimpfte er sogar seine Mutter. Sobald sie uns sah, versteckte sie sich. Ich hatte bisher nur ein Auge von ihr gesehen, das unter dem Tschador wie das Auge eines Froschs hervorgelugt hatte. Mustafa platzte heraus:

»Arbeiten und sein Brot verdienen ist das eine, aber diesen Höflingen um den Bart gehen, ist etwas anderes. Daß jemand die Nächte beim Spiel und Gelage mit den oberen Zehntausend verbringt, was hat das mit Brotverdienen zu tun?«

Djawid kümmerte sich keinen Pfifferling um andere. Insbesondere nicht um das Gerede von Mustafa, von dem er wußte, daß er nur die Meinung von Hadji Moschiri nachplapperte. Deshalb stellte er ein Bein auf den Sockel der elektrischen Lampe mitten auf dem Werkstatthof und heftete seinen Blick auf den Ausgang zur Gasse. Es schien, als wartete er darauf, daß etwas geschähe. Ungeduldig sagte er:

»Oh, oh! Wenn heutzutage jemandem die Nase eines anderen nicht gefällt, verpaßt man ihm das Etikett »Höfling«, bringt den Ärmsten irgendwie mit den oberen Zehntausend in Beziehung und schickt ihn dorthin, wo der Pfeffer wächst. Und damit basta!«

Ich war sicher, wenn Mustafa genügend Kraft gehabt hätte, dann hätte er Djawid ein paar ordentliche Nackenstöße versetzt. Aber er konnte nicht. An Djawids Statur reichte im ganzen Viertel niemand heran. Deshalb schnaufte Mustafa seine Wut einige Male wie eine Lokomotive in die Luft, schluckte und sagte:

»Ich habe gehört, daß Badri-Chanom sich sogar für ihre Hunde den Arsch aufgerissen hat. Man höre und staune, im Jahre 79 hat sie sogar eine Hochzeitsfeier für die Hunde von General Qarabaghi und Generalleutnant Ataie veranstaltet!«

»Ich habe auch gehört, daß sie Lastwagen um Lastwagen mit Kleidung und Medikamenten ins Hinterland geschickt hat, als der Krieg anfing. Eine Frau allein. Gleich nach der Revolution hat sie die Häuser von den Anhängern des Schahs mit der Gruppe von Karubi beschlagnahmt und den Bedürftigen zur Verfügung gestellt ...«

Mustafa erstarrte und glotzte Djawid an. Er zwinkerte nicht einmal. Nur seine Nasenflügel begannen vor Aufregung zu zittern. Das gelbe Sonnenlicht, das schräg über sein Gesicht fiel, ließ ihn wie eine Bronzestatue aussehen. Es war immer dasselbe. Wenn sich Mustafa aufregte und ihm etwas gegen den Strich ging, erschien er wie die personifizierte Wut. Trotzig sagte er:

»... Nein, die Häuser hat man alle den Kommunisten gegeben, die aus dem Gefängnis kamen!«

»Angenommen, du hast recht. Waren sie nicht eigentlich auch besitzlos? Waren sie nicht wegen des Kampfes gegen den Schah jahrelang im Gefängnis?«

Mustafa verkrampfte seine Hände und ballte sie zur Faust. Aber er blieb stocksteif wie ein Besenstiel. Um etwas zu tun, steckte er seine Fäuste in die Tasche und sagte:

»Aber viele andere hätten es nötiger als sie gehabt.«

Djawids Lachsalve dröhnte in der Gasse.

»Da schau an! Der Sohn von Hadj Moschiri mit seinen drei Läden im Basar, der in der Moschee den Ton angibt und selbst viele Familien obdachlos gemacht hat, will uns erklären, wer das Recht auf eine Wohnung hat und wer nicht!«

Mustafa wurde puterrot. Er war richtig in die Falle getappt. Trotzdem machte er gute Miene zum bösen Spiel. Er reckte seine Brust heraus, holte die Fäuste aus der Tasche und sagte:

»Zum Beispiel der da.«

Er zeigte auf mich.

»Oder etwa nicht?«

Wie ein Pfeil stand ich da und starrte ihm in die Augen.

»Nein, sag jetzt mal.«

Ich sagte mir, soll der wagemutige Mustafa doch denken, wenn er mich erniedrigte, würde er auch Djawid gegen sich aufbringen. Ich warf einen Blick auf seine kurze, breite Statur und sagte kein Wort. Aber Djawid gab nicht nach. Wütend ging er zum Angriff über:

»Du scheinst vergessen zu haben, wer das Haus mit den dreiundsiebzig Türen der Großmutter von dem da beschlagnahmt hat. Zur Information des Herrn sage ich, Hadji Moschiri. Der Vater des gnädigen Herrn! Warum sprichst du übrigens nicht von der Zeit, als dein Vater noch im Haus seines Großvaters angestellt war? Das wissen doch nun alle, wenn der nicht gewesen wäre, wäre dein Vater nicht Hadji Moschiri geworden. Er wäre der gleiche Bettpisser Hasan geblieben, bei dem sich alle die Nase zuhielten, wenn sie an ihm vorbeigingen.«

Das Gesicht von Mustafa war so rot wie das Band mit der Aufschrift »Chomeini, meine Seele«, das er sich um die Stirn gebunden hatte. Als ob ihm eine Fischgräte im Halse steckengeblieben wäre, begann er zu röcheln. Mit aufgerissenen Augen wich er zurück. Im selben Moment hob er eine Handvoll Erde auf und schleuderte sie Djawid ins Gesicht. Dann kam er mit einem Satz zurück und ließ ein Klappmesser aufspringen, das er plötzlich von irgendwoher hervorgeholt hatte. In seiner Klinge spiegelte sich der Adamsapfel von Djawid.

»Dein Vater ist ein Bettpisser. Deine Mutter ist ein Bettpisser. Dein Großvater und deine Vorfahren alle sind Bettpisser. Nimm das zurück, bevor ich dich umbringe!«

Das ging mich nichts an, wessen Vater, Mutter und Vorfahren Bettpisser waren. Ich wollte nur nicht, daß Djawid sich ohne Grund entschuldigte. Deshalb trat ich einen Schritt vor, und mit dem Geschick eines Anglers warf ich meine Finger wie einen Haken um Mustafas Handgelenke. Ich achtete darauf, daß mein Körper keinen von beiden, die jetzt wie ein Muskel miteinander verwickelt waren, berührte. Djawid hatte seinen Kopf vor Schmerz zum Himmel gereckt, und aus dem Rüssel seiner Kehle trompetete er wie ein Elefant. Mustafa atmete mit hohen und langen Pfiffen wie eine Nachtigall. Einer von ihnen blutete. Sobald ich das Messer mit dem Perlmuttgriff Mustafa aus der Hand gerissen hatte, sprang ich zurück, um keine Blutflecke abzubekommen. Zuerst steckte ich das Messer in meine Hosentasche. Dann klopfte ich mir wie ein ordentlicher Mensch den Staub von der Hose. Djawid und Mustafa rauften immer noch miteinander. Obwohl ich mir die Haare nicht mit Gel eingerieben hatte, fühlte ich mich wie ein Mann. Ich dachte an Badri-Chanom und Fachri-Chanom, strich mit der Hand durch die Haare und brummte leise:

»Zerfetzt euch doch gegenseitig so sehr ihr wollt.«

Ich machte auf dem Hacken kehrt und ging langsam in Richtung Ausgang. Die beiden hörten mit der Prügelei auf, aber keiner rief nach mir!

5

Noch bevor ich das Zimmer betrat, war die Stimme Sejjed Karims zu hören. Er sagte:

»So wie ich es gesagt habe. Sag, sie sollen das Geld bereithalten. Den Rest regele ich.«

Meine Tante schnaufte und sagte:

»Wie denn? Hast du gedacht, daß es einfach ist?«

Alle waren wir hinter dem Geld her. Die Bienen der Sonne waren schon mehrmals in der Dunkelheit der Nacht verschwunden und mit dem Licht eines neuen Tages wieder aufgetaucht, und ich wußte immer noch nicht, was ich meiner Angetrauten schreiben sollte. Meine irdische Fee hatte mich wohl im Verdacht, daß ich sie vielleicht vergessen hatte und nicht daran dachte, mein Bündel zu schnüren. Mahtab wandelte wie immer in ihrer eigenen Welt und hatte mit der Realität nicht viel im Sinn. Ihr genügte es nicht, daß ich mich von früh bis spät abrackerte, um einen Weg zur Flucht aus diesem Höllental zu finden! Sie hatte geschrieben:

»Ich habe geträumt / im Traum hauchte eine Lippe / auf deinen weißen Atlaskörper / einen Kuß / ihr Kuß möge sich in ein Feuer verwandeln / ein Brandmal auf deiner Haut!«

Der Gedanke an meinen *weißen Atlaskörper* brachte mich zum Lachen. Meine ausgetrocknete und sonnenverbrannte Haut, bei der neuerdings aus jedem Loch ein Büschel borstiger schwarzer Haare wuchs, glich am allerwenigsten *weißem Atlas*! Soll Mahtab doch denken, daß ich fremd gehe. Ich schaute in ihr rundes, pausbäckiges Gesicht, das mir ein wenig verschwommen erschien. Als ob man ihr einen Schleier aus Spitze darübergelegt hatte. Sie war im Begriff zu heiraten! Aber ich saß nicht neben ihr. Ich wollte nicht heiraten.

Mir war das noch zu früh. Aber meine Großmutter sagte:

»Jetzt ist es wirklich an der Zeit. Wenn ich sterbe, mußt du wenigstens versorgt sein.«

Mahtab schluchzte fortwährend. Monawar-Chanom redete liebevoll und geduldig auf sie ein:

»Wir feiern heute eine schöne Hochzeit für dich. Ja?«

Inmitten der Ranken und Blüten des Baldachins sah Mahtabs Gesicht aus wie ein Luftballon, dem man ein Gesicht aufgemalt hatte. Sie blies ihre Backen auf, verzog den Mund und sagte:

»Nein ich will nicht. Wo ist meine Mama?«

Wieder fing sie zu plärren an. Alle sagten, Marjam-Chanom sei auf Pilgerfahrt zu Imam Reza und man wisse nicht, wann sie wiederkomme. Aber von Monawar-Chanom hatte ich gehört, daß sie wie meine Mutter geflüchtet war. Manchmal stöhnte meine Großmutter und sagte zu ihr:

»Du hast es besser. Dein Kind ist wenigstens in der Nähe. Wann immer du sie sehen willst, kannst du sie besuchen. Bis Maschhad ist es nicht weit!«

Monawar-Chanom wurde plötzlich unruhig. Nervös klopfte sie sich auf die Schenkel und sagte:

»Sei nicht so störrisch, Kind. Schau, Esat-Chanom hat ein schönes Brautkleid für dich genäht.«

Ihr Kleid war aus Spitze. Auf dem Kopf trug sie eine Krone aus dünnen Jasminzweigen und roten Blüten und darin hineingesteckt Weinreben. Mahtab war immer noch bockig. Sie saß auf ihrem Stuhl, kippelte und ließ ihre Beine in der Luft baumeln. Esat-Chanom strich ihr über den Kopf und versuchte, sie zu trösten:

»Weine nicht, mein Mädchen. Schau, ich hab auch einen Ring für dich gekauft ...«

Mahtab schniefte und beruhigte sich ein wenig. Obwohl der Ring sehr groß war, war er für die dicken Finger Mahtabs zu eng. Der rote Stein glotzte sie an. Plötzlich wurde es still. Meine Großmutter zerkleinerte unter dem Eukalyptusbaum einen großen Zuckerhut. Sie sagte:

»Gott segne deine Eltern, Esat-Chanom. Hättest du ihr den Ring doch schon früher gezeigt. Seit heute morgen hat sie uns genervt und nur geweint.«

Dann war es wieder still, Mahtab kippelte nicht mehr, Monawar-Chanom hörte auf, sich auf die Schenkel zu schlagen und auch das Toktok vom Zerkleinern des Zuckers brach ab. Es geschah etwas Besonderes, das Mahtab und mich für immer verbinden sollte. Plötzlich öffnete sich die Hoftür und ein Mann mit Hut und einem Stativ unter dem Arm trat herein. Meine Krähe krächzte auf dem kahlen Dattelpflaumenbaum und Monawar-Chanom sagte:

»Du, komm her und setz dich neben Mahtab, damit dieser Herr das Brautpaar fotografieren kann.«

Mit »du« war ich gemeint und »dieser Herr« war der Fotograf, der an der Ecke vom Hasanabad-Platz einen Laden hatte. Seine Haut glich der olivgrünen Farbe der Tabakblätter, mit denen er seine Pfeife stopfte. Die Pfeife legte er nicht einmal beiseite, während er uns fotografierte. Wenn er daran zog, wurden seine Wangen leer wie ein Luftballon und die Knochen traten hervor. Er schloß seine Lider, damit ihm die dicken Rauchkringel nicht in die Augen stiegen. So schoß er einige Fotos von mir und Mahtab, die in ihrem aufgeblähten, gefältelten Brautkleid versunken war. Zwischen den einzelnen Aufnahmen kam Monawar-Chanom zu uns und schob uns dichter zusammen. Mahtab rieb sich raschelnd an mir. Der feste Stoff des Brautschleiers zerkratzte mein Gesicht und die Sonne blendete mich. Monawar-Chanom redete fortwährend auf Mahtab ein:

»Dein Ring, dein Ring! Heb deine Hand hoch, damit man den Ring auf dem Foto sieht.«

Mahtab verrenkte sich und reckte ihre dicke Hand gekünstelt in die Höhe. Der Fotograf blähte seine Wangen auf, stieß die Luft wieder aus und fragte durch die Zähne und seinen dicken Tabakrauch:

»Fertig?«

Ich war überhaupt nicht fertig. Entweder schob ich Mahtabs Schleier aus meinem Gesicht, oder ich starrte, anstatt sie anzusehen, auf den roten Stein ihres Rings, der im Sonnenlicht blitzte. Schließlich sagte meine Großmutter:

»Gut, von jetzt an seid ihr Mann und Frau. Euren Ehevertrag haben wir im Himmel geschlossen. Wenn ihr ab jetzt einen anderen Mann oder eine andere Frau anschaut, ist das eine Sünde und ihr kommt in die Hölle. Wir haben jetzt deinen Namen auf Mahtab übertragen und ihren Namen auf dich. Habt ihr verstanden?«

Ich hatte überhaupt nichts verstanden. Ich lauschte den Tönen von Esat-Chanoms Flötenstimme, die kreisend aus ihrer Kehle kamen, und bevor sie herausfielen, mit sanften Schlägen ihrer flachen Hand in Stücke geschnitten wurden. Esat-Chanom unterbrach ihre Jubeltriller einige Male, und während sich ihre Augen mit Tränen füllten, sagte sie boshaft:

»Glückwunsch, so Gott will, werdet ihr zusammen alt.«

Meine Großmutter wandte sich an Monawar-Chanom:

»Bitte, was für einen Vorwand hast du jetzt noch? Wir haben die Ehe der beiden besiegelt. Läßt du jetzt dein fünftüriges Haus auf den Namen von Mahtab überschreiben? Wir leben doch nicht ewig. Vielleicht fallen wir morgen um und sind tot, laß uns wenigstens die Zukunft der beiden absichern ...«

In Gedanken an Mahtabs Traum, drehte ich den Türknauf um, während meine Tante aufseufzte. Sie fragte:

»Bist du zurück?«

Sejjed Karim ließ mir keine Zeit zum Antworten:

»Warum bist du so spät gekommen? Wo bleibt deine Begrüßung? Hast du Joghurt gekauft? Bist du stumm, daß du nicht antwortest?«

Aus seinen Augen sprühten tausend Funken. Er war so angeheitert, als ob er einen Becher Schnaps getrunken hätte. Vielleicht hatte meine Tante seine Eidechse ordentlich in Stimmung versetzt. Ihr Bett war völlig zerwühlt.

»Mir hat keiner Geld gegeben.«

»Hol's der Teufel, du bist doch selbst ein Mann! Kannst du dir nicht für den Notfall einen Fünfziger oder Hunderter einstecken?!«

Ich sagte mir, dann soll der grausame Sejjed doch denken, daß ich kein Mann bin. Das ganze Zimmer roch nach Mann. Gelbe Flecken sprenkelten das Bettlaken meiner Tante. Ich hielt den Atem an, bis ich das Fenster geöffnet hatte. Vielleicht hatten sie es geschlossen, damit die anderen Hotelgäste vom Gestöhne Sejjed Karims nicht im Schlaf gestört wurden. Meine Tante war dabei, die durcheinandergefallenen Gegenstände auf dem Tisch wieder zu richten. Vielleicht hatten sie dort begonnen.

»Ach, hab ich Hunger.«

Sejjed Karim holte einen Topf, der in ein Tuch eingewickelt war, aus seinem Beutel und stellte ihn auf den Tisch. Er war zufrieden und guter Dinge. Als er den Knoten des Tuches öffnete, sagte er:

»Das tun wir. Mit diesen Leuten braucht man kein Mitleid zu haben. Sag, sie sollen das Geld bereithalten, und in der nächsten Woche bekommen sie ihren Häftling. Eine Hälfte im voraus, die andere ...«

Meine Tante blickte den netten Sejjed wütend an und biß sich auf die Lippen. Sie meinte mich. Ich tat, als ob ich nichts gesehen hätte. Ich stellte drei Gläser auf den Tisch, und auf einen Wink von dem netten Sejjed zog ich den Plastikbeutel, der in einer Blechbüchse mit der Aufschrift »Kalkutta-Tee« lag, vorsichtig heraus. Ich wußte, daß die weiße Flüssigkeit, die darin plätscherte, ausgezeichneter russischer Wodka war. Ich mußte aufpassen. Wenn der Beutel zerriß oder ein Loch bekam, würde Sejjed mich vernichten. Ich hätte mir sehr gewünscht, daß er mir einmal erlaubte, den Knoten zu öffnen und, während der kalte Wodka gegen die dünne Wände des Beutels schwappte, ihn in eine Karaffe mit schmaler Öffnung zu gießen! Der nette Sejjed hatte nicht ein Fünkchen Vertrauen zu mir. Meine Tante genauso.

»Das ist reines Silber. Flüssiges Silber.«

Ich sagte mir, soll er doch denken, daß er auch ein Dichter ist. Karim-Chan wollte um jeden Preis Arzt werden. Deshalb war er zu den Pasdaran gegangen! So konnte er in deren Kontingent ohne Aufnahmeprüfung an die Universität kommen. Mit dieser Vorstellung wartete er schon seit einigen Jahren vor den Toren der medizinischen Fakultät und füllte das Blut der Häftlinge in Gläser, um zu beweisen, daß er die Fähigkeit besaß, Arzt zu werden.

Sejjed Karim wiederholte:

»Das ist Lebenselixier. Ein Labsal für die Seele!«

Wohin ich auch blickte, alle waren Dichter! Karim-Chan hatte seine dichterische Ader entdeckt, als er gegen Ende der Schahherrschaft für zwei Jahre und acht Monate in einer Einzelzelle saß! Damals hatte diese Ader ganz von selbst zu pulsieren begonnen und seinem Geist Glanz verliehen! Am Anfang, als er das Herz meiner Tante gewinnen wollte, hatte er viele Geschichten aus seinem erleuchteten Geist erzählt. Später, als meine Tante für fünf Jahre seine Frau wurde, zeigte er ihr auch die Heftchen mit seinen Gedichten. Zwei Hefte mit hundert Blättern waren voller Schiffe ohne Passagiere, die auf dem Meer kreuzten, und Fische, die die Sonne jagten, und starren Leichen, die mit blutigen Mündern eine Freiheitshymne anstimmten! Wenn er einige Doppelte von dem »flüssigen Silber« gehoben hatte, war er nicht mehr zu bremsen. Er erzählte immer, wenn er im Gefängnis seine Gedichte vor sich hingemurmelt habe, hätte er alles vergessen. Das Gefängnis, die Folter, manchmal sogar sich selbst! Meine Tante riß ihre grünen Augen auf, sie starrte in das kantige Gesicht von Sejjed Karim und fragte: »Und wie zum Beispiel?« Dann begann der erleuchtete Sejjed mit seinen Geschichten. Stockend und unter Husten und Stöhnen und Spucken erzählte er, wie ihm im Gefängnis sein Weisheitszahn gezogen worden war. Das einzige, was mich an dieser schmerzhaften und blutigen Geschichte fesselte, war, daß Gedichte wie Betäubungsmittel wirken konnten! Weil der Gefängnisarzt den vereiterten Weisheitszahn des Poeten Sejjed entsprechend der Gefängnisordnung ohne Betäubung zog. Aber er verspürte nicht den geringsten Schmerz. Denn als der Arzt damit beschäftigt war, seinen geschwollenen Kiefer aufzusägen, hatte er direkt auf seinen erleuchteten Geist gestarrt und summend mit dem Geräusch der Säge seine Gedichte auswendig aufgesagt!

»Der Zahn hatte vier Wurzeln, so!«

Dann krümmte er die Finger seiner linken Hand wie die Beine eines Krebses, und hielt sie meiner verblüfften Tante vor die Augen.

»So!«

Ich dankte Gott, daß meine Tante nicht blind war. Wie

hätte Sejjed Karim sonst mit seinem poetischen Talent die gekrümmten Wurzeln seines Weisheitszahnes zeigen können. Aber Gott sei Dank hatte meine Tante zwei große grüne Augen! Voller Bewunderung blickte sie auf Sejjed Karims erleuchteten Geist, nickte mitleidig mit dem Kopf und schickte mich, Joghurt für das Abendessen zu holen!

Er hatte Reis mit Linsen aus dem Gefängnis mitgebracht. Einen ganzen Topf voll. Seit einer Woche war unser Auskommen gesichert. Wir hatten jeden Tag etwas anderes zu essen. Er hatte erzählt, daß die gefangenen Frauen von Trakt vier streikten. Sie äßen nichts. Indem er einen Löffel und eine Gabel zwischen seine Finger genommen hatte und unsere Teller füllte, sagte er:

»Sie schaden sich nur selbst, diese Verdammten! Sie denken es juckt jemanden, wenn eine von ihnen vor Hunger in die Hölle fährt. Das interessiert doch niemanden.«

Nachdem ein Glas von diesem flüssigen Silber durch seine Kehle hinuntergeflossen war, änderte sich die Sache. Er selbst wurde zu einer Eidechse, die plötzlich vom Platz aufsprang, sich meiner Tante an den Hals hängte, seine bläulichen, feuchten Lippen spitzte und ihr mit dem Geräusch eines Schröpfglases die Lippen abschmatzte. Meine Tante zuckte jedesmal zurück, legte die Hand auf seinen Mund und sagte mit vorgetäuschtem Widerwillen:

»Jetzt nicht, Karim! Aaaach! Es reicht, nein!«

Aber Karim ließ nicht locker. Meine Tante drückte ihr Gesicht schnell an seinen geschwollenen Rüssel und nachdem sie das Geräusch des Schröpfglases gehört hatte, zog sie es zurück. Der total besoffene Karim schwankte mit dem Hals hin und her und murmelte etwas über gebrochene Schiffe und aufs Trockene geratene Fische und in der brennenden Wüste vergessene Stühle.

Ich bemühte mich, meinen Blick nicht auf den erleuchteten Geist von Sejjed Karim fallen zu lassen. Wenn die Läden offen gewesen wären, wäre ich freiwillig gegangen, um eine Schale Joghurt zu kaufen. Ich steckte einen Bissen in den Mund und starrte auf den Schatten der Lampe an der Wand. Die Linsen waren hart wie Kieselsteine. Beim Hinunterschlucken zerkratzten sie mir die Kehle. Die Helligkeit auf der Wand wurde immer schwächer. Aber die Lampe leuchtete unverändert. Als ich darauf achtete, merkte ich, daß es nicht die Helligkeit auf der Wand, sondern meine Augen waren, die immer dunkler wurden. Der schlaffe Mund Karims war ein halbmondförmiger Bogen geworden. Er hatte den Kopf zwischen den Schultern eingezogen, und manchmal kam aus seiner Kehle ein Laut wie Schluckauf. Ich sagte mir, soll er doch ruhig herumplärren. Ich stand auf und ging aus dem Zimmer. Meine Tante rief mich nicht zurück.

In den Ecken und Nischen des Flurs stank es nach Abwasser, und vor den Türen einiger Zimmer roch es außerdem nach Desinfektionsmittel. Manchmal drang ein Geräusch wie ein Lichtstrahl unter einem Türspalt nach draußen und verstummte nach einigen Augenblicken wieder. Sosehr ich mir an jenem Morgen auch einredete, bei Moradi vorbeizuschauen und ihn um Hilfe zu bitten, mir fehlte der Mut. Meine Großmutter hatte sich mir in den Weg gestellt und ließ mich seinen Fotoladen nicht betreten. Eines Tages mußte ich das Problem mit meiner Großmutter lösen.

Wenn Djawid heute morgen zu mir gekommen wäre, hätten wir zusammen in Onkel Toms Hütte gehen und Spaß haben können. Onkel Toms Hütte hatte Djawid für mich gebaut. Damit ich endlich vergessen sollte, daß Hadji Moschiri uns mit List und Betrug Großmutters Haus weggenommen hatte. Damit ich nicht auf der Straße herumlungerte. Damit ich mir den Gedanken aus dem Kopf schlug, das Haus in Brand zu stecken, und zu meiner Tante zurückging, für die der gewissenlose Hadji Moschiri zeitweilig ein Zimmer im Hotel von Mohadjeri besorgt hatte.

An einem Herbsttag, an dem ich mich wieder einmal in der Nähe des Hauses herumtrieb, entdeckte er mich. Ich schaute mir gerade einen dicken Eukalyptusast an, der in Richtung Fenster ragte. Er war vertrocknet, und auf Geheiß des Windes klopfte er mit seinen kahlen Armen an das geschlossene Fenster. Djawid sagte:

»Um Gottes Willen, Junge! Laß das! Du denkst wohl, daß gleich die Welt untergeht?«

Mit der Welt hatte ich nichts im Sinn. Ich wollte das Haus in Brand stecken, für das sich meine Großmutter aufgeopfert hatte und das sich jetzt Hadji Moschiri unter den Nagel gerissen hatte. Damit könnte ich sowohl ihm eins auswischen, als auch den Ärger mit der Seele meiner Großmutter loswerden, die mich dauernd verfolgte und mit mir schimpfte.

Eine Flasche Benzin, ein Streichholz und Schluß. Als ob nie etwas war und dieser Alptraum nicht passiert sei. Djawid sagte noch einmal:

»Wir bauen zusammen etwas Besseres und zeigen Hadji Moschiri, daß wir eine ganze Menge können. Der kann uns mal. Laß ihn. Du kriegst selbst nur völlig sinnlos Ärger an den Hals oder was sonst? Alle warten nur darauf, daß ein Stück Putz von den Wänden dieses Hauses fällt, und dann kommen sie und packen dich am Schlafittchen. Willst du wirklich in ihre Falle tappen?«

Ich brachte keinen Ton heraus. Ich dachte an das Jüngste Gericht und den Tag der Auferstehung und an das Feuer, das ewig brennt und Hadji Moschiri mit Haut und Haar und seinen Filzhut tausend Mal bis zum letzten verbrennen und ihn dann wieder von neuem bei lebendigem Leibe ins Feuer ziehen würde. Mir kamen die Tränen bei dem Gedanken daran, wie ohnmächtig, schutzlos und gedemütigt ich war. Mein Hab und Gut hatte man eingezogen, mit Fußtritten hatte man mich aus meinem eigenen Haus hinausgeworfen, und trotzdem erlaubte man mir nicht, gegen diese Ungerechtigkeit zu protestieren. Ohne mich zu schämen, ließ ich meinen Tränen freien Lauf. Ab und zu öffneten sich meine Lippen und die Tränen vermischten sich mit dem Speichel. Aber ich wollte sie nicht abwischen. Djawid sagte:

»Komm, gehen wir. Ich will dir etwas zeigen. Du wirst dich sehr freuen.«

Und wenn man mir die Besitzurkunde vom Haus meiner Großmutter gezeigt hätte, die auf meinen Namen ausgestellt wäre, ich hätte mich nicht gefreut. Was wurde denn aus dem Problem mit dem trockenen Ast, der an das Fenster klopfte? Wer konnte Hadji Moschiri die Ohrfeigen heimzahlen, die er mir versetzt hatte. Djawid zog mich an der Hand hinter sich her. Ich leistete keinen Widerstand. Bis wir irgendwo ankamen, wo er sagte: »Hier ist es!«

Außer einem Sandweg, der im gleichmäßigen Licht auf und ab führte, sah ich nichts. Ich bekam nicht mit, ob es Tag war oder Nacht. Djawid ließ meine Hand los und wiederholte: »Hier ist es!«

»Hier« war die Autowerkstatt von Fathollahi, wo ich jeden Winkel kannte und an der nichts war, worüber ich mich hätte freuen können. Djawid ging weiter in den Hof. Aus lauter Gewohnheit, nicht aus Neugier, folgte ich ihm. Als er an der Platane ankam, schlüpfte er behende in ein Loch, das sich zwischen den Baumwurzeln auftat. Ich folgte ihm in die Grube und stieg über schmale Stufen, die wie Höcker aus der Wand ragten. Djawid griff nach meiner Hand und sagte einige Male: »Paß auf!« Die Stufen waren aus Fahrradpedalen. Bevor er eine Kerze angezündet hatte, war ich vorsichtig. Dann packte mich das Staunen. Ich stand mitten in einem geräumigen Kämmerchen! Die Decke war mit einigen Fahrradrahmen befestigt, die kreuzweise in ein Lehm- und Strohgemisch eingebettet waren. Die Wände wurden von den dazugehörigen Rädern gehalten. Auf dem Boden war ein Fell ausgebreitet. Djawid riß mich aus dem Staunen und fragte:

»Na, wie findest du das?«

Mein Geflenne hörte auf. Aber ich freute mich nicht. Statt dessen wurde mir warm ums Herz!

»Das habe ich für uns gebaut. Ich habe ihm auch einen Namen gegeben: Onkel Toms Hütte. Es macht doch nichts, daß es nicht so groß wie das Haus deiner Großmutter ist. Aber es hat den Vorteil, daß es uns gehört und Hadji Moschiri es uns nicht wegnehmen kann. Freust du dich nicht?«

Nein. Ohne Djawid konnte ich nicht in Onkel Toms Hütte gehen.

Im Flur war ein weißer Lichtkegel wie ein Farbfleck auf das dunkle Steinmosaik gefallen. Für eine Weile stellte ich mich darauf und schaute auf meinen Schatten. Auf diesem Lichtfetzen war mein Schatten schwärzer als die erstarrte nächtliche Dunkelheit auf dem Boden. Nein. Dieser Korridor besaß keine Tür nach draußen, keinen Weg zu der Stadt, in der meine irdische Fee wohnte. Ich hob meinen Kopf. Im Geist sah ich Herrn Moradi die Schaufensterbeleuchtung seines Ladens über den blitzenden Sonnenbrillen anschalten. Ich wußte nicht wohin. Ich mußte wieder in unser Zimmer zurückkehren.

Vor der Tür lehnte ich mich an die Wand. Ohne es zu wollen, hörte ich die klare Stimme Sejjeds, die mit Wodka aufpoliert worden war. Offensichtlich hing er meiner Tante am Hals. Manchmal wurde er von einem Schluchzen unterbrochen. Trotzdem schwatzte er ohne Unterbrechung. Seine hohe Stimme drang mir wie ein Bohrer ins Gehirn. Jedes Mal, wenn Sejjed Karim Schnaps trank, wurde er zum Schwätzer und alles was in seinem mitleidigen Herzen war, quoll heraus. Er brachte die Menschen und Ereignisse durcheinander und heulte manchmal wie ein Wolf. Er sagte:

»Ich wollte sie nicht schlagen, ich wollte es nicht. Ich hatte mich in die Toilette verdrückt. In den Gebetsraum. In den Flur. Wo immer es möglich war. Aber es ging nicht. Das Gekreische der Frauen hat mich taub gemacht. Sie waren übereinander hergefallen, die Reumütigen und die Unverbesserlichen. Sie waren dabei, sich gegenseitig zu zerfetzen. Diese Huren. Die Frauen, die man gerade erst aus Qizil hesar* gebracht hatte, habe ich in Trakt 216 gelegt, Zelle 7. Zu den Reumütigen! Du weißt nicht, was das für eine schwierige Angelegenheit ist. Sooft ich dem Direktor von Ewin* auch gesagt habe, daß kein Platz ist, es hat nichts genützt. Er schickt mir die unverbesserlichen Frauen immer wieder herdenweise. Ich wußte nicht, wie ich mit ihnen umgehen sollte. Eine ist schlimmer als die andere. Zuerst habe ich gesagt, die Reumütigen sollen die Arbeit einteilen. Ihre Anführerin war Aqdas-Chanom. Ich habe gesagt, Aqdas-Chanom, Sie sind bevollmächtigt, tun Sie was nötig ist! Halten Sie nur den Trakt ruhig, mit Disziplin! Ich habe gehört, daß Sie viel beten. Das ist sehr gut. Ihre Arbeit im Trakt ist hervorragend! Sie haben das Wesen vieler von diesen Heuchlern und Provokateuren enthüllt. Ja. Aber um freizukommen, genügt das nicht. Sie müssen wirklich beweisen, daß sie an den Islam und die Ordnung der islamischen Republik glauben. Das ist den Verantwortlichen im Gefängnis noch nicht klar geworden ... *O ihr ungesungenen Lieder* ... wie ging es weiter, Morwarid?«

Meine Tante sagte ungeduldig:

»Ich bin nicht Morwarid.«

» ...In der Dunkelheit sah man nicht die Hand vor Augen. Mein lieber Vater versetzte mir einen Fußtritt in den Hintern und sagte, los! ... geh und verdien dir selbst deinen Unterhalt, damit du weißt, was das Leben kostet. Ich sagte, Agha Djun*, laß mich wenigstens nachts herkommen, um im Schuppen zu übernachten. Meine Mutter ist erst vor sechs Monaten gestorben. Waren es sechs Monate oder acht, Schamsi?«

Meine Tante protestierte:

»Ich bin nicht Schamsi.«

» ...Wieviel Pech hatte ich in diesem Leben. Wieviele Ohrfeigen habe ich bekommen. Warum!? Ich habe gesagt, Aqdas-Chanom, zum Teufel, Sie als Reumütige sind für den Trakt verantwortlich. Können sie das kleine Mädchen Osra nicht umerziehen? Sie machte eine wegwerfende Bewegung und sagte, nein! Es geht nicht. Ich habe meinen Onkel vorgeschickt, vielleicht kann er etwas erreichen. Ich weiß nicht, ob er verrückt geworden war oder was. Mein Vater hat auf den Onkel auch nicht gehört. Er hat gesagt, nein. Das geht nicht! Meine Frau ist jung. Dieser Esel ist gerade geil geworden. Tagsüber lungert er im Haus herum und des nachts weiß ich nicht, wo er sich herumtreibt. Das heißt, du meinst, ich soll meine Geschäfte liegenlassen und die beiden Tag und Nacht beobachten?! Was soll ich's vor dir verbergen, Najer, die Frau meines Vaters war nicht schlecht! Das war vorbei! Ich durfte meinen Fuß nicht in den Trakt setzen. Ich habe mich versteckt, damit die Pasdaran mich nicht finden. Ich habe sie zuerst selbst die Unruhe irgendwie beenden lassen. Es ging nicht. Jetzt, da ich meinen Fuß in den Trakt gesetzt hatte, mußte ich sie verprügeln. Sonst wäre ihr Respekt vor mir verschwunden. Bis sie halbtot war. Selbst wenn die Augen meines Vaters blind geworden wären, mit Najer habe ich auch geschlafen. Oben auf dem Dach. Ich habe ihr die Hände mit einer Leine, auf der sie Wäsche aufhängen wollte, zusammengebunden. Er hatte mich hinausgeworfen, um seine Ehre zu schützen, he! Mit Fausthieben und Fußtritten habe ich sie kleingekriegt. Diese Hure, die verfluchte. Sie hat sich gedacht, daß das Gefängnis ein Hotel ist. Sie hat ihre Matte im Flur ausgebreitet. Dort hat sie auch gegessen und geschlafen. Sie hat die Ordnung im Trakt durcheinandergebracht. Sie hat sich meiner Anordnung widersetzt. Vor mir haben sie Aqdas-Chanom und ein paar andere Reumütige zur Räson gebracht. Sie hatten sie verprügelt, sosehr es ging. Sie hatten sie an den Beinen gepackt und in Zelle 7 geschleift. Dorthin, wo sie schon am Anfang pennen sollte. Sie war sofort wieder in den Flur zurückgekehrt und begann zu schreien und zu klagen. Die anderen Unverbesserlichen kamen ihr auch zu Hilfe. *O Wüste von Kerbela*! Bloß gut, daß die Pasdaran den Trakt abgesperrt hatten, sonst hätten uns diese Verfluchten womöglich nackt ausgezogen und uns hinausgeworfen. Kann man denn so ein Gefängnis verwalten?! Mit den Stiefeln habe ich sie in den Bauch getreten. Es klang wie ein Schlag auf einer Trommel. Aber das Weib hat wieder das alte Lied gesungen. Hick ... hick ... hick ... du weißt nicht, wie schwierig das ist, liebe Najer ...«

Dieses Mal sagte meine Tante:

»Gut, aber warum wolltest du sie nicht im Gang lassen? Sie ist doch niemandem in die Quere gekommen ...«

Sejjed Karim war in sich selbst versunken. Den Worten meiner Tante schenkte er keine Beachtung. Er schluchzte:

»*O befreiende Wörter! Du hast mir Flügel und Federn ausgerissen, oh Liebe!* Als ich Ozra-Chanom in die Schnauze schlagen wollte, drehte sie plötzlich ihren Kopf. Meine Faust traf ihr Ohr. Ein dünnes Rinnsal aus Blut kam unter ihrem Kopftuch hervor. Dieses verdammte Weib ... Sie fiel auf die Seite und vergrub ihren Kopf unter den Armen. Trotzdem schrie sie: »Ich schlafe mit diesen Reumütigen nicht in einer Zelle.« Warum wollte sie nicht in Zelle 7 bleiben? ... *O ihr Blutbäche! In welches Meer fließt ihr? Wieviele Qualen muß ich noch in diesem Leben erleiden?*«

Diesmal tadelte ihn meine Tante:

»Das geschieht dir ganz recht! Du wolltest zulassen, daß die Arme bleibt, wo sie wollte. In Zelle 7 oder außerhalb, welchen Unterschied machte das? So wie du erzählst, kennt in diesem Block der Hund nicht seinen Herrn ... Was hätte es ausgemacht, wenn Osra-Chanom im Gang schläft?«

Plötzlich hörte das Geschluchze von Sejjed Karim auf. Er bemühte sich, in ernstem Tonfall zu antworten:

»Du redest wie die Unverbesserlichen. Wenn festgelegt werden sollte, daß die Gefangenen über die Gefängnisordnung beschließen, dann bleibt kein Stein auf dem anderen. Man muß streng sein ... Du machst doch hoffentlich nicht mit den Revolutionsgegnern gemeinsame Sache, und ich habe davon keine Ahnung. Nach deiner politischen Tätigkeit in der Vergangenheit ist das sehr gut möglich.«

Meine Tante sagte aufgebracht:

»Ja, ich bin im gleichen Maße gegen die Revolution wie du dafür bist! Wir beide passen gut zusammen. Nun mach keine Verschwörung gegen mich! Nun trink noch dieses Viertel, dann geht's dir wieder besser. Was ist denn schließlich aus der Sache geworden? Hat die Strenge zu etwas geführt?«

Sejjed Karim sagte mit rauher Stimme:

»Nein. Zum Schluß hat Ozra gewonnen. Sie saß mit ihren gebrochenen Rippen und dem geschwollenen Gesicht wie eine Eule im Gang und hat auf das Kommen und Gehen der Reumütigen gestarrt. Alle anderen hatten aufgegeben. Sonst hätte sie das ganze Gefängnis in den Streik gezogen ...

Offensichtlich wollte er bis zum Morgen seine unsinnigen Geschichten erzählen. Mich überfiel der Schlaf. Ich sah mich, wie ich die Brille von Hasan Moradi aufsetzte, Gel in meine Haare strich und mit zusammengepreßtem Kiefer die Zimmertür öffnete. Zuerst trat mein Brustkorb in das Zimmer, dann meine ganze Gestalt, ganz gerade schritt ich durch den Türrahmen. Ich brauchte nichts zu sagen. Ich warf einen kurzen Blick auf Sejjed Karim und ging zum Fenster. Sejjed zog mit seinem erleuchteten Geist die Konsequenzen. In einem Augenblick sammelte er seine Sachen zusammen und schlüpfte lautlos hinaus. Als ich mich auf meinem Hacken umdrehte, war das Zimmer leer, sauber und aufgeräumt. Meine Tante stand in der Mitte und bot mir eine Schale Joghurt an!

6

Mit dem Gedanken, einen Brief an meine irdische Fee zu schreiben, wurde ich wach. Ich fragte mich, wie es wäre, wenn ich ihr den Brief als Gedicht schriebe! Wir Iraner sind alle Dichter. Vielleicht hatte Sejjed Karim in seiner Einzelzelle in der Schahzeit gefühlt, daß in seinen Adern plötzlich das Blut eines Dichters floß und ihn ganz einfach zwang, unbemannte Schiffe in den Sümpfen des Schicksals untergehen zu lassen. Der Gedanke an meine und des grausamen Sejjeds Dichtkunst brachte mich zum Lachen. Ich meckerte wie eine junge Ziege und stand auf.

Im Zimmer war niemand. Die Tante und der weinende Sejjed waren hinausgegangen. Vielleicht hatten sie wieder einen Plan ausgeheckt, um Fachri-Chanom und ihre Schwester übers Ohr zu hauen. Ich hatte mich so an die Vorstellung von *meinem weißen Atlaskörper* gewöhnt, daß ich nackt im Zimmer herumlief und beim Anblick meiner rauhen und sonnenverbrannten Haut, die von einem Flaum schwarzer Haare bedeckt war, zusammenfuhr. Mahtab wollte mich umarmen. Obwohl ich das Klopfen meines Herzens auf ihrem Herzen hören würde, wich ich zurück. Liebte ich sie wirklich? Ich wußte es nicht. Heute würde ich mich auf jeden Fall bücken und meinen Anteil von dem Geld aufheben, das für mich auf der Straße lag. Ich steckte die achtzig Tuman, die ich am Vortag für den Verkauf von frischen Walnüssen an der Tadjrisch-Brücke verdient hatte, in meinen Schuh und machte mich auf den Weg.

Ganz allein auf der Erde. / In das Labyrinth des Krieges /werde ich keinen Fuß setzen. / Ich fürchte, / das Licht der Liebe / wird wie dieser Augenblick / darin sterben.

Obwohl die Sonne gerade erst aufgegangen war, hatte sie alles in weißes Licht getaucht. Ich hielt meine Hand an die Stirn und ließ etwas Dunkelheit von der Größe meiner Handfläche über die Augen fallen, damit ich in diesem blendenden Licht meine Umgebung sehen konnte. Die Straße lag da wie immer! Mit einer sanften Biegung verlor sie sich zwischen den Bäumen, und einige Meter weiter zeigte sie ihre asphaltierte Front wieder dem Sonnenschein. Als ungewöhnlich fiel mir an diesem Morgen ein roter Kran auf, der noch vor der Biegung den Weg versperrt hatte. Am Ende seines langen Rüssels drehte sich etwas Spiralförmiges zusammen. Die Sonne blendete mich, und ich konnte nichts weiter erkennen. Was es war, wußte ich nicht. Ich schaute zu Moradis Geschäft, das noch nicht von der Sonne erreicht wurde. Der Baum, der sich gegenüber in die Höhe reckte, hatte seinen Schatten über die Fotoapparate und Brillen im Schaufenster ausgebreitet. *Allein in der Zeit.* Die Türglocke läutete, als ich eintrat. Moradi freute sich wie ein Schneekönig:

»Prima! Na so eine Überraschung! Wo kommst du denn her?«

Ohne darauf einzugehen, fragte ich unvermittelt:

»Brauchen Sie keinen Lehrling, Herr Moradi?«

Und ich drehte meinen Kopf in Richtung des furchteinflößenden Brummens, das eine gelbe, glänzende Biene an der Scheibe angestimmt hatte.

»Aber ich bitte Sie, wie es beliebt, verfügen Sie über mich!«

Er folgte meinem Blick und lächelte mich an. Ich sagte mir, laß ihn doch lächeln! Er hob seine Hand und faßte sich in den Nacken. Seit er Haargel benutzte, fuhr er sich seltener mit der Hand durch seine schwarzen Locken. Ich sagte mir, soll er sich doch den Nacken kraulen! *Ich komme dich zu sehen, oh Liebe!* Sanft sagte ich:

»Nein! … Scherz beiseite. Ich meine es ernst!«

Er trat einen Schritt auf mich zu. Ein frischer Wiesenduft stieg mir in die Nase. Er war gutgelaunt, parfümiert und munter, streckte mir die Hand entgegen und sagte:

»Moradi! Ich freue mich sehr über Ihre Bekanntschaft!«

Sein Gelächter mischte sich mit dem verwirrenden Summen der Biene. Höflich und kokett sagte ich noch einmal:

»Nein! Wirklich. Ich möchte es wissen.«

Weich und dünn wie einen Grashalm neigte er seinen Hals und legte seine Hand wieder auf den Nacken.

»Wenn du es genau wissen willst, bin ich hier selbst überflüssig. Im Krieg hat doch niemand Lust zu fotografieren. Genauso sieht es mit Hochzeiten aus. Das einzige Geschäft, das blüht, ist das mit den Gefallenen, den Märtyrern. Aber das wird auch bei den Fotografen der Sepah* erledigt. Das sind nicht unsere Kunden.«

Das Summen der Biene hörte plötzlich auf. Als ob man ihr den glänzenden Kopf mit einem Messer abgeschlagen hätte. Ich sagte, vielleicht hat sie wie meine Unruhe einen Weg nach draußen gefunden. Wie schade. Ich hatte mich schon an ihr Summen gewöhnt. Ich sagte mir, in Ordnung. Die Sache ist gelaufen. Ich habe gefragt und eine Antwort erhalten. Jetzt muß ich mich verabschieden und gehen. *Hin zum Glück, für mich selbst.* Aber meine Hand suchte nach einer Stuhllehne, fand sie und zog sie mir unter den Hintern. Hasan Moradi folgte den Bewegungen meiner Hände, ohne mit seinen ruhigen blauen Augen zu zwinkern. Dann ließ er mit einer sanften Bewegung seinen Nacken los. Seine Hand verschwand hinter dem Ladentisch. Aber ich sah an den Bewegungen seines Armes, daß sein Pendel immer noch funktionierte. Ich wurde ein wenig unruhig. Wäre ich doch gegangen, als er mit seinem Geschwätz über die Märtyrer begann. Wie er so mit sich beschäftigt war, bemühte er sich, normal zu erscheinen. Er sagte:

»Wenn du ein Geschäftsmann bist, habe ich vielleicht eine Idee für dich. Du möchtest doch unbedingt diese Sonnenbrille haben, ja?«

Dann trat er mit einer weichen Bewegung bis zu den Schränken zurück, hinter deren verschlossenen Türen einige alte Fotoapparate lagen. Er ging in die Knie und war so klein wie ein Zwerg. Von meinem Platz aus sah sein Kopf aus wie ein Ball auf dem Ladentisch. Die aufgemalten Augen und Brauen waren hübsch! Ich antwortete:

»Das hängt davon ab, was es für ein Geschäft ist. Ja, die Brille möchte ich haben. Außerdem brauche ich viel Geld.«

Hasan Moradi richtete sich wieder hinter dem Ladentisch auf. Auch seine Hände kamen wieder zum Vorschein. Nur der Halm seines Halses blieb gebogen.

Entschieden sagte er:

»Geld brauchen wir doch alle. Alle. Willst du die Brille noch einmal probieren?«

Ich probierte die Brille noch einmal. Wie meine Tante meinte auch Hasan, daß sie für Mädchen und für mein Gesicht zu groß sei. Aber er könnte seinem Freund in Deutschland, der ihm auch das Haargel besorgt, sagen, daß er eine Brille schicken solle, die zu meinem zarten Gesicht passe. Ich sagte mir, soll er doch von meinem zarten Gesicht schwärmen. Dann zeigte er mir ein Album, in dem lauter passende Brillen für mich waren. Alle Jungen, die diese Brillen trugen, waren auch zierlich. Mit seinem knochigen Zeigefinger, der aussah, als ob man auf seinen Nagel ein Rosenblatt geklebt hätte, zeichnete er die Umrisse der Jungengesichter nach und sprach über ihre zierlichen und weichen Stirn- und Wangenknochen und von ich weiß nicht was noch. Mir erschienen alle diese Köpfe entweder länglich wie Zuckermelonen oder rund wie Wassermelonen. Nach den Fotos konnte ich auch nicht feststellen, ob sie weich waren oder nicht! Vielleicht waren sie krank, so daß ihre Schädel weich waren, vielleicht hatten sie Knochenerweichung. Vielleicht waren sie auch kaputt, wie zerquetschte Melonen. Ich sagte:

»Aber ich will nicht weich und zart erscheinen! Ich möchte die Brille aus dem Schaufenster.«

Seine Augen wurden schmal, er klappte das Album zu und sagte:

»Gut. Ich schau mal, was ich machen kann! Soll ich dich fotografieren?«

Er hatte alle Fotos in seinem Atelier selbst aufgenommen. Wir stiegen die sechzehn Stufen der schwarzen, eisernen Wendeltreppe hoch. Der Raum war kahl und weiß, die Luft darin schwül und verbraucht. Zwei Stative, ein weißer Schirm und ein runder, verstaubter Stuhl standen darin herum. Es roch muffig. Schraffiertes Licht fiel auf den Fußboden. Eine fette, schwarze Spinne zog sich mühevoll an ihrem Faden neben dem blanken Lampendraht nach oben, um an die Decke zu gelangen. Alles war so heruntergekommen, daß einen über die vier heilgebliebenen Stücke die Wut packte. Ich fühlte mich bedrückt. Am liebsten wäre ich mit Faustschlägen und Fußtritten über den Plunder hergefallen und hätte alles kurz und klein geschlagen.

Hasan breitete seine Arme wie die Flügel einer Krähe aus, machte eine halbe Drehung und sagte:

»Hier sind wir. Bist du einverstanden, daß ich dich fotografiere?! Wenn ich die Fotos entwickelt habe, stecke ich sie auch in das Album!«

Ich schlug die Läden auf und öffnete das Fenster. Das nackte Licht fiel direkt auf mein Gesicht. Das Hupen und der Motorenlärm der Autos füllte den Raum. Staub und Schmutz kitzelten mir in der Nase und setzten sich in meiner Kehle fest. Ich sagte mir, soll Moradi doch denken, was für ein tolles Atelier das ist! Und ich schaute auf die Reihe von Elektrokabeln und Telegrafendrähten, die wie ein wirres Dach aus Draht die Straße überspannten. Ich beugte mich über das Balkongeländer, um die Spirale zu sehen, die an der Spitze des Kranrüssels hing. Es war keine Spirale. Es war ein Mensch. Ein blauer, aufgedunsener Mann, der sich mit hervorstehenden Augen in kleinen Kreisen um sich selbst drehte. Ich beugte mich weiter vor, um sein Gesicht besser erkennen zu können. Plötzlich schrie Hasan: »Nein! Nein!«, machte einen Satz und umarmte mich von hinten. Er hatte Angst, daß ich mich aus dem Fenster stürzen würde. Ich fragte:

»Wer ist dieser arme Mann?«

»Was weiß ich. Vielleicht war er gegen die Revolution. Sie haben ihn gestern aufgehängt.«

»Warum beerdigen sie ihn nicht?«

»Er soll ein warnendes Beispiel für die anderen sein, die gegen die Revolution sind!«

Es war, als ob er mit dem Bauch atmete. Ich spürte, wie er ihn aufblies und meinen Rücken berührte, und dann war er plötzlich wieder weg. Ich unternahm nichts, um mich zu befreien. Er ließ mich von selbst los. Dann faßte er sich mit der Hand in den Nacken und schien mit seinem Blick irgend etwas auf der Tür und den nackten Wänden zu suchen. Als er sich vergewissert hatte, daß außer dem Sonnenschein, der wie ein gelbes Band in den Raum gefallen war, nichts anderes zu entdecken war, fragte er:

»Bist du einverstanden, he? Wenn die Brille da ist?! Soll ich gleich meinen Freund in Deutschland anrufen?«

Mit der Vorstellung, warnendes Beispiel für die anderen zu sein, wollte ich nicht, daß er seinen Freund in Deutschland anruft. Statt dessen fragte ich, ob er mir die Dunkelkammer zeigen kann. Er konnte! In der Dunkelkammer tauchten wir plötzlich in ein gleichmäßiges rotes Licht ein. Als ob alles in diesem Licht erstarrt wäre und nur ich mich veränderte, als ich das stoßweise Atmen Moradis hörte, seine Knie sah, die fortwährend einknickten und die Bewegung seiner Hände spürte, die sich auf einer geraden Linie unter seinem Bauch auf und ab bewegten, als wenn sie eine Katze am Hals kraulten. Ich sagte mir, soll mir doch auch heiß und schwindlig werden und mir Feuer aus den Ohren schlagen. Aber ich blieb ruhig und tat so, als ob weder in mir noch außerhalb etwas geschehen sei. Ich wandte mich meiner Großmutter zu, die nackt in dem roten staubigen Licht stand und mit ihren Händen die Brustwarzen und die andere Stelle zwischen den Beinen bedeckt hielt. Ihre vertrockneten Brüste hingen auf den runden, vollen Bauch herunter, den eine schlaffe, welke Haut voller Falten bedeckte. Sie trat aus dem warmen Dampf der heißen Dusche des Frauenbades, und als sie sah, wie ich sie mit aufgerissenen Augen und offenem Mund anschaute, sagte sie:

»Junge! Sperr deine Ohren gut, auf und hör, was ich dir sage. In dieser selbstsüchtigen Welt gibt es nichts, wofür es sich lohnen würde zu sündigen, nichts, um sich dafür das Feuer der Hölle einzuhandeln.«

Ich wandte meinen Kopf und überließ Moradi sich selbst. Als er wieder gleichmäßig atmete, fragte ich ihn sanft:

»Wie entwickelt man Fotos, Hasan? Bringen Sie es mir bei?«

Vor Aufregung war er feuerrot geworden. Ein dicker Schweißtropfen blitzte auf seiner Nasenspitze. Er trat näher, um seinen Kopf gegen meine Schulter zu lehnen. Vorsichtig wich ich zurück, und er stammelte:

»Hmm ...ja. Fotos entwickelt man nicht. Der Film wird entwickelt. Aus dem entwickelten Film macht man Fotos!«

Die erste Lektion erhielt ich im roten Nebel der Dunkelkammer, die erfüllt war vom abscheulichen Schweißgeruch Hasans. Moradi hob seinen knochigen Finger und versprach:

»Ich bringe es dir bei. Vielleicht wirst du eines Tages noch Lehrling bei mir!«

Ich hatte etwas Besseres gefunden, als in seinem Laden Lehrling zu werden!

Es ist eine einfache Geschichte / alle müssen wir leben! Nachdem ich gelernt hatte, wie ich aus einem Zelluloidstreifen die Körper halbnackter zierlicher Jungen entwickeln konnte, lebte ich wie eine Made im Speck. Abends, wenn Moradi seine Ladentür abgeschlossen hatte, kam ich über das Dach in sein heruntergekommenes Atelier, suchte die Negative der Fotos heraus, von denen er die besten in sein privates Album geklebt hatte, und verkaufte die Abzüge dann an Mustafa. Ich hatte mich wieder mit ihm versöhnt. Aber sein Messer gab ich ihm nicht zurück. Ich paßte auf, daß er nicht viel von den Einzelheiten meiner Tätigkeit mitbekam. Er machte es genau so! Er erlaubte nicht, daß ich »seine Kunden« kennenlernte oder erfuhr, wie er sie fand. Er fürchtete um seine Provision! Bis es ihm gelang, mich unter irgendwelchen Vorwänden übers Ohr zu hauen! Als ich dagegen protestierte, warf er mir die Fotos hin und sagte kaltschnäuzig und gelassen:

»Ich betrüge niemanden wegen ein paar Münzen. Besonders, wenn derjenige mein Freund ist! Nimm den Kram und hau ab. Und noch was: Wenn irgendwann die Pasdaran unerwartet vorbeikommen, ich hab damit nichts zu tun!«

Er drohte mir einfach. Mit dem Gedanken an das warnende Beispiel für die anderen bückte ich mich, sammelte die Fotos auf, legte sie auf den Tisch und ging wortlos hinaus. Ich sagte mir, soll Mustafa Moschiri doch auch einen Anteil von unserem unislamischen und unmoralischen Geschäft haben!

7

Das Geld, das ich zusammen hatte, reichte nicht, um den falschen Paß zu kaufen! Inzwischen verkaufte ich neben den Walnüssen und Fotos auch Götterspeise und Eis. Aber je mehr ich mich abrackerte, desto weniger erreichte ich. Offensichtlich hatten die sich kreuzenden Linien meiner Hand die rothändige Wahrsagerin in die Irre geführt. Deshalb hatte sie Abrackern mit Bücken verwechselt. Das, was ich mit meiner Plackerei erwirtschaftet hatte, hatte ich in zehn Plastiktüten eingewickelt und in der Werkstatt von Fathollahi unter den Teerfässern vergraben. Dort würde es niemand finden! Ich hatte mir selbst verboten, mich der Stelle zu nähern. Wenn ich mit Djawid in Onkel Toms Hütte ging, warf ich noch nicht einmal einen kurzen Blick darauf. Und wenn ich hätte vor Hunger sterben müssen, meine Ersparnisse hätte ich nicht angerührt!

Wenn meine irdische Fee von ihren Gedichten und ihrer Dichterei gelassen und meinen Beteuerungen Glauben geschenkt hätte, hätte ich weniger Sorgen gehabt. Jetzt schrieb sie nichts mehr vom *weißen Atlas meines Körpers*. Vielleicht hatte sie akzeptiert, daß meine ledrige Haut nichts mit Atlas zu tun haben konnte, sei sie nun weiß oder schwarz. Neuerdings hielt sie sich an meine weichen Hände!

Ich habe geträumt / du hast deine weichen Hände zu einer anderen fliegen lassen / über die Zeit / über das Meer und den Rauch / über den Frühling / fürchte dich vor mir / sorge dich / vor jenem Tag, an dem ich herausfinde, / deine weichen Hände im Frühling / haben sich mit dem Meer und Rauch einer anderen verbunden!

Ich schaute auf meine Hände, die vom Schälen der frischen Walnüsse schwarz und zerschnitten waren. Sie waren weder weich, noch flogen sie irgend etwas nach. Runzlig und alt waren sie geworden und hatten eine häßliche Farbe angenommen. Vielleicht hatte Mahtab von den Händen eines anderen geträumt. Heute abend würde ich meiner irdischen Fee auf jeden Fall einen Brief schreiben. *Richte im Sonnenschein deine Augen auf meinen Weg!*

Djawid war nicht sehr begeistert davon, daß ich mit Mustafa einen »Fotohandel« begonnen hatte. Sein kariertes Hemd trug er kaum noch, und kein Scherz konnte seinen finsteren Blick aufhellen. Ich sagte mir, soll der Ingenieur Djawid doch enttäuscht von mir sein. Jedenfalls lockte ich ihn eines Tages in Onkel Toms Hütte. Meine poetische Ader blühte.

Ich sagte zu ihm:

»Du kannst ganz beruhigt sein. Wer ist schon Mustafa? Uns kann doch nichts trennen außer der Tod!«

Er schaute noch finsterer drein und antwortete:

»Dann halt dich von ihm fern! Das ist sowohl für dich als auch für uns beide besser! Mustafa handelt nur mit dem Tod.«

Der Ingenieur Djawid hatte recht. Ich bemühte mich, ihm nur meine Fotos zu verkaufen und mit seinen Angelegenheiten nichts zu schaffen zu haben. Aber dann traf mich das Pech. Die Geschäfte Moradis gingen plötzlich nur schleppend. Es kamen kaum noch zierliche Jungen zum Fotografieren zu ihm. Deshalb lief auch mein Fotoverkauf schlecht. Mustafa sagte ich nichts davon. Bis er ungeduldig wurde und selbst zu mir kam. Mit ihm verbreitete sich Mistgestank im Laden. Während er die Kalaschnikow von einer Schulter auf die andere warf, fragte er:

»Was machst du mit den Fotos? Hast du einen neuen Kunden?«

Ich riß meine Augen auf und bemühte mich, richtig erstaunt auszusehen:

»Welche Fotos? Welcher Kunde?«

Meine aufgerissenen Augen beeindruckten ihn nicht. Kaltschnäuzig sagte er:

»Jetzt stellst du dich dumm? Na gut. Hör her. Nur noch eins. Wenn du sagst, wer es ist, laß ich dich in Ruhe.«

Dieses Mal kniff ich meine Augen zusammen und runzelte die Stirn. Ich fragte:

»Wer, wen soll es geben?«

»Der neue Kunde. Etwa der tapfere Taghi? Vom Komitee des zehnten Bezirks?«

Ich stritt alles ab und sagte:

»Mustafa, was hast du dir denn da in den Kopf gesetzt? Der tapfere Taghi, wer soll denn das sein? Kunde wofür? Was für Fotos? Ich arbeite nur manchmal als Gehilfe im Fotoladen von Moradi. Ja. Hast du jemals gesehen, daß ich mit Fotos gehandelt habe?«

Der wagemutige Mustafa starrte mich an. Und ich ihn. Er grübelte darüber nach, wie er sich an mir rächen könnte. Ich ebenfalls! Dabei dachte ich auch noch an etwas anderes. An einen neuen Kunden. Wenn die Geschäfte Moradis wieder besser liefen, könnte ich direkt zum Komitee des zehnten Bezirks gehen. Höchstwahrscheinlich war der tapfere Taghi gerechter als der wagemutige Mustafa. Der schloß still und leise die Tür und ging weg. So lautlos, daß ich seine Anwesenheit noch eine halbe Stunde später im Laden spürte. *Bleibe auf dem Weg / deine Nacht ist hereingebrochen!* Ich hatte meine Hände auf den Ladentisch gelegt und starrte auf seinen leeren Platz. Ich mußte eine andere Einkommensquelle für mich finden.

He, Glas und Metall / kommt näher! Auf der Suche nach dem cremefarbenen Peugeot von Fachri-Chanom, der meine Tante dauernd irgendwohin brachte, fiel mein Blick auf einen weißen Toyota, in dem eine Frau mit grünen Augen saß, und als ihr Kopftuch zur Seite rutschte, fiel eine sonnenblonde Haarsträhne in ihre Stirn. Dann beobachtete ich eine andere Frau, deren zwei Töchter ihr ununterbrochen hinterher plärrten, sie drehte sich um und brachte sie mit ein paar Ohrfeigen wieder zur Räson. Die erste knallte sie auf das Ohr der kleineren, deren Augenbrauen pechschwarz waren. Sie bekam vielleicht Nasenbluten. Aber sie gab keinen Mucks von sich! Ängstlich zitternd holte sie ein Taschentuch heraus und preßte es auf ihr erbsengroßes Näschen. Wenn die große Tochter schlau gewesen und ihren Mund gehalten hätte, wäre nichts geschehen. Aber so fing auch sie sich zwei Ohrfeigen ein. In den leeren, von der Mittagssonne erhitzten Gassen klangen sie wie Zimbelschläge. Die Frau stieg in den Bus, und auch ich sprang, ohne zu bezahlen, durch die hintere Tür hinein. Wenn mich der Gehilfe des Fahrers schnappen würde, würde ich wie meine Großmutter sagen, ich bin doch kein Mensch. Ich brauche keinen Fahrschein!

Bis ich eines Tages bemerkte, daß mich ein blauer Renault verfolgte. Ich sagte mir, soll er mir doch bis ans Ende der Welt hinterherfahren, und tat so, als habe ich ihn nicht bemerkt. Ich schaute nach oben auf die staubigen Platanen neben dem Wassergraben und zum Spiegelbild der Sonne in den Fensterscheiben, das wie das Wasser in einem Becken plätscherte. Manchmal starrte ich, mit dem Gedanken daran, warnendes Beispiel für andere zu sein, auf die große Spindel, die sich in der Luft drehte und dachte unwillkürlich an meine Mutter.

Die Fahrerin des Renaults war Badri-Chanom, die auf einem schattigen Fleck im Licht der zweiarmigen Straßenlaterne auf mich wartete. Badri-Chanom versuchte, meine Aufmerksamkeit auf sich zu lenken. Als die Ampel an der Kreuzung auf rot schaltete und ich mich bemühte, mir zwischen den Autos hindurch einen Weg auf die andere Straßenseite zu bahnen, lächelte sie mir zu. Sollte sie doch lächeln. Unter dem Kopftuch türmten sich ihre Haare und obwohl Krieg war, hatte sie ihre Lippen geschminkt. Neben ihrem rechten Mundwinkel hatte sie einen blassen Fleck von Orientrose, und auf ihrem linken Nasenflügel saß ein fleischiges Muttermal. Ich tat so gleichgültig, daß sie die Geduld verlor. Innerlich kämpfte ich mit mir, nicht zu Hasan Moradi zu gehen. Aber ich war ganz verrückt nach meiner Brille. Der Ein-Mann-ein-Wort-Scheich Faghfur wollte auch sein Geld. Badri-Chanom bremste vor meinen Füßen und schrie wie die Gehilfen der Busfahrer:

»Junger Mann, los, einsteigen!«

Sie hatte die Autotür geöffnet. Aber ich stieg nicht ein! Vielleicht, wenn es ein Peugeot oder ein Toyota gewesen wäre. Aber ein Renault?!

»Steig ein, laß uns miteinander reden ... Du brauchst keine Angst zu haben. Ich freß dich nicht!«

Ich tat so, als habe ich nicht bemerkt, daß ich gemeint war! Ich blickte hinter mich. Die Dämmerung nahm zu, und vereinzelt hatten die Frösche im kühlen Wasser des Grabens mit ihrem Konzert begonnen. Einer von ihnen befand sich direkt zu meinen Füßen. Sie hatten noch nicht wieder aufgehört, als ich in den Renault einstieg und in den Geruch nach Safran eintauchte, der in seinem Innern umher waberte. Bevor Badri-Chanom losfuhr, musterte sie mich eine Weile.

Sie tat so, als ob sie mich das erste Mal sähe. Ich schaute genauso zurück. Ich glaubte, wenn ich ihrem Blick ausweiche, denke sie, ich habe Angst. Ich hatte Angst. Ihre braunen Augen, umgeben von dunkelblauen Ringen, schweiften umher. Sie streckte ihre Hand aus und sagte:

»Badri.«

Sie hatte bestimmt etwas mit mir vor, so ehrfurchtsvoll behandelte sie mich. Ich schielte nach einem Motorrad, das dem Gehör nach im zweiten Gang fuhr. Wenn der Fahrer keinen anderen Gang einlegte, würde der Motor explodieren. Ich sagte mir, soll sie mich so ehrfurchtsvoll behandeln, wie sie will. Ich preßte meine Hände auf die Knie, damit sie nicht bemerkte, wie sie zitterten. An der roten Ampel tuckerten die Motoren, die Autos hupten unnötig, barfüßige Kinder streckten ihre Hand zum Betteln aus, und der Mond steckte unter dem Quaken der Frösche den Kopf zum Fahrerfenster herein. Badri-Chanom hatte ihren Kopf über die Tasche gebeugt und suchte etwas. Der Betteljunge, der neben dem Auto stand und die Bewegungen ihrer Hände verfolgte, dachte so wie ich, daß sie nach Kleingeld sucht.

»Michael Jackson.«

Aus dem Futter ihrer Tasche kramte sie eine Kassette heraus und schob sie in den Recorder.

»Seine neuesten Songs.«

Ein Katzenjunges im Regen begann, von verschiedenen Instrumenten begleitet, zu jaulen und übertönte den nächtlichen Straßenlärm. Ich hatte das Lied schon vor einigen Monaten gehört, als ich mich heimlich mit Djawid und Mustafa hinter der Werkstatt von Fathollahi getroffen hatte. Ich wußte nicht, was Badri-Chanom mit mir vor hatte. Jetzt begann auch noch mein Kinn zu zittern.

»Schön, nicht?«

Wenn sie nicht gleich sagt, was sie von mir will, zerquetsche ich ihr schönes fettes Muttermal mit bloßen Händen. Wir fuhren aus der Stadt hinaus. Der Mond drehte sich, und ungeduldig und zitternd streute er sein Licht durch die Frontscheibe auf unsere Gesichter. Eine klare, blaue Nacht hüllte uns ein. Die Geräusche der Stadt hatten sich so weit entfernt, daß man glaubte, sie kämen hinter dem Mond her. Nur das Gejaule von Michael Jackson war noch da, es kreiste jetzt wie ein langgezogenes Klagen im Innern des Autos. Die silbrige Haut der Bäume am Straßenrand blitzte. Badri-Chanom wiegte ihren Kopf zum Gejammer des Katzenjungen. Ich umklammerte den Türgriff und lehnte mich zurück. Unvermittelt sagte Badri-Chanom:

»Weißt du eigentlich, was für ein Unglück deine Tante und dein Onkel über uns gebracht haben?«

Sollte sie doch denken, daß Sejjed Karim mein Onkel ist. Obwohl ich es vorgezogen hätte, so wie sie alle sagten, Waise und verlassen zu sein, als so einen Onkel wie Sejjed Karim zu haben. Aber ich sagte nichts. Ich starrte auf die Straße, über die sich die schwarze Nacht gelegt hatte, und bemühte mich, die Luft, die ich einatmete, vom Safrangeruch zu trennen. Badri-Chanom wiederholte:

»Ehsan, der Mann von Fachri. Nur seinetwegen.«

Ich kauerte mich in der Ecke des Sitzes zusammen. Mit den Geschäften vom grausamen Sejjed wollte ich nichts zu tun haben. Wie bei Mustafa war auch sein Geschäft der Tod! Und diese Geschäfte führten letztlich zu nichts anderem, als ein warnendes Beispiel für die anderen zu werden. *Ich vergesse dich / und mit dir das Leben*! Badri-Chanom begann:

»Einmal haben sie gesagt, daß sie Ehsan so gefoltert haben, daß er erblindet ist. Bezahlt die Medikamente und seine Behandlung! Einmal haben sie gesagt, er bitte um eine Haarsträhne von Fachri, damit er sich in seiner Zelle nicht einsam fühle. Bezahlt! Einmal haben sie meine arme Schwester drei

Tage und Nächte ans Telefon gesetzt unter dem Vorwand, daß Ehsan sie anruft. Wieder Geld. Einmal haben sie gesagt, sie wollen seine Tochter ins Gefängnis bringen, damit sie ihn kennenlernt. Geld. Einmal haben sie gesagt, haltet euch bereit! Er soll ein paar Stunden frei bekommen und wird euch besuchen. Geld. Einmal haben sie gesagt, er möchte als Andenken die Milchzähne seiner Tochter, die sie gerade verloren hatte. Geld. Kurz gesagt, jedesmal haben sie uns an der Nase herumgeführt und uns Geld abgeschwatzt ...«

Die Nacht summte durch die Straßen, Michael Jackson wirbelte mit seiner Katzenstimme die Safranluft im Auto durcheinander, und ich wußte nicht, wem ich es zu verdanken hatte, daß ich in diesem Auto saß und zusah, wie die Schwärze der Nacht vom Scheinwerferlicht abgewaschen wurde, war es die Einfalt von Fachri-Chanom oder die Gaunerei von Sejjed Karim? Ich hatte selbst genügend Probleme. Ich mußte daran denken, das Geld für den Ein-Mann-ein-Wort-Scheich Faghfur zu beschaffen. Unfreundlich forderte ich sie auf:

»Halt an!«

Badri-Chanom schreckte zusammmen. Ohne das Tempo zu verringern, warf sie mir einen Blick zu und fragte:

»Was ist? Hast du überhaupt zugehört, was ich dir gesagt habe?«

Ich antwortete:

»Ich will aussteigen.«

Sie drückte eine Taste am Recorder. Das Katzenjunge schwieg und an seine Stelle trat das Röcheln des Motors.

»Hier in dieser Einöde?«

Sie begann, wie verrückt zu lachen und wandte sich mir zu. Ihre kleine rote Zunge zitterte in ihrer Kehle wie der Schwanz einer Eidechse. Weißer Schaum hing wie ein schimmliges Seil an ihrem Schwanz.

»Halt an!«

»Hast du Angst?«

»Ich möchte aussteigen.«

»Hab keine Angst! Ich habe auch zwei Kinder. Zwei Mädchen. Sie sind ein bißchen älter als du. Aber sie sind nicht hier. Ich habe sie ins Ausland geschickt!«

Sie log. Sie hatte gar keine Kinder. Djawid und Mustafa hatten nichts von ihren angeblichen Töchtern erzählt. Während das Auto schnell die silbrigglänzenden Bäume hinter sich ließ, zog ich am Griff und öffnete die Tür einen Spalt. Ich sagte:

»Hältst du nun oder nicht?«

Sie schrie mich an:

»Was machst du da?! Was bist du doch für ein Esel, he!«

Der Wind fuhr mir schneidend in die eine Hälfte meines Körpers. Vor Angst stockte mir der Atem.

»Du stürzt dich nur ins Unglück. Mach die Tür zu. Ich halte gleich an. Guuut.«

Sie schimpfte wie meine Großmutter. Wenn ich ihr auf die Nerven ging, kreischte sie das »gut« genauso. Das Quietschen der blockierten Räder auf dem Asphalt war so langgezogen wie der Schrei von Badri-Chanom. Als das Auto stand, schloß ich die Tür wieder.

»Was für ein Esel du doch bist, he! Hast du nicht daran gedacht, daß du unter die Räder kommst, wenn du rausfällst?«

Ich hatte schon daran gedacht. Unentwegt schaute ich auf ihren weißen Hals und in die Nacht, die sich wie ein dünner Schal um ihr Gesicht gelegt hatte. Ihr Körper war weiß wie Atlas.

»Man sieht, daß du oft amerikanische Filme siehst! Aber du Esel, das Leben ist kein Film!«

Sie hatte ihren Respekt verloren. Jetzt zeigte sie sich, wie sie wirklich war. Sie hob ihre graue Hand und knipste die Lampe an. Aus dem schwachen Licht und dem intensiven Safrangeruch löste sich etwas, fiel über mich her und trennte mich von der Nacht und dem Brummen des Motors und von Badri-Chanom. Ich wollte nicht wie ein Mädchen schwach werden und sagte:

»Kehren wir um.«

»Könntest du nicht wie ein normaler Mensch reden? Mußtest du dich so dumm benehmen?«

Aber sie fuhr nicht los. Sie atmete heftig. In ihrer Tasche suchte sie etwas, als sie es herausholte, sah ich, daß es Zigaretten waren. Sie nahm ihr Kopftuch ab und öffnete eilig die Knöpfe ihres grauen Mantels bis unter die Brust. Wie meine Tante trug sie keinen BH. Sie kreiste mit einer Hand um ihre Brüste und massierte ihren nackten Hals von unten nach oben. Als sie ihre Hand vor das Licht hielt, krochen Schweißtropfen wie Quecksilberperlen darüber hinweg.

»O Gott, was hab ich für eine Angst!«

Ich sagte:

»Kehren wie um.«

Mein Mund war ganz wäßrig. Außer dem Jasminduft aus der Achselhöhle von Badri-Chanom, der sich mit dem schrägen Mondlicht vermischte und die feinen Kringel des Zigarettenrauchs in meine Nase trug, spürte ich nichts. Das Brummen des Motors hatte sich irgendwohin verloren, und sosehr ich dagegen ankämpfte, nicht in den Sitz zu sinken, es hatte keinen Zweck. Wieder erwachte in mir der Wunsch, ein Mädchen zu sein!

»Sieh, Junge ...«

Der Zigarettenrauch sprudelte wie eine Fontäne aus ihren Nasenlöchern.

» ...du weißt sehr gut, wer ich bin.«

Mit ihren Fingerspitzen zupfte sie an ihren Lippen. Dann spuckte sie etwas von ihrer Zungenspitze, so als ob sie einen bösen Geist vertreiben wollte.

» ...ich auch! Ich kenne dich gut.«

Sie legte ihre Hand auf mein Knie und suchte meinen Blick. Mir war zum Krepieren. Nur das Gewicht ihrer Hand machte mir die Situation bewußt. Sie verzog ihre Lippen, pustete aus ihrem rechten Mundwinkel eine Rauchfontäne und sagte:

»Bist du einverstanden, daß wir uns öfter treffen?«

Ich erwiderte:

»Fahren wir zurück.«

»Bist du kein Geschäftsmann? Wir können eine Vereinbarung miteinander treffen. Erzähle du mir über die Gespräche deiner Tante und deines Onkels, was sie aushecken, um uns noch unglücklicher zu machen und ...«

»Fahr zurück.«

»Man erzählt sich, daß sie mit der Ladjwardi-Gruppe* im Geschäft stehen, nicht wahr? Du bekommst gutes Geld ...«

»Fahren wir zurück.«

8

Der Schlepper Scheich Faghfur hatte mir gesagt, wenn ich in den nächsten zehn Tagen das Geld nicht beisammen habe, gibt es keinen Paß. Zehn Tage waren doch nichts. Nicht einmal in hundert Tagen hätte ich die Summe, die er verlangt hatte, beschaffen können. Inmitten seiner alten, abgetragenen und verschiedenfarbigen Anzüge, die den Laden von der Decke bis zum Boden und von vorn bis hinten füllten, stand ich und bemühte mich, daß meine Hände und Arme sie nicht berührten, diese Anzüge, die wie aufgeblasene Menschen ohne Schuhe und Hut aussahen. Jedesmal wenn ich mit meiner Großmutter an einem solchen Laden vorbeiging, packte sie mich an der Hand und zog mich auf die andere Straßenseite. Sie sagte immer:

»Sobald du in diesem Laden Luft holst, bist du schon krank. Was weißt du denn, wieviel Leute mit Lepra, Räude und Tripper in den verseuchten Sachen, die jetzt hier hängen, gesteckt haben und gestorben sind! Das ist etwas für diese hungrigen Bettler, die Tagelöhner und Dorfleute, die vom Lande kommen und im Handumdrehen zum Städter werden wollen. Sie tauschen dann ihre weiten Zwickelhosen aus billigem Futterstoff gegen diese Hosen mit Bügelfalten und ihre Hemden mit den speckigen Kragen mit diesen Jacken. Aber wenn du an ihnen vorbeigehst, stockt dir der Atem von dem Gestank nach Kuhmist und Stall. Esel bleibt Esel, auch wenn er einen anderen Packsattel bekommt!

Vorsichtig folgte ich Scheich Faghfur an diesen »verseuchten Packsätteln« vorbei und bemühte mich, kaum zu atmen. Ich konnte ihn nicht überreden, daß er die eine Hälfte der Summe in Teheran und die andere in Berlin erhält. Vielleicht könnte meine irdische Fee einen Teil von Monawar-Chanoms fünftürigem Haus verkaufen und ihm das fehlende Geld geben. Während Scheich Faghfur mit einer langen Holzstange einen Kleiderbügel packte, an dem ein blauer Anzug aufgehängt war, sagte er:

»Du bringst alles durcheinander, Junge. Du hast keine Ahnung! Für dich ist es das erste Mal. Die Geschichte sieht so aus, daß alles seinen Preis hat. Der Paß. Ein Preis. Die Fahrt nach Zahedan. Ein Preis. Das Passieren der Grenze. Ein Preis. Der Einreisestempel. Ein Preis. Der Ausreisestempel. Ein Preis. Du kannst doch nicht alles durcheinanderbringen und pauschal für alles eine geringere Summe bezahlen. Und dann vorab auch nur die Hälfte! Weißt du, das ist der Preis für unser Blut, für unser Leben. Es ist der Preis für die Gefahr, die - toi, toi, toi - bis jetzt an uns vorbeigegangen ist. Wenn wir aber, Gott behüte, erwischt werden, richten uns die Pasdaran zugrunde ... So sieht die Geschichte aus. Abgesehen davon, kostet das Leben auch Geld. Meine Brüder und ich schuften von früh bis spät für den Laden. Glaub bloß nicht, daß die Anzüge, die hier herumhängen, vom Himmel gefallen sind!«

Er nahm den blauen Anzug wie ein Banner an die Holzstange und lief durch enge, dunkle Gänge, durch die nur einer paßte. Ich erstickte fast in dem Dschungel von Anzügen. Als wir an eine Stelle kamen, wo der Geruch nach Naphtalin stärker war als der nach muffigem und von Motten zerfressenem Stoff, bekam ich keine Luft mehr. Stockend fragte ich:

»Läßt sich denn die Frist nicht ein wenig verlängern, Scheich Faghfur?«

Er schnalzte verächtlich mit der Zunge und schüttelte den Kopf. All sein Gerede bedeutete, daß ich mich darauf vorbereiten mußte, an die Front zu gehen. *Denke nicht mehr / an die Qualen, die mir widerfuhren. / Ich bin auf ein Feld gefallen, / das ich niemals gepflügt habe / weil ich Soldat war.*

Der blaue Anzug wurde an eine Kleiderstange gehängt. Mit der langen Holzstange hängte er ihn um. Ich bekam immer noch keine Luft. Deshalb lief ich zur Tür. Ich dachte nicht mehr an Räude und Tripper. Ich stolperte gegen die

Anzüge und drehte mich um. Die Dunkelheit machte alles noch schlimmer. Schließlich floh ich hustend aus dem Laden, und als mir Scheich Faghfur fragend hinterher rief: »Was willst du denn nun machen?«, antwortete ich, daß ich ihm vor Ablauf der Frist das Geld auf einem Tablett servieren werde.

Ich stand im schrägen Schatten der Mauer und bemühte mich, den abscheulichen Gestank dieser verseuchten Packsättel loszuwerden. Der Naphtalingeruch hatte sich in meiner Kehle festgesetzt. Wenn ich den aromatischen Duft des Eukalyptusbaumes hätte einatmen können, wäre mein Inneres desinfiziert worden! *Ich gehe mit den Winden der Welt / um meinen Baum zu finden.* Ich sprang über ein Loch, das sich wie ein schwarzes Auge inmitten des Asphalts geöffnet hatte, und landete vor Moradis Fotoladen. Erst jetzt bemerkte ich, daß er geschlossen war. Woher sollte ich das Geld für Scheich Faghfur mit seinen Geschichten bekommen? Hatte Sejjed Karim nicht schon meinen Namen in die Liste der Freiwilligen eingetragen? Wenn er mich aus dem Zimmer wirft, wo sollte ich Unterschlupf finden?

Ich stand am Wassergraben mit dem Rücken zum Schaufenster und steckte die Hände in die Hosentaschen. Der Kopf fiel mir seitlich auf die rechte Schulter. Immer wenn sich ein Passant näherte, richtete ich ihn auf und spuckte in die Luft. Auf diese Weise tat ich, als ob es mir gut ginge und alles in Ordnung sei. Ich wollte an nichts denken. In meiner Tasche wendete ich ein Stück Papier zwischen zwei Fingern hin und her. Badri-Chanom hatte ihre Telefonnummer darauf geschrieben. Ich dachte an die noch verbleibende Zeit und sagte mir, soll sie doch denken, daß ich sie anrufe und ihr über meine anmutige Tante und meinen betrügerischen Onkel berichte. Meine Großmutter sagte:

»Du wirst doch so etwas niemandem erzählen, he! …«

Ich verging vor Angst. Für mich war es nicht mehr wichtig, daß die Leute dachten, ich bin ein Mädchen! Ich versicherte:

»Nein, ich sage nichts.«

»Sag auch zu deiner Mutter kein Wort!«

Ich blinzelte einige Male schnell. Wenn meine Mutter

wüßte, daß ich etwas vor ihr verberge, sie würde mich umbringen. Trotzdem versprach ich:

»Ich sag auch meiner Mutter nichts.«

»Und schon gar nicht deinen Freunden und Kameraden …«

Damals hatte ich keine Freunde und Kameraden, denen ich hätte etwas erzählen können.

»Tu irgend etwas, damit du es vergißt.«

Ich konnte nichts mehr tun. Ich hatte getan, was ich konnte. Ich hatte sogar meinen Kopf für ein paar Minuten unter Wasser gehalten, um die Erinnerung an jenen Tag den Fischen im Becken anzuvertrauen. Aber als sie meinen Kopf sahen, waren sie fortgeschwommen. Dann war ich auf den Eukalyptusbaum gestiegen, und als ich den Blättern den Vorfall von jenem Tag schildern wollte, brachen die Äste im Wind einen solchen Lärm vom Zaun, daß mir die Worte in der Kehle steckenblieben. Ich fragte:

»Was ist mit der Krähe?!«

Meine Großmutter tippte sich mit vier Fingern ins Gesicht und winkte ab:

» …ach, um Gottes willen nein! Krähen sind sowohl Diebe als auch Schwätzer!«

Ich konnte nichts tun. Jeden Morgen, sobald ich die Augen aufschlug, fielen die Erinnerungen an jenen Tag auf den weißen Kissenbezug. Ich drehte mich um und starrte auf die blauen Vorhänge, die sich von selbst zurückgezogen hatten, um das Sonnenlicht ins Zimmer zu lassen. Monawar-Chanom kam kerzengerade und mit ihren geflochtenen Zöpfen durchs Fenster herein. Ich selbst beschäftigte mich mit den rosigen Wangen der Engel, die sich in den vier Ecken der Decke zwischen Rosengebinden hingestreckt hatten. Plötzlich sah ich, daß die Gipsaugen der Engel auf dem verbrannten Hinterteil von Monawar-Chanom in Bewegung gerieten. Ich schloß meine Augen und schlug mit der Faust auf den Kopf der geschwätzigen Krähe ein, der ich im Traum die Geschichte erzählt hatte. Als ob ich den Tag aus meinem Leben ausradieren könnte!

Damals hatte mich meine Großmutter gerufen:

»Zieh deine neuen Sachen an und komm!«

»Wohin?«

»Du wirst schon sehen!«

Ich wollte meckern. Aber als ich sah, daß sie ihre schwarzen Lackschuhe anzog und den schwarzen Tschador aus Crêpe de Chine überwarf, wurde mir klar, daß wir ins Haus von Monawar-Chanom gehen wollten. Dort gab es drei verschiedene religiöse Rituale: Entweder lauschten wir den Geschichten über das Martyrium der Imame, es gab belehrende Vorträge oder es wurde ein Ssofreh, ein Festessen zum Dank Gottes veranstaltet. Wenn es ein Ssofreh war, hüpfte mein Herz vor Freude. Ich aß so viel Datteln, Halwa und Nudelsuppe, daß ich Bauchschmerzen bekam. Außerdem war dort noch jemand anderes, mit dem ich spielen konnte, wenn es Monawar-Chanom erlaubte: Mahtab!

»Gehen wir zum Ssofreh?«

»Nein!«

Dann gab es einen Vortrag, weil die monatliche Erzählung von Märtyrergeschichten schon in der vergangenen Woche stattgefunden hatte. Jetzt hatten sich dreißig, vierzig Mütter und Großmütter mit ein paar heiratsfähigen Töchtern in dem fünftürigen Salon von Monawar-Chanom versammelt und sprachen über die Grundlagen und Gebote des Glaubens. Ich kannte alle diese Dinge schon auswendig. Ich wußte sogar, wenn ein Mensch beim Gebet furzt, dann ist es ungültig, und er muß noch einmal die Waschung vollziehen! Oder wenn die Männer mit den Frauen geschlafen haben, müssen beide zur Reinigung ihren ganzen Körper waschen! Aber diese blöden Frauen hörten überhaupt nicht zu! Die Predigerin hatte ihnen mindestens schon hundertmal den Unterschied zwischen der Waschung nach dem Miteinanderschlafen und der Waschung nach der Regel erklärt. Aber sie stellten immer wieder Fragen wie dumme Schüler. Als ob man gegen eine Wand redete! Besonders Monawar-Chanom, die die anderen mit ihrer Beschränktheit noch übertraf. Nachdem sie schon ihr Leben lang gebetet hatte, wußte sie immer noch nicht, ob ihr Gebet ungültig wurde, wenn sie nicht wußte, ob sie die dritte oder schon die vierte Verbeugung machte. Monawar-Chanom achtete nur darauf, daß keine fremden Blicke auf ihren Kopf und ihre Haare fielen. Sie war so strenggläubig, daß sie sich sogar vor den Türen und Wänden verschleierte. Wenn sie in unser Haus kam, legte meine Großmutter ihr ehrfurchtsvoll einen in ein Gebetstuch eingehüllten weißen Baumwolltschador hin, obwohl an der Versammlung nur Frauen teilnahmen. Sonst hätte sie sich mit dem schweren schwarzen Crêpe de Chine-Tschador in eine Ecke gesetzt und keinen Ton gesagt.

Ich war schlecht gelaunt, weil bei einem solchen Vortrag außer Zigaretten, Tee und der Wasserpfeife nichts angeboten wurde. Selbst Zucker zu klauen war nicht leicht. Die Zuckerdosen hatte man entweder in einer Reihe vor den Frauen auf den Teppich gestellt, oder man hatte sie bei dem Zubehör für den Tee neben Esmat-Chanom gestapelt. Esmat-Chanom rührte sich niemals von den Teekannen und dem Samowar weg, der ständig summte. Sie hörte von dort aus den Worten der Predigerin zu. Mich setzten sie neben sie und stellten mir einen dünnen Tee mit zwei Stücken Zucker hin. Meine Großmutter erlaubte nicht, daß ich mehr als ein Stück zum Tee nahm. Sie sagte, daß ich davon einen Bandwurm bekomme. Wenn Mahtab auch mit ihrer Mutter zum Vortrag käme, wäre es nicht so langweilig für mich. Sonst ...

Aber an dem Tag gab es keine Märtyrergeschichten, kein Essen und keine religiösen Vorträge. Es gab ein Fest! Sogar die alten Frauen hatten ihre runzligen Wangen geschminkt und trugen rote und blaue Kopftücher aus Spitze. Ihr Lachen kreiste im Raum und vermischte sich mit dem Blubbern des Samowars. Solange sich der Rauch von verbrannter Raute noch nicht verbreitet hatte, roch es überall nach gerösteten Melonenkernen. Im Gegensatz zu sonst beklagte niemand die dürstenden Lippen von Imam Hosein*, dem 2. Imam*, und weinte um den 4. Imam, den kranken Zainolabedin*. Sogar Esmat-Chanom, die so mager geworden war, daß ihre krumme Nase wie der Schnabel eines Papageis das spitze hervorstehende Kinn erreichte, seufzte nicht um die schutzlose, zurückgelassene Zainab und schlug ihre Hände gegen die Brust. Sie hatte ein Tamburin neben sich liegen, und jedesmal, wenn sie den Tee eingegossen hatte, hob sie es auf, schlug neben ihrem Ohr den Takt und drehte sich bei seinem Klang mit ihrem Hintern zuckend um sich selbst. Dann rief sie laut »hej«, verstummte plötzlich und kicherte selbstzufrieden, während sie ihre geflochtenen Zöpfe auf den Rücken warf.

Nach einem dieser »hejs« fiel Esmat-Chanoms Blick plötzlich auf mich.

»Was starrst du denn so, du Schmutzfink. Ist das hier etwa ein Zirkus? Komm, nimm die beiden Stücke Zucker und geh in den Hof, beschäftige dich selbst! Ich zog meinen Kopf ein und trabte davon. Aus Protest ließ ich den Zucker liegen. Mahtab, die gerade gekommen war, durfte im Zimmer bleiben. Sie saß im Kreis dicht bei ihrer Mutter Marjam-Chanom. Aber mich schickten sie hinaus. Niemand hatte Mitleid mit mir und rief mich zurück. Im Hof trieb mir die brennende Sonne Tränen in die Augen. Das störte mich nicht. Wenn jemand fragen würde, warum ich flenne, hatte ich eine Ausrede zur Hand!

Bevor der Gesang von Marjam-Chanom ertönte, saß ich neben dem Beet im Hof und animierte die Regenwürmer mit einem Hölzchen zu Kunststücken. Der Hals von Marjam-Chanom roch immer nach Raute. Als ich einmal krank war und Kräuteraufguß und Rizinusöl mir nicht halfen, kam Mahtabs Mutter mit einem Tablett Raute, einem Stück Kohle und einem rohen Ei an mein Bett und zerbrach für mich das Ei, damit die Augen der Neider erblindeten.

Meine Beine waren eingeschlafen. Steif hinkte ich der Stimme Marjam-Chanoms nach und stellte mich an das flimmernde Fenster des fünftürigen Salons. Mahtabs Mutter hob ihre Augenbrauen und bewegte ihren weißen Hals wie eine Gans. Einige Frauen waren mit bloßem Kopf und Brust in die Mitte des Raumes gesprungen und wanden ihre Körper wie Würmer. Ich wußte nicht, was mit ihnen los war. Als ob ein Djinn* in sie gefahren wäre! Mahtab hatte ihren Rücken an ein Kissen gelehnt und klatschte kraftlos in die Hände. Mit den verschiedensten Grimassen versuchte ich, sie auf mich aufmerksam zu machen. Es nützte nichts.

Als mich Esmat-Chanom durch den Dampf des Samowars hindurch erblickte, erstarrte das Lächeln auf ihren Lippen. Sie zog ihre breiten Augenbrauen hoch, die sie mit einem blauen

Strich über der Nase verbunden hatte und schaute mich zornig und finster an. Hinter der Tür, unter dem Lärm des Gelächters, des Kreischens und des Gesangs der Frauen ging ich in die Knie. Ich wußte, wenn ich sterbe, käme ich auf direktem Weg in die Hölle. Meine Blicke waren auf Verbotenes gefallen. Aber andererseits wollte ich gern die fleischigen Oberschenkel von Marjam-Chanom sehen, die wie das Wasser im Becken wabbelten, wenn sie tanzte. Das Blut in meinem Kopf pochte gegen meine Schläfen. Ich richtete mich wieder am Fenster auf.

Esmat-Chanom schlug kraftvoll das Tamburin. Vor Vergnügen hatte sie ihre Augen geschlossen. Ich hatte meine Augen so weit es möglich war aufgerissen, um alles zu sehen. Aber als Monawar-Chanom in die Mitte des Zimmers sprang, schloß ich sie für einen Augenblick. Monawar-Chanom hatte sich verdoppelt, sie hatte zwei Gesichter auf zwei Ebenen! Eines oben, eines unten! Alle beide waren dick geschminkt und sie bewegte sie geschickt!

Ich öffnete die Tür einen Spalt und schlüpfte lautlos ins Zimmer. Jetzt, da Esmat-Chanom im Tamburinschlagen versunken war, konnte mich niemand mehr ertappen. Schlag, Esmat-Chanom, schlag! Ich faßte mir ein Herz und näherte mich dem Tablett mit den Gerätschaften für die Teezubereitung. Ich schnappte eine Handvoll vom Zucker und von den gerösteten Melonenkernen und schlich zurück. Mahtab würde ich auch welche abgeben. Eine der Frauen gab einen lauten Jubelschrei von sich und rief dreimal nacheinander lang und leidenschaftlich: »Uuh ...uuh ...uuh ...« Die anderen Frauen zischten im Chor wie eine Lokomotive. Ich steckte mir die Handvoll Melonenkerne in den Mund und begann sie knirschend mit der Schale zu zerkauen. Ich wollte mir über das Durcheinander der Arme und Beine einen Weg zu Mahtab bahnen. Monawar-Chanom tanzte jetzt allein inmitten des Zimmers. Von der Taille an war sie nackt. Als sie mir zugewandt war, hob sie den weißen Spitzenschleier von ihrem oberen Gesicht hoch und zog ihre nachgezogenen Augenbrauen langsam hoch. Wenn sie mir den Rücken zuwandte, zitterte ihr unteres Gesicht bei der Bewegung ihrer Hinterbacken. Die Frauen schütteten sich aus vor Lachen und zeigten einander die Augen und Brauen auf dem Hintern von Monawar-Chanom. Esmat-Chanom sang:

O Omar, Omar, Hundesohn, sag nicht Omar, sag Unglück, sag Klostopfer!

Ich wünschte, Monawar-Chanom würde immer mit dem Rücken zu mir stehen! Ihre langen Beine reckten sich wie der Stamm des Eukalyptusbaumes gerade und glatt nach oben. Durch die heftigen Bewegungen ihrer unteren Wangen war die Haut von Schweiß bedeckt. Schlag, Esmat-Chanom, schlag! Jetzt hatte Monawar-Chanom auch ihre rote Bluse ausgezogen und ließ unter dem schnellen und frohen Schlägen des Tamburins ihre Schulter vibrieren. Aber ich wollte lieber ihr unteres Gesicht anschauen. Einige von den Frauen ebenso. Sobald sich Monawar-Chanom ihnen tanzend und vibrierend näherte, stießen sie kichernd und kreischend mit den Händen gegen ihre Oberschenkel und hofften, ihre Hinterbacken befühlen zu können. Aber Monawar-Chanom war flinker! Sie versetzte ihrer Taille und dem Gesäß einen Schwung und entfloh den Händen. Auch ich hätte sie sehr gern in die unteren Wangen gekniffen und vor Vergnügen laut gelacht!

Ich steckte eine Handvoll Kerne in den Mund, und wie ich auf dem Boden entlang kroch, stieß ich mit dem Ellenbogen gegen die aufgestapelten Zuckerdosen. Schlag, Esmat-Chanom! Schlag! Es herrschte eine solche Begeisterung, daß sogar der Samowar blubbernd auf und nieder hüpfte. Monawar-Chanom war richtig in Ekstase geraten. Ein Bein hatte sie wie eine Säule fest auf den Teppich gestellt und unter dem Gekreisch, dem Beifall und dem Gelächter der Frauen drehte sie sich mit ausgebreiteten Armen um sich selbst. Plötzlich öffnete Esmat-Chanom nach einem langen Jubelschrei, während sie das Tamburin tschering-tschering über ihrem Kopf zum Klingen brachte, ihre Augen und sah mich, wie ich sie mit einer Handvoll Zucker durch den Dampf des Samowars hindurch anstarrte. Aus ihren Augen sprühten Funken. Ich saß fest und konnte weder vor noch zurück! Das laute Gelächter und das unzüchtige Gekreische der Frauen hatten mich betäubt! Der Klang des Tamburins kreiste in meinem Kopf wie rasselnde Ketten. Ich machte mich ganz klein und kroch hinter den Samowar und die Säule aus Dampf, die daraus empor stieg. Es nützte nichts. Esmat-Chanom war aufgestanden und kam tamburinschlagend auf mich zu. Wenn sie mich erreichte ...! Ich ließ den Zucker fallen, sprang mit einem Satz auf und schoß wie eine Kugel blindlings in Richtung Tür. Ich hörte nur noch, daß sich Freuden- und Angstschreie vermischten und eine Frau die anderen übertönte:

»Paßt auf, der Samowar!«

Dann wurde ich gegen die weichen und lebendigen Beinsäulen von Monawar-Chanom gestoßen, die sich noch immer bewegten. Wie ein Kuhfladen fiel ich breit auf den Boden hin. Ein angstvoller Schrei von Monawar-Chanom gellte durch den Raum:

»O du heiliger Abbas!«

Dann hörte man, wie Gläser, Untertassen, die Teekanne und die Wasserpfeife zerbrachen und das Tablett und der Samowar durcheinander fielen. Das Angstgeschrei von Monawar-Chanom erstickte alle anderen Geräusche:

»O Gott, ich verbrenne! Rette mich, o du heiliger Abbas!«

Hundert Füße liefen über meinen Kopf und Körper und fielen über das Teegerät her! Ich wurde völlig zerquetscht. Mahtab kam zu mir. Bevor mich jemand bemerkte, zerrte sie mich in Richtung Tür. Sie flüsterte mir zu: »Hinaus, schnell!« Bevor ich mich davonmachte, warf ich mit blutverschmiertem Gesicht einen Blick zum Teegeschirr. Monawar-Chanom lag mit dem Gesicht darauf und jammerte. Ihren nackten Körper hatte man mit einem Tschador bedeckt. Nur die Rundung ihres unteren Gesichts war zu sehen, das plötzlich ganz klein zusammengefaltet war wie die Eingeweide eines Hammels, aus denen noch Dampf aufstieg. Obwohl sich die Schminke des Gesichts völlig aufgelöst hatte, war die Rundung ihrer Hinterbacken feuerrot! Es tat mir leid. Ich wollte diese große abscheuliche Wunde nicht mehr sehen. Meine Großmutter schrie: »Ein Sesamverband! Legt einen Sesamverband drauf! Damit es keine Blasen gibt!«

Marjam-Chanom dachte an etwas anderes:

»Wo ist dieser gemeine Schurke, der dieses Unglück angerichtet hat. Wenn ich ihn in die Hände bekomme, reiße ich ihn in Stücke ...«

Der gemeine Schurke war ich. Mahtab sagte noch einmal:

»Warum wartest du? Lauf weg ...«

Marjam-Chanom war mit einem Satz bei mir. Ich ließ den Zucker und die Melonenkerne fallen und flüchtete durchs Fenster auf den Hof. Noch während ich fiel, bat meine Großmutter:

»Laß ihn, Marjam-Chanom, er ist doch noch ein Kind! Er hat das nicht absichtlich getan.«

Vom Himmel fiel eine feuchte Dunkelheit herab. Vielleicht war Moradi krank geworden, so daß er nicht zur Arbeit gekommen war. Im Gedanken an Scheich Faghfur mit seinen Geschichten fischte ich mit zwei Fingern das Stück Papier mit der Telefonnummer von Badri-Chanom aus meiner Tasche. Aus den ersten beiden Ziffern der Telefonnummer war ersichtlich, daß sie im Norden Teherans wohnte. Ich rieb den schmutzigen Schweiß, der sich in den Lebenslinien meiner Hand gebildet hatte, an meinem Hemd ab. Dadurch rollte sich das Stück Papier dünn zusammen. Als ich meine Finger verschränkte, um die Knöchel knacken zu lassen, fiel das Papier wie ein schmutziger Docht auf den Boden. Ich bückte mich nicht, um es aufzuheben!

9

Mit dem Gedanken an meine Angetraute kehrte ich lautlos ins Zimmer zurück. Meine reizende Tante lag dicht neben dem grausamen Sejjed. Ich hoffte, daß sie bis zum Morgen so schlafen würden. Ich wollte das Fenster öffnen, damit ich nicht an dem abgestandenen Geruch nach Schweiß, dem Reis mit Gemüse aus dem Gefängnis und dem Gestank von Sejjeds Eidechse erstickte. Aber ich ließ es. Ich fürchtete, daß sie aufwachen würden. Meine Krähe schickte ich zu den Hinterbacken meiner Tante, damit sie nach Herzenslust auf ihnen herumhackte. Sie erschienen mir wie der geschminkte und verbrannte Hintern von Monawar-Chanom voller gelber, wassergefüllter Blasen. Ich faßte mit der Hand in die Hosentasche des Gauners Karim-Chan und zog seine Geldtasche heraus. In der Dunkelheit befühlte ich die Ränder der Geldscheine. Es waren zehn Tausender. Ich schob sie wieder hinein und zog seine Notizen heraus. Der Alptraum mit Osra-Chanom ließ Sejjed Karim nicht in Ruhe. Er flüsterte dauernd *Osra, Osra. Denn du hast ihr nur Haß verliehen!* Ich zündete sein Feuerzeug an und schrieb ein paar Telefonnummern ab, die zwischen einigen Anmerkungen standen. Die Luft im Zimmer war dermaßen fettig, daß sie sich wie Öl auf meine Lunge legte. Unwillkürlich ging ich zum Fenster und öffnete es. Noch vor der frischen Luft drang das Poltern der Müllautos herein. Ich sagte mir, zum Teufel, sollen sie doch aufwachen! Meine Großmutter sagte:

»Mach doch das Fenster auf! Ich ersticke.«

Sie hatte befohlen, den Korsi* im mittleren Zimmer der zweiten Etage aufzustellen, dessen hohe und halbmondförmige Fenster zum Eukalyptusbaum zeigten. In Gebetsrichtung nach Mekka liegend, war meine Großmutter bis zum Hals unter die Decke gekrochen, und obwohl sie fast nichts mehr sah, sagte sie, daß sie den schönen Eukalyptusbaum sehen könnte. Leise murmelte sie etwas vor sich hin. Vielleicht sprach sie ein Gebet oder verfluchte wie immer meinen schmarotzenden, nichtsnutzigen Vater, der nichts als Unglück über die Familie gebracht hatte. Auch der Baum schien die ganze Zeit über ungeduldig und unruhig dazustehen und meine Großmutter in ihren letzten Lebenstagen zu beobachten. Obwohl er auch im Winter ein grünes Kleid trug, war seine Krone, die ständig ans Fenster strich, gelb geworden.

Das Mittelzimmer war das Herzstück des Hauses. Meine Großmutter hatte sich dorthin zurückgezogen, um alles, was im Haus geschah, im Blick haben zu können. Sie hatte angewiesen, daß auch nach ihrem Tod alles nach ihrem Wunsch und ihrer Vorstellung geregelt werden sollte. An meine Tante gewandt sagte sie:

»Du weißt selbst gut, meine liebe Schahla, daß wir ehrbare Leute sind. Lieb dieses Kind, als wäre es dein eigenes! Eines Tages wird seine Mutter kommen und dir die Mühe abnehmen.«

Ich schlug den Ball, mit dem ich mich beschäftigt hatte, gegen die Wand und sprang hinterher, um ihn mit dem Knie zu erwischen. Meine Tante sagte:

»Das kann ich mir nicht vorstellen. Wenn sie an das Kind denken würde, hätte sie sich wenigstens einmal im Jahr nach ihm erkundigt.«

Verstohlen zielte ich auf den Kopf meiner Tante und schoß den Ball in ihre Richtung. Er verfehlte sein Ziel und traf die Obstschale auf dem Korsi. Niemand regte sich darüber auf. Die Großmutter sagte mühsam:

»Wenn meine Tochter nur lebt, danke ich Gott tausend mal am Tag. Hätte dieser Junge nicht eines Tages die Tür vom Speicher geöffnet, hätte sie vielleicht nicht alles verlassen und in einem fremden Lande heimatlos sein müssen. Aber geschehen ist geschehen … Du darfst ihr keine Vorwürfe machen. Sie ist die Mutter.«

Meine Tante wurde verlegen. Sie befürchtete, die Großmutter gekränkt zu haben. Dann würde sie beim Erbe leer ausgehen. Schnell entgegnete sie:

»Nein, nein. Ich hatte nicht die Absicht, ihr etwas vorzuwerfen. Schließlich waren wir einmal befreundet ... Sie wird jetzt vielleicht auch in der Organisation festgehalten ... Ich wollte nur sagen ...«

Die Großmutter unterbrach sie:

»Ich weiß, ich weiß. Es waren dieselben politischen Organisationen, die die Familien unglücklich gemacht haben. Lassen wir das jetzt. Was ich noch sagen wollte, ich habe mich darum gekümmert, daß ihr beide monatlich etwas für euren Unterhalt bekommt, wenn ich nicht mehr bin. Hadji Moschiri ist ein gläubiger Mann. Ich habe ihn beauftragt, daß er sich um euch kümmert. In meinem Testament habe ich auch Abmachungen für ihn getroffen. Er läßt euch nicht im Stich. Er ist ein gewissenhafter Mann. Wir haben uns auch sehr um ihn und seine Familie gekümmert.«

Ihre Stimme wurde ruhiger und schwächer. Als ob sie in Rauchkringeln aus ihrem Mund käme. Die liebe Schahla saß an der linken Seite des Korsi und hatte eine Decke um ihre Schultern gelegt. Ein zitternder Ast spähte durchs offene Fenster. Die Großmutter machte eine lange Pause. Dann begann sie wieder:

»Noch etwas. Behütet um jeden Preis dieses Haus. Ich habe mich aufgeopfert, um es zu bauen und zu erhalten. Ich habe darin meine Kinder zur Welt gebracht und auch verheiratet. Hoffentlich bringt es auch euch Glück. Das habe ich dem Hadji auch gesagt. Ohne ein Dach überm Kopf läuft euer Leben auseinander. Das ist der Anfang vom Ende.«

Die liebe Schahla spitzte ihre Lippen, als ob sie pfeifen wolle und sagte mit trauriger Stimme:

»Seien Sie unbesorgt, Großmutter. Ich werde tun, was ich kann.«

Ich hatte keine Lust mehr, den Ball über den Teppich zu kullern und ihm auf Knien nachzukrabbeln. Das Schneegestöber, das durch das offenen Fenster die Luft im Zimmer durcheinanderwirbelte, ließ mich erschaudern. Die Großmutter suchte mit ihrer Hand auf der weißen Bettdecke die Hand der lieben Schahla und hielt sie fest. Als ob nicht auch ich im Zimmer wäre. Aber niemand beachtete mich. So oft ich auch den Ball an die Wand schlug, niemand schien es zu bemerken. Die Großmutter begann wieder zu sprechen. Sie redete so leise und gedehnt, als ob sie die Rauchkringel ihrer Stimme hinunterschluckte, anstatt sie in die Luft zu pusten. Sie sagte zu meiner Tante:

»Du bist ein zuverlässiger Mensch, Schahla. Meiner Tochter warst du auch eine gute Freundin. Versprichst du mir, daß du auf den da wie auf deinen eigenen Sohn aufpaßt?!«

»Der da« war wieder ich, aber ich wollte nicht der Sohn der zuverlässigen Schahla sein. Mir reichte es schon, daß ich sie Tante nennen mußte. Ich riß mich sehr zusammen, nicht in Tränen auszubrechen. Ich suchte jemanden, den ich Mama nennen konnte, keine Tante! Das Kratzen des Astes an der Fensterscheibe fühlte ich bis in mein Gehirn. Durch die Tränen in meinen Augen sah ich alles verschwommen. Bevor die zuverlässige Schahla antwortete, zielte ich einige Male auf die elektrischen Kerzen des Deckenlüsters. Schon beim Gedanken an das Klirren der Glaskerzen zog ich den Kopf ein und schloß die Augen. Aber der Lüster zerbrach nicht! Statt dessen war der dumpfe Klang einer Explosion zu hören. Die Sicherung sprang heraus und das Haus versank in Dunkelheit. Niemand sah meine Tränen und die liebe zuverlässige Schahla hatte keine Gelegenheit, meiner Großmutter zu antworten und mich »mein Sohn« zu nennen.

Noch im Liegen nahm Sejjed Karim seinen Kopf vom Hals meiner Tante mit dem wirren Haar und schleuderte seine Stimme langsam in die Dunkelheit des Zimmers. Osra-Chanom verschwand aus seinem Traum! Er sagte:

»Was bist du doch für ein Esel, he! Warum hast du denn das Fenster aufgemacht? Der ganze Lärm kommt herein.«

Weil ich kein Esel war, antwortete ich nicht. Um sein Glück zu vervollständigen, zog ich auch den Vorhang beiseite, damit das silberne Licht des Mondes und der Sterne in den Raum schien. Die Dunkelheit flüchtete aus dem Zimmer. Aber der Geruch nach dem Gefängnisessen hing noch immer in der Luft. Also schliefen Osra-Chanom und ihre Mitgefangenen noch mit leerem Magen. Statt dessen kamen die netten Pasdaran und auch ihre Familien zu einem unerwarteten Genuß. Der nette Pasdar, alias der grausame Sejjed, sagte:

»Warum hast du die Vorhänge aufgezogen, Junge! Bist du etwa krank, daß du einen so schikanierst?«

Den Kopf auf der Brust und die Hände in den wirren Haaren der Geliebten zu haben, war ohne nächtliches Mondlicht überhaupt nicht romantisch! Sollte der grausame Sejjed es doch »Schikane« nennen. Ich war wie meine irdische Fee ein richtiger Dichter geworden. Sejjed drohte mir mit der Stimme eines Pasdar:

»Soll ich aufstehen und dir eine runterhauen?«

Damit er meine selig schlafende Tante nicht schikanierte, wollte ich die Sache beenden. Langsam sagte ich:

»Im Zimmer war Mief, deshalb wollte ich frische Luft hereinlassen. Ich mach jetzt wieder zu.«

Er brummte:

»Du Luder! Demnächst werde ich mir die Probleme mit dir endgültig vom Halse schaffen. Warte nur. Ich schick dich an die Front, damit du ein Mann wirst.«

Meine Tante schlang ihre Arme um den Hals von Sejjed und stöhnte schlaftrunken:

»Reg dich nicht auf, Sejjed! Laß das.«

Er legte seinen Kopf zwischen die Brüste meiner Tante mit den wirren Haaren, und sein unbarmherziger Geist verstummte unverzüglich. Im Gegenzug überfiel mich Panik. Mit dem Gedanken daran, Kanonenfutter zu werden und an Faghfur mit seinen Geschichten legte ich mich ins Bett. *Ach meine Jugend / wie kommst du mit der Armut zurecht?* Ich erwartete nicht, daß meine Tante mir beistehen würde. Einige Monate nach dem Tod der Großmutter hatte ich begriffen, daß sie nur an sich selbst denkt! Sie hatte die Regie übernommen und gab überall den Ton an. Ihr Verhalten hatte sich völlig verändert. Sie putzte sich heraus und wechselte ständig ihre Ehemänner. Sie gehörte in die tiefste Hölle! Eine Zeitlang war meine Tante Gesinnungsgenossin meiner Mutter gewesen. Aber nachdem sie eine Weile im Gefängnis gesessen hatte, bereute sie und ihre Augen öffneten sich gegenüber den Realitäten des Lebens! Damals war sie mehr verwaist als alle anderen. Weil sie zu den Reumütigen im Gefängnis gehörte, verstießen ihre Eltern sie, obwohl sie mit Politik nichts zu tun hatten!

Eines Abends, als sie vor Großvaters Standspiegel stand und sich das Gesicht schminkte, versuchte ich wie meine Großmutter, ihr begreiflich zu machen, daß nichts auf der Welt es wert ist, eine Sünde zu begehen und dafür im Höllenfeuer zu brennen. Kaltschnäuzig sagte sie:

»Halt den Mund! Heb deine Ratschläge für deine Mutter auf, die jetzt wie eine Brutmaschine dauernd bestellte Kinder bekommt!«

Woher wußte sie, was meine Mutter machte? Im Spiegel sah sie mich so feindselig an, daß ich keinen Mut hatte nachzufragen, ob sie meine Mutter gesehen hatte. Ich fragte:

»Ja. Aber was heißt bestellte Kinder?«

Sie puderte gerade im Spiegel ihr schönes volles Gesicht. Gleichgültig sagte sie:

»Das heißt, ein Kind, das man nicht will, aber trotzdem zur Welt bringt …«

Vielleicht war ich auch ein bestelltes Kind. Die Puderdose und die Quaste meiner Tante verschwanden aus dem Spiegel. Das Spiegelbild meiner Tante war aber noch zu sehen, während sie ihre vollen Lippen auseinander und wieder zusammenzog. Das Gesicht war richtig bronzefarben geworden. Ich fragte weiter:

»Wenn jemand ein Kind nicht möchte, warum bringt er es dann zur Welt?«

Der Lippenstift mit seiner rosafarbenen Spitze erschien im Spiegel und blieb in der Luft in der Nähe des Bronzegesichts stehen.

»Weil der Führer der politischen Organisation, für die deine Mutter arbeitet, das verlangt hat. Dieser Führer ist wie dein Großvater. Er hat befohlen, daß alle Frauen, die der Organisation angehören, Kinder bekommen!«

Dann gab es also jemanden, der dieses Kind wollte und sich darum kümmern würde! Meine Tante trat so dicht an den

Spiegel, daß ich ihr Gesicht nicht sehen konnte. Vielleicht trug sie eine andere Farbe auf.

»Warum?«

»Damit sie später, wenn sie groß sind, die politische Arbeit ihrer Eltern weiterführen und treue Soldaten der Organisation werden!«

Meine Tante lachte schallend und trat weg vom Spiegel. Zuerst glaubte ich, das Lachen hätte ihr das ganze Blut in die Lippen gepreßt. Aber dann sah ich, daß die Farbe vom Lippenstift kam. Ich wußte nicht, was es darüber zu lachen gab, daß bestellte Kinder treue Soldaten der Organisation wurden? Verstohlen schaute ich meine Tante an und fragte vorsichtig:

»War ich auch bestellt?«

»Bestellt oder nicht, jetzt fällst du mir zur Last!«

Ich senkte meinen Kopf und schwieg. Ich konnte nicht sehen, was sie im Spiegel tat, und sie konnte auch nicht meine Tränen sehen. Sie fuhr fort:

»Du mit deinem schmarotzenden, nichtsnutzigen Vater, das ist dasselbe, als wenn du bestellt wärst.«

Aus dieser zweideutigen Antwort wurde ich nicht schlau, ob ich nun bestellt war oder nicht. Sie drehte sich vom Spiegel zu mir um und wandte sich selbst den Rücken zu. Sie sagte:

»Wenn du mich fragst, hat das deine Mutter richtig gemacht, dieses erbärmliche Leben hinzuwerfen und zu gehen. Jetzt hat sie Ruhe. Ein besonders guter Sohn warst du ihr nicht ...«

Jetzt waren ihre Augenlider auch rot geworden und aus ihrem Mund sprühte Feuer wie bei einem Drachen. Ach hätte doch auch die Tante wie meine Mutter ihr elendes Leben hinter sich gelassen und wäre gegangen und würde mich nicht so quälen. Ich wandte meinen Kopf zum Fenster und wischte mir die Tränen ab. Zornig wiedersprach ich:

»War ich doch! Woher wollen Sie das wissen?«

»Weil sie deinetwegen weggegangen ist. Wenn du ihr Versteck nicht verraten hättest, würde deine Mutter jetzt vielleicht mit uns gemeinsam in diesem Haus leben.«

Obwohl mir wieder die Tränen aufstiegen, sagte ich lauter und mit fester Stimme:

»Sie lügen. Ich habe niemandem das Versteck meiner Mutter gezeigt. Sie kam selbst aus dem Speicher.«

Auch meine Tante hob die Stimme:

»Sprich nicht so mit Erwachsenen! Du bist acht Jahre alt und kannst noch nicht mal wie ein Mensch reden? Zum Teufel nochmal, eine Frau hast du auch schon! Jedenfalls hast du die Speichertür geöffnet!«

»Nein, das war ich nicht. Das war Djawid.«

»Nein, du warst das. Djawid hat gesagt, daß du es warst. Als du hingefallen bist. Alle wissen es, daß du es warst.«

Wenn meine Krähe ihr nur die schönen, grünen Augen aushacken könnte! Ich wußte nicht mehr, was ich sagen sollte. Jetzt, da ich keine Mutter hatte, nützte es auch nichts, wegen ihr zu streiten! Verstohlen wischte ich mir mit dem Handrücken die Tränen ab und starrte die Tante in Gedanken an die bestellten Kinder meiner Mutter an. Ich hoffte, daß mein scharfer, giftiger Blick sie blenden würde. Unvermittelt drehte sie sich um und entzog sich ihm. Sie machte sich daran, auf ihren Haarturm einen Hut zu setzen und über den Hut ein blaugeblümtes Kopftuch zu binden. Dann verzog sie vor dem Spiegel ihre geschminkten Lippen, rieb sie aufeinander und spitzte sie. Durch die Zähne sagte sie:

»Daß du mir nicht nachkommst, he!«

Sie lief ins Erdgeschoß. Dort warteten zwei Männer auf sie. Einer trug einen Turban, und der andere hatte einen kurzen schwarzen Bart, der wie Igelborsten aussah. Als sich meine Tante auf einen Stuhl setzte, ging ich auch hinunter und stellte mich neben den Igel. Er strich mir mit der Hand über den Kopf und drückte mich an sich. Ich sagte, jetzt wo ich schon keine Mutter habe, wäre es gut, an einen Vater zu denken! Ich drückte mich auch an ihn. Die Igelstacheln piekten mich an Hals und Kinn. Ich änderte die Position und legte mein Gesicht auf die Schulter mit dem Blick auf seine Brust. Sie war so breit, daß ich den Kopf und beide Hände darauf hätte legen und schlafen können. Aber er stank nach Zündplättchen und stark nach Schwefel. Als ob er gerade hundert Streichhölzer angezündet hätte. Ich schnappte nach Luft. Ich konnte zwar den Geruch von Medizin und Krankenhaus und den Spritzen meiner Großmutter ertragen. Aber der Geruch von Schwefel ließ mir genauso wie der nach feuchter Erde den Atem stocken. Ich wich zurück. In der Erinnerung suchte ich nach dem Geruch meines Vaters. Ich wußte nicht, wie er roch. Als ob ich niemals auf seinen Knien gesessen, niemals meinen Kopf an seine Brust gelegt oder er niemals meinen Kopf an seine Brust gezogen hätte. Besaß ich überhaupt einen Vater? Alle sagten, er sei ein »Nichtsnutz und Schmarotzer« gewesen. Aber niemand redete darüber, warum er ein Nichtsnutz und Schmarotzer war! Überhaupt hatten der Großvater und die Großmutter verboten, daß jemand im Haus über ihn spricht. Damit ich nicht anfing zu weinen, steckte ich einen Finger in meine Nase und fragte den Igel schmollend:

»Sind Sie jetzt mein Vater?«

Inzwischen hatte der Herr mit dem Turban irgend etwas in der Sprache des Propheten gesagt und fragte meine Tante:

»Sehr verehrte Frau Schahla-Chanom Abadi, sind Sie bereit, ... Bischan-Chan Emami - drei Monate nach Ablauf der Eddeh* ...«

Meine Tante lachte heftig und wurde abwechselnd rot und blaß. Aus den Augenwinkeln schaute sie Bischan-Chan Emami zärtlich an. Ihr Kopftuch war ein wenig heruntergerutscht. Mit dem weißen Hut mit seiner breiten Krempe sah sie gut aus. Der Herr Turbanträger trank seinen eisgekühlten Kirschsaft in einem Zug aus. Sein Adamsapfel trat hervor, und wegen des kalten Saftes zog er seine Stirn in Falten. Er sagte:

»Bravo, was bist du für ein kluger Junge! Du hast verstanden! Deine Mutter ist jetzt für eine bestimmte Zeit die Frau von Bischan-Chan! Komm her zu mir! Wie heißt du, mein Junge?«

Ich wollte nicht zu ihm. Er war so blöd, daß er nicht begriff, daß die verehrte Frau Schahla Abadi nicht meine Mutter ist! Wir sahen uns überhaupt nicht ähnlich. Ich schmiegte mich an meinen zukünftigen Vater und sagte nichts. Der Geruch nach Schwefel ließ mir wieder den Atem stocken. Der nach Schwefel riechende Bischan-Chan sagte:

»Wenn du ein guter Junge bist, verbringen wir ein paar schöne Monate zusammen ...«

Ich war ein guter Junge. Der igelige Bischan-Chan stand auf. Er packte mich von hinten und stellte mich zwischen seine Beine. Plötzlich sprang mein Herz vor Freude. Als ich ihn laut »Papa« rufen wollte, fühlte ich seine Eidechse an meinem Rücken, die plötzlich in Bewegung geriet. Dann packte er mich zwischen meinen Beinen, setzte mich auf seinen Handteller und stemmte mich in die Höhe. Er hob mich fast bis an den Lüster. Alle schauten mit offenem Mund zur Decke und beobachteten, wie ich mich dort oben wie ein Affe drehte. Ab und zu juchzten sie vor Staunen oder Freude. Als ob Bischan-Chan mich geheiratet hätte! Mir blieb vor Angst der Atem weg. Ich schrie:

»Laß mich runter. Ich will nicht. Laß mich runter.«

10

Sejjed Karim wachte um fünf Uhr morgens auf. Im grauen Licht des Zimmers suchte er nach seinen Sachen. Aus seiner Geldtasche zog er die Notizen heraus und wählte eine Nummer. Mit der rechten Hand kämmte er seine borstigen Haare. In den Hörer sagte er: »Gern, Bruder! Natürlich, Bruder! ..., Bruder! Seien Sie unbesorgt!« Die ganze Zeit über kratzte er sich am Ohr, am Hals, an der Brust und der Eidechse. Er wählte eine neue Nummer, stellte sich breitbeinig hin, stemmte seine Hand in die Seite und fing mit aufgerissen Augen an, etwas hineinzubellen. Als er die dritte Nummer wählte, setzte er sich auf den Bettrand und starrte auf den nackten Fußboden. Ein paar Mal sagte er irgendwelchen Leuten, daß er im Auftrag von Osra-Chanom spricht und wartete, daß die betreffende Person den Hörer nahm. Dann sagte er nichts mehr und beschränkte sich auf hm hm. Schließlich sagte er:

» ... Kümmern Sie sich um das Objekt. Ich regele die Geldfrage.«

Dann sprachen sie wieder zehn Minuten. Durch das Fenster fielen bereits die ersten Sonnenstrahlen, als sie sich für den Nachmittag um fünf Uhr verabredeten.

»An der gleichen Stelle wie immer! Ja, ich habe es aufgeschrieben! Wenn ich selbst nicht kommen kann, schicke ich jemanden. Dann sehen wir uns morgen, in Ordnung?«

Der andere sagte etwas, das Sejjed Karim mit einem Finger auf der Gabel erstarren ließ. Verwirrt entgegnete er:

»Nein, nein, nein. Seien Sie ganz beruhigt! Es sind mindestens fünzigtausend. Ja.«

Schließlich legte er den Hörer auf und drehte sich mit der Hand in seinem borstigen Haarschopf einige Male um sich selbst. Dann umschloß er mit seinem eisernen Griff mein Fußgelenk und rüttelte daran.

»Junge, steh auf und hol ein frisches Sangak-Brot!«

Ich schlief nicht. Ich war dabei, in meiner Phantasie den Eukalyptusduft einzuatmen, den meine Großmutter im Zimmer verdunsten ließ, und nach meine Krähe zu suchen, um sie auf Sejjed Karim zu scheuchen. So wie er als Schatten im Zimmer umhertappte, würde er nicht bemerken, wenn sie ihn flügelschlagend und kreischend angriff, sich auf seine Schulter setzte und mit ihrem kräftigen Schnabel ohne Unterlaß auf sein Gehirn einhackte. Endlich fand er sein Handtuch! Vielleicht wollte er ins Bad gehen, um sich zu waschen, weil er mit meiner Tante geschlafen hatte! Es war nicht ersichtlich, warum er die Lampe nicht anknipste. Mit seinem Geschrei hatte er doch meine Tante und mich geweckt. Beide wußten wir, wenn er aus dem Bad zurückkam, mußte das Frühstück mit frischem Sangak-Brot und Schafskäse bereitstehen. Ich bewegte mich nicht vom Fleck. Ich sagte mir, er soll bloß nicht annehmen, daß ich, wie er dachte, sein Diener sei!

Als er hinter der Tür verschwunden war, sprang ich wie ein Blitz auf. Obwohl meine Tante ihren Kopf unter die Decke gesteckt hatte, knipste auch ich die Lampe nicht an. Ich wußte, daß sie in ihrer Phantasie dabei war, gemeinsam mit Sejjed zu duschen! Ich warf einen Blick auf die aufgeschlagene Seite seines Telefonverzeichnisses, auf der vier Nummern standen. Die Zahlen hatten sich ameisengleich aneinandergereiht, wichen hier und da einigen gekrümmten Wörtern aus und liefen weiter bis zum Seitenrand. Ich nahm das Heft mit zum Fenster. Das schwache Morgenlicht kroch von oben heran, belebte die Ameisen und verlieh den Wörtern Farbe. Ich sagte mir, es schadet nicht, wenn ich alle auswendig lerne! Scheich Faghfur mit seinen Geschichten würde für diese Telefonnummern bereit sein, mir sogar zwei gefälschte Pässe kostenlos zu überlassen!

Die Straße war leer, und der Wind zog gierig das Morgenlicht vom Himmel, verwirbelte es auf dem Boden mit Staub und Abfällen und warf es den Passanten ins Gesicht. Meine Augen waren voller Staub. Ich zog meinen Kopf ein und klappte den Hemdkragen hoch, damit der Wind nicht durch die Ohren mein Gehirn durchlöcherte! Um diese Morgenstunde war der Andrang beim Bäcker so groß wie beim Mittagsgebet. Ich trat ein und sagte mit männlicher Stimme:

»Salam, Meister! Geben Sie mir zwei knusprige Sangak-Brote!«

Ich gab mir große Mühe, ernst und wichtig zu erscheinen. Ich reckte mich und zog meine Schultern soweit es ging zurück. Wenn Hasan Moradi mir die Brille gegeben hätte, wäre ich perfekt gewesen! Meine Großmutter hatte immer gesagt:

»Geh gerade! Sitz gerade! Wie ein richtiger junger Herr! Hast du denn Angst vor den Leuten, daß du so einen Buckel machst? Warum kriechst du so zusammen?«

Ich preßte meinen Kiefer zusammen und warf einen Blick in das flackernde Feuer des Backofens, das wie das Höllenfeuer brannte. Meine irdische Fee zeigte sich mir. Aber ich wandte mein Gesicht ab. Ich wußte überhaupt nicht, ob ich sie liebte. Ich wußte nicht, ob es gut war, daß unsere Ehe im Himmel geschlossen worden war! Ich wußte nicht, warum ich jeden Tag auf einen Brief von ihr wartete und ihre hohlen Gedichte nachahmte. *Wer hat meinen Namen aufgerufen, / um ins Feuer zu treten? Ich bin nicht Ibrahim*!* Ich wäre ewig dort stehengeblieben, um auf die beiden Brote zu warten. Ich hätte inmitten dieser Bäckerei stehenbleiben mögen, neben den Steinbecken für den Teig, gegenüber dem brennenden Ofen, neben den Eimern mit dem Masut, zwischen den Mehlsäcken, während schwarze, glänzende Schaben auf den heißen Steinen auf- und abliefen, solange bis der Tod mich holen käme. Ich schaute auf meinen Schatten. Meine Großmutter hatte immer gesagt:

»Der Tod begleitet den Menschen wie ein Schatten. Er wartet darauf, daß er an die Reihe kommt, um seine Arbeit zu tun. Früher oder später, irgendwann ist er dran!«

Wenn im selben Moment mein Todesschatten an die Reihe gekommen wäre, ich hätte nichts dagegen gehabt. Ich hätte nur nicht an der Front oder auf Wunsch von Sejjed Karim sterben wollen! Die Vorstellung, Kanonenfutter zu werden, versetzte mich in Schrecken und erweckte in mir die Angst vor dem Sterben, die die Großmutter seit der Kindheit in meinem Herzen genährt hatte. Damals fürchtete ich mich so vor dem Tod, daß ich mich ständig bemühte, auf irgend eine Weise meinen Todesschatten loszuwerden, damit er nicht an die Reihe käme! Aber alle Tricks, die ich anwendete, nützten nichts. Nur im Dunkeln ließ mich der Tod in Ruhe. Weil mein Schatten in der Dunkelheit niemals an die Reihe gekommen wäre. Aber wie hätte ich mein ganzes Leben, den Eukalyptus- und den Dattelpflaumenbaum und die ungezogenen Krähen in die Dunkelheit verlagern können?! Wenn wir alle zusammen in die Finsternis umziehen würden, wer würde dann die Großmutter ins Krankenhaus begleiten? Wie wollte ich mit meiner Angst vor der Dunkelheit zu Rande kommen?! Und mein ganzes sündiges Leben? Meine Großmutter hatte immer gesagt:

»Lebe so, als ob du im nächsten Moment stirbst! Wenn du Gutes getan hast, so ist dein Platz im Himmel. Die Engel setzen dich auf ihre Flügel und tragen dich ins Paradies. Aber wenn du Schlechtes getan hast, wirst du direkt auf den Grund der Hölle stürzen. Ohne Wenn und Aber!«

Mein Platz war bestimmt in der Hölle! Ich hatte in meinem Leben nichts Gutes getan. Im Gegenteil! Ich hatte das untere Gesicht von Monawar-Chanom angestarrt. Ich hatte immer Großmutters Brustbeeren aus ihrer Truhe gestohlen. Beim »Monawar-Chanom-Theaterspiel« mit Mustafa und Djawid hatte ich deren Eidechsen begutachtet und zugelassen, daß sie dasselbe taten ... geschweige denn die Fotos der zierlichen Jungen und die Pendelarme vom lieben Hasan, das karierte Hemd von Ingenieur Djawid und die festen Brüste von Mahtab ... nein. Das Buch meiner Taten war rabenschwarz. Ohne Zweifel gehörte ich auf den Grund der Hölle! *Welch lodernde Flammen*!

Der Backofen knisterte fröhlich. Die Feuerpyramide hatte die senkrecht abfallenden Steine des Backofens kupferrot gefärbt. Unwillkürlich sank ich zusammen. Meine Schultern erschlafften, und mein Rücken wurde zu einem Buckel. Der Bäckermeister rief:

»Steh gerade, junger Mann! Bitte, hier sind deine beiden knusprigen Sangak-Brote …«

Ich gab mir Mühe, ein »junger Mann« im wahrsten Sinne des Wortes zu sein. Laut und mit männlicher Stimme sagte ich:

»Vielen Dank, Meister!«

Mit dem Duft des frischen und warmen Brotes trat ich in das Zimmer und tauchte in das Summen der großen kupfernen Teekanne ein. Der Fettgeruch vom Lippenstift meiner Tante wogte wie eine Welle bei jeder ihrer Bewegungen auf und ab und vermischte sich mit dem Duft der Palmseife von Sejjed Karim. Als ich den Schafskäse abspülte und auf den Tisch legte, kreiste nur der Geruch der Kuttelflecken vom Stand am Farabi-Krankenhaus in meiner Nase. Still setzte ich mich hin. Ich senkte meinen Kopf und ließ meine Tante die feuchten Haare vom grausamen Sejjed trocknen, die jetzt wie gegerbtes Leder glänzten. Das Geräusch vom Handtuchrubbeln auf seinen Haaren hörte sich rauh und scharrend wie beim Sägen an. Sejjed-Agha brummte unter dem Handtuch hervor:

»Du mußt mit Fachri Kontakt aufnehmen und die Sache regeln …«

Wenn die Nase von Sejjed nicht zwischen den Brüsten meiner Tante steckte, hätte sie ihm mit Blicken zu verstehen geben können, daß er nicht vor mir reden soll. Statt dessen murmelte sie:

»Hmm!«

Der barmherzige Sejjed sagte wieder:

»Man kann sie nicht noch mehr in die Irre führen …«

Meine Tante murmelte wieder ein »hmmm« in sich hinein.

»Abgesehen davon ist die Lage ein wenig verworren! Die Köpfe der Vertreter von Montazeri* sind nach seiner Rede überall aufgetaucht! Es ist sehr gut möglich, daß sie auch zu uns kommen … das heißt, ganz bestimmt kommen sie. Es ist noch nicht bekannt, welcher Flügel die Gefängnisangelegenheiten übernimmt. Wenn sie diesen Kampf gewinnen, sind wir auch dran. Auch wir müssen unsere Sachen packen und uns in Sicherheit bringen … Dafür brauchen wir Geld, Geld …«

Meine reizende Tante hatte keine Lust. Sie sagte:

»Erwarte kein Wunder von mir!«

Sejjed Karim ergriff das Handtuch an den Rändern und zog es wie bei der Enthüllung einer Statue von seinem halbnackten und behaarten Oberkörper. Er schrie:

»Was heißt das, daß ich von dir kein Wunder erwarten soll. Ich habe das doch alles ausgegeben, damit ich eines Tages - Gott bewahre! - nicht in Not bin. Ich habe einen Plan entworfen, ein Programm aufgestellt, mit diesem und jenem gesprochen und die Sache soweit gebracht. Hast du gedacht, daß das einfach ist? Jetzt machst du Theater? Hast du schon mal darüber nachgedacht, weshalb ich die Miete für dieses Zimmer übernehme? Warum ich die Kosten für dich und diesen nichtnutzigen, schmarotzenden Bengel auf mich genommen habe?

Meine Tante spitzte ihre Lippen und fuhr ihn ungeduldig an:

»Autsch ... Bei Gott, elend zugrunde gehen sollst du, Sejjed! Du hast meinen Fingernagel abgebrochen ...«

Ich hatte keine Lust, ihrem Streit zuzuhören. Ich trank meinen Tee aus und ging aus dem Zimmer.

11

Ich gab Ingenieur Djawid die Telefonnummer und sagte:

»Sag, daß du im Auftrag von Osra-Chanom anrufst! Um fünf soll das Objekt geliefert werden. Wichtig ist der Ort. Wir müssen herausfinden, wo er ist.«

»Was für ein Objekt? Was für ein Ort? Hoffentlich schmuggelst du außer Fotos nicht noch Drogen?«

»Nein. Der Ort ist ganz wichtig.«

Die herabhängenden Zweige der Trauerweide schraffierten sein knochiges Gesicht. Er riß ein Stück abstehende Rinde vom Baumstamm ab und fragte erschrocken:

»Mit allen soll ich reden?«

Er ging mir auf die Nerven. Er war eben ein Feigling! Ich sagte:

»Nein! Mit dem, der Osra-Chanom kennt!«

Er rollte die Baumrinde auf seinem Handteller und steckte sie sich wie eine Zigarette in den Mundwinkel. Dann tat er, als ob er daran zog, und pustete den Rauch in die Luft. Er sagte:

»Ich kenne doch Osra-Chanom noch nicht einmal. Wer ist das denn überhaupt?«

Wenn Osra-Chanom selbst wüßte, daß ihr Name zu einem Kennwort geworden war und im Munde des Pöbels der Pasdaran kreiste, würde sie sich selbst nicht wiedererkennen! Ich spuckte in das vorbeifließende Wasser, schaute Djawid in seine hervorstehenden Augen und beschwichtigte ihn:

»Du hast damit nichts zu schaffen! Du triffst nur eine Verabredung mit ihnen ...«

Er trat unter der Trauerweide hervor und stellte sich ins Sonnenlicht. Sein Schatten hatte sich wie ein schwarzer breiter Reifen um seine Beine geschlungen. Ich sagte, Gott bewahre, daß bald der Schatten des Todes von Ingenieur Djawid an die Reihe kommt! Dann hätte ich niemanden mehr auf dieser Welt. Er fragte zweifelnd:

»Es ist doch nicht etwa gefährlich?!«

Der Tag war erfüllt vom Rauschen des Windes. Er nahm seine gedachte Zigarette aus dem Mundwinkel und rollte sie wie einen Ring um seinen schmutzigen Finger. Ich gab ihm keine Antwort. Er begriff, daß er eine unsinnige Frage gestellt hatte. Aber trotzdem fragte er weiter:

»Hinter welcher Sache bist du überhaupt her? Was hast du mit dieser Badri-Chanom, Sejjed Karim und Hasan Moradi und all denen zu tun?«

Ich wollte direkt sagen: »Geld! Dem bin ich hinterher, um aus diesem Höllental zu fliehen. Aus diesem Unglück, das Leben heißt!«

Aber ich sagte nichts. Er blinzelte mit seinen langen Wimpern, als ob ein schwarzer Schmetterling mit seinen Flügeln schlug und seinen schelmischen Augen den Glanz nahm.

Er sah fast so aus wie an jenem Tag, als meine Mutter ihren Tschador überwarf und ging, um nicht mehr zurückzukehren. Mein Vater war vorher schon gegangen, und ich durfte nicht einmal fragen wohin. Im Haus herrschte ein einziges Durcheinander. Den Teppich mit dem pupurnen Hintergrund, auf dem ich so gern zwischen den Blättern und Zweigen des abgebildeten Eukalyptusbaumes herumkullerte, hatte man zusammengerollt und in den Flur gelegt. Die Großmutter hatte das Teppichmuster meinetwegen in Auftrag gegeben. Der Teppich gehörte mir! Aber als man ihn zusammenrollte und wegbrachte, war niemand auf den Gedanken gekommen, mich zu fragen! Zu Monawar-Chanom sagte sie:

»Ich bringe ihn zur Bank, als Pfand. Ich muß Geld beschaffen, um mein Kind zu retten!«

Ihr »Kind« war meine Mutter. Aber ich wußte nicht, was ihr zugestoßen war und warum man sie retten mußte. Krank war sie nicht. Im Gegenteil, gesünder und flinker als sonst rannte sie überall hin. Zu uns kam sie seltener als sonst. Sie hatte sich auch ein wenig verändert. Ihre schwarzen Haare hatte sie wie Gelbwurz gefärbt, und anstelle eines Kopftuches trug sie Großmutters Tschador aus Crêpe de Chine. Sie hatte überhaupt keine Zeit, mich zu besuchen und mir abends, wenn ich zu Bett ging, eine Geschichte zu erzählen! Monawar-Chanom sagte:

»Du mußt sie ins Ausland schicken! Sie kann sich doch nicht ein Leben lang unter deinem Tschador verstecken ...«

Der zusammengelegte Teppich nahm die ganze Breite des Flurs ein. Ich saß vor dem Spiegel zwischen den Töpfen mit Schwertlilien und schluchzte vor mich hin. Niemand beachtete mich. Alle waren mit ihren eigenen Angelegenheiten beschäftigt. Sie schlichen auf Zehenspitzen umher, als ob der Großvater schliefe. Bei den Büchern kehrten sie das Unterste zuoberst, die Zeitungen trugen sie rauf und runter. Aus den Alben nahmen sie Fotos, zerrissen sie und stopften sie in einen schwarzen Plastikbeutel. Manchmal flüsterten sie leise miteinander. Alle gingen mir aus dem Weg. Niemand gab mir eine Antwort. Als ob ich gar nicht vorhanden wäre. Sie waren selbst abwesend, und nur ihre Schatten waren größer und dunkler als sonst, sie trieben sich überall herum. Hoffentlich waren nicht alle an der Reihe zu sterben?!

Aus Angst davor plärrte ich lauter. Ich wollte nicht sterben, bevor ich meinen nichtsnutzigen Vater gesehen hatte! Plötzlich tauchte der Kopf Djawids im Spiegel auf. Er fragte:

»Kommst du spielen?«

Nein! Ich wollte mir lieber eine reife Brustbeere aus der Truhe meiner Großmutter stibitzen, sie in den Mund stecken und mich auf dem Teppich an den Zweigen des Eukalyptusbaumes emporziehen. Wohin würde man meinen Teppich schaffen? Ich sehnte mich nach meiner Mutter!

»Warum heulst du denn?«

Er verschwand aus dem Spiegel. Wie immer war seine Rotznase über den Lippen festgetrocknet. Er hockte sich neben mich, legte seinen Kopf zur Seite und starrte mich an. Warum konnte Djawid nicht den Schatten des Todes neben uns sehen?

»Offensichtlich bist du ein Mädchen geworden, daß du so plärrst! Steh auf, wir gehen spielen!«

Auf Knien kroch er zu mir. Sein Atem pfiff, und er flüsterte mir ins Ohr:

»Ich habe die Brille von deiner Großmutter auf dem Tisch neben der Tür gesehen ... Komm, gehen wir ›fliegen‹?«

Mein Geplärre verstummte! Ich sah den Schatten von Monawar-Chanom, der den Baumwolltschador der Großmutter auf ihrem Kopf zurechtrückte. Er näherte sich uns. Ich hätte nichts einzuwenden gehabt, wenn ihr Todesschatten jetzt an der Reihe wäre! Ärgerlich fragte sie:

»Was treibt ihr zwei Lausebengel dort? Was klebt ihr so dicht beieinander? Gibt es nicht genug Platz, daß ihr Arsch an Arsch stehen müßt?!«

Wir standen auf und stellten uns getrennt voneinander vor den Spiegel. Mir war immer noch zum Weinen. Aber der Gedanke an Großmutters Brille lenkte mich ab. Ich legte den Arm um Djawids Hals und flüsterte ihm ins Ohr:

»Los, gehen wir! Wo ist die Brille?«

Monawar-Chanom schrie:

»Jetzt ist aber Schluß! Wollt ihr wohl nicht so aneinanderkleben? Djawid, was willst du überhaupt hier. Geh nach Hause!«

Djawid lief weg. Aber nicht zu sich nach Hause! In unser Empfangszimmer, das sich in der dritten Etage befand. Wir hatten uns zum »Fliegen« verabredet. Als Monawar-Chanom sich wieder ihren Dingen zuwandte, steckte ich die Brille der Großmutter in meinen Hosenbund und ging hinauf zu Djawid. Dort störte uns niemand. Die Großmutter öffnete ihr Empfangszimmer nur einmal im Jahr, wenn das neue Jahr angebrochen war und alle sie besuchen kamen. Für den Rest der Zeit überließ sie das Zimmer den Gipsengeln in den vier Ecken an der Decke mit ihren blauen Flügeln und den runden Wangen in der Farbe der Dattelpflaumen. Die Möbel hatte sie mit weißen Laken abgedeckt, auf die Teppiche Naphthalin gestreut und in die Ecke unter den gläsernen Tisch gelegt. Auf den Lehmfußboden hatte sie Zeitungen geklebt, damit die Teppiche keinen Schaden nähmen! Wenn Djawid, Mustafa und ich »Fotografieren« spielen wollten, gingen wir dorthin. Als wir schließlich damit aufhörten, »unsere Eidechsen« zu fotografieren, legten wir uns auf den nackten und staubigen Boden und betrachteten die verschiedenen Fotos und Karikaturen in der Zeitung und brachen dabei in lautes Gelächter aus. Mustafa war älter als wir. Er ging in die Moschee und lernte Koranlesen. Wenn er auf ein Wort stieß, daß ihm bekannt vorkam, stürzte er sich wie eine Hyäne darauf und gab seltsame Laute wie das Blubbern des Samowars, das Zischen einer Schlange oder das Gurren einer Taube von sich. Er las so langsam, daß er die Wörter buchstabierte! Manchmal lasen auch Djawid und ich, obwohl wir nicht in die Moschee gingen und Koranlesen gelernt hatten, die Zeitungstexte besser und schneller. Dann bekam Mustafa einen scheelen Blick. Er hatte nicht den Mut, sich mit Djawid anzulegen. Beim Ringen konnte es niemand mit ihm aufnehmen. Deshalb hielt er sich an mich und forderte mich heraus:

»Was redest du denn? Du kannst doch überhaupt nicht lesen! Mit deinen Augen wie ein Hühnerarsch!«

Deshalb wollte ich die Brille meiner Großmutter! Meine Augen waren so klein, daß mich einige Kinder aus unserem Viertel »Hühnerarsch« riefen! Monawar-Chanom war immer darüber erstaunt, wie ich mit meinen Augen sehen konnte, die so klein wie ein Nadelöhr waren! Jedesmal, wenn wir »Fotografieren« spielten, war mein ganzes Trachten darauf gerichtet, zu sehen, was für eine Ähnlichkeit meine Augen mit einem Arsch hatten, daß es alle außer mir sofort bemerkten!

Ich wickelte die Brille der Großmutter in meinen Hosenbund ein, und in Gedanken an das »Fliegen« stieg ich die Stufen nach oben. Sehr gern wäre ich wie sie halbblind gewesen. Dann hätte ich eine Brille tragen können. Hinter den Brillengläsern würden meine Augen richtig groß erscheinen! Die Brille meiner Großmutter zeigte alles größer, dicker, länger und höher.

Geräuschlos stieg ich die Treppe zur ersten Etage empor. Der Teppichfilz auf den Stufen kitzelte meine nackten Füße wie weiche Erde. In die weiße Wand auf den Treppenabsätzen waren kleine Fenster eingelassen, das erste hatte blaue Scheiben, auf dem zweiten Treppenabsatz waren die Scheiben gelb. Wenn rotes Licht meine Beine färbte, wußte ich, daß ich in der dritten Etage angekommen war. Dort, neben einer großen Wanduhr, war eine Tür etwas zurückgesetzt. Immer wenn ich allein war und diese Tür öffnen wollte, zitterten mir die Knie. Ich weiß nicht, ob es daher kam, daß ich drei Etagen auf einmal hochgestiegen war, oder daß ich hinter dieser Tür Dinge tat, die mir nichts anderes als das Höllenfeuer einbrachten!

Ich trat auf die Sonnenflecken, die rot auf den Boden gefallen waren, und ergriff die Türklinke. Das weiße Zifferblatt der Wanduhr über meinem Kopf glänzte wie eine Silbermünze. Ihre schwarzen Bratspieße hatten sich hintereinander verborgen. Ich wußte, daß gleich ihr Dingdong ertönen und im ganzen Haus widerhallen würde. Dann würden die Großmutter und Monawar-Chanom alles stehen und liegen lassen und ihr Gebet verrichten. Danach wurde gegessen. Ich drückte die Klinke herunter und schlüpfte ins Zimmer. Wir hatten nicht viel Zeit. Zum Essen würde man mich bestimmt suchen.

Djawid hatte schon alles vorbereitet. Wir mußten uns nur noch darüber einigen, wer als erster die Brille aufsetzen und mit dem »Fliegen« beginnen durfte. Djawid gab nach und ich sollte beginnen.

Ich holte die Brille aus meinem Hosenbund und setzte sie auf. Unter lautem Gelächter pries Djawid meine riesigen Augen. Vergeblich versucht ich, mich in der Glasplatte des Tisches zu erkennen. Wie ein Blinder streckte ich meine Hände nach vorn und tappte dem Gewieher Djawids hinterher durchs Zimmer. Die Uhr begann laut zu schlagen. Gleich würde meine Großmutter auftauchen! Ich wurde nervös. Bevor ich dazu kam, mich wieder in Ordnung zu bringen, tat sich plötzlich der Fußboden unter mir auf. Ich stürzte in ein Loch. Die Brille flog in der Dunkelheit davon. Djawids Lachen verstummte. Er packte meine Hand. Mir war zum Weinen, aber mir tat nichts weh!

»Mach deine Augen auf! Hast du nicht gesehen, daß hier ein Speicher ist?«

Ich hatte es nicht gesehen. Ich hatte ganz vergessen, daß die Wand auf der rechten Seite des Zimmers zu einem Speicher führte. Zum Neujahrsfest hatte die Großmutter den Platz in ein Lager für Obst, Schokolade und Süßigkeiten verwandelt, um nicht beim Empfang ihrer Gäste ständig die drei Etagen auf und ab laufen zu müssen. Ich öffnete die Speichertür. In der Dunkelheit tastete ich mit Djawid den Boden ab und schließlich fanden wir die Brille. Sie war heil geblieben! Aber ich hatte keine Lust mehr, Fotografieren oder Fliegen oder irgend etwas anderes zu spielen. Gleich würde sich meine Großmutter melden. Ich gab Djawid die Brille und sagte:

»Los, beeil dich! Mach deinen Flug. Sonst ist es zu spät. Sie suchen uns bald.«

Es war das erste Mal, daß Djawid fliegen wollte. Vorher hatte er immer aufmerksam daneben gestanden und Mustafa und mich beobachtet, wie wir beklommen und ungeduldig die Brille aufsetzten und uns wie Schildkröten von einem Stuhl auf den Fußboden warfen, der uns wie ein tiefes Tal erschien! Er machte sich immer lustig über unsere Aufregung und unsere ängstlichen Gesichter, und jetzt wollte er selbst dieses gefährliche Vergnügen ausprobieren!

Hektisch stieg Djawid auf das Möbelstück, das mit einem weißen Laken zugedeckt war. Er schaute hinunter und quietschte vor Freude und Angst. Ich wußte, wie er sich fühlte! Durch die Brillengläser schien der Fußboden zurückzuweichen. Er lag tief unten. Beim Fliegen glaubte ich immer zwischen Himmel und Erde zu schweben und niemals auf dem Boden anzukommen! Aber der Fußboden war sehr nahe. Kaum war ich in der Luft, stieß er schon gegen meine Füße, schlug dagegen und knickte mir die Knie ein! Das tat ziemlich weh. Aber vor Freude darüber, wieder festen Boden unter den Füßen zu haben, lachte ich schallend . Ich schrie:

»Flieg, Djawid, flieg!«

»Es ist sehr hoch!«

»Nein! Flieg ...«

»Ich hab Angst!«

»Hab keine Angst, flieg!«

»Es ist gefährlich!«

»Nein, flieg!«

Djawid flog und landete mit beiden Beinen auf dem Boden. Aber seine Knie knickten plötzlich ein und er stolperte einige Schritte nach vorne. Die Brille fiel ihm von der Nasenspitze auf den Metallfuß des Tisches. Im selben Augenblick zersprangen die Gläser in tausend Stücke! Djawid bückte sich jammernd, um das verbogene Brillengestell aufzuheben. Sein Kopf stieß mit einem Geräusch wie ein Ball gegen die scharfe Tischkante. Irgendwoher sprudelte Blut aus ihm! Er fiel auf einmal in die Glassplitter und begann vor Schmerzen und Angst zu schreien und zu weinen. Ich wußte nicht, was ich tun sollte. Die Wanduhr begann wieder zu schlagen. Im Erdgeschoß schrie sich jemand nach uns die Kehle aus dem Hals. Eine innere Stimme flüsterte mir ins Ohr, Djawid sich selbst zu überlassen, mich davonzumachen und, als ob nichts geschehen sei, hinunterzugehen und mich zum Essen zu setzen! Djawid jammerte ängstlich:

»Oh, Imam Reza! Ich sterbe. Das Blut … das Blut …«

Das Blut hatte die Laken und den Fußboden rot gefärbt und lief als dünnes Rinnsal auf mich zu. Ich wollte verhindern, daß es mich erreicht! Kopflos rannte ich hin und her und schaute mich um. Die Engel mit ihren himmelwärts gerichteten Augen und den aufgeblasenen Wangen waren damit beschäftigt, auf ihren Posaunen zu blasen. Oh Gott, was sollte ich tun? Djawid jammerte nicht mehr. Sein Atmen war in ein Röcheln übergegangen.

Plötzlich öffnete sich die Speichertür und meine Mutter kam heraus. Träumte ich? Meine Mutter, die uns vor Monaten, ohne sich zu verabschieden, verlassen hatte. Warum hatte sie sich in dem Speicher versteckt? Ich schrie:

»Mama! Mama! Djawid ist tot!«

Ich rannte zu ihr und hängte mich an ihren Rock. Sie stieß mich mit der Hand zurück und nahm statt mir den blutüberströmten Djawid in den Arm. Die Großmutter hatte tausendmal gesagt, Blut ist unrein. Man darf es nicht berühren! Aber meine Mutter achtete nicht darauf. Sie hob den blutenden Djawid hoch und trug ihn die Treppe hinunter. Ich stand unter der Wanduhr, beugte mich über das Geländer und schaute auf den weiten Rock meiner Mutter, der wie eine aufgeplusterte Papierlaterne auf den Stufen hinunterglitt. So blieb ich stehen, bis sie auf dem Treppenabsatz mit dem roten Fenster angelangt war. Kein einziges Mal drehte sie sich um und warf mir einen kurzen Blick zu! Ihre Schritte waren noch zu hören, als ich das Treppengeländer losließ, mich mit meinem ganzen Körper fallen ließ und auf denselben Stufen, über die der Rock meiner Mutter gewischt war, nach unten kullerte. Ich glaubte zu hören, wie in meinem Kopf das Gehirn gegen die Schädeldecke stieß. Schließlich landete ich wie ein aufgespießter Vogel rücklings auf dem Treppenabsatz. Wenn ich mein Stöhnen nicht gehört hätte, hätte ich geglaubt, daß ich tot bin! Niemand hatte meinen Sturz bemerkt. Ich jammerte ein wenig lauter. Meine Stimme wurde vom gleichgültigen Schlag der Wanduhr unterbrochen. Ich zog mich ans Geländer und warf von oben einen kurzen Blick nach unten. Meine Mutter legte den unreinen Djawid der Großmutter in die Arme. Obwohl sie noch ihren Gebetstschador trug und die Gebetskette in der Hand hatte, nahm sie ihr den blutverschmierten Körper Djawids ab. Ich verstand nicht, was meine Mutter ihr ins Ohr flüsterte, woraufhin diese ihren Kopf hob, als wenn sie Gott anflehte, und schrie:

»He, du elender Bengel, was treibst du dort oben? Du hast uns zugrunde gerichtet! Du hast unser Leben zerstört. Laß dich bloß nicht erwischen! Dann lasse ich keinen heilen Knochen an dir ...«

Meine Mutter stellte sich nicht auf meine Seite, sie wartete auch nicht, bis die Großmutter aufhörte zu drohen! Sie zog deren Crêpe de Chine-Tschador aus einem Bündel, warf ihn sich über den Kopf und ging weg, um nie wiederzukommen. Ich begriff nicht, warum meine Mutter aufgetaucht und wieder verschwunden war!

Dieses Mal zog Djawid die Baumrinde pfeilförmig ab und zielte auf irgend etwas im vorbeifließenden Wasser des Grabens. Seit er im Fahrradladen von Ali Akbari arbeitete, waren seine Fingernägel immer schwarz. Er zögerte noch, den Pfeil abzuschießen und fragte:

»Bist du sicher, daß das nicht gefährlich ist?«

Meine Geduld war am Ende. Ich nahm ihm den Pfeil aus der Hand und warf ihn einfach in die Luft. Er landete genau dort, wo das Tageslicht auf das Wasser traf und es wie eine Spiegelscherbe blinken ließ. Ich sagte:

»O Mann! Durchs Telefon können sie dir doch nicht an die Kehle gehen! Wenn du dich bedroht fühlst, geh nicht zur Verabredung!«

Er lief zu der Trauerweide zurück, riß noch ein Stück Rinde ab und rollte daraus wieder eine Zigarette. Dieses Mal zog er stärker daran. Ich versuchte, aus dem Augenwinkel mein Profil auf dem Wasserspiegel zu erkennen. Unwillkürlich ging wie bei Hasan Moradi meine Hand nach oben und fuhr mir durch die Haare! Wenn ich ein wenig finster schauen und meine rechte Augenbraue hochziehen würde, sähe ich wirklich toll aus! Ich mußte um jeden Preis an diese Brille mit dem Horngestell kommen. Djawid sagte:

»Ja, du hast recht ... Aber wie soll ich am Telefon mitbekommen, ob mich etwas bedroht!«

Es war unbegreiflich, wie er mit diesem überragenden Verstand Ingenieur werden wollte! Neuerdings ging er noch auf die Abendschule, um rechtzeitig seinen Abschluß zu schaffen. Ich wich seinem Zigarettenrauch aus. Dann legte ich meinen Arm um seine Schultern und sagte sehr gelassen und freundschaftlich zu ihm:

»Schau, mein lieber Ingenieur! Vergiß es! Ich will nicht, daß du etwas für mich tust! Okay?«

Meine Stimme hörte sich enttäuscht an. Ich wandte der Sonne den Rücken zu und lief neben dem fließenden Wasser her. Eine Reihe Bäume stand bis zur Biegung der Gasse neben der Mauer, sie hatten ihre Schatten wie einen Tschador auf die Wiese ausgebreitet. Ich schlenderte vor mich hin, damit Djawid denken sollte, daß mir alles egal war! Hinter mir hörte ich das weiche Geräusch seiner Gummisohlen auf dem Gras. Ich beachtete es nicht weiter. Djawid umrundete meinen Schatten und tauchte vor mir auf. Die Baumrinde hatte er zwischen die Zähne genommen und blies seine Wut geräuschvoll durch sie hindurch. Erregt platzte es aus ihm heraus:

»Ich hab doch gar nichts gesagt! Ich meinte nur, wenn mich etwas bedroht ...«

Ihn bedrohte keine Gefahr. Nach dem ersten Klingeln der dritten Telefonnummer nahm ein Mann ab, dem der Name Osra-Chanom sofort etwas sagte. Er lachte wie eine Knallerbse und seine Stimme hatte einen metallischen Klang. Er sprach mit Isfahaner Dialekt. Während des Gesprächs brachten Hammerschläge, die aus dem Hintergrund zu hören waren, Djawid dauernd durcheinander. Der Mann sprach sehr verworren. Er war völlig durcheinander. Einige Male unterbrach er seine Worte und sagte etwas zu jemandem in seiner Umgebung. Einmal sogar, als Djawid etwas murmelte, sagte er zu einem Hasan: »Komm, Hasanchen. Nimm diese 50 Tuman, streu diesen armen Tauben zwei Man Weizen hin! Ich tat ein Gelübde an Gott!« Zum Schluß hatte er sich mit Djawid »wie immer, gleiche Stelle, gleiche Zeit« verabredet.

Ich mußte mich sehr anstrengen, diese Information Djawid aus der Nase zu ziehen. Er sagte nur:

»Ich möchte jetzt eine rauchen! Woher sollen wir denn wissen, wo und wann ›gleiche Stelle, gleiche Zeit‹ ist? Ich muß jetzt zur Arbeit.«

Wir waren wieder in den Park zurückgekehrt. Die langen Arme der Trauerweide spielten mit den Sonnenflecken auf der Erde. Ich riß ein abstehendes Rindenstück vom Baum und gab es ihm. Einer Ameise, die mühevoll eine tote Fliege vorwärts schob, schlug ich auf den Kopf und sagte:

»Das kriegen wir raus. Wir müssen die Adresse von dem, der sich mit dir ›gleiche Zeit, gleiche Stelle‹ verabredet hat, herausfinden.«

Ingenieur Djawid protestierte:

»Warum hast du denn diese arme Ameise getötet? Sie hat dir doch nichts getan!«

Wieder stellte er unsinnige Fragen. Mir hing sein dämliches weibisches Gejammer zum Halse raus. Ich blickte auf das Wasser im Graben, das in Licht und Schatten wie ein Draht inmitten der Wiese blinkte.

»Damit sie weniger leidet!«

Die ersten beiden Ziffern der dritten Telefonnummer ließen auf den Basar schließen. Unser Isfahaner Hadj-Agha hatte dort bestimmt einen Laden. Vielleicht hatte er einen Laufburschen, der Hasan hieß! Die Tauben könnten seine zwei Man gespendeten Weizen im Hof einer Moschee aufpicken, die sich in der Nähe vom Laden des Hadj befand.

Aber was könnte das Geräusch des Hammers in der Nähe eines Ladens und einer Moschee bedeuten? Ich fragte Djawid:

»Hast du nicht gehört, was das für Hammerschläge waren?«

»Hammerschläge, nichts weiter!«

»Waren sie kurz aufeinanderfolgend oder mit Pausen? Gingen sie auf Holz nieder oder auf Nägel, auf Stein oder Leder oder auf Gummi?«

»Was sind das für blöde Fragen! Woher soll ich denn das wissen?«

»Konntest du nicht am Klang erkennen, ob es ein großer Hammer war oder ein kleiner? Wurde er mit seiner spitzen Seite oder mit der runden Gegenseite oder mit seiner glatten Fläche aufgeschlagen? ... War neben den Hammerschlägen das Atmen eines Menschen zu hören oder das Schnaufen einer Maschine?«

Djawid sagte zornig:

»Nein, ich weiß nicht. Läßt du mich jetzt endlich in Ruhe? Es war ein Fehler, daß ich dir helfen wollte! Bitte! Jetzt meinst du, daß ich dumm bin! Ich muß zur Arbeit.«

Jetzt war er beleidigt. Ich sagte mir, soll er es doch sein! Ich konnte ihn nicht überreden, noch einmal den Isfahaner Hadj-Agha anzurufen. Von meinem Platz aus spuckte ich auf den blinkenden Draht. Im Fliegen blähte sich die Spucke zu einer Blase auf. Ein Regenbogen umgab sie, und ein paar Schritte weiter stieß sie gegen die Steineinfassung des Wassergrabens und zerplatzte! Das Wasser plätscherte weiter und zog sich von uns zurück. Plötzlich wollte ich Djawid rufen, seinen Namen in der feuchten Wärme meines Mundes drehen, ihn zu einem Bestandteil meiner Stimme machen und sein Echo ihm selbst zurückgeben. Leise sagte ich:

»Djawid ... Djawid ... sei nicht beleidigt. Kannst du heute nicht meinetwegen deine Arbeit sausen lassen?«

Nach einer Weile schauten wir uns an und mußten laut lachen. Seine Wimpern waren feucht geworden. Er wollte mir seinen Arm auf die Schultern legen, aber ich wich zurück.

Ich rief den Hadji selbst an, sagte aber kein Wort. Ich überhörte seine Flüche und Drohungen und achtete nur auf die

Hammerschläge. Es waren mindestens vier Hämmer. Sie gingen hart und kraftvoll auf Metall nieder. Als die Geduld des Isfahaner Hadj-Agha zu Ende ging, war ich nur noch auf einen Ton konzentriert, der sich kreisförmig von einer Stelle ausbreitete und sich dann wie Staub in der Luft verteilte. Die Hammerschläge vermischten sich mit dem Atmen eines Menschen. Schließlich war die Geduld des Hadji gänzlich am Ende. Vor Aufregung fügte er an jede seiner Bemerkungen ein »S« an:

» ... He, zum Teufel noch mals! Was für eine Unverschämtheits! Ej, ich fick deine Mutters, die dir nichts anderes beigebracht hat, als andere Leute zu ärgerns ...«

Ich ließ nicht zu, daß er meine liebe Mutter noch mehr beleidigte. Ich wußte jetzt, von wo er kam, um meine Mutter zu ficken. Ich legte den Hörer auf und trat aus der Telefonzelle. Djawid empfing mich mit ausgebreiteten Armen. Die Sonne schien ihm so direkt auf den Scheitel und brachte ihn zum Glänzen, daß es aussah, als ob er eine Glatze hätte. Neugierig fragte er:

»Was war denn?«

Seine Augen funkelten wie sein kahler Kopf. Ich gab ihm keine Antwort. Statt dessen fragte ich:

»Möchtest du der Neffe eines reichen Isfahaner Hadji werden?«

Er schaute hinter sich, um sich zu vergewissern, daß ich ihn meine. Überrascht fragte er:

»Wer? Ich? Was hast du dir denn nun schon wieder für mich ausgedacht?«

Ich erklärte ihm meine Idee. Ich war sicher, daß die ununterbrochenen Hammerschläge vom Basar der Kupferschmiede stammten. Der kleine Laden unseres Isfahaner Hadj-Agha mußte sich in einem Basar zwischen einer Moschee mit Tauben und dem Basar der Kupferschmiede befinden. Wenn Djawid einverstanden wäre, mit diesem taubenfreundlichen Hadji verwandt zu sein, könnte er bei »Hasanchen« vieles erreichen und den Treffpunkt herausfinden. Dann müßte nur ich selbst meine Zustimmung geben! Wäre ich bereit, der Neffe eines Mannes zu werden, der ohne Grund meine Mutter ficken wollte? Der Rest war nicht sehr schwer.

Djawid rannte mir fast hinterher. Der Platz, in dessen rechter Ecke die Telefonzelle stand, machte unvermittelt einen Knick und wurde zu einer breiten Straße, die nackt und baumlos unter der sengenden Mittagssonne lag. Djawid sagte bissig:

»Du denkst, das ist einfach! Wie wollen wir unter all den vielen Läden im Basar den Laden des Knaller-Hadji finden, nur mit dem Erkennungszeichen, daß er aus der Gegend um Isfahan stammt?«

Die Sonnenstrahlen stachen mir wie Bienen in den Nacken. Ein Stück gelbbraunes Gras ragte wie das Fell eines räudigen Hundes vor einer grünen Haustür aus dem Boden. Ich spuckte darauf und sagte:

»Wir haben noch zwei andere Erkennungszeichen. Eines, daß der Knaller-Hadji unser Onkel ist! Das zweite, daß er ein Taubenfreund ist!«

»Ja und?«

»Das bedeutet, wenn wir uns hier und da nach ihm erkundigen, sagen wir einfach, daß wir unseren Onkel suchen. So erregen wir bei niemandem Verdacht. Dann müssen wir sehen, wo es im Basar Tauben gibt.«

»Warum läufst du denn so schnell? Ich bin schon ganz außer Atem!«

Wieder stellte er unsinnige Fragen.

»Ich gehe so schnell, weil es bis zur »gleichen Zeit« nicht mehr lange dauert!«

»Woher weißt du denn, daß die »gleiche Zeit« nicht vor zwei Stunden war?«

Mit seinem Pessimismus stellte er meine Geduld auf eine harte Probe. Die »gleiche Zeit« mußte irgendwann morgen sein. Heute mußte sich Sejjed Karim um das Gefängnis kümmern. Sicherlich schlurfte er gerade in seinen Gummilatschen mit seinem hoch erhobenen, dreieckigen Fliegenkopf auf den Gefängnisfluren auf und ab. Zuerst würde er einen Blick in die Küche werfen und befehlen: »Ab heute wird die Käseration halbiert! Diese schwarzen Krähen denken, daß sie hier zu Gast sind! Sie fressen und schlafen und sind nicht bereit, ihren faulen Körper arbeiten zu lassen!«

Dann würde er ins Aufseherzimmer gehen und die Berichte der Reumütigen und der Aufseher lesen: »Die Reumütigen des vierten Traktes sind von den Unverbesserlichen in die Enge getrieben worden. Der Streit ging darum, daß die Unverbesserlichen selbst ihre »Arbeit« einteilen wollten. Aber der mürrische Modjtaba, der Stellvertreter des Direktors, war der Ansicht, daß dies der Gefängnisleitung zusteht. Die Frauen wollten selbst bestimmen, wer den Morgentee von den Pasdaran in Empfang nimmt, wer den Mittagstisch vorbereitet oder wer die Toiletten saubermacht! Und der mürrische Modjtaba wollte, daß ihm diese Ehre zuteil wird! Sejjed Karim würde bei sich denken: »Dieser mürrische Modjtaba stiftet erst die Unruhe! Er sucht nach Problemen! Man weiß nicht, wer seine Hand über ihn hält. Obwohl schon dreimal der Direktor ausgewechselt wurde, ist er immer der Stellvertreter geblieben!«

Am Abend würde Sejjed Karim bestimmt vor lauter Unglück ein Viertel Schnaps in sich hinein kippen und zwischen den Brüsten meiner Tante vor sich hin schluchzen, daß er natürlich die einzig würdige Person für die Ernennung zum stellvertretenden Gefängnisdirektor sei!

Dann würde sich Karim-Chan bemühen, den Gedanken an den mürrischen Modjtaba zu vertreiben. Er würde sich an den Tisch setzen und den Bericht des wachhabenden Pasdars über die reumütige Frau lesen, die mit dem Besenstiel einer Gefangenen gefolgt war, und diese aus Angst ohne Kopftuch in den Hof geflüchtet war. Der Wachhabende hatte zuerst den Besenstiel auf den Köpfen beider zerschlagen und sie dann mit Faustschlägen und Fußtritten traktiert. Zu der Gefangenen hatte er gesagt: »Was machst du nur für einen Blödsinn, daß du nicht vorschriftsmäßig bekleidet aus dem Trakt hinausgelaufen bist?!« Zu der Reumütigen hatte er gesagt: »Was machst du nur für einen Blödsinn, die Gefangene nackt aus dem Trakt zu jagen!« Sejjed Karim schüttelte den Kopf und sagte: »Was ist das für ein seltsamer Zoo!« und sah sich den nächsten Bericht an. Osra lebte immer noch im Flur und war nicht bereit, einen Fuß in die Zelle der Reumütigen zu setzen! Der Atem blieb Sejjed Karim in der Kehle stecken. Mit einem

Räuspern löste er den Knoten und sagte zu sich: »Heute bringe ich die Sache mit dieser Hure Osra ein für allemal zu Ende! Ich werde sie so verprügeln, daß ihr Hören und Sehen vergeht.«

Dann würde der barmherzige Sejjed ins Gefängnisbüro gehen. Er würde sich ein Glas starken Tee eingießen und seine Füße auf den Tisch legen, um sich ein wenig auszuruhen! Er hatte noch nicht die ersten beiden Schlucke hinuntergekippt und dazu ein paar Datteln gegessen, als es ein neues Problem gab. In einem Bericht hieß es, daß die Gefangenen vom oberen Trakt damit beschäftigt seien, ein langes Netz herzustellen. Sie behaupteten, daß sie ein Volleyballnetz knüpften. Der grausame Sejjed würde denken: »Vielleicht wollen sie fliehen oder sich im Dunkel der Nacht aufhängen?« Dann würde er sich vor die Gefangenen stellen und schreien:

»Das Benutzen jeglicher gefährlicher Gegenstände zum Spielen im Trakt ist verboten!«

Er hatte diese Sache gerade aus der Welt geschafft, als das nächste Problem auftauchte: Am Hoftor wurden einige Kratzer entdeckt. Kratzer, die die Sicherheit des Gefängnisses aufs Schlimmste gefährdeten! Untereinander nannten die gefangenen Frauen sie »Guckkasten«. Die Reumütige stellte sich vor ihn hin und berichtete: »Die Häftlinge des unteren Traktes haben die farbigen Scheiben in der Tür zum Hof an verschiedenen Stellen zerkratzt und beobachten durch diesen ›Guckkasten‹ die Gefangenen der anderen Trakte bei ihrem Freigang im Hof!« Der barmherzige Sejjed würde festlegen, den Freigang für die untere Abteilung für einen Monat zu streichen! Kaum hatte er den letzten Schluck Tee getrunken, als der Kopf einer anderen Reumütigen auftauchte. Sie hatte entdeckt, daß einige Gefangene des rechten Traktes beim Spaziergang im Hof durch den Spalt im mittleren Fenster mit den Gefangenen des linken Traktes sprachen. Die gefangenen Frauen preßten von beiden Seiten abwechselnd ihre Ohren und Münder an den Spalt und flüsterten miteinander! Sejjed Karim lief, um die strategische Lage des Tatortes abzuschätzen. Das Fenster befand sich genau gegenüber dem Wachraum. Wie konnten die Gefangenen miteinander flüstern, ohne gesehen zu werden? Nach einigen Befragungen der Gefangenen und der Wärter gelangte der grausame Sejjed schließlich zu dem Ergebnis, daß einige auf einer Leine aufgehängte Kleidungsstücke die gefangenen Missetäter davor schützte, vom Wachraum aus gesehen zu werden. Der liebe Karim würde anordnen, daß ab sofort niemand mehr seine Wäsche vor dem Fenster trocknen durfte!

Ingenieur Djawid sagte:

»Ich ersticke gleich! Komm kippen wir uns einen Honigmelonensaft mit Eis und Zucker hinter die Binde. Was nützt es, bei dieser Hitze so herumzuhetzen?!«

Mit dem Nutzen für ihn hatte ich nichts zu schaffen. Die Sache war für mich wichtig. Ich sagte:

»Im Basar wird auch Saft verkauft. Oh Gott, was du nicht alles gesehen hast! Wer weiß, vielleicht verspürt unser lieber Onkel den Drang und lädt uns zu einem Honigmelonensaft ein! Die Isfahaner sind für ihre Großzügigkeit bekannt!«

Der Basar der Kupferschmiede war nirgendwo! Die Laufburschen aus den Läden schickten uns kreuz und quer durch den Basar, daß uns ganz schwindlig wurde. Aber schlimmer, als sich im Basar zu verlaufen, war die Verwirrtheit Djawids. Bis zum Eingang vom Basar der Sattler waren wir zusammen. Ich tauchte in die Dunkelheit des Basars, der ringförmig verlief, und er blieb mitten auf einem kleinen Platz in der Sonne stehen, wo ein rundes Wasserbecken wie ein Pilz aus dem Boden geschossen war. Er wollte sich den kuppelförmigen Bogen des Basars ansehen, der sich an verschiedenen Stellen oberhalb des Ziegelgewölbes plötzlich öffnete. Das Licht ergoß sich durch die fensterartigen Öffnungen auf den Boden und erhellte die Auslagen der Läden. In diesem endlosen Tunnel, den hier und dort Lichtbänder schraffierten, herrschte Trubel und Geschäftigkeit: Menschen, Stimmen, an den Türen und Wänden der Läden angehängte Waren, Feuchtigkeit, Kühle und Dunkelheit … Djawid war verschwunden in diesem Durcheinander! Jetzt mußte ich außer meinem lieben Isfahaner Onkel auch noch meinen lieben verträumten Djawid suchen!

Ich durchstreifte alle Basare. Ohne auf das verwirrende Blitzen der Gefäße zu achten, ging ich durch den Silberbasar und gelangte in den Textilienbasar. Im Basar der Goldschmiede erregte ein großer Kettenanhänger in der Form des Schriftzuges »O Ali« in einem Schaufenster meine Aufmerksamkeit. Wenn ich die Brille mit dem Horngestell von Hasan Moradi aufsetzte, meine Hemdknöpfe offenließ und dieser Anhänger auf meiner Brust glänzte, sähe ich umwerfend aus! Ich klebte mit der Stirn an der Schaufensterscheibe und starrte auf meinen Anhänger und die Ohrringe, Armbänder, Ringe und Halsketten, die an einem Messingdraht aufgehängt waren. Von irgendwoher ertönten Hammerschläge. Ein schiefes Gesicht erschien mir gegenüber auf der anderen Seite der Scheibe und fragte mit einer groben Stimme in Isfahaner Dialekt:

»Was willst du Junge? Hier wird nicht einfach geglotzt! Hau ab und mach Platz!«

Durch die Basare der Schuhmacher, der Kurzwarenhändler und der Kristallverkäufer lief ich im Zickzack. Die Füße meiner Krähe hatte ich wie den Schaft einer Waffe gepackt und mit ihrem Schnabel schlug ich jedem, der mir in den Weg kam, in die Augen oder auf die Nase. Dann wich ich aus und rannte weg. Ich war ganz außer Atem. Mein Mund war trocken. Die Leute wimmelten durcheinander. Alle Möglichen fragte ich nach der Adresse eines Ortes, von dem ich nicht einmal wußte, was für ein Ort es war. Der Ruf zum Gebet, das Klirren von Gläsern und Untertassen, das Geschrei der Verkäufer, der Widerspruch und das Gefeilsche der Kunden, alles wurde in meinem Kopf durcheinandergewirbelt. Ich stürzte auf den Innenhof einer Moschee, an dessen rechter Seitenwand eine Reihe von Messingwasserhähnen über den rechteckigen Fußwaschbecken in der brennenden Mittagsonne blitzte. Meine Krähe ließ ich auf einen Schwarm ermatteter Tauben los, die müde im Schatten herumtrippelten. Es gab nicht einen einzigen Baum in diesem Hof. Ich lief im schrägen Schatten der Wand und beugte mich über ein Betonwaschbecken. *Sachte, sachte / gehe ich an der Mauer der Einsamkeit vorbei / um zu dir, zum klaren Wasser zu gelangen.* Ich drehte den größten Wasserhahn ganz auf und hielt meinen Kopf darunter. Ich vergaß Djawid, den taubenfreundlichen Hadj-Agha und den grausamen Sejjed. Ich wollte nur an den kühlen Fotoladen von Hasan Moradi und an das denken, was dort vor seinem Fotoapparat auf mich wartete.

Jemand klopfte mir mit zwei Fingern auf die Schulter. Das Wasser plätscherte noch auf meinen Kopf, den ich hin- und herschüttelte und tropfte mir von Hals und Nacken. Gebückt schaute ich unter meiner Achsel hindurch auf den Besitzer der beiden Finger. Im höllischen Sonnenlicht stand eine Frau, von der ich annahm, daß es Osra-Chanom war, weil ich sie nicht kannte! Es war unmöglich. Osra-Chanom mußte jetzt ganz benommen von den Faustschlägen und Fußtritten Sejjed Karims sein. Ich drehte mich auf den Hacken um, und als ich mir die Hand vor die Augen hielt, um das höllische Licht abzuwehren, erkannte ich erst jetzt die Statur Djawids, die vor meinen Augen Gestalt annahm. Seine Nasenflügel zitterten. Keuchend sagte er:

»Du hältst mich wohl zum Narren, he ...«

Welch unendliche Kraft zum Jammern und Klagen in ihm steckte! Das Wasser plätscherte immer noch und seine kühlen Tropfen liefen mir über die Haut.

»Warum?«

»Es gibt überhaupt keinen Basar der Kupferschmiede.«

Wenn meine Großmutter noch lebte und diesen Satz gehört hätte, wäre sie auf der Stelle noch einmal gestorben! Mehr als sie auf die Truhe, die Brustbeeren und das Leichenhemd aufpaßte, das sie sich von der Pilgerreise nach Mekka mitgebracht hatte, hatte sie den Krug und das Becken, die Schale und das Schränkchen aus Kupfer bewacht, die sie mit ins Haus ihres Ehemannes gebracht hatte. Sie sagte immer, daß ihr Leben an diesen vier Kupferstücken hängt! Weil ihre Mutter ihr Leben für die Beschaffung dieser vier Kupferstücke zur Aussteuer verloren hatte. Das Kupfer hatte meinen Großvater überzeugt, daß die Braut seiner würdig ist und daß die Großmutter aus einer ehrbaren Familie stammt! Die vier Gefäße hatten noch eine weitere Eigenschaft: Sie waren für schlechte Zeiten zu gebrauchen! Sie sollten meine Großmutter in Notzeiten davor bewahren, daß sie sich schämen mußte, ihre Hand jedermann wegen eines Bissens Brot entgegenzustrecken! Wenn, Gott behüte, meine Großmutter eines Tages bedürftig wäre, könnte sie das Kupfer verkaufen oder verpfänden und brauchte sich nicht diesem und jenem verpflichtet fühlen. Mit ihrem bloßen Vorhandensein im Keller waren auch die Kosten für die Ausbildung von Gholam Reza und Gholam Hosein gesichert. Trotzdem waren beide Gholams nicht weiter als bis zur vierten Klasse und noch dazu in einer staatlichen Schule gekommen. Und obwohl die Lage ihrer verschiedenen Ehemänner immer besser wurde, ließ meine Großmutter jedes Jahr ihre Töpfe und Kasserollen für diese »schlechten Tage« polieren, um sie zu einem besseren Erlös verpfänden oder für einen höheren Preis verkaufen zu können. Monawar-Chanom sagte immer, wenn Plastik den Platz des Kupfers einnähme, wäre meine Großmutter auf keinen Fall bereit, ihren Krug und die Becken zu verkaufen. Sogar ihren Tiegel zum Herstellen von Schminke, den sie überhaupt nicht mehr brauchte, hütete sie. Sie hatte immer behauptet:

»Wenn ich die Sachen verkaufe, ist es so, als ob ich meine Mutter verkaufe!«

Ich fragte Djawid:

»Was ist mit deinem Onkel? Existiert er etwa nicht wahrhaftig?«

»Der blinde Ali kennt ihn! Er hat gerade Appetit auf eine Hackfleischspieß.«

Djawid wies mit dem Kopf auf den blinden Bettler Ali, der mit zusammengewachsenen Augenbrauen, einem stachligen Bart und vor sich eine Messingschale neben der Moscheetür saß. Aus der Mitte der Schale ragte die abgehackte Hand von dem heiligen Abbas. Wenn der blinde Ali bemerkte, daß ein Passant an ihm vorüberging, begann er zu flehen:

» ... bei der abgehackten Hand von dem heiligen Abbas, helft mir schwachem Blinden! Gott vergelte es euch in dieser Welt und hundertfach im Jenseits!«

Der blinde Ali hatte auch noch einen anderen Namen: Nachrichtenquelle! Obwohl er sich den ganzen Tag nicht von der Tür der Moschee wegbewegte, kannte er alle Basarhändler und war über alle Ereignisse und Vorfälle informiert, die sich in den Läden ereigneten. Er hatte auch keinen schlechten Appetit! Ich sagte:

»Mir geht es wie dem blinden Ali, aber ich nehme Dugh dazu! Dann ist alles in Ordnung. Es gibt nur ein Problem: Woher sollen wir das Geld dafür nehmen?«

Djawid hielt seinen Kopf unter den Wasserhahn und stöhnte zum Plätschern des Wassers. Ich hob meinen Kopf und drehte mich um. Als ich Auge in Auge mit der Sonne stand, stach sie mir ins Gehirn. Hätte ich die Brille von Hasan Moradi aufgehabt …! Die Tauben im Schatten der Mauer gurrten schwach und stiegen einander auf Kopf und Rücken. Ich stemmte meine Hand in die Seite und sagte:

»Wenn wir unseren Onkel finden, lädt er uns vielleicht außer zu einem Honigmelonensaft noch zu einem Hackfleischspieß ein!«

Djawid begann inmitten seines Gestöhnes zu lachen! Plötzlich wurde mir bewußt, wo wir waren. Überzeugt sagte ich:

»Sein Laden muß hier in der Nähe sein. Schau, hier ist die Moschee. Hier sind auch Tauben. Wenn wir hier irgendwo Hammerschläge hören, ist die Sache klar. Wir müssen nur noch ein Hasanchen finden!«

Djawid drehte sich gebeugt um meinen Schatten und lehnte sich mit dem Rücken an das Betonwaschbecken. Wassertropfen, die wie ein Kristall an seinen Haarspitzen hingen, fielen auf seinen Schatten. Mit größerem Nachdruck als ich sagte er:

»Ich gehe keinen Schritt weiter! Ich bin müde! Ich habe Hunger und Durst, und heiß ist mir auch …«

Ich sagte:

»Aha.«

Wenn er so weiterredete, würde ich meine Krähe aus dem Haufen der Tauben zurückholen und auf ihn hetzen. Ich wandte meinen Kopf und musterte den Bettler Ali, der mit geschlossenen Lidern unter seinem Sonnenschutz saß und ständig seinen Spruch vor sich hinmurmelte. Auf einem schwarzen Tuch, das er vor sich ausgebreitet hatte, blinkten kleine Geldmünzen! Wenn meine Großmutter nicht mit diesem weißen Kleid und dem Koran in der Hand unter dem Eukalyptusbaum gesessen und mich beobachtet hätte, hätte ich mit diesen Münzen meines und des Bettlers Ali Bedürfnis mit einem Schlag gestillt! Der feuchte Schatten Djawids begann auf dem heißen Steinmosaik zu verdunsten. Er fragte:

»Was hat denn das alles für einen Sinn?«

Ich hatte keine Kraft, auf seine unsinnigen Fragen einzugehen. Wie ein Messer spaltete die Sonne senkrecht mein Gehirn und drang langsam in seine Tiefen vor. Ich antwortete:

»Ja! Du hast recht! Ich gehe jetzt in die Moschee und ruhe mich ein wenig aus.«

Ich zog meine Schuhe aus und betrat die angenehme Kühle der Moschee. Plötzlich wurde es in meinem Innern ganz ruhig. Als ob kühles Wasser das Feuer meiner Unruhe und Besorgnis überschwemmte. Die hohe Kuppel schützte mich vor der höllischen Sonnenhitze, und die blaue Farbe der Kacheln an der Wand beruhigte meine erregte Seele. Wie eine Ameise ging ich inmitten der Pracht und Erhabenheit, und mein Herz war froh. Alles war genau an seinem Platz. Man hatte dies gebaut, damit ich mich in seinem Schutz geborgen fühlte!

Das gemeinsame Gebet war zu Ende. Aber einige barfüßige Männer hatten ihre Augen noch auf den Gebetsstein geheftet, nahmen eine andächtige Haltung ein oder beugten sich nieder und richteten sich wieder auf. Einer hatte seine Jacke zusammengefaltet, sie sich unter den Kopf gelegt und schnarchte selig vor sich hin. Die Öffnung seiner Jackentasche lag zusammengeknautscht über seinem Kopf. Ich nahm das Stück von einem zerbrochenen Gebetsstein und stellte mich neben den Mann zum Gebet hin, ohne vorher die Waschung vollzogen zu haben. Ich mußte Gott für die Ruhe danken, die in mein Herz eingezogen war!

Als ich aus der Moschee trat, war Djawid nicht mehr da. Trotzdem kaufte ich drei Hackfleischspieße mit Sangak-Brot und Tomaten und kehrte zum blinden Ali zurück. Wir hatten kaum den zweiten Bissen im Mund, als der Schopf Djawids auftauchte. Er wollte mir wieder mit seinen sinnlosen Fragen die Laune verderben:

»Wo hast du denn das Geld dafür her?«

»Ein guter Mann hat es mir in der Moschee gegeben! Gott ernährt die Seinen!«

Seine Hand hielt mit dem Bissen in der Luft inne. Er fragte:

»Hast du es erbettelt?«

Ich schüttelte den Kopf. Sein Kiefer fing wieder an zu mahlen.

»Hat jemand ein Gelübde abgelegt oder was?«

Das war keine unsinnige Frage mehr. Es war Quatsch. Gereizt sagte ich:

»Iß und red nicht so viel!«

Der blinde Ali verschlang sein Kebab schneller als wir. Aber er bewegte noch seine fettigen Lippen. Er dankte den zwölf Imamen, Mohammed und Fatima und allen Unschuldigen, daß sie diesen Tag zu einem solch prächtigen Tag für ihn gemacht hatten. Wenn er gewußt hätte, woher das Geld dafür stammte, hätte er vielleicht alles, was er gegessen hatte, wieder ausgekotzt. Djawid sagte:

»Gut, blinder Ali! Jetzt bist du an der Reihe.«

Er schickte uns zu dem Laden, dessen Besitzer mir befohlen hatte, ich soll vor seinem Schaufenster verschwinden und Platz machen. Die Kette mit dem Anhänger blinkte noch immer auf dem kleinen roten Samtkissen. Einige Meter weiter standen einige Arbeiter auf einem Gerüst und waren dabei, das Dach eines Ladens zu reparieren. Der Laufbursche des Schmuckladens namens Hasan teilte uns mit: »Hadji Ahmadi ist in die Moschee gegangen, um ein Nickerchen zu machen!« Die Lage war ungünstig. Ich wollte Hadji Ahmadi nicht zum dritten Mal gegenüberstehen! Vielleicht hatte er schlechte Laune bekommen, weil man ihm in der Moschee, im Hause Gottes, seine Tasche geleert hatte! Es war besser, wenn er mich nicht sah! Zu Djawid sagte ich:

»Ich gehe jetzt, mein Freund! Tu dein Bestes! Der Ort ist wichtig.

Er hätte zu Recht erstaunt sein können. Ich glaubte, er würde mir wegen meines seltsamen Benehmens eine Menge Frage stellen. Aber Djawid schwieg! Er sagte nur, daß ich mir keine Sorgen machen solle. Er wird tun, was er kann!

Ich kehrte ins Hotel zurück. Meine dem Schönen zugeneigte Tante war nicht da. Sejjed Karim hatte angewiesen, daß niemand den Zimmerschlüssel bekommen soll und sich dem Zimmer nähern durfte. Aber ich war doch nicht irgend jemand! Vielleicht hatte der barmherzige Sejjed etwas Wichtiges und Wertvolles im Zimmer versteckt, so daß er streng verboten hatte, sich zu nähern. Hoffentlich hatte er nicht den abgehackten Kopf von Osra-Chanom in der Kommode versteckt! Mohadjeri, der Besitzer des Hotels, schloß seine verklebten Augenlider und öffnete sie nicht, bevor er mit reden aufgehört hatte. Er roch nach Bratkartoffeln und Zwiebeln und sagte:

»Befehl ist Befehl! Erstens ist dieser Bruder der Chef der Pasdaran. Zweitens hat er eure Mietrückstände von drei Monaten auf einmal bezahlt! Drittens hat er heute morgen das Geld für eine Woche im voraus bezahlt!«

Ich sagte mir, jetzt laß Befehl Befehl sein. Er hat mich hergerufen. Er schloß seine Augen wieder und sagte:

»Hier, das ist für dich.«

Es war ein Brief meiner irdischen Fee Mahtab. Ich hatte keine Zeit, ihn zu lesen. Bevor Mohadjeri mich durch einen Lidspalt musterte, wollte ich nach draußen verschwinden. Mit dem Gedanken, daß ich das Spiel verloren hätte, wenn mir Djawid nicht helfen würde, ging ich am Laden von Hasan Moradi vorbei. Seine schraffierte Gestalt war durch die Jalousien zu sehen. Er blätterte in irgend etwas. Vielleicht war es ein neuer Brillenkatalog. Ich hätte mir sehr gewünscht, daß er an die Tür gekommen wäre und mir mit seinen Augen zu verstehen gegeben hätte, daß ich hineinkommen soll! Vielleicht sah er sich auch das Album mit seinen »verborgenen Freuden« an, diese glattrasierten Männer mit vollen Lippen, die sie ein wenig geöffnet hatten. Hasan Moradi drückte immer dann den Auslöser seines Fotoapparates, wenn der Betreffende das Wort »Bija!« aussprach und dabei seinen Mund leicht öffnete. Vielleicht waren wieder zarte und schöne junge Männer zu ihm gekommen. Dann könnte ich meine nächtlichen Besuche in seinem Atelier wieder aufnehmen. Sicher wäre der tapfere Taghi vom Komitee des zehnten Bezirks ein gerechterer

Kunde als der wagemutige Mustafa. *Ich stehe mit dir Gesicht an Gesicht / um wieder zu erobern, / was ich verloren habe. Jedem / der des Weges kommt / werde ich einen Kuß schenken!*

Ich stand im Schatten des Baumes und tat so, als ob ich weder Hasan Moradi noch seinen Laden sah! Wenn ich meine bestellte Brille hätte, könnte ich ihn jetzt seelenruhig und unbeachtet durch ihre dunklen Gläser beobachten. Wenn ich diesen goldenen Anhänger »O Ali« auf meiner Brust trüge, würden meine Schultern nicht so herunterhängen. Ich mußte auch meine lockigen Haare etwas ändern. Vielleicht sollte ich Moradi sagen, daß er seinen Freund in Deutschland bitten soll, ihm eine Tube Haargel zu schicken. Dann könnte ich wie der sagenhafte Rostam mit gestählter Brust und kerzengeradem Rücken ins Hotel gehen, und der Besitzer würde sich nicht erdreisten zu sagen, wer dort die Befehle erteilt und wer sie ausführt!

In Gedanken an Scheich Faghfur mit seinen Geschichten warf ich einen Blick auf Moradi. Er stand unschlüssig neben seiner Ladentür. Seinen Kopf hielt er so gewandt, daß sich unsere Blicke nicht trafen. Die Schaufensterscheibe war durch das helle Sonnenlicht zu einem Spiegel geworden und reflektierte die Zweige der Bäume, die sich einander näherten und wieder entfernten. Einige fette Spatzen flogen aus dem Spiegel. Moradi ließ seine Hand über seine Haare gleiten, faßte sich in den Nacken und ließ ihn plötzlich los. Sein Arm im Spiegel wurde zum Pendel! Ich schaute auf den Schatten Moradis, der sich auf der Erde umherdrehte und wie ein weitschwingender Rock aussah. Ich sagte mir, soll mich doch Moradi heute nicht ansehen. *Nimm mein Herz von mir / aber nicht deinen Blick ...* Ich lief seinem Schatten hinterher und bevor er hinter der Tür verschwand, stampfte ich mit der Ferse auf seinen Kopf. Trotzdem wollte ich nicht, daß Moradis Todesschatten so schnell an die Reihe käme. Bevor er stirbt, mußte er mir noch nützlich sein! Im Laden verlor der liebe Hasan wieder seinen Schatten. Er ging zum Ventilator und reckte ihm sein Gesicht entgegen. Er tat so, als ob er mich gerade erst erblickt habe. Erfreut schwafelte er drauflos:

»Sieh an, wer gekommen ist! Wo kommst du denn her? ...«

Woher ich auch immer auftauchte! Ich hatte keine Lust, Höflichkeiten auszutauschen. So drehte ich mich nur sinnlos im Kreis und glaubte dabei noch, daß ich mich dauernd um die Beschaffung von Fluchtmöglichkeiten bemühte! Bis jetzt war ich bei diesen ständigen Bemühungen aber noch zu keinem Ergebnis gelangt. Eine teuflische Stimme sagte mir immer wieder, daß trotz aller Gegenmaßnahmen Sejjed Karim der Sieger ist. Weil er schneller handelte. *Die Angst ist meine einzige Waffe / in meinem Kampf mit dir / und deine Waffe / Rache / wer wird siegen?* Unvermittelt fragte ich mit sanfter Stimme:

»Möchtest du mich nicht fotografieren Hasan?«

Im Laden war es kühl. Der Luftzug des Ventilators und ein grünes Band, das an dessen Drähte geknotet war, streiften den Kopf und das Gesicht Moradis. Mit geschlossenen Augen genoß er dieses Liebkosen des Stoffes. Er drehte sich zu mir um und fragte:

»Jetzt gleich?«

Diese Reaktion hatte ich nicht erwartet. Ich hatte gedacht, er würde meinem Vorschlag sofort zustimmen. Deshalb bemerkte ich nicht, ob sein Tonfall eher fragend war oder mehr erstaunt. Auf keinen Fall wollte er meinen Vorschlag ablehnen.

Ich machte eine Runde im Laden und tat so, als ob ich die Brillen und Fotoapparate aufmerksam musterte. In Erinnerung an meine Angetraute schaute ich zu Hasan, der immer noch mit dem Stückchen Stoff flirtete. Jetzt hielt er seine Haare in den Luftzug des Ventilators. Ich ging zur Tür. Moradi stand plötzlich auf. Seine Hose war hinten und an den Knien ausgebeult. Der Ventilator hatte seinen Schweißgeruch im Laden verteilt. Verwirrt sagte er:

»Du gehst? Wohin denn so plötzlich?«

Ich sagte:

»Sie haben doch keine neuen Waren bekommen.«

Und ich machte eine Kopfbewegung hin zu seinem Schrank mit den Brillen.

Er kam zu mir, ging um mich herum und stellte sich hinter mich. Um nicht seinen heißen Atem in meinem Nacken zu spüren, mußte ich wieder in die Mitte des Ladens zurückkehren. Moradi drehte den Schlüssel der Eingangstür herum und ließ die Jalousien herunter. Er sagte:

»Doch, ich habe neue! Aber ich hatte noch keine Zeit, die neue Lieferung zu öffnen. Vielleicht ist auch deine Brille dabei!«

Ohne Umschweife fragte ich:

»Wie läuft denn das Geschäft? Sind meine hübschen Kumpels hier noch nicht aufgetaucht?«

Indem er mir direkt in die Augen schaute, antwortete er:

»Einige schon ...es ist nicht viel los. Es ist gefährlicher geworden. Wenn das Komitee dahinterkommt ...«

Ich blickte zu Boden. Jetzt, da es gefährlicher geworden war, könnte ich die Fotos an den tapferen Taghi teurer verkaufen. Ich schaute auf die ausgebeulten Knie von Moradis Hosen. Ich mußte mir auf jeden Fall ein paar blaue Levi's 501 beschaffen. Seit wir mit Amerika verfeindet waren, war der Markt von amerikanischen Waren leergefegt. Aber die Lager waren noch voll. Nur die Preise hatten sich geändert. Der Preis einer Hose war unerschwinglich. Ich fühlte Moradis warme Hände auf meinem Rücken. Vorsichtig schob er mich in Richtung Ladentisch. Es paßte mir nicht, daß er so viel Zeit vergeudete. Ich schlug ihm vor:

»Oben im Atelier ist es besser. Fünfhundert Tuman, in Ordnung?«

Moradi drückte seine Eidechse und deutete mit seinen Lippen an, daß er nichts dagegen hatte.

Im dunklen Korridor stiegen wir die Treppen hinauf. Außer der Glastür des Ateliers, die wegen des durchscheinenden Lichts wie ein Eisblock dastand, war alles schwarz. Ich wußte, daß irgendwo in dieser Dunkelheit eine Eisentür zum Dach führte. Oft hatte ich sie in tiefster Nacht geöffnet und die vom wagemutigen Mustafa bestellten Fotos in der Dunkelkammer entwickelt. Hasan Moradi summte leise eine traurige Melodie vor sich hin. Seine Hände hielt er wie eine Schale unter mein Gesäß und bei jeder Stufe, die wir hinaufstiegen, drückte er dagegen. Ich stieg die Treppe seitlich gedreht weiter hinauf und sagte:

»Wie dunkel es hier ist.«

Er hörte auf zu summen und sagte:

»Deshalb passe ich ja von unten auf, daß du nicht hinfällst!«

Er begann von neuem. Er summte die Melodie, die der Sänger Ahangaran* für die Märtyrer in der Ebene von Kerbela gesungen hatte! Ich sagte mir, soll Moradi doch von unten auf mich aufpassen und dabei die Märtyrermelodie singen! In der Dunkelheit stieg ich seitlich gedreht hinauf und gelangte zu dem Eisblock. Moradi öffnete die Tür. Im selben Augenblick schmolz das Eis und ergoß sich als Licht in Richtung der Treppe. Jetzt sah ich auch die Eisentür aufs Dach. *Gib die Hoffnung auf, / daß ich mich umdrehe / und dich anschaue!* Moradi trat vor der Tür zur Seite:

»Willkommen im Fotoatelier von Hasan Moradi! Ich mache Fotos von dir, daß den besten Fotografen der Welt vor Staunen die Spucke wegbleibt! ...«

Als er mir die Knöpfe meines Hemdes bis zum Nabel aufknöpfte, ließ er die Geldscheine in meine Hosentasche gleiten. Dann sagte er, ich solle mein T-Shirt ausziehen. Mit etwas Gel lockerte er meinen krausigen Haarschopf auf und zog mir ein paar Haare wie Dill in die Stirn. Dann trug er mir einen farblosen Lippenstift auf. Ich sollte meine rechte Schulter nach vorn und meinen Kopf nach hinten halten. Dann sollte ich meine linke Schulter zurücknehmen und meinen Kopf nach vorn strecken ... Wenn er auf den Auslöser drückte, sollte ich »Bija, bija!« sagen und an ein ruhiges Meer, einen tosenden Fluß und einen in Nebel eingehüllten Wald denken. Er selbst war schweißnaß. Von seinem Körper stieg ein säuerlicher Geruch auf. Mit zitternden Fingern drehte er mein Gesicht wie eine zerbrechliche Porzellanschale hin und her. Plötzlich wurde ihm so heiß, daß er sein Hemd auszog. Ich dachte die ganze Zeit an die Eisentür. Ich zeigte sie meiner Großmutter, die mit ihrem Koran neben dem weißen Schirm von Moradi stand und uns beide musterte. Aus ihren Augen loderte Feuer. Von dem Schweißgeruch Moradis wurde mir übel. Im Hals steckten mir unzerkaute Bissen von Fleisch und Dugh mit Pfefferminze. Moradi hatte jetzt seine Hosenknöpfe geöffnet und fragte mich, ob ich »etwas Schönes« sehen möchte?

Ich konnte kaum schlucken. Stücke von Tomaten, Fleisch und Zwiebeln kamen mir hoch. Ich erwiderte:

»Ja.«

Moradi kam hinter seinem Fotoapparat hervor. Er steckte seine Hand in den Hosenschlitz und zog den weiten Beinausschnitt seiner Unterhose zur Seite. Es war nichts zu sehen. Ich sagte:

»Einen Augenblick! Gibt es hier oben eine Toilette?«

Die Antwort wartete ich nicht ab. Ich öffnete die Tür und schlüpfte hinaus. Vor meinen Augen war alles schwarz. In der Dunkelheit schlich ich lautlos zur Eisentür und machte mich davon. Auf dem Dach schaute ich einen Moment in die schwarze Sonne und übergab mich. Meine Großmutter schlug mir mit ihrem Koran, den sie niemals ohne vorherige Waschung anrührte, auf den Kopf und schrie: »Mit solchen Dingen handelst du dir nur die Hölle ein. Wenn ich noch einmal sehe, daß du zu diesem Moradi gehst, dann wirst du schon sehen, was ich mit dir mache.«

Monawar-Chanom schob meine Großmutter beiseite, und vor meinen aufgerissenen Augen versetzte sie ihr unteres Gesicht ohne die Taktschläge und die Begeisterungsschreie der anderen Frauen in Schwingungen. Und wenn es mir ans Leben gehen würde, ich würde meinen Fuß nicht mehr in das Atelier von Moradi setzen! Am liebsten hätte ich meinen Kopf auf die geschminkten Hinterbacken von Monawar-Chanom gelegt und wie ein Mädchen geflennt. Aber Mahtab hinderte mich daran, indem sie sich vordrängte und Monawar-Chanom beiseite schubste. Plötzlich verschwand die Dunkelheit und die Sonne warf ihr Licht mit aller Kraft auf mich. Ich flüchtete auf das Hoteldach und stürzte mich in die Dunkelheit und Kühle des Treppenhauses.

Unsere Zimmertür war abgeschlossen. Mit der scharfen Klinge von Mustafas Klappmesser schob ich den Riegel vom Schloß vorsichtig beiseite und drehte den Türknauf. Im Zimmer stieg mir der Geruch der vergangenen Nacht von Sejjed Karim und meiner Tante in die Nase. Das Fenster öffnete ich aber nicht. Schnurstracks lief ich zu ihrem Kleiderschrank.

Ich wußte nicht, was ich suchen sollte, aber ich wußte, daß ich etwas finden mußte! Wenn der Herr befahl, daß niemand das Zimmer betreten durfte, dann bedeutete dies, daß man um jeden Preis hinein mußte. Meine Großmutter hatte immer gesagt:

»Kind, warum bist du so störrisch? Warum machst du immer das Gegenteil von dem, was man dir sagt?«

Mager und schwach lag sie unter dem hellblauen Laken und sah die Zweige des Eukalyptusbaumes nicht, die einen Schatten auf ihr Gesicht warfen. Ihre Gesichtshaut war bräunlichgelb wie die Tabakblätter geworden, die Esmat-Chanom zum Stopfen der Wasserpfeife anfeuchtete. Die liebe Schahla lungerte ohne Grund in ihrer Nähe herum. Sie tat das, um zu zeigen, daß sie das Vertrauen der Großmutter verdiente. Die Sonne mit ihrem quälenden Licht und der Hitze hatte mich aufgeheizt. Dennoch vermochte sie nicht, einen einzigen Tropfen dieser Wärme in mein Herz zu träufeln. Ich blickte hinüber auf die andere Seite des Hofes. Unter dem Dattelpflaumenbaum hatten einige Männer die Ärmel hochgekrempelt und waren dabei, den Kopf eines Hammels abzuschneiden, den sie für die Genesung der Großmutter opferten. Die Großmutter sagte:

»Sag ihnen, daß sie das Blut nicht an den Baum gießen sollen. Er vertrocknet sonst.«

Die Männer verdeckten mit ihren Körpern den Hammel. Aber ich hörte ihn röcheln. Als ich meinen Kopf umdrehte, lief ein Rinnsal aus Blut über den Boden und sammelte sich in einer Pfütze am Fuße des Dattelpflaumenbaumes. Einer der Männer richtete sich auf und warf die abgeschnittenen Füße des Tieres mitten in die Pfütze. Meine Großmutter sagte:

»Denk jetzt einfach, daß die liebe Schahla deine Mutter ist!«

Die Männer setzten sich. Jeder von ihnen nahm ein abgeschnittenes Hammelbein in die Hand und blies mit ganzer Kraft hinein. Die liebe Schahla sah sehr wohl, daß sich das Blut am Fuße des Baumes gesammelt hatte, aber sie rührte sich nicht vom Fleck. Sie hatte Angst, die Großmutter und mich allein zu lassen. Als die Männer den Hammel mit abgeschnittenem Kopf an der Holzleiter aufhängten, die sie an die Wand gelehnt hatten, erschien er fetter und größer als ein lebendes Tier! Meine Großmutter sprach weiter:

» ... irgenwann sterbe ich! Es muß doch jemand da sein, der auf dich aufpaßt!«

Ich wollte weder eine Mutter noch eine Tante! Ich war mit der Großmutter, der Krähe und dem Eukalyptusbaum froh und glücklich. Ich verstand nicht, warum die Großmutter sich jetzt in den Kopf gesetzt hatte, eine Mutter für mich zu finden. Ich sagte:

»Nein, ich will nicht.«

Die Männer rückten dem Hammel mit scharfen Messern auf den Leib. Sie waren jetzt dabei, ihm die Haut abzuziehen. Die Spitze des Messers schoben sie darunter, und ohne das Fleisch einzuritzen, zogen sie ihm die Haut Stück um Stück vom Körper. Meine Großmutter wurde müde. Sie jammerte:

»Was hast du doch für ein widerspenstiges Wesen, Junge!«

Der nackte Hammel baumelte in der Luft. Einer der Männer setzte sein Messer auf den aufgeblasenen Bauch, und mit einem Ruck schnitt er ihn auf. Der Hammel wurde wieder dünner. Ich wäre mein widerspenstiges Wesen auch gern auf irgendeine Weise losgeworden und hätte es wie die Haut dieses Hammels in einen Mülleimer geworfen. Meine zukünftige Mutter beugte sich über mich und sagte:

»Quäl deine Großmutter nicht so ... Siehst du nicht, daß es ihr nicht gut geht? Sag einfach ja, in Ordnung!«

Die Großmutter stöhnte auf:

»Mit seinem Eigensinn wird sich das Kind noch ins Verderben stürzen!«

Ich hatte ihr Gejammer satt. Ich stand auf und ging hinüber zum Dattelpflaumenbaum. Der Maschhadi-Schlächter* warf mir den abgeschnittenen Kopf des Hammels vor die Füße in die Lache am Fuße des Baumes. Blut spritzte mir auf Arme und Beine. Ich nahm die Haut und zog sie neben das Beet. Die Füße und den Kopf des Tieres legte ich darauf und knotete alles zusammen. Ich kauerte mich neben den Baum und schöpfte mit den bloßen Händen die Blutlache in einen Eimer, in dem die Eingeweide des Hammels lagen. Auch mein

Herz blutete. Von der anderen Seite des Hofes rief mich meine Tante:

»Warum antwortest du der alten Frau nicht? Sag ein Wort, und wir sind alle zufrieden.«

Mit blutigen Händen und Armen stand ich auf. Tränen hatten meinen Blick verschleiert. Ich wußte nicht, ob ich Mitleid mit dem Hammel, der Großmutter, dem Baum oder mir selbst haben sollte. Ich stampfte mit dem Fuß auf, und bevor ich wieder zu heulen anfing, schrie ich:

»Nein. Ich will nicht.«

Mit dem Gedanken an das Geld, das ich für Scheich Faghfur mit seinen Geschichten beschaffen mußte, öffnete ich die Schranktüren und stellte mich davor. Moradis säuerlicher Geruch lag mir noch in der Nase. Ich hörte Djawid sagen: »Was hat das alles für einen Sinn?« Die Sonne spürte ich noch immer auf meiner Haut. Als ob ich auf dem Dach des Fotoladens von Hasan-Agha war und meine Großmutter mit ihrem Gebetsbuch auf mich einschlug! Vielleicht suchte mich Moradi gerade. War er nicht im Flur? Oder war er vielleicht zu Mohadjeri gegangen? Er würde alle meine Fotos zerreißen und wegwerfen müssen. Die Negative vernichte ich selbst. Ich werde meinen Fuß nicht mehr in Moradis Laden setzen.

Im Schrank war alles an seinem Platz. Nichts war weggenommen oder dazugelegt worden. Der Geruch von Sejjed und meiner Tante vermischte sich mit dem Schweißgeruch von Moradi und dem Geruch des Haargels auf meinem Kopf und machte mich wieder benommen. Die Sachen meiner Tante, die kurzen Kleider mit Ausschnitt, die sie niemals trug, hingen schlaff und dicht an den Hemden und Hosen von Sejjed Karim. Für die Levi's 501, die ich mir demnächst kaufen wollte, gab es keinen Platz! Ich strich mit der Hand über die aufgeblähte Strumpftasche meiner Tante, aus der einzelne verschiedenfarbige Strümpfe wie Hammeldärme heraushingen und erstarrte plötzlich, als ich Schritte hörte. Im Flur kam jemand auf unser Zimmer zu. War es Hasan-Agha Moradi oder der Besitzer des Hotels? Mohadjeri hielt um diese Tageszeit eigentlich sein Nickerchen. Moradi mußte sich jetzt bestimmt um seine Eidechse kümmern! Ich zog schnell meine

Hand zurück. Als meine Finger an der Strumpftasche vorüberstrichen, gerieten sie an etwas Großes und Festes. Vielleicht kam auch meine Tante? Oder war Sejjed Karim im Gegensatz zu sonst früher zurückgekommen, um etwas zu holen? Schnell faßte ich in die Strumpftasche und zog ein Päckchen daraus hervor. Wenn ich vorhin das Fenster geöffnet hätte, hätte ich jetzt von dort auf den Balkon des Nachbarzimmers flüchten können. Aber es war schon zu spät. Zu Hasan Moradi wollte ich nicht wieder zurück. Ich steckte das Päckchen in die Tasche und lauschte in Richtung Tür. Außer meinem Atem waren Schritte zu hören, die immer näher kamen. Schnell schloß ich die Schranktür und noch bevor die Schritte an der Tür haltmachten, tauchte ich unter dem Bett ab. Eine Männerstimme fragte unsicher:

»Hallo, ist da jemand?«

Die Tür öffnete sich geräuschvoll. Ich hatte vergessen, sie abzuschließen. Ein Paar Füße in staubigen Schuhen tauchten an der Tür auf, traten näher und blieben mitten im Zimmer neben dem Schatten des Tisches stehen. Dann gingen sie in Richtung Fenster, blieben vor dem Schrank stehen und kehrten zu ihrem Ausgangspunkt zurück. Am Geruch nach Reinigungsmittel, der sich ausbreitete, war zu erkennen, daß der Besitzer der Füße Mohammed, die Putzkraft des Hotels, war. Das Handtuch, das er immer auf der Schulter trug, baumelte an seinen Beinen, und es kehrte wieder Stille im Zimmer ein. Dann senkte sich Mohammeds Kopf zu seinen Knien herab und seine Hände steckten eine Tafel Schokolade, die er vielleicht aus dem Schrank entwendet hatte, in seine Socke. Er glättete sorgfältig das Hosenbein, damit die Beule nicht zu sehen war. Ich lag noch immer halbtot unter dem Bett. In meinem Kopf fragte Djawid: »Was hat das alles für einen Sinn?« Die Füße machten kehrt. Mohammed mumelte:

»Was sind das doch für seltsame Leute! Einerseits sagen sie, daß niemand dem Zimmer nahe kommen darf und dann lassen sie die Tür offen! Allmächtiger Gott! ...«

Die Tür schlug zu. Wenn ich doch bis in alle Ewigkeit unter dem Bett bleiben könnte und mich nicht vom Fleck rühren brauchte. Meine Hand befühlte das dicke Päckchen.

Würde es Scheich Faghfur mit seinen Geschichten etwas nützen? Ich hörte die Schritte in der stickigen Dunkelheit des Flures fern vom muffigen Geruch Sejjed Karims und dem säuerlichen Schweißgeruch Hasan Moradis verklingen. Dann stand ich auf, ging zum Fenster und öffnete es.

12

Ingenieur Djawid war noch nicht aufgetaucht.

Das Päckchen hatten sie wie ein Amulett in einige Lagen Taschentücher und Plastiktüten eingewickelt. Es war der Plan eines Ortes, der aus Dutzenden Kellern und Gängen und Räumen gebildet wurde, die wie Streichholzschachteln nebeneinander angeordnet waren. Als ich ihn auf dem Tisch des Cafés ausbreitete, um ihn abzumalen, schaute mir der Besitzer über die Schulter, warf einen Blick auf die dicken und dünnen Linien und sagte:

»Du siehst nicht wie ein Ingenieur aus, junger Mann! Was ist denn das? Der Plan von einem Kriegsgefangenlager? Was es auch immer ist, pack es zusammen! Ein Café ist doch kein Ort zum Hausaufgaben erledigen!«

Nein, der Plan von einem Kriegsgefangenenlager konnte es nicht sein. Sejjed Karim hatte mit dem Krieg und seinen Gaben nichts zu tun! Genauso wie ich wollte auch er kein Kanonenfutter werden! Jedesmal wenn im Radio die Nachrichten mit den Siegen der islamischen Kämpfer verbreitet wurden, brummte und fluchte er leise vor sich hin. Er kämpfte an einer anderen Front für den Schutz des Islam und die Verbreitung seiner Prinzipien. An einer Front, die weniger gefährlich war und wo man nicht vom Lärm der Geschütze und Panzer taub wurde! Wo der Sieg von vornherein sicher war! Wenn es nur nicht solche Leute wie Osra-Chanom geben würde, die trotz aller Schläge und Tritte das Gefängnis in Aufruhr versetzten!

Plötzlich dämmerte es mir. Ja. Das war der Plan vom Gefängnis. Wenn ich ihn an Badri-Chanom verkaufen könnte, bekäme ich dafür das Geld für meinen Paß und die Levi's!

Dann könnte ich alle Krähen, die es in der Stadt gab, einsammeln und sie zum spiegelnden Schaufenster von Hasan Moradi schicken, damit sie es in tausend Stücke zerbrachen. Dann würde ich die Ladentür öffnen und sie alle Fotos, Fotoapparate, Linsen und Brillen kurz und klein schlagen lassen! Vielleicht würde ich nur sein Album mit den »verborgenen Freuden« behalten! In Berlin könnte ich damit gutes Geld machen! Moradi hatte einmal gesagt, daß sein Freund in Deutschland Männer kennen würde, die an solchen Fotos brennend interessiert seien. Er sagte immer, man muß nur einige Stellen des Körpers etwas »offener« zeigen. Sein Freund hätte gesagt, daß die Deutschen so sehr daran interessiert seien, uns kennenzulernen, daß sie sogar bereit seien, uns den Flug und die Reisekosten nach Berlin zu bezahlen! *Dann hat die Liebe / ihren Namen geändert.* Ich sagte:

»Gern! Sie haben doch jetzt nicht viele Kunden! Ich packe sofort meine Sachen.«

Wohl oder übel mußte ich ein Glas Honigmelonensaft mit Eis und Zucker bestellen. Ich trank es für Djawid in einem Zug aus. Mein Herz saugte die angenehme Kühle auf und hörte einen Moment auf zu schlagen! Bei passender Gelegenheit faltete ich den Plan Stück um Stück zusammen, legte auf jedes Teil ein Blatt und kopierte mit einem spitzen Bleistift die dünnen und dicken Linien der Gefängniswände. Dann war es also tatsächlich ernst mit der Geschichte von der Flucht des Mannes von Fachri-Chanom. Sie hatten sogar den Plan vom Gefängnis beschafft! Indem ich mit meinen Blicken nach Djawid suchte, zerkaute ich knirschend das Eis. Die Kälte und das Geräusch beim Knacken des Eises ließen mich erschaudern. Vielleicht hebe ich auch das Album mit den »verborgenen Freuden« von Moradi für Djawid und Mustafa auf! Ich bestellte noch ein Honigmelonensaft für mich selbst und zog den Brief meiner irdischen Fee aus der Tasche. Das Blatt war wieder voller bunter Blumen, Ranken und zerstreuter und verwirrter Gedichte. An den gelben, roten und blauen Farben war zu sehen, daß ich vor ihr *keine Angst zu haben brauchte*. Sie glaubte nun, daß ich *meine weichen Hände niemand anderem gereicht hatte* und nur an den Tag denke, an dem ich sie endlich in die Arme nehmen konnte! *Heute bin ich Königin / bin ins Paradies eingegangen / bin auf den Strahlen des Lichts im Himmel angekommen / und von dort / tauchte ich in die Tiefe eines Meeres von Leidenschaft / heute erhielt ich deinen Brief!*

Sie hatte auch den Namen und die Adresse des Schleppers geschrieben, der mich von Zahedan nach Karatschi bringen sollte. Ich sollte nur den Namen von Mahtabs Bruder nennen und dann die Losung »Wann ist der Fluß ausgetrocknet?« hinzufügen. Dann brauchte ich nichts mehr bezahlen, um über die Grenze zu kommen.

Mahtab war bereit, etwas von ihrem Anteil am fünftürigen Haus Monawar-Chanoms für diese Sache beiseite zu legen. Alles hing davon ab, daß ich meinen gefälschten Paß selbst beschaffte. Wenn der Ein-Mann-ein-Wort-Scheich Faghfur nicht so dickköpfig wäre, wäre ich schon längst auf dem Weg nach Berlin. Die Wahrsagerin hatte recht! Ohne daß ich mich gebückt hatte, flog mir das auf dem Boden verstreute Geld jetzt ganz von selbst zu und fiel mir in den Schoß! Ich mußte nur auf meinen Kopf aufpassen. Da mir jetzt der Posten des Generaldirektors in der Haargelfabrik sicher war, war ich nicht mehr beunruhigt. Ich müßte nur einen interessanten und ausgefallenen Namen für die Erzeugnisse meiner Firma finden. Ich hätte gern erfahren, was Scheich Faghfur mit seinen Geschichten darüber denkt, daß ich meinen Grenzübertritt selbst organisiere. Wenn er wieder nicht bereit wäre, den Grundpreis nachzulassen, dann würde ich etwas unternehmen, damit ihn die Pasdaran von seinen verseuchten Packsätteln wegholen und ihn zu einem warnenden Beispiel für andere machten!

Ich fragte den Besitzer des Cafès, ob ich von seinem Geschäft aus telefonieren könne. Er runzelte seine Stirn und erwiderte unwirsch:

»Hoffentlich erwartest du nicht, daß ich dir den Laden überschreibe, nur weil du hier zwei Honigmelonensäfte getrunken hast!«

Ich hätte nichts dagegen gehabt, wenn sein Todesschatten auf der Stelle an der Reihe gewesen wäre. Ich versicherte ihm:

»Ich bezahle es ja!«

Ich holte einen Schein von dem Geld heraus, das ich von Hasan Moradi bekommen hatte, und hielt ihn vor sein Gesicht. Als ich das restliche Geld zählte, bemerkte ich, daß er mich übers Ohr gehauen hatte. Anstatt fünfhundert Tuman hatte er mir nur zweihundert in die Tasche gesteckt! *Sie ist mein / in meinen Händen / die Liane, die ich um deinen Hals werfe / und dich damit in den Wald des Todes ziehe!*

Ich rief Badri-Chanom an. Sie freute sich sehr, meine Stimme zu hören und sagte, sie hätte gleich gewußt, daß sie auf mich zählen könne! Ich sagte mir, soll sie doch von Anfang an auf mich gezählt haben. In meiner langen, dunklen Kehle war noch die Kühle der Eisstückchen zu spüren. Eine schmale Lichtspur zog sich gezackt auf dem Steinmosaik des Fußbodens im Café entlang. Ich brauchte meine Krähe nicht. Ich ließ sie bei passender Gelegenheit das Herz der orangefarbenen Dattelpflaumen anpicken! Schließlich unterbrach Badri-Chanom ihr Geschwätz und stellte die Frage, auf die ich bereits zu Beginn unseres Gesprächs gewartet hatte:

»Wann sehen wir uns?«

»In einer Stunde.«

»Wo?«

Ich gab ihr die Adresse von Moradis Laden. Wir wollten uns gegenüber treffen. Ich hoffte, daß uns Moradi durch die hinter dem Schaufenster seines Ladens heruntergelassenen Jalousien sehen und dabei Qualen ausstehen würde! Bis dahin mußte ich den Plan des grausamen Sejjed in die Strumpftasche meiner Tante zurückbringen. Djawid war noch immer nicht aufgetaucht. Hoffentlich hatte ihm unser Isfahaner Onkel keine Probleme bereitet. Hätte ich ihn bloß nicht allein gelassen. Djawid.

Ich kaufte eine Schale Joghurt, ein paar Rosinen, getrocknete Minze und ein Kilo Gurken und betrat das Hotel. Mohadjeri schlief in der Ecke des Korridors auf einer Bastmatte. Hinter dem Tresen machte Putzmittel-Mohammed ein Nickerchen im Sitzen. Von dem Handtuch, mit dem er wahrscheinlich alle Waschbecken und Fensterbänke geputzt hatte, waren seine Schulter und ein Teil der Hemdbrust durchnäßt. Seine Gesichtshaut war wie Leder, voller Falten und Linien. Ich grüßte laut. Er schreckte aus dem Schlaf und schlug die Augen auf. Ich rief ihm zu:

»Gut geschlafen?«

Benommen schaute er mich an und fragte verwirrt:

»Was gibt's?!«

Die welke und faltige Haut an seinem Hals zuckte. Ich sagte:

»Nichts! Es ist heiß, ich habe gedacht, dagegen muß man richtigen Dugh mit Gurken und Eis zu sich nehmen. Ich habe alles Nötige eingekauft. Komm laß uns welchen zubereiten und zusammen trinken!«

Seine Augen wurden munter. Dann blickte er jedoch zu Mohadjeri, der wie tot auf dem Boden lag. Er kam ganz dicht an mein Ohr und sagte:

»Vielen Dank, Junge! Aber ich habe Dienst. Ich bin verloren, wenn Mohadjeri aufwacht und mich nicht hier hinter dem Tresen sieht.

Der Geruch nach Putzmittel kreiste mit dem warmen Atem von Mohammed-Agha um mein Ohr, gelangte in meine kühle Kehle und vermischte sich dort mit dem Geschmack von Zucker und Honigmelonensaft.

Ich sagte:

»Macht nichts! Gib mir unseren Zimmerschlüssel! Ich bereite den Dugh selbst zu und ...«

Zögernd wiegte er seinen Kopf hin und her. Ich gab ihm keine Bedenkzeit und fuhr fort:

»Es dauert nicht länger als zwei, drei Minuten! ... Schau, was das für schöne duftende Gürkchen sind! Sie sind aus Isfahan! Hol Eis, ich komme gleich!«

Ich streckte die Hand aus und nahm den Schlüssel hinter ihm vom Brett. Meine Beine liefen die Stufen im Dunkeln hoch, um verschwunden zu sein, bevor Mohadjeri seine Augen öffnete.

Im Zimmer steckte ich zuerst den Plan in die Strumpftasche meiner Tante. Ich wusch weder die Rosinen noch schälte ich die Gurken. Ich pustete auch nicht den Staub von der getrockneten Minze. Wenn meine Großmutter das gesehen hätte, sie hätte mich umgebracht! Ich vermischte alles miteinander, gab es in die Schale zum Joghurt und rührte es durch. »Was hat das für einen Sinn?«, Ingenieur Djawid wo bist du? Was ist dir zugestoßen? Ich strich über meine Gesäßtasche. Der Plan war da. Ich schloß die Tür hinter mir ab, lief pfeifend mit der Schale in der Hand durch den dunklen Korridor und stieg die Treppe hinunter.

13

Als ich auf die Straße trat, kehrte das Tageslicht wieder in meine Augen zurück. Überall war es hell und belebt. Das Wasser im Graben und die unruhigen Zweige der Bäume murmelten miteinander. Ich spitzte die Ohren, um mir ihre Geräusche einzuprägen. In Berlin würde ich mich bestimmt nach diesem endlosen Summen sehnen! In Gedanken an Djawid, der sich mittlerweile schon sehr verspätet hatte, lief ich vor meinem Schatten her und quetschte mich in eine Telefonzelle. Das Licht ließ mich plötzlich los, und eine stickige Hitze umgab mich wie eine Bettdecke aus Filz. Ich wählte die Nummer von Scheich Faghfur mit seinen Geschichten. Inmitten seiner verseuchten Packsättel war er schlecht zu verstehen. Ich sagte:

»Machen Sie es vierzig Prozent billiger. Von Zahedan bis Karatschi komme ich auf eigene Rechnung!«

Er murmelte etwas und sagte, ich solle einen Augenblick warten. Vielleicht wollte er gerade das Banner eines leprösen Packsattels absetzen, dessen Gewicht sein Brustbein sprengte. Es verging keine Sekunde, als seine Stimme wieder im Hörer ertönte. Er sagte:

»Fünf Prozent. Die Geschichte ist die, daß alles seinen Preis hat. Du verstehst davon immer noch nichts. Hast keine Erfahrung. Von Zahedan nach Karatschi fünf Prozent. Das ist eine gefährliche Geschichte, wir müssen ein großes Risiko eingehen. Wir setzen dafür unser Leben aufs Spiel. Wegen dir. Wegen euch. Fünf Prozent.«

Sogar von meinem Schatten tropfte der Schweiß. Verwirrt fragte ich:

»Was kostet es von Teheran nach Zahedan? Wenn ich den Preis für die Fahrkarte auch übernehme?«

»O Mann, man merkt, daß du überhaupt nichts begriffen hast. Die Geschichte ist die, daß ich nur komplette Geschäfte mache. Sonst lohnte es sich nicht für mich. Nehmen wir an, ich plane von Karatschi nach Berlin, strecke alle Kosten vor, und am vereinbarten Tag taucht der Herr nicht auf. Was ist dann? Wer ersetzt mir dann meinen Schaden?«

Ich öffnete die Tür der Telefonzelle und stellte mich in die Öffnung. Mit etwas frischer Luft drang auch ein Schwall von Geräuschen herein. Voller Überzeugung schrie ich:

»Das wird nicht passieren.«

»Warum schreist du so laut? Woher willst du das wissen? Bist du etwa ein Prophet?«

Ich schloß die Tür. Die Geräusche entfernten sich wieder. Aber die Hitze breitete sich umso stärker in der Metallzelle aus. Erschöpft sagte ich:

»Nein. Aber ...«

Ich schüttelte die Schweißtropfen aus meinen lockigen Haaren. Er unterbrach mich:

»Dann hör gut zu. Das ist das letzte Mal, daß du mit mir über den Rabatt und solche Geschichten sprichst. Man nennt mich Ein-Mann-ein-Wort-Scheich. Das Leben ist nicht umsonst. Für mich und meine Brüder. Diese Anzüge, so wie sie hier hängen ...«

Ich schrie:

»Ich weiß, ich weiß ...«

Er ließ mich nicht einmal Luft holen und fuhr dazwischen:

»Ich wünsch dir was!«

Bevor ich etwas sagen konnte, legte er auf.

Ich trat aus der Telefonzelle und fächelte mir mit einem Zipfel von meinem Hemd Luft an Hals und Nacken. Es nützte nichts. Ich trieb nur die Hitze wie den Dampf eines Kochtopfes von einer Seite zur anderen. Als der blaue Renault vor meinen Füßen bremste, stieg ich schnell ein.

Badri-Chanoms Blick war mehr nach hinten gerichtet als nach vorn. Mich sah sie nicht an. Sie beobachtete ständig die Autos, die zügig durch den Rückspiegel ihres Renaults fuhren. Dann schaute sie ihnen im Seitenspiegel beim Überholen zu und schüttelte den Kopf. Ohne Grund fuhr sie rechts und links in Nebenstraßen und änderte ständig ihre Route. Ich achtete auf die Sonne, die manchmal plötzlich durch das Heckfenster und manchmal durch das geöffnete Seitenfenster ins Auto schien und wie Feuer Stück für Stück meines Kopfes, meines Halses und meiner Hände verbrannte. Meine Großmutter hatte immer gesagt:

»Halte deine Hände über die brennende Kerze ...«

Ich versteckte meine Hände hinter dem Kopf und kaute auf den Lippen. Wieder erschien das Mädchen, das sich in meinem Innern verbarg, und begann mit seinem Geflenne. Meine Großmutter sagte:

»Schau, wieviel du aushalten kannst!«

Sie löste meine verschränkten Hände und hielt sie mit Gewalt über die Flamme. Ich schloß meine Augen und ballte die Fäuste. Ich ließ das Mädchen winseln soviel es wollte und stimmte selbst darin ein. Wenn meine Krähe dagewesen wäre, sie hätte mir auch nicht helfen können. Ich wollte nicht, daß sie meiner Großmutter in die Augen und auf den Kopf hackte. Die Haut meiner Hand zog sich durch die Hitze der Flamme zusammen, und die Kerze begann zu knistern. Meine Großmutter erklärte:

»Das ist nur eine Kerze. Das Höllenfeuer ist tausendmal heißer und größer als diese einfache Flamme. Damit du es nur weißt. Leb nicht so, damit du im Jenseits im Höllenfeuer schmorst!«

Wenn meine Großmutter erfahren hätte, daß Djawid, Mustafa und ich »Fotografieren« spielten, was wir später durch das »Monawar-Chanom-Theater« ersetzten, hätte sie mir ganz bestimmt anstelle der Kerze eine Fackel unter dem Hintern angezündet, damit ich mir die Wirkung des Höllenfeuers besser vorstellen könnte!

Badri-Chanom schob ihre Michael Jackson-Kassette in den Spalt des Recorders. Ihre Hand blieb in der Luft stehen. Sie wußte nicht, ob sie sie wieder auf das Lenkrad zurücklegen oder auf mein Knie gleiten lassen sollte. Die Sonne hatte ein gelbes Band auf den braunen Ärmel ihres den islamischen Vorschriften gemäßen Mantels gemalt. Die Musik prallte gegen das Dach des Autos. Sie sagte:

»Die Kassette gehört dir. Möchtest du sie?«

Wenn sie sich schon einschmeicheln wollte, könnte sie mir die Sonnenbrille von Hasan Moradi kaufen! Ein Luftzug trug die Stimme Michael Jacksons durch das Fenster hinaus und brachte den Geruch nach Benzin und Dieselöl herein. Badri-Chanom entschloß sich endlich, ihre Hand auf den Hebel der Gangschaltung zu legen. Die Straßen hatten sich geleert, und die Hitze flimmerte über der Motorhaube des Autos. Wir fuhren aus der Stadt hinaus.

Ich drehte meinen Körper schräg zur Seite und zog den Plan aus meiner Gesäßtasche. Meinen Kiefer preßte ich fest zusammen, um wichtig und ernsthaft zu erscheinen. Dann holte ich tief Luft und fragte:

»Sind Sie eine Geschäftsfrau?«

Badri-Chanom wandte sich um und musterte mich mit einem erstaunten Blick. Vielleicht war sie von meiner männlichen Stimme beeindruckt! Ich reckte meinen Hals und beobachtete aus den Augenwinkeln ihre Bewegungen. Sie sollte glauben, daß ich ganz gelassen bin! Sie wußte nicht, daß mir der Schweiß aus allen Poren meines Körpers rann. Meine Achselhaare klebten. Mein Schweiß roch wie der zerstoßene Koriander, den meine Großmutter im Mörser zerdrückte und sich zur Kräftigung ihrer Augen auf den Kopf streute. Badri-Chanom fuhr plötzlich rechts ran und hielt im Schatten eines Baumes an. Ich hatte nicht den Mut, ihr in die Augen zu sehen, sondern starrte nach vorn. Lichtpünktchen tanzten auf der Motorhaube des Autos.

»Ja, ganz und gar!«

Ihre Stimme hatte einen hellen, metallischen Klang. Sie war neugierig. Und sie warnte mich auch. Wenn ich gewinnen wollte, mußte ich etwas riskieren. Ich mußte sie dazu bringen, daß sie wie meine Krähe zutraulich krächzte. Dann könnte ich ihr mit einem »husch« Angst machen und sie davonscheuchen. Sollte sie doch denken, daß ich ein dummes Kind bin und gegen sie mit ihren fünfzig Jahren Erfahrung nicht ankomme. Wenn ich mich gegenüber Sejjed Karim so benehmen würde, würde er mich mit einem Fußtritt aus dem Hotelzimmer zum Fenster hinauswerfen.

Wie ein Schauspieler zog ich eine Augenbraue hoch und sagte:

»Dieses Papier, das Sie in meiner Hand sehen, ist für Sie und Ihre Schwester sehr wertvoll. Ich will dafür nur einen Tausender ...«

Ich bemühte mich, meinen Blick auf den Horizont zu richten, damit er starrer und tiefer erschiene. Aber der Baumstamm und die Sonnenpünktchen auf der Motorhaube machten meinen Blick sanft und zogen ihn an. Badri-Chanom drosselte Michael Jackson die Stimme und sagte:

»Laß mich zuerst eine Sache klarstellen. Ich mache keine pauschalen Geschäfte, mit niemandem. Glaub nicht, daß du uns wie dieser dahergelaufene Sejjed Karim unter irgendeinem Vorwand übers Ohr hauen und abzocken kannst. Wenn ich meine Schwester wäre ...«

Sie beherrschte sich, denn sie merkte, daß sie zu weit ging. Erschrocken fragte sie:

»Was ist überhaupt auf diesem Blatt?«

Wie meine Großmutter, wenn sie den Koran in die Hand nahm, faltete ich die Blätter vorsichtig und sorgfältig und steckte sie in die Brusttasche meines Hemdes. Ich sagte nur:

»Offensichtlich sind Sie keine Geschäftsfrau ...«

Ich faßte nach dem Türgriff und drückte ihn leicht, um auszusteigen. Ich rief nach meiner Krähe, damit sie ihren wäßrigen Kot auf die Autoscheiben fallen ließe. Sie nahm meine Hand und sagte:

»Sei nicht so voreilig ... Du kannst doch nicht einfach aussteigen ...«

Ich stieg nicht aus. Irgendwo weit weg, wogte die Straße wie die aufgeblähte Wasseroberfläche unter dem Blitzen des Sonnenlichtes. Es war eine Luftspiegelung. Für einen Moment sah ich Badri-Chanom als meine Mutter. Vielleicht hatte sie die Wahrheit gesagt, daß sie zwei Töchter in meinem Alter hatte. Plötzlich fiel mir ein, daß ich in meinem ganzen vierzehnjährigen Leben nicht ein einziges Mal die Wärme der Hände von einer richtigen Frau gefühlt hatte. Ihre Wärme war leicht und sanft, breitete sich unter der Haut meiner Hand aus und gelangte bis zu meinem Herzen. Würde sie mich so mit ihrer weichen liebevollen Hand liebkosen, würde ich mich an sie schmiegen und den Kopf auf ihre Schulter legen. Meine irdische Fee, *allein in der Zeit*, erschien vor mir, nahm meine Hand und legte sie auf ihre festen Brustwarzen. Djawid jammerte mir wieder ins Ohr: »Was hat das für einen Sinn?« Ich sagte mir, soll er doch jetzt denken, daß nichts in dieser Welt Sinn hat. Daß jeder Versuch sinnlos ist. Daß die Krähen, komme, was wolle, das Herz und die Innereien der Dattelpflaumen mit ihren spitzen Schnäbeln herausreißen und außer einer faltigen Haut nichts davon übrig lassen. Daß ich *allein in Zeit und Ort* im Leben herumirre und mein Herz wie eine vertrocknete Pflaume wurmig wird. Djawid sagte:

»Hat dich deine Mutter etwa nicht verlassen und ist fortgegangen?«

Zu dritt standen wir im Schatten der Mauer des Hauses von Djawid und seinen Leuten in einer engen Gasse. Ich widersprach:

»Meine Mutter hat mich nicht verlassen. Sie mußte gehen.«

Mustafa legte seinen Kopf schief und biß seitlich in sein Stück Brot mit Käse. Er paßte auf, daß das dünne Lawasch-Brot nicht auseinanderklappte und herunterfiel. Mit vollem Mund sagte er:

»Sie war gegen die Revolution. Also war es besser, daß sie geflohen ist.«

Er wiederholte offensichtlich die Worte von dem gewissenlosen Hadji Moschiri. Ich tat, als hätte ich nichts gehört. Am liebsten hätte ich ihm eine schallende Ohrfeige versetzt. Statt dessen übermannten mich die Tränen. Ich ging in die Knie und tat so, als ob ich mit meinen Murmeln spielte. Djawid entrüstete sich gegenüber Mustafa:

»Worauf willst du hinaus? Wenn Revolution bedeutet, sich so vollzustopfen, wie du es tust, dann bin ich gegen die Revolution! Geh und sag deinem gnädigen Herrn, daß er eine Truppe Pasdaran schicken soll, damit sie mich festnehmen. Wer hat überhaupt gesagt, daß du dich in unser Gespräch einmischen sollst? Mit den Angelegenheiten von dem da und mir hast du nicht zu schaffen.«

»Der da« war ich, geohrfeigt und zusammengekauert. Ich hockte auf dem Boden, und vor lauter Anstrengung, daß mir nicht die Tränen übers Gesicht liefen, funkelten schwarze Sterne vor meinen Augen. Beide waren älter als ich, größer und stärker, hatten Vater und Mutter, Schutz und Obdach. Wie eine Mauer aus Fleisch standen sie vor mir. Sie hatten mir den Weg abgeschnitten. Ich wollte aufstehen, Anlauf holen und direkt mit dem Körper diese Wand attackieren, sie zerstören und mitten hindurch fliehen. Djawids Schatten an der Mauer wurde kürzer. Er kniete sich vor mich hin, und so, als ob nichts geschehen sei, nahm er den Faden seiner Rede wieder auf. An mich gewandt sagte er:

»Für dich ändert es doch nichts, ob sie dich verlassen hat oder ob sie gehen mußte. Ich meine, was hat es für einen Sinn, daß du traurig bist?«

Ich sagte mir, soll er doch denken, daß er mich jetzt damit trösten kann. Die enge, baumlose und kahle Gasse lag träge in der Nachmittagsstille. Nur das Wasser im schmalen Graben plätscherte unruhig und machte sich schnell aus der höllischen Hitze des Sonnenlichts davon. Auch Mustafa hockte sich uns gegenüber ans Wasser. Ein Spatz flatterte hinter ihm herum. Mit heiterer und hohler Stimme tschilpte er ununterbrochen. Als ob Mustafa die Worte Djawids nicht gehört hätte, sagte er:

»Wieso macht es keinen Unterschied? Wenn ich keine Mutter hätte, wer hätte mir dann zum Beispiel dieses Käsebrot zurechtgemacht?«

Djawid starrte ihn mit seinen dunklen, unergründlichen Augen an. Ich schaute auf den Brotrand, der von den dicken, roten Fingern Mustafas herunterhing. Am liebsten hätte ich mit einer von meinen Murmeln scharf auf den Kopf des dummen Spatzen geschossen und sein kleines Gehirn in der Luft zerfetzt. Mustafa schaukelte gedankenlos auf seinen Fersen und kaute auf einem Bissen seines Käsebrotes herum. Djawid sah Mustafa immer noch unverwandt an, und seine Nasenflügel zitterten. Wenn Djawid eine Zeitlang irgendwohin starrte, bekam ich Angst. Ich wußte nicht, was für Ideen er in seinem Schädel ausbrütete, daß er plötzlich aufbrauste. Nur wenn er auf meine oder Mustafas Eidechse starrte, blieb er ruhig, sein Gesicht wurde rot und seine Lippen öffneten sich zu einem schwachen Lächeln. Obwohl er jetzt auf den Kiefer Mustafas starrte, breitete sich ein schiefes Lachen über seine Lippen. Seine Augen wurden verträumt, und er sagte mit sanfter Stimme:

»Ich, mein lieber Mustafa, ich! Ich selbst würde dir das Brot zurechtmachen! Gern und mit Liebe ...«

Er rückte näher zu ihm, legte die Hand auf seine zitternden Knie und stieß ihn mit einer Bewegung ins Wasser. Mustafa hatte gerade noch Zeit, sein Brot mit dem Käse zu retten. Er warf es auf den Boden und fiel mit einem Aufschrei hinterrücks in den Graben. Er schrie: »Au, Mama, mein Rücken!« Der dumme Spatz stürzte sich flügelschlagend auf das Brot, riß sich ein Stückchen davon ab und flog zum Laternenmast. Als ob nichts geschehen sei, wiederholte Djawid:

»Deine Mutter ...«

Ich stand auf und lief los. Meinen Kopf reckte ich hin zur Sonne und schrie:

»Ich hatte überhaupt keine Mutter. Läßt du mich jetzt in Ruhe?«

Ich zog meine Hand unter der warmen Hand von Badri-Chanom hervor und legte sie auf mein Knie. Ich sagte:

»Ich feilsche nicht. Entweder einen Tausender oder kein Wort mehr von dem Plan.«

»Wenn es das Original wäre, kämen wir vielleicht miteinander ins Geschäft. Aber so ...«

Sie suchte nach einem Vorwand. Sofort hielt ich dagegen:

»Er unterscheidet sich um kein Haar von dem Original.«

Mit einem Ruck öffnete ich die Autotür und stieg aus. In meinen Beinen hatte sich soviel Kraft angesammelt, daß ich hätte bis zu der Luftspiegelung und wieder zurück laufen können. Sie sollte nicht denken, daß ich sie oder ihr Geld brauche. Jetzt wo ich ausgestiegen war, müßte ich mich der Länge nach aufrichten, den Blick auf den Horizont heften und mich unbeirrt auf den Weg machen. Nichts von all dem tat ich. Ich blieb in der prallen Nachmittagssonne auf das Fenster gestützt stehen. Unschlüssig starrte ich auf das Spiel der Lichtpunkte auf der Motorhaube. Wieder würde der Ein-Mann-ein-Wort-Scheich Faghfur nicht zu seinem Geld kommen. Wieder müßte meine irdische Fee meinen weißen Atlaskörper im Traum anschauen und seufzen. Noch immer könnte Sejjed Karim mich mit einem Hinweis zum warnenden Beispiel für andere oder zu Kanonenfutter machen ... Ich mußte auf meinen Kopf aufpassen!

Ich wußte nicht, warum ich ausgestiegen war und wie ich zu Fuß den ganzen Weg in die Stadt zurücklegen sollte. Badri-Chanom begann schließlich zu reden:

»Hundert. Mehr gebe ich dir nicht. Und nur, weil du es bist! Sonst kann ich den Plan vom Gefängnis weder als Original noch als Kopie gebrauchen.«

Sie war sehr schlau! Ich blieb stocksteif auf meinem Fleck stehen. Nur mein Kinn bewegte ich gewichtig. Ich hätte nicht erkennen können, ob sie den künstlichen Tonfall meiner Stimme verstand:

»Wenn sie etwas nicht gebrauchen können, dann sparen Sie doch auch ihre hundert Tuman. Für weniger als fünfhundert gebe ich ihn nicht her.«

Ein Vogel zog seine Kreise über den Wellen der Luftspiegelung und kreischte wie ein Geier. Ich sagte mir, jetzt laß sie doch denken, daß sie mir einen Gefallen erweist. Sie griff den Saum ihres Mantels und begann damit, ihren Schenkeln Luft zuzufächeln. Ihr Kopftuch war bis auf die Schultern heruntergerutscht. Sie hatte ihre Haare kohlschwarz gefärbt und ihr Haarschopf glänzte mit weißen und gelben Strähnen. Ich faßte nach dem Türgriff. Sie sagte nicht, daß ich einsteigen soll. Unter ihrer Schminke und dem hellen Puder waren neben ihren Lippen graue Flecke zu sehen. Es waren Narben von ihrer Orientrose.

Ich zog die Blätter aus meiner Brusttasche, öffnete die Autotür und stieg ein. Sie suchte nicht nach ihrer Tasche. Sie warf auch keinen Blick auf das Papier. Sie wischte sich mit einem Taschentuch den Schweiß zwischen ihren Brüsten ab. Wenn mich in Berlin nicht meine Angetraute erwartete, würde ich Badri-Chanom freiwillig von Kopf bis Fuß mit meinem gebügelten Hemd trockenreiben. Verstohlen schaute ich auf ihren weißen Atlaskörper. Unwillkürlich zog es mich an ihre Seite. In Wirklichkeit war meine Angetraute nur ein Vorwand. Ich hatte nur Angst, daß Badri-Chanom in Wut geraten, wie ein Tiger über mich herfallen und mich in Stücke reißen würde!

Wenn sie doch nur ihr Kopftuch wieder aufsetzte, ihre Beine bedeckte, aufhörte, sich mit ihren Händen an ihren hervorstehenden Brüsten herumzutasten und ganz einfach losfahren würde. Sie hatte das sichere Gefühl, daß keine Patrouille der Pasdaran an diesem abgelegenen Ort vorbeikäme. An einem Schatten von Kummer, der plötzlich ihren Blick verdüsterte, war zu erkennen, daß sie nicht die Absicht hatte, mich mit ihren unbedeckten Beinen anzumachen. Auf diese Weise zeigte sie nur, daß sie mich überhaupt nicht ernst nahm. Vielleicht hatte Djawid recht: »Was hat das schon für einen Sinn?"

Als ob sie meinen Gedanken erraten hatte, brachte sie sich wieder in Ordnung und bedeckte ihre Beine. Wir machten uns auf den Weg. Den zusammengefalteten Plan drehte ich zwischen meinen Fingern und wartete darauf, daß sie mir das Geld dafür gab. Wenn sie die Kassette von Michael Jackson noch einmal in den Recorder schieben würde, könnte ich diesen engen Raum und die mörderische Hitze vielleicht besser ertragen! Sie wendete, kippte die Lichtpünktchen von der Motorhaube auf die Erde, und mit der Luftspiegelung im Rücken machte sie sich auf den Weg in die Stadt. Sie hatte es offenbar nicht eilig, an den Plan zu kommen. Ich wußte nicht, ob sie meine Anwesenheit im Auto überhaupt wahrnahm oder ob ich Luft für sie war. Nein. Ich war mir nun sicher, daß ich ein Mensch für sie war. Denn sie fragte:

»Weißt du, was es bedeutet, unglücklich zu sein?«

Ich sagte mir, soll Badri-Chanom mit ihren Haaren wie Krähenflügel und ihrem himmelblauen Renault, mit diesen feuchten, weißen Schenkeln und ihren zwei Töchtern im Ausland doch denken, daß nur sie weiß, was Unglück bedeutet. Ich hatte keine Lust, ihrem Gejammer zuzuhören. Glück oder Unglück, sie sollte mir das Geld geben und dieses Zurschaustellen von Kummer und Schmerz sein lassen. Was für eine Schau hatte sie inszeniert, nur um der Bezahlung der läppischen fünfhundert zu entgehen.

Ich gab ihr keine Antwort. Sie fuhr fort:

»Vielleicht ist es für dich noch zu früh über solche Dinge

nachzudenken. Vielleicht hast du aber auch oft das Gefühl gehabt, daß du nicht glücklich bist. Vielleicht war das Glück die Gasse, die du nicht betreten durftest. Oder das rote Fahrrad deines großen Bruders, mit dem du nicht fahren durftest. Das heißt, es war etwas, das mit einem »nein« begann ...«

Sie stieß auf taube Ohren. Ich öffnete das Fenster, damit der Wind ihre Stimme verbreiten und mit sich forttragen sollte. Der Schweiß meines Körpers hatte schon Flecken auf dem Plan hinterlassen, und der Koriandergeruch schlug meinen Atem zurück. Ich heftete meinen Blick auf die dicken Gummivierecke auf dem Boden des Autos. Mein halbes Leben lang hatte ich mich in Gassen herumtreiben müssen, und ich hatte nicht nur keinen großen Bruder, sondern ich selbst war bestellt und überflüssig zugleich! Also wußte ich, was Unglück bedeutet. Vielleicht hatte sie diese Einleitung gewählt, um »nein« zu mir zu sagen. Wenn sie mir jetzt auf der Stelle fünfhundert gäbe, würde ich aussteigen und den restlichen Weg in die Stadt zu Fuß gehen. So würde ich meine Ohren davor bewahren, dem unsinnigen Geschwätz von Badri-Chanom zuhören zu müssen. Sie hatte unser Geschäft völlig vergessen und philosophierte weiter:

» ... das heißt, du warst nicht glücklich, aber unglücklich warst du auch nicht! Du hast irgendwo dazwischen gestanden. Aber das Unglück ist kein Ort, es ist ein Zustand. Er beginnt mit »ja«. Weil er existiert und sich auf dich überträgt. Er besiegt deine Seele. Verstehst du? Deine Seele. Du kannst dich nicht umdrehen und behaupten, daß er nicht mehr existiert. Vielleicht sagst du, es gibt überhaupt keine Gasse. Ich brauche kein rotes Fahrrad! Über das Unglück kann man nicht hinwegsehen. Wenn du es ignorieren willst, hast du zu dir selbst »nein« gesagt. Es ist, als ob man dir plötzlich ein Stück Brot entreißt, daß du unter tausend Mühen ergattert hast. Das bedeutet Unglück! Verstehst du, was ich meine? Meine Schwester Fachri ist in einer solchen Lage ...«

Wenn ich mich getraut hätte, hätte ich den Recorder eingeschaltet und die Kassette von Michael Jackson eingelegt. Dann hätte sich das Problem von selbst gelöst, Badri-Chanom hätte nicht mit den Tränen gekämpft und zu philosophieren begonnen, sondern ihren Kopf im Takt bewegt! Vielleicht hatte sie ihren Töchtern ebenso gepredigt, so daß beide es vorgezogen hatten, zu fliehen statt hierzubleiben. Wie konnte ich fliehen? Badri-Chanom wurde richtig erbärmlich. Weinend sagte sie:

»... Fachri ist es schon immer so gegangen ... Sie war nur drei Monate alt, als unser Leben völlig umgekrempelt wurde. Das Theater meines Vaters in Lalezar ist in Brand geraten. Die Gläubiger rannten uns die Türen ein. An dem Tag, an dem die Gerichtsvollzieher kamen, war meine Mutter ins Schahzade-Bad gegangen. Um etwas von den paar Habseligkeiten zu retten, die uns geblieben war, warf sie sich einen Tschador über, und nackt wie sie darunter war, lief sie mit den Händen gegen den Kopf schlagend nach Hause. Sie fiel den Beamten zu Füßen. Aber sosehr sie auch weinte und jammerte, es nützte nichts. Sie haben unser ganzes Leben geraubt und fortgeschafft. Wir mußten fliehen. An dem Tag begann unser Unglück ... verstehst du, was ich meine?«

Um sie zu verstehen, versuchte ich, mir ihre Mutter mit nacktem, feuchtem Körper unter dem Tschador vorzustellen, wie sie von der Gasse des Schahzade-Bades bis in das Empfangszimmer ihres Hauses rannte, um sich dort vor die Füße zweier Männer in Anzug und Krawatte zu werfen. Vielleicht war einer der Männer auch Opiumraucher, und seine Oberlippe war von einem Hitlerschnauzbart wie einem Vogelschiß schwarz geworden. Vielleicht war die Mutter von Badri-Chanom an jenem Tag auf die gewichsten Schuhe meines tapferen Onkels Gholam Reza gefallen! Nein! Ich konnte mir die Mutter von Badri-Chanom nicht in dieser Situation vorstellen. In meiner Umgebung war keiner bereit, sich so aufzuopfern. Weder meine Mutter tat so etwas, noch meine Großmutter. Wenn meine Tante Schahla einen Ehemann hätte, käme ihr der Gedanke überhaupt nicht in den Sinn, ihn zu retten. Vielleicht wäre sie sogar froh gewesen, wenn sie ihn für eine Zeit losgewesen wäre! Anstelle der nassen, nur mit einem Tschador bekleideten Mutter von Badri-Chanom sah ich den Körper meiner Tante vor mir, wie sie ihn an der Eidechse von Sejjed Karim rieb. Nein. Ich konnte sie mir nicht vorstellen.

Abgesehen davon wußte ich nicht, ob es in der Gasse beim Schahzade-Bad Bäume gab. Die Stimme Badri-Chanoms war zornig geworden:

» ... von einem Haus ins andere. Von einer Stadt in die nächste. Wir waren ständig auf der Flucht. Niemand zeigte uns mehr ein freundliches Gesicht. Alle hatten Angst davor, daß wir ihnen zur Last fielen. Meine Mutter, mit einen Säugling im Arm, eben Fachri, klopfte an jede Tür. Sie hatte die Bettelschale in die Hand genommen und borgte sich hier und da Geld. Schließlich hatte sie das Kapital für meinen Vater beisammen und gab es ihm, damit er eine Druckerei aufmachen konnte. Mein Vater arbeitete Tag und Nacht, er rackerte sich ab bis zum letzten. Meine Mutter packte uns wie eine Katze mit den Zähnen und schleppte uns überallhin. Sie nähte und strickte für die Leute. Wenn sie nicht auf Bestellung arbeitete, wusch sie deren Wäsche. Schließlich ging es mit uns wieder aufwärts. Wir zahlten unsere Schulden zurück, mieteten uns eine kleine Laube und quetschten uns zu siebt hinein. Wir waren froh, daß wir ein Dach über dem Kopf hatten, obwohl es undicht war. Und im Winter, wenn es schneite und regnete, war es in unserer Behausung kalt und feucht wie in einem Keller. Wir hatten gerade aufgeatmet, als uns das Unglück wieder heimsuchte. Die Unruhen vom 28. Mordad* begannen. Der verrückte Pöbel von dem hirnlosen Scha'ban* plünderte die Druckerei meines Vaters mit der Anschuldigung, daß er Schriften der Tudeh*-Partei gedruckt habe. Dann fielen Regierungsbeamte darüber her und versiegelten die Tür der Druckerei. Oh Gott! Was für ein Schicksal mußten wir ertragen ...«

Badri-Chanom hatte mich völlig vergessen. Sie redete und weinte nur für sich. Sie gönnte sich keine Atempause. Aber sosehr ich in meinem Herzen nach einem Fünkchen Mitleid suchte, ich fand nichts! Ich hatte aber auch keine Kraft mehr, meine Krähe zu rufen. Badri-Chanom hatte sich ebenfalls vergessen. Sie hatte ihre Kopftuchenden in der Faust zusammengeknüllt und wischte sich damit ihre Tränen und die Nase ab oder hielt sie sich vor den Mund, um damit ihr Schluchzen zu ersticken. Ihr Gesicht war fleckig wie das verworrene

Muster auf buntgewürztem Safranreis geworden, gelb und rot und weiß und braun. Meine Geduld war am Ende. Ich schaute zu ihrer Handtasche, die verschlossen neben ihrem Sitz lag. Wenn sie mit ihren Kopftuchzipfeln ein wenig länger ihre Augen riebe, könnte ich die Bezahlung der fünfhundert Tuman selbst regeln! Ich würde ihre Tasche öffnen und Schluß! Bevor sie wieder anfing, sagte ich ruhig bei einem ihrer langgezogenen Seufzer:

»Badri-Chanom, setzen Sie mich hier ab!«

Die stickige Luft im Auto machte mich kribblig. Mit starrem Blick so wie Sejjed Karim, sah sie mich an. Ungläubig verzog sie ihren Mund. Ich ließ ihr keine Gelegenheit nachzufragen. Mit Nachdruck sagte ich:

»Ja ...genau hier.«

Mit einer Biegung erreichte die Straße unter dem Schattendach der Bäume die Stadt. Sie bremste. Ich reichte ihr den Plan und zermalmte die Wut zwischen meinem Kiefer. Als ich im Begriff war, die Tür zu öffnen, hörte ich meine langgezogene Stimme, die an die Frontscheibe prallte und die zu zittern begann, als ich mich auf der Straße aufrichtete.

»Ich verzichte auf die fünfhundert Tuman.«

Ich zuckte mehr zusammen als Badri-Chanom. Ich mußte meine Krähe rufen, damit sie mit ihrem spitzen Schnabel mein hohles Gehirn durchlöchert. Wie sollte ich mich sonst aus der Todesgefahr inmitten des schwindelerregenden Lärm, der Geschütze und Panzer im Krieg retten? Als ich die Tür zuschlug, sah ich mein schönes Gesicht für einen Augenblick im Seitenspiegel. Ich sah aus wie ein Kind, dem man sein Brot aus der Hand gerissen hatte!

Als ich ins Hotel zurückkehrte, war meine Tante im Zimmer. Sie sagte:

»Wo warst du? Djawid hat dich überall gesucht. Er läßt ausrichten, daß er morgen um elf am Hoteleingang auf dich wartet.«

14

Ingenieur Djawid erwartete mich im Schatten eines Baumes gegenüber dem Hoteleingang. *Ohne dich / ohne mich / ohne Licht / werden wir nicht sein!* In der Faust hielt er eine Eistüte wie eine Fackel, und seine rote Zunge fuhr ab und zu wie bei einer Schlange heraus, leckte einmal an der Fackel und verschwand ganz schnell wieder in der Mundhöhle. Mustafa mochte diese Schlangenzunge und diese Mundhöhle sehr. Wenn wir Fotografieren spielten, wollte er immer damit spielen. Deshalb hatte er Djawids Mutter den Kupon für einen Satz kristallener Teegläser und Untertassen gegeben, die auf dem freien Markt nicht aufzutreiben waren. Als Djawid mich sah, verschluckte er die Fackel wie ein Feuerschlucker auf einmal. Vielleicht war sein Mund vor Kälte erstarrt, weil er die Worte so lasch auf der Zunge bewegte:

»Wo warst du gestern, Junge? Ich habe lange auf dich gewartet. Dann hatte ich zu tun und bin gegangen. Beweg dich, wir sind spät dran. Wenn wir uns beeilen, schaffen wir es noch zu der Verabredung.«

Ich schaute ihm in die Augen, die in der Länge eines Fingergliedes aus seiner Augenhöhle hervorstanden. Djawid gefiel mir. Seine langen schwarzen Wimpern, die wie Spinnenbeine an seinen Lidern hingen. Sein quadratisches Gesicht, mit dem dreieckigen Kinn, das das Quadrat auf einmal an seiner unteren Seite in der Mitte spaltete und so lang wie die Zunge eines Hundes herunterhing. In der Mitte hatte sein Kinn eine Vertiefung von der Größe eines Zehn-Schahi-Stücks, was seinem Lachen zusätzliche Anmut verlieh. Jetzt, da Djawid Ort und Zeit des Treffens herausgefunden hatte, gefiel er mir noch besser. Ich wünschte, daß wir Zeit gehabt hätten, um gemeinsam in Onkel Toms Hütte vorbeizuschauen. Schon seit langem war mir das nicht in den Sinn gekommen. Ich wußte nicht, was Djawid sagen würde, wenn er wüßte, daß ich mich gerade in Gedanken hinter der Autowerkstatt von Fathollahi herumtrieb. Er hielt mir die leere, angebissene Waffeltüte hin und fragte:

»Magst du? Ich wußte nicht, wann du auftauchst. Sonst hätte ich dir vom Eis etwas aufgehoben ...«

Der Trichter war weich und feucht. Sollte er doch denken, daß ich ihn nicht gesehen habe, als er sein Erdbeereis verschlang. Wichtig war, daß mein lieber Djawid herausgefunden hatte, wann und wo sich der Verbindungsmann Sejjed Karims und Hadji Ahmadi treffen würden. Da ich wegen des Gejammers von Badri-Chanom »nein« zu mir gesagt hatte, durfte ich jetzt nicht zulassen, daß man mir das letzte Stück Brot aus den Händen riß, das für mich übriggeblieben war. Ich legte Djawid meinen Arm um den Hals und stellte mich mit ihm vor Moradis Laden. Wenn uns meine Großmutter so gesehen hätte, sie wäre uns mit einer Fackel hinterhergelaufen. Ich hätte gern gewußt, ob er manchmal mit Mustafa hinter die Werkstatt von Fathollahi geht. Ich fragte:

»Was gibt es Neues vom wagemutigen Mustafa? Geht es ihm gut?«

Erstaunt antwortete er:

»Seit wann erkundigst du dich nach Mustafa? Es geht ihm nicht schlecht. Wir waren gestern abend zusammen. Wir haben gelernt.«

»Wie? Will er etwa Ingenieur werden wie du?«

»Nein. Aus einem Buch von unserem Ideologiekurs.«

»In Onkel Toms Hütte?«

Er verbarg seine dunklen Augen hinter seinen Lidern und sagte:

»Nein, die gehört nur uns beiden! Oder etwa nicht?«

Seine Stimme klang spöttisch. Ich tat so, als ob ich es nicht bemerkte. Ich hatte wichtigeres zu tun, als darüber nachzudenken, wo Djawid und Mustafa das »Monawar-Chanom-Theater« aufführten. Ich krallte die Hände in meine Haare, raufte sie und fragte:

»Wie war die Stimme des Laufburschen von Hadj Ahmad? Hat Hassanchen gut geträllert?«

Er hatte die klebrige, zähe Tüte zwischen meinen Bauch und sich selbst geklemmt und hielt seinen Oberkörper schräg. Als ob er im nächsten Moment plötzlich seine Schulter unter meinem Arm wegziehen wollte! Er sagte:

»Und wie! Wir stammen aus einer Stadt. Er kommt auch aus Ramsar. Als ich ihm nahekam, habe ich es gemerkt. Noch bevor er etwas gesagt hat. Er roch nämlich nach Schwefel. Er wohnt direkt neben den Quellen!«

Moradi näherte sich langsam dem Schaufenster und musterte mich, wie ich meinen Arm um Djawids Hals gelegt hatte. Ein leeres, hämisches Grinsen lag auf seinen Lippen. Wenn er uns weiter so anstarren würde, würde ich noch beginnen, Djawids klebrige Finger abzulecken! Ich öffnete leicht meinen Mund. Indem ich die feuchte Luft geräuschvoll ausatmete, lächelte ich gelassen zurück. Djawid redete ununterbrochen. Ich nahm seine Hand und schlug vor:

»Gehen wir.«

Ich warf einen letzten Blick auf Moradi und sein Schaufenster. Plötzlich fuhr mir ein Blitz aus den Augen. Meine Sonnenbrille blinkte auf einem Stück weißem Samt wie ein schwarzer Edelstein. Sie nahm das Sonnenlicht von allen Seiten auf, brach es in ihren dunklen Gläsern und streute es zweifach reflektiert in die Umgebung. Moradi wollte meine Brille verkaufen! Djawid berichtete stolz:

»Ich habe ihm alle Informationen, die du haben wolltest, aus der Nase gezogen: In der Universität. In der Nähe der Tribüne beim Freitagsgebet. Zwanzigste oder einundzwanzigste Reihe.«

Ich überließ den Gedanken an die Brille meiner Krähe mit ihrem Schnabel, sie sollte sie irgendwohin weit weg bis zum Horizont tragen und sie an den Hängen des Elburs in der Erde vergraben. Ich wollte Djawid direkt fragen, was er gestern abend mit Mustafa hinter der Werkstatt von Fathollahi getan hatte. Aber ich hielt mich zurück. Bei Gelegenheit könnte ich ihnen nachschleichen oder zu Fathollahi gehen und ihn fragen. Wütend sagte ich:

»Wenn du um diese Tageszeit in der Universität eine Nadel zu Boden fallen läßt, wird sie nicht unten ankommen. Wie sollen wir dann die zwanzigste oder einundzwanzigste Reihe finden?«

Wir mußten aus dem Schatten unter den Markisenbögen der Läden hervortreten und schutzlos im direkten Sonnenlicht am ausgetrockneten Wassergraben stehenbleiben, um die Autos schnaufend an uns vorbeizulassen und eine Lücke zum Überqueren der Straße zu finden. Die Abgase hatten sich in der schwülen Luft gelöst und lähmten unseren Atem wie eine Staubwolke. Die Bushaltestelle war auf der anderen Straßenseite. Djawid hielt sich die Hand über die Augen, damit ihn die Sonne nicht blendete. Sein Körper roch appetitlich nach knusprigem Brot. Wenn ich die fünfhundert von Badri-Chanom bekommen hätte, hätte ich ihm auch eine Sonnebrille kaufen können. Nicht so schick und teuer wie meine eigene, aber ... Djawid sagte:

»Ärgere dich nicht, wir finden ihn! Er muß Sympathisant der Palästinenser sein. Weil er anstelle eines Gebetsteppichs eine Arabertuch unter sich ausbreiten soll. Die Sohle seiner Schuhe ist aus demselben schwarz-weiß karierten Muster, und er legt sie mit den Sohlen nach oben in Form des Siegeszeichens oberhalb seines Tuches hin.

Aus meinen Augen stieg Dampf auf. Wir schmorten bei lebendigem Leibe in der höllischen Sonnenhitze. Der Bus zur Universität tauchte schnaufend aus dem Schatten der Biegung auf und näherte sich der Haltestelle wie eine Schildkröte. Djawid wischte sich mit dem Hemdsaum den Schweiß vom Gesicht, und obwohl die Autos wie ein endloser Zug ununterbrochen vorbeifuhren, betrat er die Straße. Ein ohrenbetäubendes Hupen erhob sich. Ingenieur Djawid packte mich einfach am Hemdsärmel und zog mich hinter sich her. Diagonal liefen wir über die Straße auf die andere Seite. Noch einmal schrie ich unzufrieden:

»Das ist doch kein Erkennungszeichen. Mehr als die Hälfte der strenggläubigen Ommat* gibt sich als Anhänger der Palästinenser. Konntest du kein besseres Zeichen finden?«

Ohne mir einen Blick zuzuwerfen, sprang er auf das Trittbrett des Busses. Er warf sich zwischen die Passagiere, die wie Kuh- und Hammelkadaver an den Halteschlaufen von der Decke hingen. Ich tat es ihm gleich. Der Bus fuhr weiter in der Sonne. Vielleicht hatte er gestern einen netten und gemütlichen Abend verbracht, daß er auf mein Gezänk und Genörgel nicht einging. Ruhig und geduldig flüsterte er mir ins Ohr:

»Ich habe die Erkennungszeichen doch nicht selbst erfunden. Diejenigen, die das Objekt tauschen wollen, haben das festgelegt. Klar? Der Verbindungsmann sucht genauso wie wir nach den Merkmalen.«

Ich suchte nach einem Vorwand, um einen Streit vom Zaun zu brechen. Vielleicht hatte er den gestrigen Nachmittag auch mit Mustafa verbracht, daß er sich so verspätet hatte! Zum Herausfinden dieser nutzlosen Erkennungszeichen brauchte man nicht lange. Blinde Wut zerfraß mein Herz. Noch einmal schrie ich zornig:

»Wer ist denn nun dieser Verbindungsmann?«

Seine Geduld war am Ende. Er fuhr sich in seine borstigen Haare und sagte durch die Zähne:

»Woher soll ich das wissen? Hast du mir etwa gesagt, wofür du diese Kennzeichen brauchst? Schrei mich nicht so an!«

Würde er für Mustafa auch so ein Theater machen? Er trat ein wenig zur Seite und hängte sich an den Deckengriff, um nicht das Gleichgewicht zu verlieren. Dann warf er mir einen giftigen Blick zu und wandte sich ab. Als ob er im Gewühl nach einer Ameise suchte, starrte er auf den Boden. Er zog eine Schnute. Aus Gewohnheit wollte ich sagen, soll Djawid-Chan sich doch über mich ärgern. Aber ich konnte nicht. Ich reckte meinen Kopf nach vorn und bemühte mich, daß mein Körper nicht den seinen berührte. Ruhig flüsterte ich ihm ins Ohr:

»Warum bist du denn jetzt beleidigt? Ich habe doch nur eine Frage gestellt!«

Er warf seinen Kopf in die Höhe und preßte durch die Zähne:

»Ich bin nicht beleidigt.«

Er log. Er schloß seine Lider. Die Spinnenbeine seiner Wimpern begannen zu zittern. Er ließ sein Kinn hängen und konnte es nicht mehr aushalten:

» … Das machst du doch immer so. Dauernd machst du bissige Bemerkungen. Du denkst, daß du die größte Ahnung von allem hast. Ich will nur sagen, du mit deinem überragenden Verstand konntest nur einen erdachten Onkel mit Isfahaner Dialekt zustande bringen, und ich habe dir alle Informationen besorgt. Und du sagst wieder nur: »Konntest du keine besseren Kennzeichen finden?«

Er äffte mich nach. Mit seiner tiefen Stimme und dem Kinn, das sich plötzlich verzog, hätte man denken können, ich sei eine alte Frau von über siebzig! Jetzt war es nicht mehr nötig, zu Fathollahi zu gehen und ihn über die Treffen von Djawid und Mustafa auszufragen! Aus seiner Reaktion war ersichtlich, daß er sich mit Mustafa wieder gut vertrug. All dieses Gehabe war nichts weiter als ein Vorwand. Ein Vorwand dafür, ohne ein Wort und ohne Abschied die Freundschaft zwischen uns zu zerstören. Wie bei einem Hund hing mir die Zunge heraus. Ich bekam keine Luft. Keuchend wandte ich mich ab. Das Spiegelbild meines Gesichts in der Fensterscheibe war so rot, als hätte ich Masern bekommen.

Djawid war wieder damit beschäftigt, seine Ameise zu finden. Seine Kiefermuskulatur zuckte. Zwei große Schweißtropfen an seinen hängenden Lippen blinkten wie Quecksilber. Vielleicht kämpfte er mit seinem Gewissen. Ich war überzeugt, wenn ich im selben Moment ausgestiegen wäre, hätte er sich nicht einmal die Mühe gemacht, mich zu rufen. Ich stand leibhaftig vor ihm, mein schwerer Blick lastete auf ihm, der Koriandergeruch meines Schweißes fuhr ihm in die Lungen, und Djawid ignorierte mich. Er war in sich versunken. Wie alle anderen hatte er mich völlig vergessen. Aber ich existierte. Ich war anwesend, wartete auf einen Blick, ein Zeichen, etwas, das mich meine Existenz glauben ließ. Daß ich den anderen etwas bedeutete. Meine Großmutter hatte immer gesagt:

»Die keuschen Imame sind seit tausendvierhundert Jahren tot, aber Millionen Muslime auf der ganzen Welt denken noch an sie und haben sie nicht vergessen. Weißt du warum? Weil sie unschuldig und rein waren. In ihrem ganzen Leben haben sie nicht einmal gesündigt. Deshalb haben sie alle bei den Leuten hier einen Platz.«

»Bei den Leuten hier« war das Herz meiner Großmutter. Ich aber war bei niemandem.

Ein Streifen Sonnenlicht war wie eine Messerklinge unter den Adamsapfel von Djawid gefallen und ließ seine Haut kupferfarben erscheinen. Aber er war so sehr in sich versunken, daß er es nicht bemerkt hätte, wenn er gebraten würde. Schließlich fand er seine Ameise. Er hob den Kopf und wischte das Quecksilber auf seiner Lippe mit dem Hemdärmel ab. Aus tiefster Kehle sagte er:

»Mein Gott! Was für eine Hitze!«

Mich sprach er damit nicht an. Ich zog meine Schulter zurück und tat, als habe ich nichts gehört. Genaugenommen war »hier« in mir auch niemand. Um das Gespräch wieder aufzunehmen, fragte ich:

»Was hat unser Isfahaner Onkel Hadj-Agha Ahmadi damit zu tun? Ist er der Verbindungsmann?«

Ganz laut sagte er gleichgültig:

»Was weiß ich! Geh und frag ihn selbst!«

Die umstehenden Passagiere schauten uns an. Mit den schwarzen glänzenden Haarschöpfen und ihren Gesichtern mit Vollbart ähnelten sie sich alle untereinander. Sie waren vor Hitze erschlafft. Ihre Handgelenke hingen kraftlos in den Halteschlaufen an der Decke, und matt und schweigend schnappten sie nach Luft. Sie waren zu schwach, um sich die Schweißbäche von Kopf, Gesicht und Nacken zu wischen. Eine Weile starrte ich in Djawids hervorstehende Augen. Ich wünschte, er würde wieder nach seiner Ameise suchen. Er tat es nicht. Sein Blick war leer und kalt.

Wäre es doch nicht so weit gekommen! Mit dem ihm eigenen Tonfall und seiner Stimme fragte ich:

»Was ist mit dir? Warum stellst du dich so an? Denkst du, du hast für mich etwas ganz Besonderes getan? Darf man dich nicht fragen? Was soll das Ganze?«

Ich schlüpfte unter seinem Arm hindurch und lief zur hinteren Tür, als sei der Gang leer. Ich fühlte nur meine Fußsohlen, die auf etwas Festes wie Steinbrocken traten und vorwärts gingen. Ich hörte auch ein Murmeln, das manchmal durch einen kurzen Aufschrei übertönt wurde. Meine Ohren waren nur auf Djawids Stimme fixiert. Ich wartete darauf, daß er mich ruft. Ich hatte meine Faust geöffnet, damit jeder, der es wollte, mir das Brot meines Glücks entreißen konnte. Die Sonne ließ mich auf der gesamten Länge des Ganges nicht einen Augenblick los. Ihre Nadeln aus Licht stachen die ganze linke Seite meines Körpers blutig. *Verletzt kehre ich zurück / aus dem Sumpf von Neid und Verrat!*

Ich nahm meine Krähe wie ein Messer in die Hand und sprang vom Trittbrett des Busses mitten auf den Gehweg. Er verlief unter den Markisen der Geschäfte bis zum Palast-Platz im Schatten. Durch die Hast und den Verkehr von Menschen und Fahrzeugen herrschte auf dem Platz Unruhe. Ich bemühte mich, nur an die zwanzigste oder einundzwanzigste Reihe beim Freitagsgebet zu denken, deren linke Ecke durch die schwarzen und weißen Linien eines Gebetsteppichs schraffiert wurde. Dort befand sich das Stück Brot meines Glücks. Eingewickelt in ein kariertes Tuch unter Schuhen, die in Form des Siegeszeichen mit den Sohlen nach oben auf der Erde lagen. Ich sollte die Schuhe mit einem Tritt meines linken Beines auf das Tuch des Betenden stoßen. Dann sollte ich mich entschuldigen, bücken und die Schuhe wieder umgekehrt zu dem Zeichen legen. Aus dieser revolutionären Bewegung würde der andere verstehen, daß ich es bin! Dann müßte ich auf seine Reaktion warten.

Es hatte keinen Zweck, an die Brille mit dem Horngestell und an Djawid zu denken. Ich mußte ihn bis in alle Ewigkeit im Bus an der Decke hängen lassen. Wenn er immer wieder hartnäckig in meiner Vorstellung auftauchen würde, dann würde ich den Bus mit ihm und all seinen Insassen in die Luft sprengen. Das Flugzeug mit meiner Mutter hatte ich ebenso wie einen Sonnenfleck in der Luft angezündet und vernichtet! Nachdem sie mich, so wie es Djawid ausdrückte, verlassen hatte und gegangen war, tauchte sie immer wieder vor mir auf. Nicht etwa, um meine Hand zu nehmen und mich vorbei an den Autos, deren Fahrtwind mich erzittern ließ, auf die andere Straßenseite zu bringen. Nicht, als die Kinder mich wegen meiner Hühnerarschaugen verspotteten, sie mit Drohungen zu verjagen oder mich nachts, wenn mich Geister verfolgten, zu wecken und zu sagen, daß ich alles nur geträumt habe. Im Gegenteil. Sie war immer da, um mir zu zeigen, daß sie nirgendwo ist. Daß sie nicht an mich denkt. Daß sie überhaupt nicht existiert. Ich sagte mir, soll sie mir doch gestohlen bleiben. Wozu brauchte ich sie? Ich konnte mich ganz allein mit den Geistern und meiner Krähe, deren Schnabel von den Herzen der Dattelpflaumen blutrot war, in der Stadt herumtreiben und dabei groß werden.

Jetzt sah ich manchmal meine Mutter, die sich umhüllt von den Flammen dieser Sonnenflecke um sich selbst drehte und nach jemandem rief. Ich war es nicht. Ich hörte ihre Stimme. Aber sie rief nicht meinen Namen. Vielleicht rief sie eines ihrer anderen bestellten Kinder, das sich für die Ziele ihrer Organisation opfern sollte. Ich kämpfte nur für meine eigenen Ziele. Meine Tante sagte immer mit gespitzten Lippen:

»Du hast so nah am Wasser gebaut. Warum weinst du ständig wie ein Mädchen? Geh auf die Straße, und spiel mit den Kindern.«

Ich lief hinaus, um mit den Kindern zu spielen. Meine Beine knickten ein, und ich schlug mit dem Kopf auf die Erde. Die Kinder standen inmitten des Staubes und Schmutzes, den sie mit ihrem Herumgetobe aufgewirbelt hatten und lachten über mich, der ich wie ein Vogel mit dem Kopf im Dreck mit den Flügeln schlug um aufzustehen. Ihr Lachen hörte sich an wie das Knallen von Zündplättchen rings um mich herum. Manchmal kam mir Djawid zu Hilfe, und während er sie schief ansah, packte er mich unter dem Arm, damit ich aufstehen konnte. Aber wenn er eine Herde Kinder sah, die uns folgte, ließ er mich aus Angst um sich selbst los, damit ich umso heftiger hinfalle.

Nachdem meine Großmutter gestorben war, wurde ich gelähmt. Ich brauchte meine Beine nicht mehr. Es war nicht nötig, meiner Großmutter ins Farabi-Krankenhaus hinterherzulaufen. Ich setzte mich in eine Ecke und schaute in den Hof, der sich wie eine grüne, blumenübersäte Wiese vor mir ausbreitete. Ich näherte mich weder dem Eukalyptusbaum, der Ast für Ast vertrocknete, noch hatte ich Lust, die Krähen zu vertreiben, die ihre Schnäbel bis zum Hals in den Bauch der roten, reifen Dattelpflaumen hineinsteckten. Ich saß am Fenster und bedauerte, daß ich nicht aufstehen und die frischen, feuchten und bunten Blumen und Pflanzen im Gärtchen mit meinen Füßen zertreten konnte.

Jetzt war meine Tante die gute Seele des Hauses. Wie eine Biene schwirrte und summte sie durch die geräumigen Zimmer. Sie ließ nicht zu, daß die Stille, die sich vor der Tür und den geschlossenen Fenstern meines Zimmers breitgemacht hatte, dort blieb. Dauernd telefonierte sie und blies den stinkenden Rauch ihrer Zigaretten in den gelochten Hörer. Von da und dort bekam sie die Adresse erfahrener Ärzte und setzte mich kräftigen Männern auf die Schultern, die mich von einer Praxis in die nächste schleppten. Sie selbst setzte sich dem Doktor gegenüber auf den Stuhl für die Patienten, und über ihr Gesicht rannen Tränen. Allen erzählte sie so ausführlich unsere Lebensgeschichte, daß man in der Stadt schon mit dem Finger auf uns zeigte. Der letzte Arzt, der mich untersuchte, war sehr klug. Er kämpfte nicht mit mir. Anstatt mit einem Gummihämmerchen über meine Arm- und Beingelenke herzufallen, steckte er mir einen Holzlöffel in den Hals und forderte mich auf:

»Sag Aaa!«

Ich zerbiß den Löffel zwischen meinen Zähnen. Das gefiel ihm sehr. Er sagte:

»Bravo! Was für ein gescheiter Junge! Jetzt leg dich auf den Rücken.«

Ich krümmte mich zusammen und rollte wie eine Kugel auf der Liege herum. Mit der Fingerspitze klopfte er mir ein paar Mal auf den Rücken und sagte froh:

»Sehr schön! Jetzt auf den Bauch.«

Ich saß mit dem Gesicht zur Wand, zog meine Knie an und bedeckte damit meinen Bauch. Sein Schatten an der Wand schüttelte den Kopf. In seiner Kehle gurrte er:

»Prima! Sehr schlau. Jetzt kannst du dich wieder anziehen. Mein guter Junge, du bist gesünder als ich.«

Dasselbe sagte er meiner Tante. Aber sie wollte es nicht glauben. Der Herr Doktor hob seine Hand, die behaart wie die Tatze eines Bären war, und zeigte meiner Tante unter dem

Vorwand, eine Mücke zu verscheuchen, seinen Achatring. Sein großer durchscheinender Stein warf auf zwei blaue Adern seiner Hand einen Schatten. Aber der Stein von dem Ring meiner Großmutter, den sie in Maschhad gekauft hatte, war noch größer. Wo war ihr Ring jetzt? Mit feuchten Augen spitzte meine Tante ihre Lippen. Wütend sagte sie:

»Aber ich bitte Sie, Herr Doktor! Was reden Sie da? Ich bin für dieses Kind verantwortlich. Ich kann es doch nicht sich selbst überlassen in der Hoffnung, daß es eines Tages schon aufstehen wird und losläuft ...«

Dann hob sie die Hand und rückte ihr Korsett unter ihrem violetten islamischen Mantel zurecht. Der Herr Doktor beobachtete mit blitzenden Augen die Bewegungen meiner Tante. Er öffnete die obersten Knöpfe seines weißen Kittels und ließ sein graues Brusthaar herausquellen. Aber das Leichenhemd meiner Großmutter, das sie von ihrer Reise nach Mekka mitgebracht hatte, war weißer als der Kittel des Herrn Doktor. Eine Taube gurrte wieder in seiner Kehle. Er fragte:

»Warum können Sie es nicht?!«

Meine Tante wußte wirklich nicht warum! Sie öffnete ihre Tasche, und unter dem Vorwand, ein Taschentuch herauszuholen, warf sie einen kurzen Blick in den Vergrößerungsspiegel, mit dessen Hilfe sie bei passender und unpassender Gelegenheit ihre Augenbrauen zupfte. Es dauerte sehr lange, bis der Arzt wieder zu sprechen begann. Mit sanfter Stimme versicherte er ihr:

»Ich helfe Ihnen.«

Die Hilfe des Herrn Doktor für meine Tante war nicht so sehr eine Hilfe für mich. Im Gegenteil. Wenn der Herr Doktor morgens seine Praxis nicht geöffnet hätte und den ganzen Tag wie schon die Nacht auf meiner Tante gelegen hätte, hätte es mir mehr genützt! Es wäre nicht mehr nötig gewesen, mich ins letzte Loch zu verkriechen, um meiner liebestollen Tante nicht in die Hände zu fallen. Sie siegte immer. Sobald sie mich gefunden hatte, zog sie mich heraus, lud mich einem kräftigen Kerl auf die Schultern und sagte nur zwei Worte: »Gehen wir.«

Wir gingen. In der Zwischenzeit war es dem Doktor mit dem Achatring gelungen, sie zu überzeugen, daß ein Arzt nichts mehr tun kann. Deshalb machten wir uns auf den Weg zu Hellsehern, Wahrsagern und Quacksalbern. Die Hand des letzten, der mich untersuchte, war so heiß wie ein Bügeleisen. Keuchend und schwitzend murmelte er etwas vor sich hin, und seine Hand fuhr mit etwas Abstand auf meinen Beinen auf und nieder. Wie der Rauch der Raute kreiste er um meine gelähmten Beine und verbrannte meine Haut. Mit seinen finsteren, geheimnisvollen Augen schaute er mich an und fragte freundlich:

»Spürst du etwas, mein Junge?«

Ich spürte vieles. Aber ich warf verneinend ein »tss« wie Spucke in die Luft und schaute aus dem Fenster auf einige kleine Blumen, die mitten auf der Wiese standen. Vielleicht rochen sie nach Urin. Ihre gelbe Farbe war wie fremde Flicken in dem satten Grün. Ich hätte sie am liebsten gepackt und wie Unkraut mit den Wurzeln herausgerissen.

Der Herr Quacksalber tauchte ein Stück Würfelzucker in eine dunkle, ölige Flüssigkeit und sagte im gleichen freundlichen Tonfall:

»Streck deine Zunge raus, mein Junge.«

Ich streckte meine Zunge heraus, ohne das Gefühl zu haben, sein Junge zu sein. Ich hatte nicht die Absicht, das ölige Zuckerstück zu verschlucken. Ich wollte es unter die Zunge legen, und wenn ich huckepack auf Abbas-Agha in den Hof kam, von oben in die gelben Blumen spucken. Vielleicht würde es im gleichen Augenblick ihre Wurzeln verbrennen und sie vernichten. Aber als sich der Zucker mit meinem Speichel vermischte, ging es in meinem Innern drunter und drüber. Er war bitter wie tödliches Gift. Der Quacksalber keuchte jetzt weder, noch tropfte ihm der Schweiß von Kopf und Gesicht. Bestimmt sagte er:

»Gute Frau, dem Jungen geht es sehr schlecht. Seine Behandlung wird lange dauern.«

Meine Tante straffte den Knoten ihres Kopftuchs und sagte:

»Bruder, dieses Kind ist mir anvertraut worden. Es war gesund, als man ihn mir übergab. Es spielt jetzt keine Rolle, wie lange es dauern wird. Wichtig ist nur, daß es ihm eines Tages wieder gutgeht! Wir werden es Ihnen vergelten.«

Der Doktor seufzte und sagte:

»Vertrau auf Gott, Schwester. Ich bin nur ein Werkzeug. Deine Absicht muß rein sein. Hier.«

Das »Hier« des Herrn Doktor war sein Herz. Das bittere Gift hatte sich wie eine Fontäne in meinem Hirn ausgebreitet und drückte mir auf die Augen. Ich spuckte das Zuckerstück in meinen Jackenärmel und sagte mir, sollen sich doch die kleinen Blumen noch ein paar Tage im Grünen räkeln. Niemand bemerkte etwas. Meine Tante und der Herr Doktor waren gänzlich miteinander beschäftigt. Als ob nur mein »hier« es war, das ganz rein war! Der Herr Doktor fragte:

»Hast du Vertrauen in den Allmächtigen, Schwester?«

Meine Tante verdrehte ihre Augen. Sie spitzte ihre Lippen und sagte:

»Aber ich bitte Sie, Herr Doktor. Was soll die Frage?«

Meine Tante tat so, als ob er sie gekränkt hätte. Sie gab ihm keine direkte Antwort. Ich hatte Angst davor, daß der Doktor womöglich auf die Idee käme, sie zu trösten. Dann würde er wie alle anderen Doktoren unsere Adresse bekommen, um persönlich zur »Entschuldigung« vorbeizukommen und »das Mißverständnis persönlich auszuräumen«. Dann, nach einigen Besuchen würde wieder der Schopf des prophetischen Molla auftauchen und der Herr Doktor würde im Bett meiner lebenslustigen Tante landen! Die Wirkung des Zuckerstücks lähmte mein Gehirn völlig. Am liebsten hätte ich laut losgeweint. Ich zog Abbas am Ärmel und sagte ihm, daß er mich so schnell wie möglich nach Hause bringen solle.

Wir setzten unseren Fuß nicht mehr in die Praxis des gläubigen Quacksalbers. An dem Tag, als wir »ihn wieder beehren« sollten, versteckte ich mich. Meine Tante lief wie ein angeschossener Leopard auf und ab und verfluchte Himmel und Erde. Sie schrie, daß meinetwegen ihr »hier« sehr bekümmert sei und ich Lausebengel sie eines Tages noch umbringe. Alle sollen es wissen, wenn sie einen Herzinfarkt bekomme und sterben würde, dann nur meinetwegen! Weil ich ihr Todesengel sei!

Ich saß auf meiner Matratze und starrte auf die Blumen im Teppich. Mein Arm brannte von den Krallen meiner Tante.

Sollte sie doch denken, daß ich ihr Todesengel sei. Sie selbst hatte mich gesucht. Ich hatte mich unter dem Bett versteckt. Sie hatte sich fertig gemacht, um wieder zu ihrem Quacksalber zu gehen. Das hätte sie auch ohne mich tun können. Ich war weder bereit, die kleinen gelben Blumen anzuschauen noch das tödliche Zuckerstück zu essen. Seit ich den Saft mit diesem öligen Zucker gelutscht hatte, hatte ich das Gefühl, daß mein Inneres durchlöchert wie ein Sieb war.

Ich war unter das Bett geschlüpft, weil ich nicht die Kraft hatte, meine siebgewordenen Eingeweide irgendwohin zu schleppen. Mittlerweile war das Zornesfeuer meiner Tante noch heißer als die Bügeleisenhände des Herrn Doktor geworden. Als sie mich fand, hatten ihre Lippen die violette Farbe einer Borretschblüte angenommen, die die Großmutter zur Stärkung ihres Herzens aufbrühte und trank. Zuerst sah ich ihre Brüste, die im Ausschnitt ihrer Bluse hingen. Dann war auf einmal ihr Kopf mit zwei blitzenden Augen unter dem Bett zu sehen. Sie streckte ihre Arme nach mir aus und ihr oberhalb des Bettes befindlicher Mund begann zu jammern und zu fluchen:

»Verrecken sollst du, elender Bengel! Warum antwortest du nicht? Du bringst mich noch ins Grab! Hast du nicht gehört, daß ich schon seit dem Morgen nach dir rufe? Ich bin völlig außer Atem. Ich habe mir schon gesagt, du bist tot und ich habe eine Sorge weniger.«

Mit aller Kraft packte sie mich an den Beinen und zog daran. Ich legte meinen Kopf auf den Boden, um nicht anzustoßen. Wie ich so aus der Dunkelheit unter dem Bett hervorgezerrt wurde, hatte ich das Gefühl, daß mir die Haut abgezogen würde, als ich über den Boden geschleift wurde.

Ich war schlaff und gefühllos wie eine Stoffpuppe. Als das Sonnenlicht in meine Augen fiel, packte sie mich an meinen knochigen Schultern, zog mich hoch, setzte mich an die Wand und stieß mich zu Boden. Sie versuchte, sich zusammenzunehmen und mir nicht auf den Kopf zu schlagen. Es gelang ihr nicht. Sie hob ihre Hand. Obwohl meine Augen wegen des grellen Lichtes brannten, starrte ich ihr wie meine Krähe in die Augen und drohte:

»Wenn du die Hand gegen mich erhebst, erzähle ich dem Pasdaran, was du und deine Freunde nachts in diesem Haus alles treiben.«

Ich deutete mit einer Handbewegung das Hinunterkippen von Schnaps an. Meine lebenslustige Tante sprang auf und versetzte meinen schlaffen Beinen einen Fußtritt. Zornig sagte sie:

»Zur Hölle mit dir. Bleib doch bis zu deinem Lebensende ein Krüppel!«

Die Angelegenheit gelangte nicht bis zur Sepah und dem Komitee. Meine pflichtbewußte Tante ließ ab von mir und setzte ihr nächtliches Wohlleben mit ihren Kumpanen in dem Haus fort, in dem es keinen Hinweis mehr auf die Frömmigkeit meiner Großmutter gab. Eines Morgens wachte ich auf und machte mich auf den Weg zur Praxis, um die Urinblumen im Gärtchen des Herrn Doktors zu zertreten, der mit Gottvertrauen meine Tante zu seiner zeitweiligen Ehefrau gemacht hatte.

Ich ging die Straße in Richtung Universität. Die heiße Sonne hatte ihr grelles Licht auf die Erde gebreitet und brachte den Asphalt zum Schmelzen. Wenn ich die Brille von Moradi aufgehabt hätte, hätte ich das starke Licht weniger gespürt. Aber ich sagte mir, jetzt ist keine Zeit, um einer Brille mit Horngestell und einen geprellten Djawid nachzutrauern. Ich mußte an den Ein-Mann-ein-Wort-Scheich Faghfur und meine irdische Fee Mahtab denken. Jetzt, da sie *vom Himmel in das Meer der Freude* eingetaucht war, hätte ich sie anrufen und fragen können, ob sie sich auch einige Tausender für das Geld zur Beschaffung meines Passes von ihrem Bruder leihen kann, jetzt, da sie bereit war, die Kosten für meinen Grenzübertritt zu übernehmen. Ich würde versprechen, wenn die Angelegenheit mit meiner Firma für Haargel gedieh oder mein Import-Export-Geschäft ins Rollen käme, würde ich alles mit Zinsen zurückzahlen! Wenn sie meinem Versprechen nicht glaubte, könnte ich ihr sogar einige Prozent der Aktien meiner Gesellschaft überlassen! *Allein in der Zeit / mit der Hand, die sich nur dir entgegenstreckt / leer und vom Dolch getrof-*

fen! Wenn ich weiter so übte, würde ich Mahtab und Sejjed Karim mit meiner Dichtkunst noch übertreffen.

Die Mauer lag wie eine schwarze Schlange lang und dünn im schräg einfallenden Sonnenlicht. Ich setzte meinen Fuß auf den Schwanz der Schlange und bewegte mich auf ihren Kopf zu. Die spitzen Stäbe über dem Eingangstor der Universität waren in der Ferne durch die Äste der Bäume hindurch zu sehen. Ein kraftvolles Raunen blähte sich inmitten der schwülen Luft vom Universitätsgelände auf und stieg in die Höhe. Ich sagte mir, dann wäre auch Djawids Schatten an der Reihe! Jetzt war ich gänzlich allein und schutzlos! Obwohl ich wußte, daß er nicht aus dem Bus ausgestiegen war, schaute ich hinter mich. Er war da! Nicht leibhaftig, aber in meiner Erinnerung. In der Hitze würde er um mich herumlungern und mich anflehen, zurückzukommen und meine Sturheit aufzugeben. Beim Leben seiner Mutter würde er schwören, daß ein einziges lausiges Haar von mir den gesamten Mustafa in voller Größe aufwöge. Er würde die umherirrende Seele meiner Großmutter durch diese mörderische Hitze hinter uns herzerren, damit sie bezeuge, daß ich trotz meiner Launen, in der Tiefe seines Herzens einen Platz habe und bis in alle Ewigkeit dort bleiben werde! Ich ging schneller, um Djawid und meine Großmutter abzuhängen. Ich wollte nicht, daß die Alte alle Geheimnisse meines Lebens erfährt. Wenn sie Wind davon bekäme, würde sie mich gnadenlos verdammen. Ich schimpfte laut:

»Djawid, mach einen Bogen um die alte Frau! Ich will nicht mehr sehen, daß du sie bei unseren Angelegenheiten ins Spiel bringst!«

Das Tor zum Universitätsgelände ließ ich hinter mir. Es wimmelte von Menschen wie auf einem Bahnhof. Alle waren angespannt. Frauen mit dem Gebetsteppich unter dem Arm, eingehüllt in schwarze und weiße Tschadors, folgten einander, um einen Platz zu finden, von dem aus sie »alles« gut sehen konnten! Ein paar Leute standen gelassen herum, kauten Kaugummi oder rauchten und beobachteten wegen der grellen Sonne mit zusammengekniffenen Augen das Kommen und Gehen der anderen. Andere gackerten wie Hühner unzufrieden herum. Ein rauschender Lautsprecher schürte die Aufregung der Menschen. Ein Sprecher schickte die Leute ohne Grund hierhin und dorthin. Mich hätte er nicht von meinem Ziel abbringen können. Was auch immer geschah, ich mußte in dem Durcheinander dieses Stück karierten Boden zwischen der zwanzigsten und einundzwanzigsten Reihe finden, um Djawid zu beweisen, daß ich auch ohne ihn mein Schäfchen ins Trockene brächte. Sollte Moradi doch meine Brille verkaufen.

Auf einem Platz lief ich mitten durch die Stimmen hindurch. Die »Tribüne für das Freitagsgebet« war von weitem auf einem schwarz verhängten, schiefen Karren als Podest zu sehen. Unsichtbare Fontänen sprühten Wasser über die Menschenmassen, damit sie nicht in der Hitze umkämen. Der emporsprudelnde Wasserstrahl verteilte sich wie Staub in der Luft und mischte sich mit dem Dunst, der vom heißen Boden aufstieg. Über einer Straße bewegte sich ein breites Band vor und zurück. »Koordinierungsbüro der Studentengruppe von Pischgam«. Ich stand da und blickte zu den mit Blechtafeln abgedeckten Fenstern des »Büros«. Einige mit Blusen und Hosen bekleidete Studentinnen hatten sich um ihren Schatten versammelt, schweigend hörten sie dem Brausen der Stimmen zu und musterten unruhig die Menge, die sich umherwand. Eine von ihnen lachte mir zu, als ihr Blick mich traf. Ihr Lächeln unterschied sich von dem schiefen Lächeln Hasan Moradis. Es traf wie ein Tropfen Wasser auf das trübe Glas meines Herzens und machte es durchsichtig. Ich sagte mir, soll mich diese »Genossin« doch anlächeln. Als ich losgehen wollte, stolperte ich über meine Füße und wäre beinahe mit dem Kopf auf den Asphalt aufgeschlagen. Eine Lachsalve der »Genossinnen« ließ mich besser achtgeben.

Ich mußte um jeden Preis zu diesem schwarz verhüllten Wagen gelangen, wo jetzt ein Rezitator aus dem Koran vortrug und von dort die zwanzigste oder einundzwanzigste Reihe finden. Dort wartete der rettende palästinensische Gebetsteppich auf mich. Das erregte Gemurmel blähte sich wie eine Blase über den Straßen des Universitätsgeländes. Die kreisende Fontäne sprühte mir einen Hauch Wasser über

Kopf und Gesicht und verschwand wieder. Der Rezitator unterbrach seine Worte. Ich murmelte vor mich hin: »Djawid, Djawid wo bist du?« Ein Ruf traf wie eine Ohrfeige mein Ohr:

»Heute ist ein großer Tag.«

Ingenieur Djawid schaukelte an der Decke des Busses hängend vor mir hin und her. Mit lauter Stimme sagte er:

»Du denkst wohl, du bist etwas Besonderes. Nicht ein einziges Mal hast du in all den Jahren, die wir miteinander befreundet sind, gesagt, Djawid, ich danke dir. Ohne deine Hilfe hätte ich das nicht geschafft!«

Jetzt war ich bereit, es zu sagen. Wenn ich mich umgedreht und Djawid hinter mir gesehen hätte, wie er mich schüchtern und verstohlen ansah mit den Händen in der Hosentasche und mit der Spitze seines Schuhs Kreise in den Boden zeichnend, hätte ich es ihm bestimmt gesagt. Mir würde es genügen, nur noch einmal sein schwaches Lächeln zu sehen, das er immer unter seinem neuerdings gewachsenen Schnauzbart verbarg. Erneut stieß die Stimme wie ein Schwert auf mich hernieder:

»Heute ist der Tag, der auf ewig in die lange Geschichte unseres islamischen Irans eingehen wird.«

Jetzt mußte ich zwischen Hände und Füße treten, die aussahen, als ob sie abgetrennt von den Körpern auf dem Boden verstreut worden waren. Ich näherte mich dem umgedrehten Wagen mit dem Redner. Jetzt konnte ich erkennen, daß seine schwarze Verhüllung in Wirklichkeit ein Stoff war, der mit dem entschlossenen und revolutionären Porträt des Imams der Ommat*, Ajatollah Chomeini, bemalt war. Seine schwarzen Augen waren unter dichten Augenbrauen eingesunken und die roten Flecke seiner Wangen unter einem dichten, zerzausten Vollbart verschwunden. Ich kam keinen Schritt weiter voran. Der gesamte Boden war von Menschen und Gebetsteppichen zugedeckt. Ich hob meinen Kopf und sah einige Frauen mit schwarzem Tschador, die sich wogend vorwärtsbewegten. Djawid hatte sich breitbeinig hingestellt, um im Bus nicht das Gleichgewicht zu verlieren. Er sagte: »Ich habe einen Wunsch, nämlich daß du einmal nach einem Streit den ersten Schritt zu unserer Versöhnung machst. Übrigens, auch wenn ich zu dir komme, zierst du dich wie ein Mädchen. Warum? Du hast immer so getan, als ob dir meine Freundschaft keinen Pfifferling wert sei.«

Ich sagte mir, jetzt soll er doch denken, daß mir seine Freundschaft nichts wert sei! Er hatte mir das Stück Brot meines Glücks entrissen und hing immer noch im Bus an der Decke und machte mir Vorwürfe. Die Luft schmolz bei der Hitze und dem Licht wie Glas. Der Mann auf dem umgedrehten Tribünenwagen schrie weiter mit voller Kehle aus dem Lautsprecher:

»Heute ist der Tag, an dem alle Feinde des Islam den Gerechtigkeit fordernden Schlag des Schwertes von Ali spüren werden ...«

Obwohl kein Platz war, verteilten sich die Frauen im schwarzen Tschador grüppchenweise zwischen den Gebetsteppichen. Von weitem wirkten sie wie schrägstehende Zypressen, die der Wind hin und her bog. Von meinem Punkt aus begann ich die Reihen zu zählen. Wenn mich Djawid zwischen der zwanzigsten und einundzwanzigsten Reihe erwartete, würde ich ihm sagen, daß mir seine Freundschaft soviel wert ist, daß ich nicht einen Augenblick lang daran denken möchte, daß sein Schatten irgendwann an die Reihe komme. Ich wußte nicht mehr, was mir nun wichtiger war: Djawid oder den palästinensischen Gebetsteppich in der einundzwanzigsten Reihe zu sehen!

Eine Gruppe der Zypressen-Frauen mit dem Tschador begann zu dem schwarz verhängten Wagen vorzudringen. Zwei Pasdaran mit der Waffe in der Hand schlugen in gebeugter Haltung die Ränder der Gebetsteppiche links und rechts ein, gingen voran und machten einen Weg für sie frei. Der Sonnenschein schlang sich um die Frauen. Als sie sich setzten, stieg ein gelber Leuchtring hinter ihren Köpfen auf. Die Stimme war jetzt ruhig geworden, als ob ein Fisch im Wasser schwimmt. Sie sagte:

»Imam Chomeini, der Imam der Ommat, der Imam aller Schiiten der Welt, hat gesagt, das hier das Land des Islam sei, das diese Herrschaft eine islamische Herrschaft sei. 98 Prozent des iranischen Volkes haben zu dieser Herrschaft, zu dieser islamischen Republik ›ja‹ gesagt. Wir haben beide hinter uns, die Ommat und die Mellat. Hinter uns stehen Gott, der Glaube, die zwölf Imame und die vierzehn Unfehlbaren!«

Mit den Augen fand ich die einundzwanzigste Reihe. Zuerst ließ ich meinen Blick einige Male über die Männer schweifen, die innerhalb und außerhalb der Reihe standen. Djawid war nicht darunter. Dann wanderte mein Blick auch in der zwanzigsten Reihe auf und ab. Dort war er auch nicht. Ich sagte mir, soll Djawid doch nirgendwo sein. Ich suchte nach einem karierten Gebetsteppich, nicht nach Djawid!

Ich spuckte auf den Schatten des Laternenmastes, an dem ich lehnte und steckte meine Hände, die nach meiner Krähe gesucht hatten, in die Tasche. Die Sonne stand direkt über mir und sprühte wie ein Ofen ihre Funken auf mich. Djawid zog seine Hand aus der Halteschlaufe im Bus. Mit seiner linken Hand schlug er sich auf den Oberschenkel und sagte:

»Mein Gott, Junge. Wie dickköpfig und stur du doch bist. Du hast ein Herz aus Stein. Ich bin sicher, wenn ich auf der Stelle tot umfalle, wirst du nicht eine Träne um mich vergießen.«

Djawid würde nicht wieder zurückkommen. Ich hielt Ausschau nach einer Luftspiegelung in den Straßen der Umgebung. Ich wollte meine Kraft zusammennehmen und hinlaufen, mit der Hand auf ihre blinkenden Wellen schlagen und wieder umkehren! Djawid kommt nicht mehr zurück! Der Schweiß hatte meine Wimpern verklebt. Soweit ich sehen konnte, waren es Hemden und Hosen, Tschadors und Kopftücher und Mäntel, die schlaff von den Köpfen, Hälsen und Körpern der Männer und Frauen herabhingen. Entweder hatte sie die Luftspiegelung verdeckt oder sie waren darin untergegangen. Mit der Fußspitze stieß ich gegen einen Stein, der aus dem Beet herausragte. Ich bückte mich, riß ein Büschel frisches Gras mit der Wurzel aus und zerknickte seine Stengel. Ich wollte meinen Oberkörper entblößen und mir mit aller Kraft auf die Brust schlagen. Wann war Aschura*?

Der Schatten der Buchsbäume in der linken Ecke der zwanzigsten Reihe war auf einen Gebetsteppich gefallen, dessen schwarze und weiße Quadrate ins Augen fielen. Das Siegeszeichen, das einen neben dem Gebetsteppich hämisch angrinste, war nicht aus gewöhnlichen Schuhen hingelegt worden, sondern aus Giweh-Schuhen. Ein etwa sechzigjähriger Mann saß auf dem Teppich und ließ gedankenlos seine Gebetskette durch die Finger gleiten. Sein Gesicht war gelb und faltig wie Kautabak. Obwohl die dichten Buchsbäume der Sonne den Weg versperrten, hatte er Kopf und Nacken mit einem Zeitungsblatt abgedeckt. Ich sagte mir, soll Djawid doch denken, daß ich ein Herz aus Stein habe, jetzt, da ich das Objekt gefunden hatte. *In der Zeit, jenseits eines Traumes,* bin ich meiner Angetrauten einen Schritt nähergekommen. Dort war das Objekt. Ich fühlte, daß ich vor Freude wie Mahtab *in ein Meer der Leidenschaft eintauchte*!

Auf dem Boden waren soviel Arme und Beine verstreut, daß ich nicht wußte, wie ich zu dem sechzigjährigen Mann gelangen sollte. Ich machte mir selbst Mut und sprang über den Kopf des ersten Betenden. Die Stimme des Redners war jetzt tiefer geworden. Mit geschwollenem Hals preßte er die Wörter aus seiner Kehle und schickte sie durch die Zähne nach draußen:

» ... und die Universität ist unser Schutzwall. Der Imam hat verkündet, daß die Islamisierung des Landes hier beginnen muß. So wie wir diesen Ort in einen Kampfplatz für das Freitagsgebet verwandelt haben, so werden wir auch die heilige Arena dieses Zentrums des Glaubens und des Wissens von Heuchlern und Aufrührern säubern.«

Jemand schrie mich an:

»Au, Mensch! Wenn du schon mit geschlossenen Augen überall auf Köpfen und Beinen und Gebetsteppichen herumtrampelst, zieh wenigstens deine schmutzigen Schuhe aus!«

Ich zog meine schmutzigen Schuhe aus und klemmte sie mir unter den Arm. Ich bemühte mich, jeweils auf die schmalen Erdwälle zu springen, die zwischen den Reihen der Betenden angelegt worden waren. Der Asphalt war heiß wie eine Pfanne auf dem Feuer. Meine Füße begannen zu brutzeln. Ich war im Fallen, als mir jemand unter die Arme griff. Ich dachte, es sei Djawid, wünschte, er wäre es! Das Brennen an meinen Füßen vergaß ich. Gleich würde ich mich umdrehen und

Djawid sehen! Er war mir gefolgt! Ich kämpfte sehr mit mir, ihm keine Szene zu machen und ihn nicht finster anzuschauen. Als ich mich umdrehte, verfinsterte sich mein Blick ganz von selbst. Der Pasdar, der mich unter der Achsel gepackt hatte, sagte im Tonfall eines Lumps:

»Haben sie dir Pfeffer in den Arsch gestreut, Junge, daß du wie eine Eidechse umherschlüpfst? Setz dich auf deine vier Buchstaben und bring nicht alles durcheinander.«

Ich war nur noch zwei Reihen von dem sechzigjährigen Mann entfernt. Wenn Djawid dagewesen wäre, hätten wir uns jetzt das Objekt unter den Arm geklemmt und wären durch das Tor der »heiligen Arena der Universität« hinausgegangen. Vielleicht würden wir jetzt in einem Lokal mit Klimaanlage sitzen und Honigmelonensaft mit Zucker und Eis trinken. Wenn Djawid wieder zurück zu mir käme, würde ich ihm auch ein Päckchen Zigaretten kaufen! Ich guckte mir die Augen aus dem Kopf nach einem bekannten Gesicht. Es war niemand da. Auch Djawid nicht, der mir vor einigen Minuten tot vor die Füße gefallen war und für den ich nicht eine Träne vergossen hatte! Ich selbst mußte mit einem Fußtritt die Qazwiner Giwe-Schuhe des Sechzigjährigen auf seinen Gebetsteppich stoßen, mich dann bücken und sie mit einer Entschuldigung wieder in Form des Siegeszeichens verkehrt herum hinlegen. Dann war der sechzigjährige Mann an der Reihe, mir beim Rezitieren der 36. Koransure ein Päckchen in die Hand zu geben. Ich wußte nicht, was im Päckchen war. Ich wußte nur, daß Badri-Chanom und ihre Schwester bereit waren, Sejjed Karim dafür fünfzigtausend Tuman in bar auf die Hand zu legen. Mit dieser Summe könnte ich zehn Leute wie Djawid, die auch Ingenieur waren, zum Freund haben, und die Abfindungssumme für fünf Läden wie den von Hasan Moradi bezahlen und mir jeden Tag eine Sonnenbrille mit Horngestell aufsetzen und mir Gel in die Haare streichen und auf der Straße herumspazieren. Dann würden mich alle Mädchen, so wie jene Studentin in Bluse und Hose von der Pischgam-Gruppe anmutig anlächeln. Es genügte, diese beiden schmalen Erdwälle zu überspringen und diesen sechzigjährigen Mann aus Qazwin zu grüßen, der jetzt seine Gebetskette auf den Boden gelegt hatte und sich aus der Zeitung auf seiner Stirn einen Schutzschild gebastelt hatte. Nein! Zuerst würde ich mit dem Geld das räudige Maul von Scheich Faghfur mit seinen Geschichten stopfen und den rettenden gefälschten Paß erhalten, der meine Eintrittskarte in die Welt des Glücks war. Die Stimme des Redners war wieder metallisch geworden und zerschnitt die Luft wie ein Messer:

»Wir werden es diesen kämpfenden und nicht kämpfenden, fortschrittlich und rückschrittlich denkenden Studenten zeigen, daß unsere Herrschaft die Gottesherrschaft ist. Wir werden es diesen Grüppchen zeigen, daß unser Staat ein islamischer Staat ist. Demzufolge muß auch unsere Universität eine islamische Universität werden. Punktum!« Die Menge schrie sich die Seele aus dem Leib und pflichtete den Worten des Mannes bei, indem sie dreimal laut den Segen Allahs sprach. Dann wurden alle wie bei einem Kartenspiel durcheinandergemischt. Als ich einen Sprung zu dem Sechzigjährigen machen wollte, stieß etwas Kugelförmiges gegen meine Brust und warf mich zu Boden. Mein Brustbein krachte, als ob ein Glas zersprungen sei. Als ich die Augen öffnete, sah ich das Gesicht der Studentin, die mich angelächelt hatte. Ängstlich schreckte sie von meiner Brust zurück. Eine Hand griff mir unter den Arm, aber auf halben Weg erschlaffte sie. Als ich überlegte, ob es besser ist, aufzustehen und wegzulaufen, oder auf den Boden zu fallen, sah ich einen Holzstock, der direkt auf meinen Bauch gerichtet war. Etwas anderes sah ich nicht, weil ein Blitz plötzlich meine Augen blendete. In der Dunkelheit meiner Sinne glänzte die Stockspitze, es war die blitzende Klinge eine großen Messers, das mit einer Kordel an der Spitze des Stockes festgebunden war. Ein Messer, das, wenn ich zu lange zögerte, mir mein Inneres aus dem Leibe reißen und zu Boden fallen lassen würde. Mein Schatten war plötzlich an der Reihe! Ich warf einen Blick auf mein »hier«, um mich von denjenigen zu verabschieden, die noch in seinen verborgenen Ecken wohnten. Mahtab sah ich nicht! Außer Djawid, der noch zögerte, mir Lebewohl zu sagen, war niemand in meinem Herzen. Ich grinste hämisch. Jetzt konnte ich mit ruhigem Gefühl meine Eingeweide der Spitze dieses blinkenden Messers übergeben, damit sie auf dem Weg der Islamisierung der Universität durcheinandergemischt und zerfetzt werden! Ich fühlte mich wie der Hammel, den man vor langer Zeit für die Genesung meiner Großmutter geopfert hatte. Jetzt würde ich für die »Islamisierung der Universität« geopfert werden. Ich war überzeugt, daß auch Djawid, wenn er von meiner Opferung erführe, nicht eine Träne für mich vergießen würde.

Plötzlich zerschnitt ein Schrei die Luft und brachte mich wieder zur Besinnung. Nein. Ich konnte nicht zwei Schritte von meinem karierten Glück entfernt aufgeben. Hände schoben mich vorwärts. Ich hörte das Vorbeipfeifen des Messers an meinem Ohr. Ein Fußtritt traf mich in die Seite und stieß mich mit dem Gesicht auf den Boden. Um ein wenig Luft zu bekommen, drehte ich meinen Kopf zur Sonne. Eine Handvoll Wasser, schwer und kalt wie ein Hagelschauer wurde mir auf die Stirn gekippt. Als ich die Augen öffnete, war die kreisende Fontäne aus meinem Blick verschwunden. Eine Fußspitze stieß gegen meinen Kopf. Durch die Lider sah ich die Zypressen-Frauen im Tschador, die die Stöcke mit den Messern an der Spitze an Männer übergaben, die grüne Bänder um die Stirn trugen. Ich lag immer noch auf meinem Gesicht. Wenn mich doch Djawid an der Hand nehmen und hochheben würde. Ich wurde nach hinten geschleift. Die Hände ließen mich neben einem niedrigen Damm am Rande des Wassergrabens im Schatten der Buchsbäume los. Ich fiel auf die Seite und öffnete mühsam meine Lider. Der sechzigjährige Mann hatte sich aus dem Schlachtfeld gerettet und sich bei den Buchsbäumen niedergelassen. Er hielt sich jetzt die Zeitung wie ein Schild über den Kopf, damit seine Hirnschale nicht durch eventuelle Schläge zu Schaden käme. Alle drängten auseinander oder rannten zur Seite und fielen mit Fäusten und Fußtritten und spitzen Stöcken übereinander her. Der Rednerwagen war umgestürzt worden. Aber der Mann mit der metallischen Stimme keuchte noch immer in den Lautsprecher und trieb seine Anhänger gegen die unislamischen und verwestlichten Studenten an. Lautes Jammern, Geschrei und Parolen umkreisten mich, wanden sich wie ein Wirbelsturm und stiegen zum Himmel. Meine Stirn brannte plötzlich. Mühevoll zog ich meine Hand zu ihr hin. Kleine schwarze Sandkörnchen sprenkelten meine Handfläche, die von Rinnsalen aus Blut gefärbt war. Ich sagte mir, soll doch auch meine Stirn mit Sand tätowiert werden. Auf einmal tauchte vor mir die Gestalt von Hassanchen, dem Laufburschen aus dem Laden von Hadj Ahmadi auf. Vielleicht war er auch im Auftrag seines Herrn zur Übernahme des Objektes gekommen. Hassanchen rannte ängstlich in der dichten Schraffur des Sonnenscheins auf und ab und entfernte sich. Ein Stock mit scharfer Spitze verfolgte ihn. Schließlich bog er in einen Pfad neben den Fontänen und verschwand hinter den Buchsbäumen. Ich wandte mich um und warf einen Blick auf den sechzigjährigen Mann. Mühevoll erhob ich meine Stimme:

»He, Onkel, ich bin's! Der mit einem Fußtritt die Giweh-Schuhe auf deinen Palästinenserteppich stoßen sollte. In diesem Durcheinander brauchst du die 36. Sure für mich nicht mehr aufsagen! Wenn du mir den Gegenstand, den du verwahren solltest, übergibst, kann ich etwas damit anfangen.

Der Sechzigjährige mit seinem Zeitungsschutzschild drehte sich zu mir um. Vielleicht hatte er nicht gehört, was ich gesagt hatte. Denn er zeigte keine Reaktion. In der Mitte des Platzes fuhr tuckernd ein Auto. Der Mann bewegte mühsam seine bleichen Lippen und jammerte:

»Meine Giweh! Ich habe meine Giwe verloren! Dort sind sie. Was soll ich jetzt ohne die Schuhe machen?«

Das Auto war ein dunkelblauer Kleintransporter. Mitten auf dem Platz änderte er seine Route und fuhr im Rückwärtsgang auf unsere Straße zu. Er zerteilte die Menge, zerquetschte ihre Schatten unter seinen Rädern und fuhr weiter. Ich kroch auf dem Bauch zu den Giweh des Mannes, steckte sie in meinen Hosenbund und robbte auf Ellenbogen wieder zu der Buchsbaumreihe. Das Blut von meiner Stirn hatte auf dem schwarzen Asphalt eine dünne Linie hinterlassen. Als der Sechzigjährige mich sah, nahm er eine Hand von seinem Zeitungsschild. Sein Schopf schwankte über den Buchsbäumen wie eine trübe Blase. Er streckte mir die freie

Hand entgegen, verzog seine bleichen Lippen und sagte:

»Vergelt's Gott, Junge! Gib mir die Giweh!«

Mein Bauch war vom heißen und harten Asphalt aufgeschürft. Der Motor des Autos knatterte direkt neben meinem Ohr. Der Auspuff stieß die Dieselabgase ringförmig aus und mir direkt in die Luftröhre. Wie ich mich so auf der Erde entlangzog, steckte ich die Hand in den Hosenbund, um die Giwe herauszuziehen. Plötzlich umschlossen kräftige Hände meine Oberarme, stellten mich auf die Füße, stießen mich durch die Luft und warfen mich auf den Transporter. Der Sechzigjährige streckte beide Hände in Richtung des Fahrzeugs. Das Schild auf seinem Kopf rutschte nach hinten, knickte zusammen und fiel zu Boden. Der Mann wollte sich aufgeregt durch die Buchsbaumzweige hervorstürzen. Er schrie:

»Meine Giweh! Oh, ihr Muslime, mein Hab und Gut ist verloren. Wohin schaffst du meine Giweh, Junge?«

Der Transporter fuhr an. Wohin würde er fahren? Wer hatte mich dort hinaufgeworfen? Ich wollte aufstehen und im Vorbeifahren die Giwe des Mannes in die Buchsbäume werfen. Die Stimme einer Frau ertönte leise und streng von irgendwoher. Meinte sie mich?

»Rühr dich nicht vom Fleck. Bleib ruhig dort liegen. Sonst machen sie dich gleich hier mit einem Schuß fertig.«

Mit dem Kopf lag ich nicht auf dem Boden des Transporters, sondern auf dem erstarrten und leblosen Arm eines Jungen, der mit Schaum vor dem offenem Mund unter mir war. Ich reckte meinen Hals und sah mich um. Er trug ein grünes Band um seine Stirn, das seinem Gesicht einen heiligen Ausdruck verlieh. Er hätte der große Bruder von mir und Djawid sein können! Auf dem Band stand mit Schönschrift geschrieben: »Chomeini, meine Seele«. Die Stimme sagte aufgebracht:

»Hast du etwa dein Leben satt? Zieh deinen Kopf ein. Ich habe dir gesagt, du sollst so tun, als ob du tot wärst. Dieser Transporter gehört der Sepah. Wenn sie Wind bekommen, daß du lebst, schicken sie dich direkt in die Hölle!«

Ich verbarg meinen Kopf und verdrehte die Augen. Sie hatte recht. Das Fahrzeug war voller Leichen oder Menschen, die sich tot stellten. Wie Opferfleisch waren sie aufeinandergefallen. Einige Verletzte saßen in einer Ecke und jammerten in sich hinein. Ihre Köpfe und Gliedmaßen wurden durch die Bewegungen des Autos in Schwingungen versetzt. Ein eifriger Pasdar mit der Waffe in der Hand überwachte uns und die Straße vom Ende des Fahrzeugs aus. Die Frau sagte noch einmal:

»Bleib so wie du bist. Halt nur deine Ohren offen!«

Der Pasdar trat mit seinem Stiefel auf mein Schulterblatt und kletterte auf die andere Seite des Fahrzeugs. Ich biß meine Zähne zusammen und gab keinen Ton von mir. Die Stimme lenkte mich ab:

»Warum bist du barfuß? Wo sind deine Schuhe?«

Es war das Mädchen in Bluse und Hose, das mich vor dem »Studentenbüro der Pischgam-Gruppe« angelächelt hatte. Mein Körper klebte vor Schweiß. Leise fragte ich:

»Wohin bringt man uns?«

»Zur Sepah. Danach ins Gefängnis. Die dritte Station ist der Friedhof!«

»Warum?«

»Die islamische Republik kennt kein Warum!«

Sie redete wie der grausame Sejjed. Ich schaute auf meine nackten Füße. Die Giweh des Mannes in den mittleren Jahren klemmten noch in meinem Hosenbund. Bei einer Bewegung des Autos drehte ich mich und zog sie heraus. Der Arm von »Chomeini, meine Seele« schlang sich um meinen Hals. Sein Körper hatte sich eng um meinen Körper gewickelt. Er roch nach Verwesung. Unwillkürlich geriet meine Hand in seine Hosentasche. Meine Finger ertasteten gleichgültig eine Handvoll Münzen und hielten auf einigen Banknoten inne. Viel Geld war es nicht! Das Mädchen sagte:

»Wir müssen uns in Sicherheit bringen. Sonst landen wir auf dem Friedhof in Beheschte-Zahra …«

Ich gab ihr keine Antwort. Der Transporter ließ die letzten Bäume an den Straßen des Universitätsgeländes hinter sich. Das Mädchen sagte im Befehlston:

»Begreif doch!«

Ich hatte es schon begriffen. Ich war bisher nicht deshalb davongekommen, Kanonenfutter zu werden, um jetzt zu einem warnenden Beispiel für andere gemacht zu werden. Das Problem bestand nur darin, daß ich nicht wußte, wie ich mich retten könnte. Wir verließen das Universitätsgelände und erreichten die Straße. Der Pasdar hielt sich an der Stange oben auf der Ladefläche fest und versuchte, nach dem Rand der Stoffplane zu greifen. Ein Fuß baumelte mit der Kalaschnikow, die der Pasdar geschultert hatte, in der Luft. Er wollte das Verdeck des Transporters schließen, damit die Leichen und Verwundeten, die wie tote Hammel auf der Ladefläche lagen, nicht zu sehen waren. Im Liegen zog ich mir die Giweh an. Das Tor der Universität führte auf eine breite Straße. Ohne zu bremsen, bog der Fahrer ein. Der Transporter neigte sich zur Seite und wirbelte den Pasdar herum, als er sich umdrehte. Der Rand der Plane flatterte in der Luft. Aber der Pasdar hing wie ein Affe an der Stange. Das Mädchen befahl mit gedämpfter Stimme:

»Los! Spring!«

Mit einem Satz sprang ich dem Mädchen hinterher. Zwischen Himmel und Erde wurde ich schwerelos. Ich sagte mir, gleich leeren sie ihren Patronengurt in meinem Bauch und ich werde schwer! Mit meinem ganzen Gewicht landete ich hinter einem Motorradfahrer, der mit seinem Vorderrad holpernd in einen schmalen Durchgang zwischen den Autos, die durch eine Straßensperre aufgehalten wurden, hineinfuhr und im Zickzack vorwärts kam. Das Mädchen lief auf die andere Straßenseite und rannte blitzschnell davon. Ich sprang auf den Rücksitz des Motorrades und schlang dem Fahrer meine Hände um die Taille. Der drehte sich erschrocken um und schrie im Fahren:

»Von woher bist du denn so geisterhaft aufgetaucht?«

Ich herrschte ihn an:

»Agha, bei Gott bring mich zur nächsten Apotheke. Meine Mutter liegt im Sterben. Ich muß eine Ampulle für sie kaufen.«

Es war das erste Mal, daß mir keine Tränen kamen, sosehr ich mich auch anstrengte. Djawid hatte recht. Niemand hauste »hier« in mir. Die Stimme des Motorradfahrers mischte sich mit der Hitze und dem Straßenlärm:

»Deine Mutter? Was fehlt ihr denn?«

»Ich weiß nicht, Agha! Der Herr Doktor hat gesagt, wenn sie die Spritze nicht bekommt, übersteht sie die nächsten vierundzwanzig Stunden nicht!«

Der Motorradfahrer war tatsächlich beeindruckt. Er gab Gas, hob sein Vorderrad über den Wassergraben und kam auf den Fußweg. Er schrie:

»Weine nicht, Junge! Ein Mann weint doch nicht. Vertrau auf Gott! Halt dich fest, wir fahren.«

Ich hielt mich fest, und wir fuhren los. Jetzt war der Pasdar in den Transporter gestiegen und schaute sich um wie eine Katze, die nach der Maus sucht. Er warf weder einen Blick auf die Seite, wohin das Mädchen gerannt war, noch auf den Gehweg, auf dem der Motorradfahrer Gas gab und fuhr. Seine Kalaschnikow hatte er sinnloserweise auf die Straße gerichtet.

Die Giweh des Mannes waren sehr unbequem. Ihre Gummisohlen drückten wie ein Brett gegen meine Fußsohle. Sie waren ein wenig zu weit. Außerdem stieß irgend etwas Dickes gegen meinen rechten Fuß. Hoffentlich war kein Skorpion in den Schuh geschlüpft. Ich wollte sagen, jetzt laß mich doch nicht nach all der überstandenen Gefahr am Stich eines Skorpions sterben! Ich konnte es nicht. Während der Motorradfahrer die Autos schnell hinter sich ließ, ließ ich seine Taille los und zog mir besorgt den rechten Schuh aus. Der Fahrer protestierte laut:

»Schaukle nicht so. Das Motorrad gerät aus dem Gleichgewicht. Hast du Hummeln im Arsch?«

Auf der Suche nach dem Skorpion besah ich mir den Schuh von allen Seiten. Eine schwarze Rolle kullerte in die hochgezogene Ferse und blieb dort liegen. Es war eine Filmrolle! Vor Freude schlug ich mir mit der Hand gegen die Stirn und schrie:

»Dann ist das Objekt! Dann ist schließlich alles an den Richtigen gekommen!«

Meine Stirn hatte eine Beule so groß wie ein Stein bekommen. Der Schmerz kreiste darin. Aber ich stöhnte nicht einmal auf. Vorsichtig steckte ich die Filmrolle in meine Tasche und warf den Schuh meines lieben Qazwiner Onkels in die Luft.

15

Djawid hatte ich vergessen. Aber unwillkürlich wurde ich zu dem Baum gezogen, wo ich am Morgen gegenüber von Moradis Laden mit ihm gestanden hatte. Alles war unverändert. Der Sonnenofen brannte. Die Schattendächer der Bäume spielten noch mit den Lichttröpfchen auf der Erde, und Moradi musterte mich mit einem sehnsüchtigen Blick durch seine Jalousien. Der gesamte Morgen lief noch einmal von vorn ab. Nur Djawid war nicht da! Djawid! Ich sagte mir, laß mich doch glauben, daß die Welt ohne Djawid untergeht! *Am Ende der Welt / allein / wende ich dir den Rücken zu / du bist gegangen, / bist nicht zurückgekehrt, / um wenigstens einen kurzen Blick auf meinen leeren Platz / zu werfen!*

Ich entzog mich den Blicken Moradis. In der einen Hosentasche spielte ich mit den Zwanzigerscheinen der »Seele Chomeinis« und in der anderen drehte ich die Filmrolle zwischen meinen Fingern. Vielleicht dachte Moradi hinter seinem Schaufenster, daß ich mit meiner Eidechse beschäftigt sei und an den weißen Schirm in seinem Atelier und den Scheinwerfer dachte, der alle Schatten tötete, wenn er leuchtete. Sollte er doch denken, daß ich mit halb geöffneten Lippen »Bija!« zu ihm sagen will.

Ich versuchte, mich zu ermutigen, gelassen und gleichgültig den Laden zu betreten, zuerst die Geldscheine der »Seele Chomeinis« und dann die Filmrolle auf den Ladentisch zu legen. Ich könnte mit der beliebigen Stimme eines Kunden fragen: »Entschuldigen Sie, wann sind die Fotos fertig, in einer Stunde?« Dann brauchte ich nicht mehr ständig vor dem schraffierten Licht auf und ab zu gehen! Nein. Ich könnte mich nicht wie ein normaler Kunde benehmen. Ein normaler

Kunde würde wenigstens das Geld für die Entwicklung seiner Fotos vollständig bezahlen. Der Rest vom Geld der »Seele Chomeinis«, das sich in meiner Tasche befand, reichte dafür nicht. Ich hatte einige Scheine beiseite gelegt, damit ich, wenn Ingenieur Djawid auftauchte, ihn zu einem Honigmelonensaft mit Eis einladen könnte. Ich wollte ihm auch ein Päckchen Zigaretten schenken. Beim Überreichen würde ich meinen Kopf ein wenig schief legen, meine Brauen nach oben ziehen und ihm mit einem liebenswürdigen Lächeln das Päckchen auf die Hand legen. Ich würde sagen:

»Rauch nicht! Zigaretten sind schädlich für die Lunge!« Ich wandte meinen Rücken dem Schaufenster von Moradis Laden zu. Plötzlich brachen meine Gedanken ab.

Wenn ich wüßte, was in dieser Filmrolle ist, könnte ich besser einen Entschluß fassen. Vielleicht wußten auch Badri-Chanom und ihre Schwester nicht, wer der Held auf diesen Fotos war. Aber sie waren bereit, für diese Filmrolle mit zwölf Schwarzweißfotos Fünfzigtausend zu bezahlen. Wer auch immer darauf war, er entspräche nicht dem Geschmack von Moradi. Wenn ich ihm den Film zum Entwickeln gäbe, bestünde nicht die Gefahr, daß er die entwickelten Fotos in sein privates Album zu den Fotos von den Jungen klebte, die mit halbgeöffnetem Mund, während sie »Bija« sagten, in das Objektiv geschaut hatten. Es bestand nur die Gefahr, daß er mich den Pasdaran übergab, weil eben jemand ins Objektiv geschaut hatte, ohne »Bija« gesagt zu haben. So unvorsichtig durfte ich nicht sein. Ich hatte mich bemüht, Sejjed Karim aus dem Weg zu gehen, um die gefährlichen Konsequenzen eines Streites mit ihm zu vermeiden. Jetzt durfte ich nicht über Moradi Gefahr laufen, mit den anderen Pasdaran in Konflikt zu kommen.

Der Bus, in dessen vollem Gang Djawid und ich uns am Morgen gegenübergestanden und einander angesehen hatten, fuhr an der Biegung vorbei und setzte seinen Weg direkt in Richtung des glühenden Sonnenofens fort. Ich wußte nicht, mit welcher Hoffnung ich plötzlich anfing, neben dem Bus herzurennen. Einige Passagiere drehten sich um und verfolgten, wie ich mit langen Schritten lief, während sie auf irgendein Zeichen warteten. Djawid war nicht unter ihnen. Meine

Schritte wurden langsamer. Schließlich blieb ich stehen. Mein Schatten breitete sich wie schwarze Tinte von meinen Hosenbeinen hinab auf den Boden aus. Jedesmal, wenn ich an Djawid dachte, erwachte in mir unwillkürlich auch der Gedanke an meine Angetraute. *Ich habe geträumt / du hast deine sanften Hände zu einer anderen fliegen lassen / in die Zeit / über Meer und Rauch...*

Ein stechender Schmerz fuhr durch mein Gehirn. Das beste war, diese Fotos selbst zu entwickeln. Ich würde Moradi unter einem Vorwand irgendwohin schicken, und im Laufe einer halben Stunde wäre die Sache erledigt. Die armen Geldscheine hatten es sich vielleicht schon in der Handtasche von Badri-Chanom neben ihrem rotbraunen Lippenstift und der Kassette von Michael Jackson bequem gemacht. Die rothändige Wahrsagerin hatte auf dieses Geld hingewiesen, für das ich mich nur bücken und es aufheben müßte. Wenn Djawid auftauchte und mir helfen würde, würde ich ihm ein paar Tausender abgeben. Aber wenn er wieder gleichgültig sagen würde: »Was hat das für einen Sinn?«, würde ich meine Krähe zu ihm schicken, damit sie ihm seine hervorstehenden Augen wie das Herz der Dattelpflaumen aus dem Schädel reißt. Vor Zorn und Hitze brachen meine Gedanken wieder ab. Ein kochendes Gift brodelte in meinem »hier«, wo niemand war.

Ich spuckte auf die Tinte meiner auf dem Boden ausgebreiteten Gestalt und machte mich ohne Ziel auf den Weg. Ich lief in den dunklen Schatten der Stoffmarkise eines Ladens, die sich wie ein schwarzes Zelt über dem grellen Tageslicht ausbreitete. Das erste, was ich sah, war mein welkes Gesicht, das mit den abgestuften lockigen Haaren wie das Negativ eines Filmes auf der Schaufensterscheibe des Ladens sichtbar wurde. Meine Hühnerarschaugen wanderten unstet umher und waren vor Gemeinheit so schmal geworden, daß sie mehr einem Spalt glichen. Weil ich meinen Kopf immer zwischen den Schultern einzog, hatte ich einen Buckel bekommen. Ich wußte nicht, was Moradi so an mir gefiel. Ohne Sonnenbrille, Haargel und Jeans war ich nichts!

Meine Stirn klopfte. Die Luft brannte mir im Gesicht wie grober, nasser Filz. Ich sagte mir, soll doch auch Moradi enttäuscht von mir sein, weil ich die Regungen seiner Eidechse nicht beachtet hatte. Nein. Um keinen Preis war ich bereit, meinen Fuß noch einmal in seinen Laden zu setzen. Und wenn ich womöglich das ganze auf dem Boden liegende Geld verlöre, ich würde nicht zu ihm gehen. Jedesmal, wenn ich unter dem weißen Schirm von Moradi saß, fiel mir wieder ein, daß ich wie der Opferhammel meiner Großmutter war. Spitze Messer häuteten mich und stellten meine Seele nackt in die Hitze der Scheinwerfer. Meine Haut bekam Geschwüre, die unter dem Blick Moradis auf einmal aufbrachen. Das weiße Licht zerstückelte meine Seele. Mir fiel ein, daß aus ihren Spalten gelber Eiter floß. Dann würde ich so schwach werden, daß ich nur noch schlafen wollte. Aber ein Ball in meinem Herzen stieß an seine Wände, und es gab keine Hand, die diesen unruhigen Ball beruhigt hätte. Meine Großmutter hatte damals meine Hand aus der Hand meiner Mutter gezogen und sie angeschrien:

»Du hast nicht das Recht, dieses Kind mitzunehmen! Wo immer du auch hingehst, geh allein!«

Meine Hand war noch nicht in der Hand der Großmutter, als meine Mutter sie ergriff, zu sich zog und sagte:

»Wo immer ich hingehe, ich nehme ihn mit. Du brauchst mir nicht zu sagen, welche Rechte ich habe.«

Als die Reihe an meine Großmutter kam, packte sie mich bei der Schulter und zog mich aus den Falten des Mantels meiner Mutter wieder zu sich. Aber bevor sie eine Gelegenheit hatte, etwas zu sagen, sagte meine zuverlässige Tante Schahla:

»Das Kind muß schließlich eines Tages die Realitäten des Lebens kennenlernen, Großmama! Wann gibt es eine bessere Gelegenheit als jetzt?«

Ich verstand nicht, worüber sich die drei Erwachsenen stritten. Ich wußte nicht einmal, was sie mit den »Realitäten des Lebens« meinten.

Meine Mutter packte zu, zog mich aus dem Schoß der Großmutter und versteckte mich hinter sich. Die Großmutter fuhr vor Ärger aus der Haut. Sie schrie:

»Schahla-Chanom, misch du dich bitte nicht in unsere Angelegenheiten! Dieses Kind kann doch seine rechte Hand nicht von der linken unterscheiden ...«

Ich kannte meine rechte und meine linke Hand. Mit der linken hielt ich den Bogen fest vor mein Gesicht und mit der rechten hielt ich das Lederstück, in dessen Mitte ich einen großen Stein gelegt hatte. Dann reckte ich die Brust und spannte den Bogen mit aller Kraft. Der Stein flog wie ein Pfeil davon. Das hatte mir Mustafa beigebracht, der ein Meister bei der Spatzenjagd war. Im Sommer lag die Treppe vor seiner Tür immer voller toter, blutiger Spatzen, die er erlegt hatte. Wie ein Spatz mit gebrochenen Flügeln wurde ich wieder hinter meiner Mutter hervorgezerrt. Zornig sagte die Großmutter:

»Das ist nicht nötig, daß er ausgerechnet jetzt die Realitäten des Lebens kennenlernt. Er hat ein Leben lang Zeit zu begreifen, was Unglück bedeutet!«

Ich wußte sehr gut, was Unglück heißt. Unglück war der Schatten, der mir ständig folgte, und meine Großmutter hatte gesagt, daß der Tod ihm ähnlich ist. Unglück waren meine Nadelöhraugen, die aussahen, als ob zwei dicke Daumen sie in die Augenhöhle gedrückt hätten. Unglück war mein Schmerz darüber, daß mein Vater nicht da war, und alle sagten, daß er ein Nichtsnutz und Schmarotzer sei und ich nicht einmal über ihn sprechen durfte. Unglück …

Schließlich siegte meine Großmutter und ich blieb im Haus. Meine Mutter und die Tante setzten ihre Kopftücher auf und gingen, um die Realitäten des Lebens kennnenzulernen. Es war Revolution! Seit man ihnen wegen fehlender Verschleierung verwehrt hatte, bei den Frauen an den Qejtarije*-Demonstrationen teilzunehmen, setzten sie ganz von selbst ein Kopftuch auf, wenn sie demonstrieren gingen. Die Großmutter schickte ihnen unseren Hausdiener Abbas nach, damit er von weitem, ohne daß sie es bemerkten, auf sie aufpaßte. Sie hatte Angst, daß ihnen beim Kampf und auf der Flucht vor den Soldaten des Schahs etwas zustoßen könne. Aber die Großmutter wußte nur zu gut, daß Abbas seinen eigenen Angelegenheiten nachging, sobald er das Haus verlassen hatte. An der Hadji-Mehrab-Kreuzung ließ er sie laufen und bog nach links ab. Dann ging er am Rand des Wassergrabens die Straße entlang bis zu dem Punkt, wo er auf den dicken Stamm einer Platane stieß.

Dort hörte er der Stimme aus dem Lautsprecher der Moschee zu und murmelte die Koranverse, die der Redner rhythmisch vortrug, ohne Betonung vor sich hin. Bevor er die Moschee betrat, füllte er am Wasserhahn der öffentlichen Trinkwasserstelle einen Messingbecher und trank ihn in einem Zug aus. Wenn er ihn wieder an seinen Platz stellte, wischte er sich den Mund ab und flüsterte vor sich hin: »Weh deiner durstigen Lippe, o Imam Hosein!« Jedesmal wenn ich ihn begleitete, legte er mir die Hand auf den Kopf und bot das Wasser zuerst mir an. Dann betraten wir die Moschee.

Es wurde Abend. Offensichtlich hatte Abbas in der Moschee alles vergessen. Meine Großmutter lief im Flur auf und ab und verfluchte ihn und seine Vorfahren. Die Ölkanne, groß und leer, wartete vor der Tür auf ihn. Meine Großmutter verlor die Geduld. Sie befahl mir:

»Los, mein Junge! Geh und hole diesen elenden Abbas aus der Moschee! Der Ölverkäufer verkauft sein Kontingent und schließt dann den Laden. Wenn wir heute abend kein Öl bekommen, sind wir bis zum Morgen alle vor Kälte erfroren! Gibt es denn niemanden, der diese Raffineriearbeiter mal fragt, ob es jetzt Zeit ist zu streiken? Zu Beginn des dunklen Winters? Sollen denn die armen Leute vor Kälte sterben? Ist das etwa die Revolution? Gott behüte ...! Los Junge! Geh und suche Abbas!«

Ich stand auf und ging. Aber Abbas fand ich nicht. In der Moschee war er nicht. Vielleicht bummelte er wie alle Leute in den Straßen und Gassen herum, um die Realitäten des Lebens kennenzulernen! Ich lief einer Gruppe hinterher, die zwei LKW-Reifen wie einen Sarg auf den Schultern trug und die schneebedeckte Straße in Richtung der leeren Kreuzung entlangging. Anstelle eines Segens schrien sie hin und wieder aus vollem Herzen: »Tod dem Schah!« Dann brachen sie unverzüglich ab und blickten um sich. Trübes Licht fiel wie schmutziges Wasser vom Himmel und ließ die Gestalten der Soldaten hinter ihren Waffen und vor ihren Panzern und Militärlastwagen verschwimmen. Eine Frau drückte mir ein Stück Brot und eine Dattel in die Hand. Ich stand an einer Ecke, und während ich Brot und Dattel kaute, beobachtete ich diese riesigen Fahrzeuge und die Soldaten, die hundert Dinge an sich angehängt hatten. Sehr gern hätte ich an ihrer Stelle in einem Panzer gesessen und wäre donnernd mit diesem grünen eisernen Berg von einem Ende der Stadt ans andere gefahren. Wann immer ich bisher einen Panzer gesehen hatte, hatte er wie eine Schildkröte müde an seinem Platz gestanden!

Wie ich so an meinem Brot und der Dattel knabberte, merkte ich plötzlich, daß ich hochgehoben wurde und von einem Arm zu einem nächsten weitergereicht wurde. Eine Zeitlang saß ich einem Mann auf den Schultern, der auf der Flucht vor den Schüssen der Soldaten auf und nieder sprang und bis zur Kreuzung im Zickzack rannte. Als ich so auf den Schultern des Mannes auf und nieder hopste, sah ich ein qualmendes Feuer, das von Gummireifen aufstieg und noch vor den Soldaten die nächtliche Dunkelheit zerfraß. Einige schrien noch auf der Flucht, daß der Schah sterben solle. Ich hielt mich am Hals des Mannes fest und versuchte zu sehen, ob sich die Panzer in Bewegung setzten. Zwei von ihnen waren losgerollt und zermahlten beim Fahren mit der Geschwindigkeit einer Schildkröte den Straßenasphalt. Auf einmal ertönte ein langgezogener Schrei: »O Gott, ich verbrenne!« Der Mann, der mich huckepack genommen hatte, hob seine Arme, um mich bei den Oberarmen zu packen und auf den Boden zu setzen. Es gelang ihm nicht. Er knickte wie ein Ast zusammen und ich stürzte mit dem Kopf auf die schneebedeckte Straße. Dann wußte ich nicht mehr, was geschah.

Als ich die Augen öffnete, sah ich zuerst meine Mutter, die sich fortwährend gegen den Kopf schlug und in einer engen Gasse hin und her lief. Sie jammerte:

»Was soll ich denn jetzt tun? Ich verliere mein Kind. Wir müssen ihn unbedingt ins Krankenhaus bringen. Er blutet immer noch.« Ich lag auf einer Apfelsinenkiste der Länge nach hingestreckt. Schmerz fühlte ich nirgendwo. Mir war auch nicht kalt. Meinen Körper hatte man mit einigen Sackfetzen abgedeckt. Nur meine Arme und meine Hände waren ganz blutig. Ich hob meinen Kopf ein wenig. Die Hitze des

Feuers, das aus einem Haufen Holz und Reifen entzündet worden war, erreichte auch mich. Hinter den Flammen waren ein Panzer und einige Soldaten schemenhaft zu sehen. Ich öffnete meinen Mund, um meiner Mutter zu sagen, daß es mir gutgeht. Aber die Stimme gluckste in der Tiefe meiner Kehle und wurde mit einem schmatzenden Geräusch erstickt. Hoffentlich war nicht mein Schatten an der Reihe? Meine Tante stand hinter ein paar Sandsäcken und schaute zu den Soldaten. Als sie sich umdrehte, drehte sie auch den Lauf ihrer Waffe zu meiner Mutter hin. Sie sagte:

»Wir haben uns umsonst in diese Sackgasse zurückgezogen. Wir müssen an die Haustüren klopfen und über die Dächer flüchten. Bevor es zu spät ist ...«

Meine Mutter schlug sich noch fester gegen den Kopf und lief schneller in der Gasse auf und ab. Sie klagte:

»Mein Kind stirbt. Wie soll ich mit ihm über die Dächer flüchten? Unter uns ist doch kein Mann.«

»Das ist deine Schuld. Warum hast du so lange gezögert, als es unruhig wurde, so daß wir gezwungen waren, uns in diese Gasse zurückzuziehen.«

Meine Mutter stand der Waffe meiner Tante gegenüber. Wenn der Finger von der zuverlässigen Schahla zitterte, wäre der Schatten meiner Mutter unverzüglich an der Reihe. Sie fragte:

»Was hätte ich denn tun sollen? Soll ich etwa das Kind unter den Händen und Füßen der Leute umkommen lassen?«

Ich versuchte noch einmal, meiner Mutter zu sagen, daß sie sich nicht um mich sorgen soll. Die Soldaten interessieren sich nicht für Kinder. Meine Stimme kam wie ein Wasserstrahl nach oben und ergoß sich in meine Kehle. Aber sie floß nicht aus meinem Mund. Eine Hand ließ in meinem Kopf einen Tennisball los. Ohne auf den Abzug zu drücken, richtete die liebe Schahla ihre Waffe wieder auf die Soldaten und sagte:

»So ist das Leben von uns allen in Gefahr. Geh und klopf an die Türen. Ich nehme das Kind auf den Arm und folge dir.«

»Was ist, wenn man uns nicht öffnet? Was ist, wenn sie vom SAVAK* oder Militär sind? Wenn man uns nicht durchläßt ...«

Meine Tante schrie und richtete die Waffe wieder auf meine Mutter:

»Wenn! Laß das Wenn. Klopf an die nächste Tür ... Tu was!«

Vom Dach schaute ein Mann zu uns herunter. Ich wollte um Hilfe schreien! Die Stimme in meiner Kehle quietschte wie eine Wasserpumpe und trug die Wörter auf und nieder, floß aber nicht nach draußen. Ich dachte nur noch an meinen Kopf und an den Ball, der mir fortwährend gegen die Schädeldecke und die Stirnwand pochte. Meine Mutter rannte los und verschwand aus meinem Gesichtskreis. Ich wollte mir am liebsten die Hände in die Ohren stecken und diesen fürchterlichen Ball herauszerren. Ich schloß die Augen. Hinter meinen Lidern sah ich eine breite, gewundene Straße, die bis zum Horizont führte und schließlich an einem frischen, grünen Eukalyptusbaum endete. Ich war auf dieser Straße, und mit dem Rücken zur Welt lief ich ganz langsam und ging mit der schildkrötenartigen Geschwindigkeit der Panzer auf den Horizont zu.

Vom vielen Auf und Ab öffnete ich die Augen. Die Ballschläge in meinem Schädel waren schneller und heftiger geworden. Ich war noch nicht an meinem Baum angekommen. Jemand rannte mit mir auf dem Arm fort. Sein Keuchen drang direkt in mein Ohr. Dann wurde alles ruhig außer der Brust, an der mein blutender Kopf lehnte. Ich hörte die Stimme meiner Tante sagen:

»Vielen Dank. Sie haben uns sehr geholfen. Sie haben uns gerettet. Können Sie einen Arzt benachrichtigen? Das Kind ist verletzt.«

Eine erschreckte Männerstimme widersprach:

»Nein. Das geht nicht. Was ist, wenn uns die Soldaten folgen? Sie haben nur gefragt, ob Sie über das Dach nach Hause gehen können. Ich habe gesagt, ja. So. Das ist eine Sackgasse. Die Soldaten finden schließlich heraus, in welches Haus Sie gegangen sind. Entweder Sie kehren um in die Gasse, oder Sie gehen über das Dach nach Hause. Los! Lassen Sie mich nicht bereuen, daß ich Sie durchgelassen habe.«

Meine Mutter kreischte von irgendwo in der Nähe der Decke:

»Warum kommst du denn nicht, Schahla? Die Soldaten kommen gleich!«

Schahla legte mich auf den Boden. Sie hob den Kopf und schrie:

»Lauf du weg! Lauf! Warte nicht auf mich. Ich komme schon noch.«

Dann sagte sie aufgeregt und ängstlich:

»Dann laß ich das Kind hier. In einer Stunde komme ich zurück und hole es. Hier ist es sicherer. Auch für Sie bringt das keine Probleme. Sagen Sie, es ist Ihr eigenes Kind.«

»Nein, nein. Wohin gehen Sie? Ich habe keine Kinder! In einer Stunde beginnt die Sperrstunde. Der Strom wird auch abgeschaltet. Kehren Sie um, dieses Kind ... kehren Sie um!«

Sie ließen mich allein und gingen. Ich gab mir einen Ruck, um aufzustehen und meiner Tante nachzulaufen, die ohne ein Wort in der Dunkelheit verschwunden war. Meine Arme und Beine waren weich wie Teig. Ich fiel hin. Ich war so schwach, daß ich glaubte, ich sei tot und wisse es selbst noch nicht! Den Ball hatte mir jemand aus dem Kopf geholt. Ich warf noch einen Blick auf die schwankende, gewundene Straße meines Traumes, und bevor meine Lider aufeinanderfielen, hörte ich das Zuschlagen des Hoftores.

Ich weiß nicht, wieviel Zeit verging. Als ich meine Augen öffnete, lag ich in einem Bett, das schmutzig roch. Obwohl es nicht sehr warm war, hatte man mich nicht zugedeckt. Ich fühlte meine Hände an meinem kleinen, nackten Körper. Ringsum war es dunkel, nur auf meinen Körper schien Licht. Darüber verfolgten große, gierige Augen die Bewegungen des Lichts. Es roch nach warmer Asche und verbrannter Kohle. Mit der Hand suchte ich nach etwas, um meinen Körper damit abzudecken. Wenn meine Großmutter mich so nackt sehen würde, würde sie mir ihr Gebetbuch auf den Kopf schlagen! Eine Männerstimme sagte:

»Beweg dich nicht. Bleib ruhig liegen.«

Ich rührte mich nicht. Den Ball hatten sie diesmal in meinem Herzen losgelassen. Er pochte wie verrückt gegen seine Wände. Mein ganzer Körper tat weh. Ein Mann leuchtete meinen Körper von Kopf bis Fuß mit einer Taschenlampe ab und musterte mich mit schamlosen Augen. Ich wußte nicht, was er von mir wollte. Aber ich wollte nicht ins Höllenfeuer geraten. Ich zog meine Beine an und sagte in meine Kehle: »Laß mich!« Roh packte er mich bei den Fesseln und zog daran. Er streckte meine Beine wieder. Noch einmal sagte er streng:

»Beweg dich nicht.«

Seine Hand entfernte sich wieder von meinem Körper. Mein Brustkorb hob und senkte sich. Die Schreie, die ich von mir gab, blieben still in meinem Hals stecken. Wenn meine Großmutter mitbekäme, daß ich nackt und bloß vor diesem Mann lag, würde sie mir eine Fackel unter dem Hintern anzünden! Der Mann schaute mich mit seinen begierigen Augen so an, als ob er auch meine Seele ausziehen wolle! Das weiße Licht der Taschenlampe würde meine Haut zum Bersten bringen und sie in Stücke reißen. Ich zog meine Hand aus der Dunkelheit und legte sie auf meine Eidechse. Mit dem Ellenbogen stieß er meine Hand zurück. Durch die Zähne brummte er:

»Ich habe gesagt, daß du dich nicht bewegen sollst! Soll ich dich festbinden?«

Er klemmte sich die Lampe zwischen Kinn und Schulter und strich sanft über meine aufgerissene Hand. Ich hatte das Gefühl, daß aus den Rissen in meiner Haut Blut und Eiter quoll. Er schob seine Hand unter meinem Körper, drehte mich um und legte mich vorsichtig auf den Bauch. Mit einer Hand strich er über mein Gesäß. Die Flammen der Fackel leckten mir Kopf und Gesicht. Ich bedeckte mein Gesicht mit den Händen und begann zu weinen. Wieder kam kein Ton aus mir. Der Mann brummte wieder:

»Beweg dich nicht!«

Er war ganz außer Atem geraten. Er begann, die linke Seite meines Gesäßes sanft zu reiben. Nichts würde mich mehr retten können. Kopfüber würde ich in die tiefste Hölle geworfen. Auf einmal drang eine Nadelspitze mit einem Ruck in meinen Hintern ein. Vor Schmerz und Angst löste sich meine Stimme. Ich schrie. Bevor ich das Bewußtsein verlor, ertönte die Stimme des Mannes. Er sagte:

»Jetzt schlaf ruhig, bis deine Mutter kommt!«

16

Als Moradi mich sah, kam er schnell aus seinem Laden auf mich zu. Vielleicht wollte er einen Streit anfangen, weil ich ihn und seine Eidechse im Stich gelassen hatte. Sollte er mir doch einen Faustschlag gegen den Kopf versetzen. Ich streckte meine Stirn mit der Beule, die so groß wie ein Steinbrocken war, unter dem Sonnenschutz hervor und hielt sie direkt in die Sonne, die jetzt so tief stand, daß sie mir direkt in die Augen schien. Das Blut kreiste in meinem Kopf und drehte alles mit sich herum. Ich mußte mich von der Brille, den Levi's, dem Haargel, und was am Schlimmsten war, von der Filmrolle, die mir das Geld verschafft hätte, verabschieden und mich darauf vorbereiten, Kanonenfutter zu werden. Ich mußte die *Verbindung meiner weichen Hände mit den Händen meiner Angetrauten* und auch den Posten des Geschäftsführers meiner »Haargelfirma M. und Mahtab mbH« vergessen! Vor Freude darüber, daß mir auf einmal ein so hübscher Name für meine Firma eingefallen war, sprang mein Adamsapfel mit einem Lachen in der Kehle auf und nieder und hörte bei dem Gedanken an Scheich Faghfur mit seinen Geschichten wieder auf. *Eine Handvoll Erde, / mein Skelett / schleppe ich von einem Ozean in den anderen mit, / damit ich niemandes Blut / auf die Erde vergieße, / und auch nicht zulasse, / daß sich das Blut mit meiner Erde / vermischt!*

Nein. Ich würde nicht zulassen, daß Moradi mir gegenüber seine Hand erhebt. Ohne Wenn und Aber würde ich ihn bloßstellen. Ich würde es sogar tun, wenn ich selbst in Schwierigkeiten geriete. Ich würde geradewegs zum Komitee gehen und den Pasdaran die schöne Geschichte von seiner Eidechse erzählen! Dann würde er, weil er mich unter seinen weißen Fotografenschirm gesetzt hatte, zum warnenden Beispiel für die anderen werden.

Moradi stellte sich breitbeinig vor mich hin und sah mir direkt in die Augen. Vielleicht wartete er darauf, daß ich beginne. Wieder fuhr ein Bus in Richtung Universität an uns vorbei. Ich wußte, daß Djawid nicht darin war. Trotzdem tat ich so, als ob ich den Bus beim Vorbeifahren beobachtete. Gleichzeitig behielt ich seine Hände im Auge, damit ich reagieren konnte, falls er mir eine Ohrfeige geben wollte. Plötzlich sah ich Djawid in der letzten Reihe im Bus am Fenster sitzen. Der Schatten eines Astes tanzte über sein Gesicht. Er sah mich nicht. Er musterte das Hotelgebäude. Vielleicht dachte er bei sich, daß es in der dritten Etage dieses Hotels ein Zimmer mit braunen Vorhängen gab, in dem ich in Gedanken an ihn sitze. Vielleicht verfluchte er auch sich selbst, warum er mich nicht zurückgerufen hatte, als ich aus dem Bus stieg …

Moradi hob seine Hand. Ich trat in den Schatten des Sonnenschutzes zurück, unter dem es dunkel wie die Nacht war. Die Hand fuhr in die Dunkelheit und kam bis zu meiner Schulter. Aber Moradi stand selbst im hellen Tageslicht, und hinter ihm fuhr Djawid im schwachen Licht des Busses im Schein der Nachmittagssonne an mir vorbei. Offensichtlich hatte er mich wieder nicht gesehen. Auch Moradi trat nun in den Schatten. Seine Hand war in der Luft erstarrt. Er sagte:

»Warum bist du auf einmal verschwunden? Ich habe lange auf dich gewartet und mir Sorgen gemacht.«

Alles ging gut. Im Gegensatz zu meiner irdischen Fee drohte Moradi mir nicht. *Fürchte dich vor mir / fürchte dich vor dem Tag, an dem / ich dich plötzlich verschlinge!* Plötzlich riß Moradi seine Augen auf. Er fragte:

»Was ist mit deiner Stirn? Hast du dich gestritten? Bist du hingefallen? Hast du es desinfiziert?«

Anstelle all der Fragen und der Aufregung hätte er mir den Schlüssel zu seinem Laden in die Hand drücken und nach Hause gehen können, um sein Nachmittagsschläfchen zu halten! Djawid hatte mich gesehen! Als der Bus an uns vorbeifuhr, kehrte er in die Sonne zurück. Jetzt war eine Hälfte seines Gesichtes im Tageslicht und seine andere Hälfte in der

Dunkelheit. Ich drehte meinen Kopf weg und tat so, als habe ich ihn nicht gesehen. Ich lächelte Moradi an und hielt die Hand an die Stirn. Der Schmerz stach immer noch. Die Steinbrockenbeule war noch feucht vom Blut. Moradi packte mich am Handgelenk und zog mich zu seinem Laden. Bedeutete das, daß der Scheich Faghfur mit seinen Geschichten zu seinem Geld kommen würde? Er sagte:

»Komm! Bevor das so groß wie eine Melone wird, lege ich Eis drauf.«

Ich legte keinen Wert auf Moradi und sein Mitleid. Vielleicht mußte dann auch ich mit seiner Eidechse Mitleid haben! Nein. Meine Seele ließ ich von niemanden mehr bloßlegen. Ich sagte mir, daß ich schnell meine Hand aus seiner ziehen, die schwarze Filmrolle im hohen Bogen davonwerfen und mich in das schwache Licht des Busses zu Ingenieur Djawid werfen sollte. Er würde bestimmt von seinem Platz aufstehen. Er lachte von Natur aus nicht, aber er würde sagen:

»Komm her! Willst du dich auf meinen Platz setzen?«

Ich lief Moradi unter den Bäumen am Wassergraben nach. Lichtpünktchen fielen manchmal von seiner linken Schulter, manchmal von seiner rechten. In seinem Laden, gegenüber dem grünen Ventilator, ließ er mein Handgelenk los und verschwand im Nebenraum, um etwas zu suchen, sagte mir aber nicht, was es war. Er war aufgeregt und redete fortwährend irgend etwas über Eiter und Wundstarrkrampf, Infektion und Ersticken. Sollte er doch denken, daß er auch über Medizin Bescheid wußte! Ich ging zur Dunkelkammer. Dort war wieder Nacht! Gern wäre ich in dieser dunklen Nacht eine halbe Stunde allein geblieben und hätte den Film entwickelt. Ich drehte die Filmrolle in meiner Tasche hin und her und lächelte Moradi an, der mit einem Fläschchen Mercurbrom-Tinktur auf mich zu kam. Verlegen sagte ich:

»Vielen Dank! Machen Sie sich keine Umstände. Es ist nichts weiter.«

Aber als er die Tinktur mit Watte auf meinen Steinbrocken strich, begann ich herzergreifend zu stöhnen. Moradi hatte große Angst. Besorgt biß er sich auf die Lippen und fragte:

»Tut es noch weh? Du mußt dich aufmachen, wir gehen in die Apotheke von Herrn Morteza am Ende der Gasse, damit du eine Spritze gegen Wundstarrkrampf bekommst.«

Der Schmerz wand sich wie eine Schlange mitten in meiner Stirn zusammen und stach mir gegen die Schädeldecke. Aber ich wollte mich nicht gegen Wundstarrkrampf impfen lassen. Ich brauchte etwas anderes, einen Tropfen echter Freundschaft. Ich war müde. Ich wünschte, daß Moradi mich nicht wegen seiner Eidechse bemitleidete. Dann hätte ich meinen Kopf auf seine Schulter legen und mich richtig ausweinen können. Es spielte überhaupt keine Rolle, daß er dachte, nur Mädchen weinen. Er stampfte mit dem Fuß auf und sagte:

»Du mußt. Sonst bekommst du Fieber und stirbst! Du mußt auch Penizillin bekommen!«

Ich schüttelte meinen Kopf. Eine Weile starrte er mir erstaunt in die Augen. Er hatte nicht erwartet, daß ich so reagieren würde. Sein Zorn, den er beim Blick in meine Augen ausstrahlte, war nicht schwächer als die höllische Hitze der Sonne. Aber ich hatte nicht die Absicht, meine Meinung zu ändern. Ich trat vom Ventilator zurück, damit sein Luftzug das Feuer aus Moradis Blick nicht noch anfachte. Ich konnte ihn nicht mehr sehen. Aber vor allem konnte ich seine Anwesenheit nicht mehr ertragen. Hinter mir verstreute der Ventilator seine Stimme in der Luft:

»Wenn du nicht mit zu Herrn Morteza kommst, hole ich ihn her. Rühr dich nicht vom Fleck, bis ich wiederkomme.«

Ich rührte mich vom Fleck. Im nächsten Augenblick schlüpfte ich in die Dunkelkammer. Den Gedanken an den Schmerz in meiner Stirn hatte ich vor der Tür in der gekühlten Luft zurückgelassen. Die kahle Dunkelkammer roch nach Apotheke und Krankenhaus. Ich knipste den Lichtschalter an. Weiches rotes Licht verbreitete sich wie Staub im Raum. Die Chemikalien zum Entwickeln goß ich in Plastikschalen mit Wasser. Bis Herr Morteza seine Tasche mit den Spritzen gepackt hätte und sich auf den Weg machen würde, würde eine Weile vergehen. Wie lange?! Vielleicht überzeugte ihn Moradi jetzt gerade, daß er es nicht zulassen darf, daß ein Junge so ohne weiteres stirbt! Aber Herr Morteza würde seinen Kopf schiefhalten und mit seinen Ziegenaugen durch seine Brillengläser hindurch Moradi anstarren. Dann würde er ganz deutlich sagen:

»Ist es einem alten Mann wie mir überhaupt zuzumuten, daß er in der größten Hitze die ganze Strecke läuft, nur wegen einer Spritze?«

Moradi war unter allen Umständen zum Verhandeln bereit. Er würde sagen:

»Gut, ich bezahle Ihnen zwei! Es geht um ein Kind. Er hat Angst vor Spritzen. Ich konnte ihn nicht überreden, selbst zu Ihnen zu kommen. Seien Sie großzügig. Ich werde es Ihnen vergelten.«

Ich brach meinen Gedanken ab und legte den Film in die erste Lösung. Reglos stand ich vornübergebeugt in dem roten Staub. Ich hätte mir sehr gewünscht, daß Herr Morteza sich nicht überreden läßt. Bei dem Gedanken an meine Angetraute, die zu keinem Zeitpunkt »hier« bei mir gewohnt hatte, faßte ich mir wie Moradi mit der Hand in den Nacken und starrte auf einen roten Punkt, der sich nicht von den anderen unterschied. Das Herz klopfte mir bis zum Hals. Ist das »Was hat das für einen Sinn?« es wert, daß ich den ganzen Schmerz und die Qualen ertrage, um *mein Skelett von einem Ozean in den anderen zu schleppen*? Es würde mir etwas fehlen, wenn der Strom ausfallen würde. Wenn Himmel und Erde einstürzten, ich würde mich nicht vom Fleck rühren. Wie ein Giftpilz würde ich in diesem roten Nebel neben den Plastikschalen bleiben, damit der Film entwickelt wird.

Ich holte ihn aus der ersten Schale und legte ihn in die zweite. Dann setzte ich mich auf einen Hocker und lauschte meinen Atemzügen, die vor Erwartung und Angst kurz und abgehackt waren. Das Summen des Ventilators, der im Nebenzimmer wie eine Endlosschleife lief, vermischte sich mit meinem Atem. Diese vier rosafarbenen Wände waren der allerletzte Ort, an den ich meine Hoffnung geknüpft hatte. Entweder würde ich meinen kostbaren Film entwickeln können und mit seinem Verkauf das Maul von Scheich Faghfur mit seinen Geschichten stopfen oder ich müßte mich für immer von dem Gedanken verabschieden, frei auf den

Straßen Berlins herumzubummeln. *Nimm die Liebe von mir / die Luft, die ich atme / das Licht der Sonne / das Gel, das ich mir in die Haare streiche / nur meine Hoffnung nicht!*

Der Schmerz in meiner Stirn hatte sich in dem roten Licht beruhigt. Nein! Keine Macht würde mich dazu bringen, von diesem Hocker aufzustehen. Plötzlich ertönte die Türglocke. Jemand kam herein! Heftiges Keuchen mischte sich unter die anderen Geräusche. War es Herr Morteza? War er gekommen, um mich mit einer Spritze vor dem Untergang zu retten? War Moradi bei ihm? Wenn sein Blick auf diesen Film fiele, wie würde er reagieren? Würde er merken, daß es ein »Geheimdokument der Sepah« ist? Ich sagte mir, was für ein Schicksal! Ich dachte, daß Badri-Chanom mir fünfzigtausend Tuman auf die Hand legen sollte, statt dessen mußte ich jetzt aus Angst vor dem Urteil von fünfhundert Peitschenhieben zittern, die der grausame Sejjed für mich bei dem Revolutionsgericht durchsetzen würde. Ich war sicher, daß ich schon beim fünfzigsten Hieb mein Leben dem Schöpfer übergeben würde. Ich war nur noch einen Schritt davon entfernt, ein warnendes Beispiel für die anderen zu werden. War ich bereit, im nächsten Moment mein Hinterteil zu entblößen und zuzulassen, daß Herr Morteza mir eine dicke Nadel, deren Spitze wie Fischaugen gespalten war, in meine Muskeln jagt?

Unwillkürlich packte ich das Becken mit der Lösung und stellte mich mitten in die Dunkelkammer. Der Gedanke an Nadel und Peitsche ließ mir den Schmerz von oben nach unten durch meine Gesäßmuskeln fahren. In diesem kahlen Raum gab es nirgendwo einen Platz, wo man die Schalen verstecken konnte. Moradis Schritte näherten sich der Tür. Ich stellte die Schale an ihren Platz. Es war besser, wenn ich mich selbst in Sicherheit brachte. Mit Angst in der Kehle wich ich zum Türrahmen zurück. Ich sagte, nein, ich lasse nicht zu, daß Moradi auch nur einen Fuß in die Dunkelkammer setzt und den Film sieht. Ich hob die Hand, und zum ersten Mal befühlte ich den Perlmuttgriff des Klappmessers von Mustafa in meiner Tasche. Plötzlich ertönte eine laute Stimme:

»He, ihr Muslime! Ist denn hier niemand? Interessiert das denn niemanden, wenn sie den ganzen Laden plündern?«

Es war ein Kunde! Wenn er doch den Laden plündern würde und mich nicht so erschreckt hätte! Nein, ich wollte nicht sagen, daß es niemanden interessierte. Ich öffnete die Dunkelkammertür und trat hinaus. Ungeduldig sagte ich:

»Der Besitzer ist nicht da, er kommt erst in einer halben Stunde.«

Ich stellte mich hinter den Ladentisch und gab ihm mit einem Blick zu verstehen, daß er nicht stören und sich davonmachen solle. Aber er rührte sich nicht vom Fleck. Vielleicht merkte er, daß ich gar nicht da war, obwohl ich ihm gegenüberstand. Ich war in der Dunkelkammer, fühlte das Auf und Ab der roten Lichtteilchen auf Kopf und Gesicht, atmete den Geruch der Entwicklerlösung ein und starrte auf die reglose braune Flüssigkeit in der Schale. In ein paar Minuten würde alles aus dieser Lehmbrühe wie eine Stimme aus dem Innern des Kehlkopfes emporsteigen, an die Oberfläche gelangen, Gestalt annehmen und mich der Erfüllung meiner Wünsche näherbringen. Dann wäre der Ingenieur Djawid für mich gestorben, und wenn er sich selbst in Stücke reißen würde. Er war wie eine Stimme, die niemals aus einer Kehle nach draußen gedrungen und an die Oberfläche gekommen war. Wie hätte ich sie hören können?

Während der Mann langsam rückwärts ging, wurde er durch den Luftzug des Ventilators, der durch sein Hemd blies, dick und dünn. Er hinterließ eine Nachricht für Moradi, die ich mir nicht merken konnte, weil ich nicht zugehört hatte!

Die Türglocke war noch nicht erklungen, als ich wieder in die Dunkelkammer eilte. Mein Brustkorb hob und senkte sich. Ich holte den Film aus der Lehmbrühe heraus. Wie eine gerade endlose Straße löste er sich aus dem Wasser und breitete sich über meine Hände aus. Sosehr ich mich auch anstrengte, ich konnte nichts auf dieser Straße erkennen. Ich mußte sie zuerst im Wasser abspülen. Dann konnte ich die Menschen, die auf der Straße unterwegs waren, in meine Welt, in die reale Welt herüberziehen und verhindern, daß sie mir auf irgendeine Weise verlorengingen! Wie ein Stück Brot von meinem Glück würde ich sie fest in meinen Fäusten halten!

Als ich den Wasserhahn aufdrehte, ging wieder die Türglocke. Ich achtete nicht darauf. Vielleicht war der Kunde von Moradi endlich gegangen. Ich wollte so schnell wie möglich meinen Fuß auf diese endlose Straße setzen und an dem Ort ankommen, wo ihre Kurven und Biegungen mich auf die andere Seite ziehen würden. *Ich warte unter der brennenden Sonne, / unter Schnee, Regen und Hagel / in der Dunkelheit der Nacht / und der Morgendämmerung / zeige dich mir!* Ich bummelte in diesem nebligen Morgen herum, als mich plötzlich Moradi fragte:

»Was tust du hier? Als ich den Wasserhahn hörte, habe ich gemerkt, daß du hier bist. Machst du wieder deine seltsamen Experimente? ... Komm, ich habe Herrn Morteza mitgebracht. Wirf diesen verfluchten Film hin und komm. Komm, bevor es zu spät ist.«

Es war zu spät. Ich hatte nicht die Absicht, diesen »verfluchten Film« irgendwohin zu werfen. Jetzt, da Moradi Herrn Morteza herbeigeholt hatte, wäre es besser, wenn er selbst auch sein Hinterteil freimachen würde und der Spritze mit der Spitze und Herrn Mortezas Augen mit dem grauen Star zu Verfügung stellte! Ich hatte Angst davor. Ich wollte nicht, daß man meine Seele entblößte. Statt durch die Kehle entwich die Luft in mein Gedärm und ließ mich keinen Ton herausbringen. Mühsam stotterte ich:

»Jjjjaaa!«

Moradi setzte einen Fuß vor und tauchte ganz im roten Licht ein. Er fragte:

»Woher hast du diesen Film? Was entwickelst du da? Wem gehört der?«

Wenn er noch eine Frage gestellt hätte, hätte ich ihm die Schale mit der Entwicklerlösung über den Kopf gegossen! Wenn er noch einen Schritt näher gekommen wäre, hätte ich entweder ohnmächtig werden und ihm in die Arme fallen oder das Messer ziehen müssen! Aber was sollte ich dann mit Herrn Morteza machen? Sollte ich ihm die Augen mit dem grauen Star aus dem Schädel reißen, damit er nicht Zeuge bei der Ermordung von Moradi wäre? Ich war am Ende. War der Augenblick gekommen, vor dem ich mich so gefürchtet hatte? Mußte ich all meine Wünsche ins Gefängnis oder ins Bett von Hasan Moradi tragen und meine Seele mit meinen eigenen Händen entblößen? Wenn Djawid da wäre, könnte er Moradi ablenken, damit ich weglaufen könnte. Herr Morteza hustete kurz und versuchte den Schleim in seiner Kehle zu lösen. Er rief:

»Hasan, kommen Sie her und stellen Sie den Ventilator ab. Meine Knochen klappern schon vor Kälte. Ich bekomme eine Lungenentzündung!«

Meine Zunge hing mir trocken wie ein Stück Holz im offenen Mund. Ich konnte sie nicht bewegen. Hasan wandte seinen Kopf und rief:

»Ich komme gleich, Herr Morteza. Gern. Wie Sie wünschen.«

Auf halbem Weg drehte er sich um. Aber er ging nicht aus der Tür. Er stand zwischen den Räumen, und an mich gewandt sagte er:

»Laß diesen armen alten Mann nicht solange warten. Geh zu ihm, bis ich ein Glas Quittensaft in der Eisdiele von Sadjadi für ihn geholt habe und wieder da bin. Unterhalte dich ein bißchen mit ihm. Der alte Mann hat sich in dieser Hitze nur deinetwegen hierher aufgemacht.«

Ich wußte nicht, daß ich so begehrt war! Ich drehte den Wasserhahn zu. Die nasse Leiche der Filmstraße wog schwer auf meiner Hand. Was könnte ich tun, wenn Hasan womöglich die Nerven verliert, mir den Film entreißt und in Stücke zerfetzt? Wie ein Hund begann ich zu hecheln. Ich strengte mich noch einmal an und sagte:

»Jjjjaaaa! Gleich ...«

Aber ich konnte mich nicht vom Fleck rühren. Während Moradi mit Herrn Morteza plauderte, verließ er das Rot in der Dunkelkammer und betrat das schraffierte Licht seines Ladens. Ich wußte nicht, was ich mit dem nassen Film anfangen sollte. Wenn Herr Mortezas Knochen nicht vor Kälte klappern würden, hätte ich ihn zu dem grünen Band vor den Ventilator halten und trocknen können. Ich knipste die rote Lampe aus und schaltete das weiße Licht an. Die Zelluloid-Straße in meiner Hand wurde ockerfarben. In der Ferne sah man hohe Erdhaufen, und einige Männer mit weißen Haaren waren auf der Straße unterwegs. Mehr war nicht zu erkennen. Herr Morteza rief mich:

»He Junge, komm her. Warum versteckst du dich wie ein Mädchen? Bin ich etwa der schwarze Mann?«

Während ich den Film in der Luft schwenkte, betrat ich den Laden. Da der Ventilator jetzt ausgeschaltet war, hörte man das Röcheln in der Brust von Herrn Morteza lauter. Meine sanfte Stimme vermischte sich mit dem Geräusch in seiner Brust. Vielleicht hatte er nicht verstanden, daß ich ihn grüßte. Denn er gab keine Antwort. Statt dessen streckte er mir die Hände entgegen, und als ob er meinen Kopf gepackt hätte, sagte er:

»Komm, laß mich sehen, was mit deiner Stirn passiert ist, mein Junge?!«

So begann es immer. Wenn ich krank war, wollten meine Mutter, Tante und Großmutter immer nur sehen, was passiert war. Aber sobald ich bei ihnen war, gingen sie plötzlich zum Angriff über. Sie packten mich an Händen und Füßen und klemmten mich unter dem Arm fest. Dann steckte mir eine von ihnen einen Finger, über den sie einen Metallfingerhut gestreift hatte, zwischen die Zähne. Die zweite nahm meinen Kiefer zwischen eine Zange aus Daumen und Zeigefinger und drückte kräftig zu, und die dritte goß mir ein kleines Glas Rizinusöl oder einen Aufguß aus sieben Kräutern in die Kehle. Es schmeckte bitter wie Schlangengift. Ich konnte es nicht hinunterschlucken. Ich spannte meine Halsmuskeln an und gurgelte die ölige und bittere Flüssigkeit zurück in meinen Mund. Dann erschienen erneut Finger über meinem Kopf und drückten mir die Nasenflügel fest zusammen und unter meinem Geschrei hielten sie mich solange fest, bis ich meine Kehle öffnete zum Luftholen öffnen mußte. Dann ergoß sich die Arznei ganz von selbst in meine Gedärme und brachte mein Inneres durcheinander. Ich sagte:

»Ja. Ich komme sofort. Es ist nichts Schlimmes.«

Ich öffnete die Ladentür. Das Dingdong der Glocke erschreckte Herrn Morteza. Erst jetzt fiel mir auf, daß dieses Geräusch für den kleinen Laden zu laut war. Man hätte damit eine ganze Herde Ziegen wecken können. Ich ließ Herrn Morteza mit seiner Angst allein und schlüpfte hinaus. *Laß den Wind eilen / mit einer Kette in der Hand / mein Platz in deinem Schutz / ist sicher!* Keine Erde würde mehr mit meinem Blut beschmutzt.

Das Sonnenlicht stieß mir wie eine spitze Klinge auf den Kopf und ins Gesicht. Ich lief in den fleckigen Schatten eines Baumes und ließ die Filmrolle hinter mir wie einen Drachenschwanz fliegen. So würde sie schneller trocknen. Als ich zur Bushaltestelle ging, sah ich Moradi, der mit einem Tablett voller Gläser mit Quittensaft die Straße überquerte. Die Sonne schimmerte durch die Eisstücke in den Gläsern. Der Teufel flüsterte mir ins Ohr, zurückzugehen und ein Glas in einem Zug auszutrinken!

17

Der wagemutige Mustafa sagte aufgebracht:

»Wenn ich an ihrer Stelle wäre, würde ich alle an die Wand stellen und dann taktaktaktaktak und Schluß.«

Seine Schwester Zahra saß auf dem Rad eines Pfaus im Teppichmuster und versuchte ungeschickt, geröstete Weizenkörner und indischen Hanf zu essen. Jetzt, da ich den entwickelten Film in der Brusttasche meines Hemdes trug, war meine Angst verflogen. Sosehr ich mich damit unter Druck setzte, Badri-Chanom anzurufen, es nützte nichts. Meine Stirn war zu der Größe einer Gurke angeschwollen. Der Schmerz kreiste wie das unablässige Zirpen einer Grille in meinem Schädel. Ich starrte auf die Emailleschale, die auf Zahras Rock stand. Bevor das Mädchen seine kleine Faust mit den gerösteten Weizenkörnern füllte, öffnete es seinen Mund. Eine Reihe winziger weißer Perlen traten in seinem sonnengebräunten Gesicht hervor. Dann schloß es seine Augen und führte die Faust zu seinem offenem Mund. Aber anstatt in seinen Mund, fielen die meisten Körner in die Schüssel zurück. Zahra schaute jedesmal verwundert auf ihre leere Hand und die volle Schüssel, und weil sie sich keinen Reim darauf machen konnte, seufzte sie laut und zerkaute knackend die wenigen Körner, die in ihrem Mund angekommen waren. Beim Mahlen ihres Kiefers schaute sie mich mit ihren schwarzen Olivenaugen freundlich an. Der ergebene Gefährte Hoseins, Mustafa, war schon wieder mit Schlagen und Töten beschäftigt.

»Diese Gottlosen sind so wild geworden, daß sie sogar den Vorbeter beim Freitagsgebet angreifen. In der Universität haben sie vier Pasdaran erschossen. Wenn es der Imam

Chomeini erlaubt hätte, hätte ich diese Ungläubigen eigenhändig und ohne Befehl umgebracht.«

Offensichtlich war er gerade aus dem Laden des gewissenlosen Hadji Moschiri gekommen. Seine Schwester sprengte weiter das Herz der Weizenkörner mit ihren Perlenzähnen. Das Heldentum von Mustafa-Agha blühte. Er schlug vor:

»Los, wollen wir mit den Leuten aus der »Gruppe« zusammen ihre Büros mit Stöcken kurz und klein schlagen? Die Jungs aus der Moschee kommen auch alle. Der Name der Gruppe »Die Wagemutigen von Imam Chomeini« wird in aller Munde sein.«

In den anderen Zimmern brannte kein Licht. Aber ich war mir sicher, daß mich seine große Schwester Aschraf heimlich vom Fenster in der oberen Etage aus beobachtete. Ich fragte:

»Hast du nichts von Djawid gehört? Weißt du nicht, wo er ist?«

Plötzlich blitzten seine Augen auf. Er sagte:

»Djawid macht bei uns mit. Er kommt auch! Wenn er erst Ingenieur ist, können wir etwas damit hermachen, daß auch gebildete Leute unter uns sind!«

Ich wußte, daß Djawid auch bei ihnen mitmacht. Also war es nicht mehr nötig, Fathollahi nach ihnen auszufragen. Ich wußte nicht, warum ich Djawid suchte. Zwischen uns war alles aus. Ich wollte mich zwingen aufzustehen, Badri-Chanom anzurufen und durch den Verkauf des »Objektes« das Geld für den Scheich Faghfur mit seinen Geschichten zu beschaffen. Mit dem Paß und der Fahrkarte in der Hand wäre ich der glücklichste junge Mann auf der Welt gewesen.

Djawid brauchte ich nicht mehr. Dann würde es nichts mehr geben, was *meine weichen Hände* an das Land dieser Wagemutigen binden könnte. Mustafa sagte noch einmal:

»Morgen wird man unseren Namen in der Zeitung lesen!«

Vielleicht wäre Moradi sehr erfreut, meinen Namen unter den Henkern der Wagemutigen zu lesen! Anstatt aufzustehen, fragte ich den heldenhaften Mustafa:

»Weißt du denn nicht, wo Djawid ist?«

Anstelle einer Antwort, flüsterte er mir leise ins Ohr:

»Was ist mit den Alben? Hast du kein Neues? Sind keine neuen Fotos gekommen?«

Ich schaute auf die großen Ohren und die schmalen Augen des ergebenen Gefährten von Hosein. Sein Gesicht war aufgedunsen und weich wie ein fetter Hammelschwanz. Meiner Meinung nach war er dafür geschaffen, um als warnendes Beispiel für andere zu dienen. Es war die Ironie des Schicksals, daß er selbst als Henker die Gruppe der Wagemutigen anführte. Ich sagte ihm nicht, daß ich direkt zum tapferen Taghi vom Komitee des zehnten Bezirks gehen würde, wenn ich neue Ware hätte. Zwischen dem wagemutigen Mustafa und mir war auch alles aus. Ich grinste und sagte:

»Leb wohl! Grüß Aschraf!«

Plötzlich begann Zahra zu husten, und als ich mich umdrehte, lief sie blau an. Ihre rote Zungenspitze hing zwischen den feuchten Lippen, und aus ihrer Kehle kam ein Ton wie bei einem heiseren Hahn. Mustafa war erschrocken. Er nahm die Schale von Zahras Schoß und schleuderte sie ins Zimmer. Dann sprang er auf, und während er sich mit beiden Händen gegen den Kopf schlug, begann er nach Imam Hosein, Imam Ali und dem heiligen Abbas zu rufen, damit sie ihm zu Hilfe kämen. Weil aber nur ich da war, griff ich ein. Zuerst nahm ich ihren Kiefer zwischen die Zange meines Daumens und Zeigefingers und drückte zu, damit sich ihr Mund öffnete. Dann steckte ich meinen Zeigefinger ohne Fingerhut zwischen die Reihen ihrer Perlenzähne und schabte mit dem Nagel unter ihrer kleinen Zunge. Während das Mädchen am Ersticken war, würgte es zweimal, und beim dritten Mal erbrach es die halbzerkauten Körner in meine Hand, die fettig, warm und klebrig wurde und zu stinken anfing. Ich zog den Finger aus der Kehle des Mädchens. Vor Schwäche senkte Zahra von selbst den Kopf. Ich klopfte ihr ein paarmal mit der flachen Hand auf den Rücken, damit alles herauskam, was in ihrem Hals steckte. Dann wischte ich meine Hand am Hemdsaum von Mustafa ab. Der bunte, radschlagende Pfau auf dem Teppich war von dem Erbrochenen fleckig geworden. Als alles wieder in Ordnung war, regte sich Mustafa wieder auf, diesmal über das kleine Mädchen. Wenn sie noch nicht gelernt habe, richtig zu fressen, sei es besser, wenn sie ihren verfressenen Bauch nicht mehr mit solchem Gift stopfe!

Nein, Djawid war nicht dort. Ich hätte mich der Gruppe der Wagemutigen des heldenhaften Mustafa auch nicht anschließen wollen. Ich holte den Film aus der Brusttasche meines Hemdes und murmelte einen Abschiedsgruß. Niemand bemerkte es. Mustafa erstickte Zahra beinahe mit seinen Beschimpfungen und Vorwürfen. Ich schlüpfte aus dem Zimmer. Meine Hand roch noch immer nach dem Erbrochenen. Am Wasserbecken wusch ich mir Gesicht und Hände. Die Hitze trat mir als Dampf aus Augen und Ohren und erleichterte mich.

Mit dem Gedanken an Badri-Chanom verließ ich Mustafas Haus und betrat die erstbeste Telefonzelle. Dieses Mal wollte ich mich mit Fachri-Chanom verabreden. Es war nämlich der Mann von Fachri-Chanom, der hingerichtet werden sollte. Also war sie es, die die fünfzigtausend Tuman für das Leben ihres Mann beschaffen und mir übergeben mußte! Wir wollten uns bei Sonnenuntergang vor dem Mellat-Park treffen. Ich schärfte ihr ein, daß sie nicht mit Badri-Chanom über unsere Verabredung sprechen sollte und auch nicht mit ihrer Busenfreundin, der hinterhältigen Schahla, meiner lieben Tante.

Djawid lag schweißgebadet im Schatten einer Tonne, neben dem Schuppen hinter der Werkstatt. Er glich mit seiner langen, dünnen Gestalt einem Sangak-Brot, das man in Wasser eingeweicht hatte. Er war nur mit einer großen, weiten Unterhose bekleidet. Seinen rechten Arm hatte er über die Augen gelegt. Hinter dem spitzen Ellenbogen war sein Haarschopf zu sehen. Wortlos setzte ich mich neben ihn und lauschte der Hitze, die sich anhörte wie das Gären von Brotteig.

Ich holte ein Aspirin aus der Tasche und würgte es ohne Wasser durch meine Kehle hinunter. Ich hoffte, daß durch diese Tablette wieder Blut in meinen Kopf flöße, das den Schmerz mit sich fortspülte. Meine Stirn brannte mittlerweile wie ein Brennesselstrauch.

Ich zog den Film aus der Tasche und tat so, als besah ich ihn mir. Möglicherweise beobachtete mich auch Djawid unter seinem Arm und durch die Lider hindurch. Vielleicht wartete er darauf, daß ich ihn anspreche. Der gesamte Film bestand nur aus Fotos von ödem Gelände. Eine Straße voller Staub, Sand und Schmutz. Die Fotografen hatten den ganzen Film sehr geschickt verdorben. Nur zwei Fotos zeigten einen Mann beim Reckturnen in einem Türrahmen und ganz dicht an einen Heizkörper gebunden. Die Haare des Mannes hingen ihm schlaff wie ein Bündel Lauch in die Stirn. Die Qualität des Negativs war so schlecht, daß nichts anderes zu erkennen war. Ob Badri-Chanom bereit war, für solch ein Bündel Lauch fünfzigtausend Tuman zu zahlen? War dieser unglückliche Reckturner der Mann der mittellosen Fachri-Chanom? Hatte sich Sejjed Karim sosehr ins Zeug gelegt, um diesen belanglosen Film zu beschaffen? Waren diese Negative einer öden Landschaft der Weg, der mich zu meinem großen Glück führen sollte? Der Weg, auf dem ich mein Geld machen wollte, war grün und blumenübersät, und Djawid und ich schritten mit einer Sonnenbrille auf der Nase und mit festem Schritt und kerzengerade unter einem von Jasmin bedeckten Triumphbogen in Richtung Horizont auf ihm dahin. *Erträumte Flucht / mit dir.* Djawid hob den Ellenbogen über seinen Augen ein wenig an. Der Schatten seines Armes lag wie eine schwarze Binde auf seinen Augen. Er sagte:

»Mein Gott! Du willst hoffentlich nicht bis Mitternacht hier neben mir zusammengekauert hocken und mit diesem Stück Zelluloid spielen!«

Djawid konnte nicht wissen, was für einen Einfluß dieses Stück Zelluloid auf sein und mein Schicksal hatte. Bisher hatte ich ihm noch nicht von meinen Gedanken und Träumen erzählt. Er hob seinen Ellenbogen hoch und stützte ihn wie eine Säule auf den Boden auf, um mir seinen halbaufgerichteten Oberkörper zuwenden zu können. Er fragte:

»Hast du mich etwa wegen diesem Stück Plunder seit dem Morgen überall herumgeschickt?«

Der Schatten der zerfallenen Mauer verengte den Hof der Werkstatt von vier Seiten. Nur der Schatten der südlichen Wand wurde durch einen Lichtstreifen unterbrochen, der durch das offene Tor hereinfiel. Ich schaute zu der trockenen

Platane, unter der Onkel Toms Hütte leer stand. Gummireifen und verschlossene Farb- und Ölfässer lagen zwischen Autowracks herum. Der Erdboden war wie ein räudiger Hund mit Flecken von Altöl überzogen. Nein! Ingenieur Djawid hatte es verdient, an einem besseren Ort zu leben. Zusammen würden wir ein Haus kaufen mit dreiundsiebzig Türen und einigen Dattelpflaumen- und Eukalyptusbäumen, mit einem großen trapezförmigen Wasserbecken und einem Eisengeländer ringsherum, damit keine Kinder darin ertrinken könnten. Bis dahin würde ich bestimmt auch eine Lösung für die Krähen, diese Dattelpflaumenräuber, finden. Vielleicht würde ich mit dem Geld für dieses Stück Zelluloid das Haus meiner Großmutter zurückkaufen, das uns die Pasdaran entrissen hatten, und mit Djawid, seiner Frau und seinem Kind darin wohnen. Nein! Ich wollte nicht mehr in dieser heruntergekommenen Stadt leben, wo mir niemand in seinem »hier« einen Platz gegeben hatte. Das beste wäre, wenn wir beide aus dem Land auswandern würden. Ich warf einen Blick auf sein Gesicht und wandte mich schnell wieder ab. Er machte mir mit seinen Blicken immer noch Vorwürfe. Er schlug sich auf den Oberschenkel und sagte:

»O Gott, Junge! Was hat das für einen Sinn?«

Ich wunderte mich, daß diese trostlose Werkstatt mit ihrem von Öl und Benzin verschmutzten Boden unter der glühenden Sonne kein Feuer fing. Ich hielt Djawid das Päckchen Zigaretten hin, das ich unterwegs für ihn gekauft hatte. Nicht einmal einen Blick warf er darauf. Er starrte nur mich an. Solange er kein Wort sagte, hatte ich keine Vorstellung, was in seinem Kopf vorging. Bissig fragte er:

»Was ist es denn für ein Film? Sind es Fotos von nackten Männern oder verdorbenen Frauen?«

Ich wickelte das Stück Zelluloid um meinen Finger und warf die Zigaretten vor ihn auf die Matratze. Schnell schaute ich ihn noch einmal an. Obwohl er seinen Blick auf mich geheftet hatte, sah er mir nicht in die Augen. Seine Stimme wurde etwas sanfter, als er fragte:

»Was ist mit deiner Stirn? Hast du dich mit jemandem gestritten? Bist du verprügelt worden?«

Meine Stirn hatte ich völlig vergessen. Wenn er seine Hand heben und den Steinbrocken auf meiner Stirn betasten würde, würde ich ihn umarmen. Ich würde erzählen, was mir in der Universität zugestoßen war und was es mit diesem Stück Zelluloid für ihn und mich auf sich hatte. Er regte sich auf:

»Du kämpfst gegen Gott und die Welt. Weißt du eigentlich, was du von dir und deinem Leben willst? Welche Rolle spiele ich dabei? Wie lange muß ich dir noch hierhin und dorthin nachlaufen und dann erleben, daß du mit mir wie mit einem Sklaven umspringst. Wie lange noch?«

Ohne ihn anzublicken, fragte ich:

»Hat dir das Mustafa beigebracht?«

Er explodierte förmlich. Er schlug sich wieder mit der flachen Hand auf seinen nackten Oberschenkel und schrie:

»O Gott, Junge! Merkst du nicht, wie eingebildet du bist? Du glaubst, ich habe nicht soviel Verstand, daß ich nicht allein begreifen kann, wie wenig ich dir wert bin. Den Esel Mustafa nehm ich überhaupt nicht ernst! Du bist es, der alles kaputt macht. Du benimmst dich, als ob du etwas Besseres bist. Djawid mach dies. Djawid mach das. Djawid lauf zum Basar. Djawid komm zurück, komm in die Universität ... für wen? Wofür? Hast du einmal gesagt, danke Djawid? Komm wir gehen zusammen einen Honigmelonensaft trinken? Nein! Statt dessen kritisierst du nur, nörgelst herum. Ohne dich zu verabschieden, hältst du mich im Bus zum Narren und steigst einfach aus. Warum? Wegen einem läppischen Stück Zelluloid, auf dem ein paar nackte Männer und Frauen zu sehen sind, die wie Hund und Katze aufeinandergestiegen sind. Für dich ist nur Geld wichtig. Geld! Daß du dieses verfluchte Stück Zelluloid entwickelst und an Mustafa und seine Kumpane verkaufst. Genau so ist es! Nichts anderes ist wichtig für dich.«

Er hob das Zigarettenpäckchen auf, warf es in eine Ölpfütze und schrie:

»Nein! Laß mich endlich in Ruhe! Ich hätte früher merken müssen, daß dein Leben nur aus diesen elenden Filmrollen besteht, und für mich, ... für unsere Freundschaft ist überhaupt kein Platz mehr.«

Auch vom Himmel strömte Feuer hernieder. Die Sonne stand im Zenit und goß mit den Lichtstrahlen ihr gelbes Gift über die Stadt. Die scharfen Worte Djawids hatten mich wie ein Messer ins Herz getroffen und es zerrissen. Er schüttelte seinen Kopf und sagte:

»Geh und werde mit deinen Filmen glücklich. Laß mich in Ruhe. Mir reicht's.«

Ein böser Geist gewann in meinem Innern die Oberhand. Er machte einen Satz und packte Djawid an der Kehle, um ihn zu erdrosseln. Gerade noch rechtzeitig sprang ich dazwischen. Schnell holte ich das Klappmesser von Mustafa aus der Tasche. Ich packte es mit meinen Schneidezähnen am Griff und mit einer Kopfbewegung ließ ich seine blitzende Klinge herausspringen. Den Metallgeschmack spuckte ich auf den öligen Boden. Ich starrte Djawid direkt in die Augen. Das Zelluloid schmiß ich auf den Boden und stach nach Leibeskräften mit dem Messer darauf ein. Es zerriß auf dem öligen Boden. Ich spuckte darauf und stand auf. Ich wollte weinen, aber Wut schnürte meine Kehle zusammen und sprang als Zorn heraus:

»Wenn du es genau wissen willst, ich scheiß auf diese Freundschaft.«

Ich erhob mich auf dem Kopf meines Schattens, und bis zum Werkstattor ließ ich ihn nicht unter meinen schnellen Schritten entfliehen. Mit jedem Schritt trat ich ihn platt und zerdrückte ihn. Hinter mir schlug krächzend meine Krähe mit ihren Flügeln. Ihr Schnabel war nicht hart genug, um in Djawids Herz ein Loch zu hacken. Ich stieß mit der Faust in die Luft und verscheuchte sie mit wildem Gebrüll. Was ich jetzt Fachri-Chanom ohne den Film sagen sollte, wußte ich nicht.

18

Die Sonne verschwand hinter dem Hotel. Über die Treppe im Korridor schleppte ich mich nach oben. Ich war so schwer, daß ich glaubte, ich bewege mich nicht vom Fleck. Aber die Stufen glitten unter meinen Füßen vorbei. Am liebsten wäre ich nie in unserem Zimmer angekommen. Das Licht der Deckenlampe hatte die gefleckten Steinmosaike auf dem Fußboden gelb gefärbt. Ich hielt inne, damit sich das hitzige Feuer der Sonne auf meiner Haut etwas abkühlte. Dann öffnete ich die Tür und trat in die abgestandene Luft des Zimmers. *Hier ist / die Lampe des Mondes, der / verlöschte.*

Die braunen, schmuddligen Vorhänge waren ganz zugezogen. Aber eine verwirrende Helligkeit wanderte in der schokoladenbraunen Luft umher. Sejjed Karim lag leblos auf dem Bett. Sein Gesicht war ein weißer Fleck im braunen Licht des Zimmers. Hätte sich sein Brustkorb nicht bewegt, hätte man meinen können, er sei tot. Meine Tante saß in einem Unterkleid auf der Bettkante und hatte ihr rundes Gesicht in die knochigen Händen gelegt. Beide waren in Trauerstimmung. Der Tote fing an zu reden:

»Sieh mal an, der sagenhafte Rostam, ist er schließlich doch noch aufgetaucht. Liegt anderen auf der Tasche, spaziert herum und schreckt vor nichts zurück. Wo hast du dich denn herumgetrieben?«

Die Lage war ungünstig. Wenn ich Sejjed Karim in die Quere käme, würde er mich wie Osra-Chanom in Stücke reißen. Ich senkte meinen Kopf und ging zu meinem Bett. Der Ventilator blies feuchte Luft ins Zimmer. Alles roch nach Wasser. Alles war feucht. Meine Tante setzte sich gerade hin und warf durch das Schokoladenlicht einen Blick auf mich. Meine verbeulte Stirn beachtete sie nicht. Ich murmelte:

»Ich war beim Freitagsgebet. Es kam zu einer Schießerei. Ich bin abgehauen.«

Ach, hätte ich doch Zahra ersticken lassen. Dann wäre Mustafa jetzt genauso bekümmert wie ich, der ich Djawid verloren hatte. Mustafa hatte mir mein Stück vom Brot des Glücks aus der Hand gerissen. Wann hatte ich meine Faust offen gelassen? Letztlich kam auch der Schatten Djawids an die Reihe! Ich sagte mir, soll Djawid doch die Kupons für die Gläser und Untertassen und die Kleenex-Tücher, die Mustafa seiner Mutter gibt, mir gegenüber vorziehen! Ich habe weder Gläser und Untertassen noch eine Mutter. Das einzige, was ich habe, waren großer Kummer und tiefe Trauer, die mein Herz mit Gift füllten und meine Augen blendeten. Wenn ich nicht blind gewesen wäre, hätte ich früher bemerkt, woher die Nörgelei Djawids kam. Wenn ich nicht blind gewesen wäre, hätte ich sehen können, daß er seit Monaten meinen Blicken auswich und jedesmal, wenn ich etwas von ihm wollte, sich widerwillig seine borstigen Haare raufte. Soll sich Djawid doch wegen seines schlechten Gewissens die Haare einzeln ausreißen! Er war ein solcher Esel, daß er mir vor ein paar Monaten ein Brillenputztuch aus Sämischleder geschenkt hatte! Obwohl er genau wußte, daß ich keine Brille habe und Moradi nicht so schnell die Absicht hatte, mir meine Hornbrille zu geben! Einmal hatte er mich auch in Onkel Toms Hütte versetzt. Obwohl wir verabredet hatten, das »Monawar-Chanom-Theater« zu spielen, verspätete er sich zwei volle Stunden. Als er schließlich verlegen daherkam, nannte er mir noch nicht einmal den Grund dafür. Er redete nur verworrenes Zeug. Aber ich entlockte ihm, daß er diese zwei Stunden mit Mustafa verbracht hatte. Wäre ich nicht blind gewesen, wäre es mir damals gleich sonnenklar geworden, daß er das Theaterstück mit Mustafa aufgeführt hatte ...

Auf einmal sprang Sejjed Karim auf und setzte sich auf den Bettrand. Der weiße Fleck seines Gesichts stand jetzt senkrecht. Ich schloß meine Augen und tat so, als ob ich ganz woanders wäre. Er schrie mich an:

»Bist du taub? Ich habe gesagt, du sollst deinen faulen Arsch bewegen und eine Schale Joghurt kaufen gehen.«

In meine Adern floß Schlamm und rührte mein Inneres auf. Eine Hand schlug wieder einen Ball an Tür und Wände meines Kopfes. Mit geschlossenen Augen verfolgte ich das Rascheln des Unterkleides meiner Tante bis in die Nähe des Waschbeckens, und meine Gedanken schweiften ab zu Zahra, die blau anlief, weil sie keine Luft bekam. Mustafa schlug sich vor Hilflosigkeit an den Kopf, und der Schlamm, der in meinem Innern wallte, verlor etwas an Kraft. Ruhig fragte ich:

»Mit welchem Geld?«

Sejjed Karim fiel wieder wie tot aufs Bett. Diesmal wollte er mich nicht wegen seiner Eidechse fortschicken. Aber er suchte nach einem Vorwand, um sich mit mir in die Haare zu kriegen. Durch die Zähne brummte er:

»Heb deinen Arsch und geh arbeiten. Möglicherweise kannst du dann wenigstens einmal eine Schale Joghurt in dieses Haus mitbringen ...«

Ich warf einen Blick in dieses armselige, braune Zimmer, das der grausamen Sejjed als »Haus« bezeichnete, zog meinen Kopf ein und starrte auf den Fußboden. Ich wollte sagen: »Gern!«, aber meine Tante kam mir zuvor, ohne uns zu beachten:

»Gibt es denn niemanden, der diesen Dummköpfen sagt, daß das jetzt keine Zeit für eine »Kulturrevolution« ist! Sie haben uns alles durcheinandergebracht! Was soll das alles?«

Mir hatten sie auch alles durcheinandergebracht. Ich wußte nicht, was ich bei Sonnenuntergang im Mellat-Park an Fachri-Chanom übergeben könnte. Die fünfzigtausend Tuman, für die ich mich gebückt hatte, waren plötzlich verschwunden. Die handlesende Zigeunerin mit dem Geklapper ihrer Siebe nahm in meinen Erinnerungen Gestalt an und sagte: »Es liegt viel Geld da, du mußt nur ...«. Ich sagte mir, soll sie sich doch mit ihren dunkelroten Schmirgelhänden in meiner Zukunft geirrt haben. Wenn ich an der Stelle von Fachri-Chanom wäre, würde ich keine fünf Tuman für ein Foto ausgeben, das einen müden Reckturner bei seiner Anstrengung zeigt. Weder schaute der Mann in die Linse, noch hatte er seine Lippen zu einem »bija« geöffnet. Mit meinen Gedanken streifte ich das zerstochene Zelluloid des Films, das jetzt vielleicht in der Sonne und im Öl der Automotoren eingeweicht wurde und dahinschmolz, und rang mich dazu durch, bei Moradi vorbeizuschauen. Vielleicht könnte ich ihn überreden, von mir ein Foto zumachen, wie ich im Türrahmen der Dunkelkammer hing. Wenn ich meine Haare glattstrich und sie wie ein Bündel Lauch in die Stirn hängen ließ, würde Fachri-Chanom nicht erkennen können, wer hier ein Kunststück vorführt, ich oder ihr armer gefangener Mann! Für Moradi war ich sogar bereit, beim Fotografieren ununterbrochen »bija« zu sagen. In meiner Stirn gab es einen Stich. Als ob er Selbstgespräche führte, sagte Sejjed Karim:

»Unter welchen Schwierigkeiten haben wir die Fotos aufgenommen! Als ob der Mann vom Erdboden verschluckt wurde. Die ganze Universität habe ich abgesucht, um ihn zu finden. Es hat nichts genützt. Die Filmrolle hat sich in Luft aufgelöst.«

Wenn sie wüßten, daß auf dem verlorengegangenen Film außer einer öden Landschaft nur ein ungelenker Reckturner zu erkennen war, würden sie sich nicht so sehr wegen des Verlustes aufregen. Ich sagte mir, laß mich doch einmal mehr wissen als sie! Beide hatten mich vergessen. Meine Tante dachte genauso wie ich über einen Ersatzfilm nach. Sie fragte:

»Kannst du nicht noch ein paar Fotos von ihm machen? Es ist deine Schuld, daß der Film weg ist. Du mußt dir etwas einfallen lassen, bevor es zu spät ist. Sonst fällt unser Plan ins Wasser. Los, mach noch ein paar Aufnahmen von ihm.«

»Was bist du doch für eine blöde Kuh. Meinst du etwa, das ist dort ein Fotoatelier, wo ich hingehen und einfach noch ein paar Fotos von ihm machen kann?«

»Und was willst du dann tun? Hast du etwa den Fluchtplan und die hunderttausend Tuman schon aufgegeben? Ich habe die Flucht für die nächste Woche mit den Leuten in Zahedan vereinbart. Sie warten im Hotel auf Fachri-Chanom.«

»Das weiß ich besser als du.«

»Weißt du auch, daß Fachri-Chanom uns ohne das Foto

weder einen Qeran gibt, noch einen Fuß aus Teheran hinaussetzt? Sie hat ganz recht. Wenn ich an ihrer Stelle wäre, würde ich es genauso machen.«

»Du brauchst mir jetzt keinen Vortrag zu halten!«

»Was heißt Vortrag? Die Wahrheit ist bitter! Ich habe keine Lust mehr, in diesem stinkenden Loch zu leben. Alles, was ich im Laufe dieser drei Monate eingefädelt habe, hast du kaputt gemacht. Denk einmal nach. Um ein Foto zu machen, braucht es doch keinen großen Aufwand. Zum Teufel, du bist doch Pasdar! Verstehst du es etwa nur, dich hier für uns in Pose zu werfen? Finde einen Ausweg. ›Das geht nicht‹, gibt es nicht. Wir haben die Flucht für die nächste Woche vereinbart und was machst du, du Taugenichts?«

Meine Tante übertrieb unheimlich. Mit einem Satz war Sejjed Karim bei ihr und beugte sich mit seiner ganzen Gestalt über sie. Wenn er ihr eine Ohrfeige versetzte, würde eine Seite vom Gesicht meiner eitlen Tante schief werden. Er drohte ihr:

»Erzähl du jetzt nicht solch einen Scheiß! Du willst mir einen Ausweg zeigen?! Der Mann liegt im Sterben. Und du sagst, geh, häng ihn noch einmal auf und fotografiere ihn. Verstand ist eine schöne Sache, die es im Kopf einer Frau überhaupt nicht gibt. Wir können ihn nicht mehr foltern und ihn fotografieren. Man kann nicht jeden Tag einen Gefangenen am Türrahmen aufhängen oder am Heizkörper festbinden. Neuerdings kommen und gehen diese Hurensöhne. Sie spionieren die Vertreter Montazeris* aus. Das ist doch keine Show, wo man einen Fotoapparat nimmt und herumfotografiert.«

Wie ein Blitz sprang ich auf. Unser Reckturner auf dem Negativ wurde gefoltert! Wohl deshalb konnte er nicht »bija« sagen. Wenn Moradi und Herr Morteza nicht dazwischen gekommen wären, hätte ich die Bilder richtig entwickelt. Warum war mir nicht klar geworden, daß der vom Schicksal gebeutelte Ehemann von Fachri-Chanom sich nicht vor Kälte an die Heizung geflüchtet hatte, sondern daß man ihn daran festgebunden hatte und ihn folterte! Ich mußte so schnell wie möglich die Negative finden und sie entwickeln. Djawid, wo bist du? Meine Tante schlüpfte unter der Achsel von Sejjed

Karim durch und ging mit einem Löffel und einem Teller voll Milchreis zum Bett. Sie sagte:

»Von dem Moment an, als wir uns den Plan mit den hunderttausend Tuman überlegten, wußtest du sehr gut, daß du keine Show fotografieren sollst. Die Hurensöhne von Montazeri waren schon aufgetaucht, als ihr Osra-Chanoms Standhaftigkeit auseinandergerissen habt! Die Situation hat sich also nicht geändert. Was sich geändert hat, sind die Fähigkeiten des gnädigen Herrn. Sag offen, jetzt, wo du siehst, daß die Sache beginnt, ernst zu werden, bist du vor Angst ganz blaß geworden und ...«

Als ob Sejjed Karim ein geröstetes Weizenkorn in die Kehle geraten wäre, begann er zu röcheln. Die Flüche wurden zwischen seinen Zähnen zerkleinert und liefen ihm als Schaum und Speichel aus dem Mund. Jetzt konnte ich sehen, was er für ein Gesicht aufsetzte, wenn er Osra-Chanom mit Faustschlägen und Fußtritten traktierte. Ich wußte nicht, wie ich reagieren sollte, wenn er meine eitle Tante verprügeln würde. Es war besser, unter dem Vorwand, Joghurt zu kaufen, das Schlachtfeld zu räumen und die beiden sich selbst zu überlassen. Obwohl Sejjed Karim vor Zorn bereits dunkel angelaufen war, bremste er sich noch, seine Hand gegen seine liebe Schahla zu erheben.

»Wenn du noch ein Wort sagst, dann schlage ich dich so zusammen, daß dir alle Zähne ausfallen. Man nennt mich den grausamen Sejjed. Alle Häftlinge, ob Mann oder Frau, haben schon Angst, wenn sie nur meinen Namen hören. Aber du, schändliches Weib ...«

»Begreif, was du sagst ... Deine Mutter ist ein schändliches Weib ...«

»Laß meine Mutter aus dem Spiel, du verdammte Hure!«

Der Teller mit dem Milchreis verschwand in der braunen Luft des Zimmers und verwandelte das Gesicht von Sejjed Karim wieder in einen weißen Fleck. So wie der grausame Sejjed auf meine Tante zusprang, wollte er ihr offensichtlich mit einem Fußtritt den Bauch zerfetzen. Sollte er doch denken, daß er Meister im Springen ist. Solange ich für die Konsequenzen seines Wahnsinns nicht aufkommen mußte, hätte er sogar für das Zerfetzen von diesem und jenem Bauch die »Medaille für Grausamkeit« bekommen können. Aber wenn er meine Tante mit dem zerfetzten Bauch ins Krankenhaus schicken sollte, und ich sie jeden Abend mit einer Tüte Obst und einigen Büchsen Kompott besuchen müßte, würde mir das gegen den Strich gehen. Tagsüber müßte ich dann wohl oder übel laufen und für den gnädigen Herrn Joghurt kaufen. Nein, dazu hatte ich wirklich keine Lust! Wie eine Feder schnipste ich von meinem Platz hoch und warf mich mit meiner rechten Körperseite vor seinen Fußtritt. Meine Stimme war ganz von selbst angeschwollen:

»Sejjed-Agha, zum Teufel, Sie sind doch ein Mann. Es gehört sich nicht, die Hand gegen eine Frau zu erheben.«

Sein Fußtritt traf mich in den Bauch. Gleichzeitig sah ich seine rote Pranke, die wie eine Flamme in dem schokoladenbraunen Licht des Zimmers kreiste und mein Gesicht anzündete. Er schrie:

»Dann erhebe ich meine Hand gegen dich. Aber das soll nicht heißen, daß du ein Mann bist. Sondern nur deshalb, damit du begreifst, daß du nicht so dumm daherquatschen sollst. Du bist nämlich genauso ein schmarotzender Arsch mit Ohren wie deine Tante!«

Er versetzte mir einen Tritt zwischen die Beine. Der Ball, der in meinem Kopf hin und her sprang, fiel in den Sack meiner Eidechse. Die behaarten Fäuste Sejjeds hagelten ein paarmal auf meine Seite nieder. Da begann auch mein Gedärm im Rhythmus des Balles auf und nieder zu springen. Meine Tante hatte sich hinter das Bett verzogen und schickte nur ihre Stimme hervor. Sie kreischte ununterbrochen und verfluchte den grausamen Sejjed. Aus ihrer Stimme sprühten Funken. Karim-Agha umkreiste mich und versetzte mir einen Tritt in den Hintern. So wurde ich, gekrümmt und die Eidechse mit der Hand umschließend, in Richtung Tür geschleudert.

»Hau ab, damit ich dein unseliges Gesicht nicht mehr sehe. Laß dich hier bloß nicht mehr sehen. Gleich morgen melde ich deinen Namen der Sepah, damit sie dich mitnehmen und an die vorderste Front schicken.«

Im Korridor fiel ich aufs Gesicht. Die gefleckten Mosaiksteine drehten sich nicht auf dem Boden, sondern in meinem Kopf, sie wurden kleiner und fielen durch einen Trichter heraus. Ringsum war alles gelb. Die schaumige Flüssigkeit, die gluckernd aus meiner Galle in die Kehle lief und von da aus auf den Boden, war auch gelb. Ich müßte ins Krankenhaus gehen. Bestimmt war ich kastriert worden. Meine Großmutter hatte mir immer aufgetragen, auf meine Eidechse aufzupassen. Weil sich die Samen für die nachfolgenden Generationen in ihrem Säckchen befanden und mit dem geringsten Schlag vernichtet würden. Die Schläge des grausamen Sejjed waren sehr wirkungsvoll. Meine Zukunft war wie die der beiden Kugeln in meinen Händen gefühllos geworden, und ich wußte nicht, was ich mit ihnen tun sollte. Eine Zukunft ohne Eidechse, die den Samen der nachfolgenden Generationen trägt, wem würde das gefallen? Ich mußte mir jetzt den Gedanken an meine Angetraute aus dem Kopf schlagen und meine Eidechse sich selbst überlassen. Ich mußte meinen Kopf aus der Galle, die ich auf den Boden gespuckt hatte, heben und zu diesem elenden Leben ohne Zukunft zurückkehren. Dem schmerzenden Ball, der heftig gegen die Wände meines Kopfes und Körpers schlug, schenkte ich keine Beachtung. Wenn ich ins Krankenhaus ginge, käme Djawid mich bestimmt besuchen und brächte mir Ananaskompott oder eine Honigmelone mit. Djawid. Ich hielt mich mit der Hand an der Wand fest und stand auf. Ins Krankenhaus zu gehen, hatte ich keine Zeit. Ich mußte unter allen Umständen die Negative finden und Fachri-Chanom treffen. Wie sollte ich jetzt Djawid finden? Wenn Mohadjeri mich über mein Erbrochenes gebeugt fände, würde er mich zwingen, den Fußboden mit der Zunge sauberzulecken!

Stöhnend wollte ich gerade aus dem nachtdunklen Hotelflur auf die taghelle Straße treten, als mir Mohammed-Agha einen blauen Briefumschlag in die Hand drückte. Als ich den Geruch des Putzmittels einatmete, schaute ich ihn an. Er sagte irgendetwas, aber ich hörte seine Stimme nicht. Er bewegte seinen Mund, als ob er etwas abschmeckte. Zusammenhanglos sagte ich:

»Vielen Dank.«

Es war ein Brief von Mahtab. Als ob sie in Berlin nichts anderes zu tun hatte, als Briefe zu schreiben! Wie eine Fortsetzungsgeschichte schrieb sie mir jeden Tag wirre Gedichte. Ich schob den Brief in meine Tasche und schlüpfte durch die Tür. Mir schien, als ob sich außer dem Sonnenlicht alles verändert hatte. Der Gehweg erschien mir schmaler und kürzer. Die Straße hörte plötzlich dort auf, wo zuvor noch eine Eisdiele war und bog in eine unbekannte Richtung ab. Der Wassergraben war ausgetrocknet. Die Tür des Fotoladens von Moradi war mit Lehm zugeschmiert worden. Das Schaufenster mit seinen Fotos, den Fotoapparaten und Brillen war weg. Alles war wie der Samen im Sack meiner Eidechse verschwunden. Ich würde nicht mehr meine Haare mit Gel einschmieren, meinen Kiefer einreiben und fest zusammenpressen und durch die spiegelnden Scheiben meiner Hornbrille in die Linse eines Fotoapparates starren können! Ich hatte nicht mehr die Kraft, mein Skelett von dieser Seite des Ozeans auf die andere Seite zu schleppen. Ich würde zulassen müssen, daß man mein Blut vergießt und damit die Erde färbt. Ich sagte mir, soll doch jetzt, da meine Zukunft hin ist, auch mein alltägliches elendes Leben ohne Gel und die Brille und ohne Djawid dahingehen!

Ich ging ein paarmal vor der lehmverschmierten Tür des Fotoladens von Moradi auf und ab und konnte nicht begreifen, wie man in der kurzen Zeit den Laden geräumt und die Tür zugemauert hatte. Plötzlich gab es in meiner Stirn einen Stich. Ich hatte keine Kraft, an die Filmrolle und den Scheich Faghfur mit seinen Geschichten zu denken. Mir wurde schwarz vor Augen und bei jedem Schritt knickten mir die Knie ein. »Was hat das für einen Sinn?« Nichts. Alle Mühe war vergeblich. Djawid hatte recht. Ich setzte mich auf die Steintreppe vor einer Haustür. Schon seit einigen Monaten ging ich so gebeugt, um später in Berlin hochaufgerichtet einherschreiten zu können. Aber es war mir noch nicht gelungen, das Problem mit dem Geld für den Ein-Mann-ein-Wort-Scheich Faghfur und seine Brüder zu lösen, die so viele Ausgaben hatten und noch mehr Packsättel an die Wände und

Türen ihres Laden hängen mußten! Erst jetzt hatte ich begriffen, daß ich mich die ganze Zeit über gebückt nur um mich selbst gedreht hatte. Es war an der Zeit, mich aufzurichten und ohne Geld, ohne Djawid und ohne Mahtab weiterzuleben. Vielleicht hatte der Krieg wirklich gute Seiten, von denen ich bisher nichts wußte! Wer wollte mir beweisen, daß das Leben an der Front elender ist als das Leben, das ich derzeit in Teheran hinter der Front führte?

Eine Handvoll Nadeln traf meine Augen und stach mir schmerzhaft in die Schläfen. Unwillkürlich dachte ich an den Sonnenuntergang, wenn Fachri-Chanom mit einem tiefbetrübten Herz zur Verabredung in den Mellat-Park käme und mich nicht anträfe. Ich dachte an die Nacht, wenn ich mich mit leerem Bauch in den Straßen herumtreiben müßte und nicht wüßte, wo ich meinen Kopf hinbetten könnte. Würde ich zum Hotel zurückkehren, würde mich der grausame Sejjed sicher mit auf dem Rücken gefesselten Armen der Sepah übergeben. Mit Moradi konnte ich auch nicht mehr rechnen. Und Djawid? Djawid! Ich war richtig einsam und verlassen. *Den Fall der Sterne / auf dunkle Erde sehe ich.* Ich blickte meiner Krähe, die sich mir gegenüber niedergelassen hatte, in die dunklen Augen. Ihren Schnabel konnte ich nicht mehr gebrauchen. Ich hätte nicht gewußt, gegen wen ich ihn hätte einsetzen können. Sie schlug mit den Flügeln und flog nicht sehr hoch neben den Bäumen her. Verwirrt stand ich auf, rannte ihrem Schatten auf dem Asphalt hinterher. Plötzlich packte mich eine derbe Hand, wie die dunkelrote Hand meiner Wahrsagerin, im Nacken. Der Ball, der von innen an die Wand meiner Stirn geschlagen wurde, krallte sich in mein Ohr. Ich wollte mich nicht umdrehen. Nicht einmal, wenn es meine Wahrsagerin selbst wäre und sie mir ihre Hände voller Geld zeigte, wäre ich bereit, meine Hände auszustrecken und es zu nehmen. Weil ich sicher war, daß plötzlich ein Sturm aufkäme und die Scheine raubte, wenn sie von ihr zu mir wechselten. Das Leben trieb seine Scherze mit mir! Ich ließ meine Krähe davonziehen und schaute mich wieder nach Moradis Laden um. Eine Stimme sagte hinter meinem Nacken:

»Ich habe deinen Film mitgebracht. Willst du ihn nicht haben?«

Ohne mich nach der Stimme umzudrehen, sagte ich:

»Nein!«

Ich begriff nicht, von welchem Film er sprach.

»Doch, er ist sehr wichtig. Wo hast du ihn her?«

Ich wußte nicht, wo ich ihn her hatte. Der Klang der Stimme paßte zu Djawid. Aber so sehr ich mich anstrengte, ihm meinen Kopf zuzuwenden, es ging nicht. Seine grobe Hand brannte auf meiner Nackenhaut. Ich wollte nicht, daß mich jemand anfaßt. Ich wand mich unter seinem Arm durch und starrte auf die zugemauerte Tür von Moradis Laden. Nichts existierte in meiner Umgebung. Ohne Schmerzen zu verspüren, fühlte ich nur die Schläge des Balls in meinem Kopf, in meinem Bauch und im Sack meiner Eidechse ohne Zukunft. Djawids Stimme sagte:

»Komm jetzt. Sei nicht beleidigt. Komm, wir gehen in den Schatten und rauchen gemeinsam eine Zigarette. Es sind deine Zigaretten.«

Ich rauchte nicht. Außerdem hatte ich noch nie Zigaretten gekauft. Ich zog meinen Kopf zwischen den Schultern ein und rief leise ein paarmal nach Djawid. Ich sagte mir, soll der andere doch denken, daß er mich kennt. Ich steckte meine Hände in die Hosentaschen, um mich besser auf den Beinen zu halten. Wenn mich Djawid im Krankenhaus besuchte und mir eine Honigmelone mitgebrächte, hätte ich einen kalten Honigmelonensaft mit Zucker zubereitet, den wir gemeinsam getrunken hätten. Sosehr ich mich auch bemühte, daß mir kein Speichel aus dem Mund lief, es gelang nicht. Unwillkürlich floß mir ein dünnes Rinnsal wie Tränen aus meinem Mundwinkel. Das Hämmern des Balles gegen die Wände meines Kopfes und Körpers war so stark, daß ich das Gleichgewicht nicht halten konnte. Obwohl ich mit meinen Beinen fest auf dem Boden stand, wankte ich hin und her. Ich hatte mich in meinem Leben verirrt, und wohin ich auch blickte, sah ich weder den Stand des Bohnenverkäufers noch die Kupferkessel des Kuttelflecken-Verkäufers, die mir sagten, wo ich stehenbleiben mußte, damit jemand kommt und mich findet! Djawids Stimme brummte:

»O Gott, Junge. Sei nicht so störrisch. Komm, nimm wenigstens deinen Film.«

Ich wollte mich umdrehen, um denjenigen zu mustern, der wie Djawid sprach. Ich drehte mich auf den Fersen um. Aber meine Beine knickten ein. Auf einmal wurde die Straße wieder breit und lang und belebt und führte mit ihren Bäumen fort von mir. Im selben Moment fiel mein Blick in das Gesicht des Besitzers der Stimme. Er hatte keine Ähnlichkeit mit Djawid. Nur mit dessen Stimme wiederholte er dauernd meinen Namen. Deshalb wollte ich Djawid auch in ihm sehen. Aber bevor seine Hand auf meine Hand traf, sah ich den wirklichen Ingenieur Djawid, der wie die Straße, die Häuser und Bäume im Begriff war, vor mir zu fliehen. Sogar mein Hemd und meine Hose, die ich trug, entfernten sich von mir. Nur meine Großmutter kam auf mich zu, und aus Entsetzen über meine Nacktheit schrie sie: »Bedecke dich, bedecke dich. Das ist eine Sünde. Du wirst im Höllenfeuer brennen!« Ich schloß meine Knie, legte die Hände auf meine welke Eidechse ohne Zukunft und fiel wie ein auf einen Bratspieß gezogenes Huhn zu Boden.

19

Es war nicht das Krankenhaus, wo ich die Augen aufschlug. Türen und Wände des Zimmers waren blau. Nur die Decke schimmerte weiß, wo die schräg einfallende Sonne ein großes Dreieck malte. Obwohl der Ball in mir verschwunden war, fühlte sich mein Gesicht, ohne daß es schmerzte, heiß an. Eine rote Hand fuhr ununterbrochen hinein. Jemand ohrfeigte mich, was sich wie das Knallen von Zündplättchen anhörte. Ich sagte mir, sollen sie neben meinem Ohr doch ein Feuerwerk anzünden. Ich gebe auf. Ich habe keine Kraft mehr, um mich dagegen zu wehren. Als ich gerade die Augen schließen wollte, schrie meine Großmutter wieder: »Bedecke dich! Bedecke dich!«. Ich richtete mich halb auf, um zu sehen, wer mich ausgezogen hatte. War es wieder der Mann mit der Taschenlampe gewesen? In dem Moment packte mich eine Hand im Nacken und eine andere goß mir ein Glas Quittensaft in die Kehle. Ahangaran sang mit heiserer Stimme ein Klagelied. Djawid und ich hatten diese Melodie oft gemeinsam nach dem »Monawar-Chanom-Theater« in der Stille und Dunkelheit hinter Fathollahis Autowerkstatt gehört, während sich das Mondlicht im grauen Rauch seiner Zigarette verfing. Ob er das vergessen hatte? Wäre nicht diese fremde Hand gewesen, hätte ich mich wie ein Mädchen richtig ausgeheult. Aber ich hatte keine Lust, meine Lider weiter zu öffnen, um zu sehen, wem sie gehörte. Der Alkoholgeruch des Saftglases, das mir in die Hand gedrückt worden war, machte mir genug zu schaffen.

Ich sank kraftlos zurück und starrte auf das helle Dreieck an der Decke. Der Alkohol traf jetzt auf meine Stirn und wurde auf den Wunden verteilt, die wie Herbstblätter trocken und runzlig geworden waren. Ich dachte, es sei meine Großmutter, die das tat. Bevor sie sagen würde: »Er hat kein Fieber«, wollte ich wie ein Mädchen mit ihr schmusen und stieß deshalb sanft meinen Kopf in ihre Handfläche, damit sie mich streichelte.

»Doch, er hat Fieber.«

Es war nicht meine Großmutter. Ihre Stimme war rauh gewesen, nicht wie diese weich und ruhig.

»Sie müssen aber auch sehr stark sein, wenn Sie den hierhertragen konnten.«

Zweifellos war ich »der«. In dem hellen Dreieck der Decke erkannte ich die Stimme von Moradi. Aber wer war »der Kräftige«, den Moradi mit Eifersucht in der Stimme und in spitzem Ton so verspottete? »Der Kräftige« bemerkte davon nichts. Bedrückt und völlig unvermittelt erwiderte er:

»Ach, so stark bin ich doch nicht!«

Es war Djawid. Was wollte er von mir? Nachdem er mich aus der Werkstatt geworfen hatte, wollte ich ihn nicht mehr sehen. Woher war Moradi auf einmal aufgetaucht? Nahm er etwa an mir Rache, während ich hier wehrlos in der Ecke lag? Wo war ich eigentlich?

Ich muß aufstehen und gehen, dachte ich. Fachri-Chanom wartet im Mellat-Park auf mich. Die Sonne stand mittlerweile etwas tiefer und hatte das Dreieck auf der Decke verschoben. Wie hatten sie den Laden von Moradi nur wieder aufbauen können?

»Sind Sie mit dem schon lange befreundet?«

»Der« war wieder ich. Es gefiel mir nicht, daß sie über mich sprachen. Moradis Tonfall ließ erkennen, daß er als Antwort gerne ein »Nein« gehört hätte. Djawid sagte wieder ohne jeden Zusammenhang:

»Ungefähr.«

Seine Stimme ging im Räuspern Moradis unter. Ich sah Moradi nicht. Vielleicht hatte er ja die Hände im Nacken verschränkt und war in Gedanken versunken. Gott sei Dank ließen sie mich jetzt in Ruhe. Das beste wäre, wenn ich, ohne daß sie es bemerkten, aufstehen und mich um meine eigenen Angelegenheiten kümmern könnte. Moradi fragte enttäuscht:

»Geht ihr zusammen in die Schule?«

Djawid war überrascht:

»In die Schule?«

»Ja.«

»Nein.«

»Dann seid ihr also nicht so oft zusammen?«

»Doch.«

Diese Entschiedenheit ließ Moradi zusammenzucken. Aufgewühlt erwiderte er:

„Warum habe ich euch dann bis jetzt nicht zusammen gesehen?»

Djawid war ein solcher Esel, daß er wieder nicht Moradis stichelnden Ton mitbekam. Er antwortete:

»Leider hatten wir nicht das Vergnügen. Sind Sie denn viel mit ihm zusammen?«

Moradi überhörte diese nichtssagende Antwort und fragte hinterhältig:

„Wo habt ihr euch gesehen?»

Wenn das Gespräch in dieser Art weiterlief, war es möglich, daß Moradi die Einfalt Djawids mißbrauchte und von dem »Monawar-Chanom-Theater« erfahren würde. Je weiter das Lichtdreieck nach unten rutschte, desto kleiner wurde es. Es gab niemanden, der diese gefährliche Unterhaltung hätte abbrechen können. Ich drehte mich zu Moradi, dessen Nasenflügel zitterten. Schwach sagte ich:

»Wasser.«

Moradi streckte mir die Hand entgegen, zog sie aber sofort zurück, als er Djawid bemerkte, der meine Bitte wiederholte:

»Entschuldigen Sie, mein Herr, haben Sie nicht etwas Wasser für den?«

Ich war immer noch »der«. Moradi ärgerte die übermäßige Aufmerksamkeit Djawids für mich, so daß er unwirsch erwiderte:

»Das hab ich selbst gehört. Ich bin doch nicht taub. Hier gibt's aber kein kaltes Wasser.«

»Hier« war Moradis Laden. Ich weiß nicht, wie man ihn so schnell wieder aufgebaut hatte. Als ob seine Tür niemals zugemauert war. Obwohl ich direkt vor ihnen lag, schauten mich die beiden an, als ob sie sich über einen Brunnen beugten, von dessen Grund ich wie eine Leiche gerade auftauchte. Moradi sagte:

»Warum bist du heute nachmittag weggelaufen, mein Junge? Herr Morteza hat lange auf dich gewartet. Hast du eigentlich die Spritze bekommen? Wie geht es deiner Stirn?«

Seine Hand fuhr wie der Wind über mein Gesicht hinweg und landete auf meiner Stirn. Der Geruch von Alkohol wehte um meine Nase. Ich sagte:

»Ja, danke, es geht mir besser. Ich möchte nur ein bißchen Wasser.«

Djawid fühlte sich wie ein Fremder. Er hatte sich an das Möbelbein am Fußende gelehnt und beobachtete mich und Moradi aus den Augenwinkeln. Verstohlen lächelte ich ihm zu. Er schaute mich mit zweifelndem Blick an und steckte, während er sich abwandte, die Hände in die Taschen seiner abgetragenen Hose. Ich wollte meine Stirn unter Moradis Hand wegziehen, hatte aber keinen Mut. In dem Moment zog Djawid seine Hand wieder aus der Tasche und ließ sie einmal in der Luft kreisen. Sie hatte einen Schwanz wie ein Papierdrachen bekommen. Es war der Filmstreifen, den er immer weiter kreisen ließ! Mein Herz begann zu rasen. Er wollte doch wohl Moradi nicht unseren zerstückelten Reckturner zeigen? Dann wäre ich wirklich erledigt gewesen. Unwillkürlich sagte ich etwas lauter:

»Wasser.«

Djawid rollte den Film auf und rieb sich dann ungeduldig die Hände. Moradi sagte:

»Hier, trink noch einen Schluck von dem Saft. Dann wird es dir besser gehen. Das Wasser ist lauwarm.«

Als Moradi mich im Nacken packte, um mir noch einmal etwas von dem Zeug einzuflößen, wandte sich Djawid ab und stützte sein dreieckiges Kinn in die Hand. Der Film unseres Sportlers war nicht mehr zu sehen.

»Was waren das für Negative?«

Moradi hatte gefragt. Ich wollte sagen: »Nichts weiter«, aber nur der Saft begann in meiner Kehle zu gluckern. Moradi beobachtete mit einem Auge Djawid, mit dem anderen das Saftglas. Djawid kam einen Schritt auf uns zu. Er stand jetzt in der Sonne, deren gelbes Licht sich wie eine Schärpe von seiner rechten Seite zur linken Schulter zog. Vielleicht war er zwischen uns getreten, um Moradi noch mehr zu provozieren? Er sagte:

»Nichts Besonderes! Nur ein Foto von einem Gewichtheber, der in der Luft hängt.«

Das sanfte Läuten der Türglocke beruhigte mich etwas. Hinter dem gebeugten Nacken Moradis tauchte eine Frau mit Kopftuch auf, die ihre Hand wie eine Schale auf den Kopf ihres Kindes gelegt hatte. Sie sagte:

»Entschuldigen Sie, mein Herr. Ich hätte gern ein Foto von meiner Tochter.«

Moradi nahm das Glas von meinen Lippen, blieb aber gebeugt neben mir stehen. Mit einer Kopfbewegung wies er in Richtung des Kindes und fragte:

»Ohne Kopftuch?«

»Ja, ohne.«

„Wofür wollen Sie es? Für die Schule? Wenn Sie es für die Schule wollen, geht es nicht ohne Kopftuch.«

»Nein, für ihren Vater. Der ist in Deutschland. Er hat sie noch nicht gesehen.«

„Aha. Ich meinte ja nur, wenn Sie es für die Schule wollen, muß es mit Kopftuch sein.»

Moradi wandte sich an Djawid:

»Sie sind doch so stark, bringen Sie den dorthin, damit ich die Kundin bedienen kann.«

»Der« war immer noch ich, und mit »dort« meinte er die Dunkelkammer. Wenn ich die Kraft dazu gehabt hätte, wäre ich zu dem kleinen Mädchen gegangen, hätte ihm ein Fünf-Tuman-Stück in die Hand gedrückt und ihm gesagt, sie soll sich beim Fotografieren ein bißchen zieren, damit es länger dauert.

Der Geruch nach Alkohol und Saft entfernte sich von mir, und eine starke Hand schlug den gelben Ball fest gegen meinen Schädel!

Bevor mich Djawid in der Dunkelkammer auf den Boden legen konnte, stand ich auf meinen Füßen. Ich fühlte, wie er mir gegen meine für alle Zeiten lädierte Eidechse drückte.

Unwillkürlich stöhnte ich auf und schwankte zu den Schalen für die Entwicklung und Fixierung der Fotos. Wenn ich mich nicht an Tisch, Tür und Wand festgehalten hätte, wäre ich gestolpert und hingefallen. Djawid sagte:

»Es geht dir noch nicht gut. Komm, leg dich hin!«

Sein Interesse an mir war so groß, daß er noch nicht einmal gefragt hatte, warum es mir nicht gutgeht. Als ob er blind sei und meine verbeulte Stirn nicht sah. Ich antwortete ihm nicht, sondern sagte nur: »Gib die Negative her!«

Mühevoll reinigte ich die Schalen und goß die Lösung zum Fixieren in die eine, die zum Entwickeln in die andere.

Djawid zögerte noch. Er stand in der Mitte des kahlen Zimmers und starrte mich verwundert mit seinen hervorstehenden Augen an. Ich wußte nicht, wieviel ihm über die Geschichte unseres Reckturners bekannt war. Mit scharfer Stimme, die sich wie ein über das Papier kratzender Stift anhörte, zischte ich ihm ins Ohr:

»Gib sie schon her! Wenn du noch lange zögerst, sind die Fotos von dem Mädchen schon bei seinem Vater in Deutschland, und ich warte immer noch darauf, daß du mir die Negative gibst!«

Djawid drehte seinen Finger in den borstigen Haaren seines Schopfes und fragte:

»Wollen wir nicht erst miteinander sprechen und dann ...«

»Ich hab' nichts zu sagen.«

»Wer ist denn dieser Moradi?«

Solch ein Esel war mein lieber Djawid nun auch wieder nicht.

»Tauschen wir Moradi mit Mustafa aus! Denkst du, ich weiß nicht, was zwischen euch läuft?«

»Nein, weißt du nicht. Wenn du wüßtest ...«

»Gib den Film her, los! Wenn Moradi runterkommt und ihn sieht, bin ich erledigt.«

Djawid gab mir den Film, den ich sofort wie trockenes Brot im Wasser einweichte.

»Du bist sowieso erledigt. Weißt du, daß Mustafa dir nicht traut und dir hinterherschnüffelt?»

»Vielleicht bist du derjenige, der mir nachspioniert. Freuen

Sie Sich sehr, aus Mustafa Moschiris Teegläsern zu trinken, Herr Ingenieur?«

»Mach keine Witze! Mustafa wollte unbedingt, daß ich das mache. Deshalb haben wir uns auch zerstritten.«

Das glaubte ich nicht. Ein Streit mit Mustafa würde ihn teuer zu stehen kommen. Er müßte nicht nur auf Zucker, Tee und Kleenex verzichten, sondern er würde auch riskieren, nicht zum Ingenieurstudium an die Universität aufgenommen zu werden. Denn wenn der gewissenlose Hadji Moschiri ihm nicht im Namen der Moschee bescheinigte, daß Djawid Aslah als Muslim Imam Chomeini treu ergeben ist, würde ihm der Weg in die Universität versperrt bleiben.

»Und das soll ich glauben! Hast du dich vielleicht auch deshalb neulich mittags in der Werkstatt so aufgeführt? ...«

»Und was wolltest du mit deinem Verhalten heute morgen erreichen? Sollte ich etwa nach deiner Pfeife tanzen?«

Auch nicht einen Augenblick dachte er daran, daß er mit mir, einem Unterdrückten der Gesellschaft, sprach. Sein Ton war scharf, und ich erwiderte feindselig:

»Nein! Aber stell mir nur nach, damit du den Auftrag deines lieben Mustafa zu seiner vollen Zufriedenheit erfüllst.»

„O Mann, warum bist du nur so mißtrauisch? Ich muß wirklich ein Esel sein, daß ich mich deinetwegen um Kopf und Kragen bringe.«

Dann drehte er sich einmal um sich selbst, reckte den Arm zur Decke und fragte das trübe Licht der Lampe:

»Kann mir denn keiner sagen, warum das alles?«

Sein Lamentieren hing mir zum Halse raus. Ich hatte Angst, daß mir die Sinne schwinden würden, bevor ich einen Abzug von unserem lieben Reckturner gemacht hatte. Djawid machte eine Bewegung, so als ob er hinausgehen wollte. Nein, geh nicht, Djawid! Wenn Moradi hier hereinplatzt und unseren dürren Sportler sieht, verrät er mich garantiert aus Angst davor, daß seine Ladentür wieder zugemauert wird. Er würde mir selbst dann nicht helfen, wenn ich ihm ohnmächtig in die Arme fiele. Es würde ihn nicht einmal beeindrucken, wenn ich splitternackt vor ihm stehen und mit aller Kraft »Bijaaa!« schreien würde. Auch die Reise nach

Deutschland und die Männer, die uns mit einem Mercedes Benz vom Flughafen abholen sollten, würden nichts daran ändern. Bevor er an der Tür war, sagte ich deshalb:

»Ja, warum? Warum hast du dich mit Mustafa gegen mich zusammengetan?«

Das Klacken seiner Absätze verstummte. Beim Umdrehen knarrten sie. Gereizt erwiderte er:

»O Mann, was unterstellst du mir? Wer hat sich denn mit Mustafa zusammengetan? Er hat die ganze Gruppe gegen mich aufgehetzt. Eines Abends sind sie über mich hergefallen und haben mich nach Strich und Faden verprügelt. Und weißt du warum?«

Unser Reckturner nahm Gestalt an. Seine Haare bedeckten wie ein Bündel Lauch die zerfurchte Stirn und damit die Spuren von Schmerz und Leid. Sollte Djawid doch selbst eine Antwort auf seine Frage finden.

»Weil ich nicht bereit war, vor Hadji Moschiri gegen dich auszusagen. Sie wollten wissen, was diese Badri-Chanom und Fachri-Chanom mit dir zu tun haben. Oder umgekehrt!«

»Na und, hätten sie sie doch selbst gefragt. Oder umgekehrt.«

»Das hab ich ihnen auch gesagt. Das war ihre Antwort!«

Er zog sein Hemd hoch. Blaue Flecken bedeckten seine Rippen wie das zerfetzte Innere einer Dattelpflaume. Ich nahm den nassen Abzug aus der Schale und stellte mir Mustafa vor, der auf Djawid zusprang. Beide stürzten zu Boden. Ich hielt mich an der Tischkante fest, um nicht auch hinzufallen, als ich auf Djawid zuging. Als ich meinen Kopf seinen schmalen Rippen näherte, die wie Schraffuren über die dunkle Haut sprangen, sagte ich:

»Aber du wußtest doch gar nicht, was wir miteinander zu tun haben, oder? Tut's noch weh?«

Das Gesicht unseres Sportlers war vor Schmerz verzerrt. Ich schwenkte den Abzug in der Luft hin und her, damit er trocknete. Djawid wollte sich keine Blöße geben und sagte:

»Nein, nicht sehr.«

Meine erste Frage ließ er unbeantwortet. Ich wollte ihn nicht so sehr bedrängen und fragte nur:

»Und wie sieht es nun mit dir aus? Weißt du etwas über Fachri-Chanom und Badri-Chanom?«

»Über Badri-Chanom nichts. Fachri-Chanom soll nach Zahedan geschickt werden!«

Ich blickte in seine hervorstehenden, schelmischen Augen und hätte ihn gerne an mich gedrückt. Aber ich riß mich zusammen. Er senkte den Kopf, und ich sagte:

»Es scheint, als ob halb Teheran auf dem Weg nach Zahedan ist!«

Überrascht fragte er:

»Du auch?«

Damit hatte er sich verraten. Er hatte nur von Fachri-Chanom und ihrer Reise nach Zahedan gesprochen, um mich auszuhorchen. Ich mußte vorsichtig sein. Der Umgang mit Mustafa hatte Djawid geschwätzig werden lassen. Er tat mir leid. Ich legte die Hand auf seinen Bauch und sagte:

»Und in diesem Zustand hast du mich den ganzen Weg auf dem Rücken bis hierher geschleppt?«

Djawid hielt den Bund seiner Hose umklammert und wußte nicht, wie er meinen mitfühlenden Tonfall deuten sollte. Deshalb fragte er unwirsch:

»Was sollte ich denn deiner Meinung nach sonst tun? Dich mitten auf dem Gehweg liegen lassen ...?«

Das plötzliche Zuschlagen der Tür schnitt ihm das Wort ab. Schnell nahm ich die Hand von Djawids Bauch. Moradi fragte mich streitsüchtig:

»Was macht ihr beide denn dort?«

Djawid zog das Hemd runter und den Hosenbund hoch. Ich hatte nur wegen des noch nassen Fotos Angst. Wenn Moradi es in die Hände bekäme, wäre ich erledigt. Ich begann, wie ein getretener Hund zu zittern. Vor meinen Augen verschwammen die schmalen Wege mit Djawids zarten Rippen und verloren sich in einem nebligen Wäldchen. Ich wollte nirgendwohin. Ich wollte hier bleiben und mit Djawid über meine Zukunftspläne sprechen. Ich sagte:

»Gar nichts. Wir unterhalten uns.«

Er stellte sich zwischen uns und sah auf Djawids Hosenbund. Er suchte nach einem Anlaß für Streit. Sein Blick glitt von Djawids Unterleib zu meinem. Im selben giftigen Ton fragte er:

»Zeig mal her, woher hast du das Foto? Von wem ist es?«

Mir war klar, daß er sich nicht mit der Antwort abspeisen lassen würde, daß auf dem Foto niemand ist, der »Bija!« sagt. Nur mit Worten konnte ich sein Mißtrauen sowieso nicht beseitigen. Wenn ich das Foto zerriß, hatte er wenigstens nichts gegen mich in der Hand. Ich sagte:

»Von niemandem. Es ist nichts Besonderes.«

Meinen Händen widerstrebte es, das Foto zu zerreißen.

»Ich hab nur das Entwickeln geübt.«

Er sah mich ungläubig an und sagte:

»Zeig her, ich will es sehen!«

Er trat einen Schritt vor. Soll Moradi doch mir gegenüber auch noch Sejjed Karims Rolle übernehmen. Ich wich zurück und hielt das Foto schräg nach oben. Zerreißen wollte ich es nicht. Weder wollte ich Fachri-Chanom mit leeren Händen nach Hause schicken, noch den Ein-Mann-ein-Wort-Scheich Faghfur enttäuschen oder selbst zugrunde gehen. Ich erwiderte:

»Es ist noch naß. Es ist nicht viel zu sehen.«

Und Djawid fügte hinzu:

»Nur ein erschöpfter Mann, der gekonnt Gewichte hebt.«

»Dann gehört dir das Foto?«

Ich weiß nicht, warum ich sofort sagte: »Nein, es ist meines.« Vielleicht um Djawid nicht in Schwierigkeiten zu bringen? Moradi fuhr ihn daraufhin an:

»Wenn es nicht deines ist, hau ab. Du hast hier nichts zu suchen.«

Djawid begann, wie eine Maus an seiner Oberlippe zu nagen. Ich versuchte mit tonloser Stimme zu vermitteln:

»Herr Moradi. So geht das nicht. Der da …«

Ich mußte lachen. Gerade in dem Moment, wo Djawid für mich sehr wichtig war, nannte ich ihn »der da«.

»Ich hab gesagt raus. Sofort rauuuuus aus meinem Laden.«

Es hörte sich an, als ob er mit aller Kraft in ein Horn stieß. Dadurch begann sich der Ball in meinem Kopf wieder zu regen. Moradi stampfte mit dem Fuß auf den Boden und wies auf die Tür. Ich hatte keine Kraft mehr zu protestieren. Djawid hörte auf, an seiner Lippe zu kauen und sprang plötzlich auf. Ich drehte mich zu Moradi und erwartete, daß Djawid ihm auf den Rücken springen würde. Ich wollte wissen, ob er in Mustafas Gruppe der Wagemutigen gut trainiert hatte. Aber Djawid sprang nicht auf Moradi zu, sondern auf mich. Blitzschnell riß er mir das Foto aus der Hand und war wie ein Pfeil weg. Hatte er jetzt Mustafa und seinen Leuten ein gutes Beweisstück besorgt? Wenn der grausame Sejjed die Zusammenhänge erfahren würde, wartete er sicher gar nicht erst die Aussage der Gruppe, eine Verhandlung oder ein Urteil ab, sondern machte mich unverzüglich höchstpersönlich und mit einem Augenzwinkern zu einem warnenden Beispiel für andere!

Das einzige Hindernis auf Djawids Weg war das kleine Mädchen, das seinen Vater noch nie gesehen hatte. Aber er sprang auch über sie hinweg und flog zum Laden hinaus. Als Moradi und ich an der Tür der Dunkelkammer waren, hörte man gerade das Läuten der Türglocke verhallen. Ich rannte, um den Ton nicht ausklingen zu lassen, riß die Tür auf, und ihr dummes Dingdong war wieder zu hören. Wenn ich jetzt nicht noch mit Moradi sprach, würde ich es nie mehr tun. So sagte ich verdrossen:

»Vielen Dank, Hasan-Agha. So gehen Sie also mit meinen Freunden um, ja? Auf Wiedersehen.«

Die einzige, die mir antwortete, war das kleine Mädchen mit seinen geflochtenen Zöpfen, das seinen Vater noch nie gesehen hatte. Unter den schützenden Händen ihrer Mutter tanzend, sagte sie mir durch die Nase:

»Auf Wiedersehen!«

20

Weder Gott noch eines seiner Geschöpfe dachte daran, mich in Schutz zu nehmen. Im Gegenteil. Sie waren alle hinter mir her. *Es ist eine stürmische Nacht / im Herzen des Sommers.* Ich war wieder an dem Punkt angelangt, von dem ich am ersten Tag aufgebrochen war. Die Erinnerung an meine Angetraute verdüsterte mein Herz noch mehr. Ich dachte an das Geld, das ich unter dem Teerfaß hinter Fathollahis Werkstatt versteckt hatte, an die Flucht und ein großes Doppelbett, auf dem ich alleine nackt ausruhen und die schmerzenden Bälle aus meinem Körper vertreiben konnte. Meine Stirn war glühend heiß. Ich konnte zu niemandem mehr gehen. Weder zu Djawid noch zu Fachri-Chanom oder Mahtab, nicht in den Tod, nicht ins Leben ... Mir reichte es! Ich setzte mich auf die Stufen vor dem Eingang eines Ladens und wendete das Gesicht von meiner Großmutter ab, die auf der anderen Seite des Gartenzauns an einem Wasserbecken saß und mich anschaute. Meine Krähe hatte sich, noch schwächer als ich, auf der knorrigen Wurzel eines Baumes niedergelassen, so als ob sie ihren Geist aufgeben wollte. Wenn es das Schicksal dieses frechen Tieres war, sollte es meinetwegen auf einer Baumwurzel hocken und seine Seele Gott übergeben!

Ich holte den blauen Briefumschlag aus der Tasche und öffnete ihn im schwächer werdenden Licht der untergehenden Sonne. Wenn mir Mahtab wieder ein Gedicht geschrieben hatte, würde ich den Brief nicht lesen, sondern gleich zerreißen. Ich hoffte auch, daß sie ihn nicht mit »Mein Geliebter, mein Liebster!« begonnen hatte, sondern sehr ehrfurchtsvoll mit »Mein verehrter Ehemann, guten Tag!«. Der Brief hatte jedoch überhaupt keine Anrede. Er fing mit einer Frage an:

Was ist mit dir? / Was ist mit uns? In welches Berges Höhle ist unsere Liebe geflohen? / Ich komme, dich zu suchen / in der Tiefe des Unbekannten / und zeige dir den Weg, / der zu meinem Herzen führt / in dem du schon einen Fuß hast! ...

Einen Fuß darin zu haben, gefiel mir ja ganz gut. Nur wie sollte ich aus der *Tiefe jenes Unbekannten* herauskommen? Die Wege, die ich bisher gegangen war, hatten alle in einer Sackgasse geendet. Ich hatte keine Kraft mehr, nach neuen zu suchen. Meine irdische Fee würde deshalb besser daran tun, mir anstelle des Weges zu ihrem Herzen den Fluchtweg zu zeigen.

Sie hatte dies nach ihren eigenen Vorstellungen getan. Am Ende des Briefes teilte sie mir die Adresse einer Teestube in Zahedan mit, in dem sie und ihr Bruder die letzten Fleischspieße im Iran gegessen hatten. Danach waren sie mit einem Schlepper namens Sardar Ahmad nach Karatschi aufgebrochen. Keine dieser Informationen nützte mir etwas. Ich hatte weder Geld noch einen Paß und auch keinen Bruder, der mir als letztes Abendessen Kebab spendierte. Wütend und enttäuscht faltete ich den Brief zusammen und steckte ihn in die Tasche. Plötzlich bekam ich einen Fußtritt ins Kreuz. Hatte mich Moradi etwa gefunden oder noch schlimmer der grausame Sejjed? Eine sonore Stimme fuhr mich an:

»Los, steh auf! Hier wird gearbeitet ... und nicht gebettelt.«

Ich hob den Kopf, sah aber niemanden. Grelles Licht blendete mich. Soll mich der Alte doch als Bettler beschimpfen! Wenn mein Leben so weiterging, würde ich sicher auch noch einer werden. Hätte mir Djawid nicht das Foto aus der Hand gerissen, wäre ich zwei Stunden später auch ohne Eltern, Freund und Brille der glücklichste junge Mann der Welt gewesen! Fachri-Chanom wäre vor diesem Laden aus dem Auto gestiegen, auf mich zugekommen und hätte mir die fünfünfzigtausend Tuman, die sie in ihrer Tasche bei sich trug, für das Schwarzweißfoto von unserem Gewichtheber in aller Form überreicht. Wenn nur ...

In dem Moment fiel mir ein, daß der Film noch auf Moradis Tisch lag. Ich stand auf und warf dem Mann einen giftigen

Blick zu. Denn ich mußte ab jetzt, wo meine Krähe mit dem Tode kämpfte, meine Rechnungen mit anderen selbst begleichen. Wenigstens einmal hätte ich gern auch Moradi mit solch einem Blick bedacht. Hatte er den Film erst gefunden und das verzerrte Gesicht unseres am Fleischerhaken hängenden Sportlers gesehen, hätte ich dazu keine Gelegenheit mehr. Wie aber bekam ich heraus, ob dieses stumme Stück Zelluloid in der Dunkelkammer von »Bija«-Hasan-Chan dessen Neugierde geweckt hatte?

Auf der Suche nach Djawid schickte ich meine Blicke im grauen Schatten des Gehwegs bis zum Ende der Straße. Nirgends gab es eine Spur von ihm. Dieses Mal war er es also, der mir das Glück aus den Händen riß. Wie jemand, der dem Tod geweiht ist, wollte ich ihn nur noch einmal sehen. Unter allen Umständen. Ich war bereit, ihn sogar beim Abschiednehmen von seinem Schatten zu sehen. Wenn er in die andere Welt ging und nicht mehr zurückkehrte. So als habe er niemals existiert. Nicht auf der Erde und nicht »hier« in mir!

Ich begriff immer noch nicht, warum Djawid mir das Foto aus der Hand gerissen hatte. Wollte er damit mich retten oder sich selbst? Bedeutete das, er interessierte sich noch für mich, oder hatte er damit nur den Auftrag des lieben Mustafa und seiner Gruppe der Wagemutigen erfüllt. Wo stand ich eigentlich? Von wem wurde ich verfolgt und vor wem mußte ich mich in acht nehmen? Wem konnte ich vertrauen und beim wem Schutz suchen? Mahtab, willst du mir nicht helfen?

Ich fühlte mich wie ein im Schlamm steckengebliebener Esel. Vielleicht ging es Fachri-Chanom ja ähnlich. In Erinnerung an die schönen Tage, die ich mit meiner Tante verbracht hatte, kam mir in den Kopf, zu ihr zu gehen, meine verletzte Stirn auf ihre Schulter zu legen und sie zu fragen, was ich tun sollte. Doch meine Krähe schrie: »Nein, nein.« Die Antwort meiner Tante war mir von vornherein klar: »Bleib, wo der Pfeffer wächst!«

Ohne Ziel lief ich los. Der Ball in meinem Kopf sprang gegen meine Schädeldecke, obwohl ich mich darauf eingestellt hatte, sein ungestümes Klopfen gegen die Schläfen zu ertragen. Ich ging einige Schritte auf meine Großmutter zu, die ihre knochigen Füße in den Wassergraben hielt. Sie starrte mich mit leerem Blick an. Ich rief sie. Sie bückte sich und goß eine Handvoll Wasser über ihre nackten Knie. Ich sagte: »Was soll ich jetzt machen, Großmutter?« Sie überhörte meine Frage und sagte statt dessen:

»Hab ich dir nicht befohlen, mit niemandem über Monawar-Chanom und ihr Fest zu sprechen? Ist es jetzt schon soweit gekommen, daß du selbst ihr »Theater« aufführst?! Fort mit dir! Du bist nicht mehr mein Kind. Schade um die viele Mühe, die ich mir deinetwegen gegeben habe.«

Ich wollte es ihr erklären. Doch sosehr ich auch lief, ich erreichte weder den Wassergraben noch meine Großmutter. Sie saß dort und betrachtete mich so genau, als ob sie einen Faden durch ein Nadelöhr ziehen wollte. Vielleicht erschien ihr mein Gesicht wie ein ovales Loch, durch das sie versuchte, den Faden der Reinheit und Keuschheit zu fädeln, um mich mit ins Jenseits, ins Paradies zu nehmen, indem sie seine Enden fest in der Hand hielt. Wie hatte sie immer gepredigt?

»Du weißt gar nicht, wie schön die Paradiesjungfrauen sind. Wenn du in der Welt fromm und tugendhaft lebst, kannst du im Paradies tun und lassen, was du willst. Die Jungfrauen werden sich dort um dich kümmern!«

Ich hatte von allen irdischen und himmlischen Jungfrauen die Nase voll! Ich wollte nur in Ruhe gelassen werden, und für jemand anderen interessierte ich mich auch nicht. Ich war hinter Geld her. Ozeane wollte ich hinter mir lassen, um nicht gezwungen zu sein, das Blut anderer zu vergießen oder zuzulassen, daß jemand mein Blut vergießt. Genau. Daß ich trotzdem manchmal an Mahtab dachte, erstaunte mich selbst. Meine Großmutter hatte immer gewünscht, ich solle sie »hier« in mir bewahren, denn unser Ehevertrag sei bereits im Himmel geschlossen worden. Würde denn keine irdische Kraft dieses Band zerreißen können? Ich wäre lediglich bereit gewesen, sie zu heiraten, um von den gehässigen Worten der Leute erlöst zu werden! Dann könnte Mahtab immer auf ihrem dicken, weichen Arsch sitzen und dichten soviel sie wollte und brauchte nur einmal im Jahr mit ihm zu wackeln, wenn Augen und Brauen daraufgemalt waren wie bei Monawar-Chanom. Heimlich würde ich dann alle Jungs des Viertels herbeiholen und sie durch das Fenster ihr oberes und unteres Gesicht betrachten lassen, damit sie begreifen, wie weit es letztendlich mit Monawar-Chanoms Enkelin gekommen ist, die wegen ihrer Frömmigkeit und Tugend überall bekannt war. Dann könnten auch sie mit ihren Mustafas und Djawids das Theater von Monawar-Chanoms Enkelin spielen, solange, bis sie alles satt hätten und nur noch an Flucht dächten. An die Flucht vor dem Leben wegen des Lebens!

Ich wurde ungeduldiger. Der Geruch nach Spritze, Alkohol und Permanganat, der meiner Großmutter eigen war, stieg mir in die Nase. Wie lange wollte sie denn nun noch mein Nadelöhr von Gesicht anstarren? Unwillkürlich wurden meine Bewegungen hastiger. Meine Arme bewegten sich mechanisch wie bei einer Puppe, und meine Füße drehten sich mit ihren Schatten im Kreis. Meine letzte Hoffnung war die Großmutter. Ich fragte sie:

»Was soll ich denn nur machen, Großmutter? Sagen Sie es mir doch!«

Sie sah mich nicht an, sondern sagte nur:

»Was weiß ich. Mach, was du willst.«

Das, was ich tun wollte, tat ich ja doch nicht. Ich wollte sie mit einem Fußtritt ins Wasser stoßen und für immer Ruhe vor ihr haben. Statt dessen schlug ich mir mit der Faust gegen die Stirn, um das verfluchte Getöse zur Ruhe zu bringen, das die auf- und niederfahrenden Bälle in meinem Kopf anrichteten. Sie hatten sich vermehrt und flogen im Zickzack hin und her und machten mich wahnsinnig. Der Schmerz sprengte fast meinen Schädel. Ich mußte Djawid wiederfinden!

Gab es denn hier in der Nähe keinen Rote-Beete- oder Bohnenverkäufer? Ich war wieder verloren gegangen.

Ich lief hinter Fathollahis Werkstatt. Der Werkstatthof lag zur Hälfte in tiefem Schatten. Wie eine Bergkuppe stieß der Schatten des Gebäudes in die Tür vor. Wo ich stand, war es fast schwarz wie die Nacht, weil die Schatten von Tür, Wand und Gebäude in einem spitzen Dreieck übereinander lagen.

Deswegen sah ich auch die Ölpfütze nicht, die wie eine schwarze Wunde in der Mitte des Hofes klaffte und trat bis zum Knöchel hinein. Die Öltropfen perlten wie schmutziger Tau von meinem Fuß ab.

Ich schaute in Djawids Kammer hinter der Werkstatt. Im Gegensatz zu sonst war alles durcheinandergeworfen. Seine Bücher, die er von allen Dingen auf der Welt am meisten liebte, lagen aufgehäuft auf seinem karierten Hemd. Als ob sie jemand gegriffen hatte, um sie mitzunehmen, es sich dann aber anders überlegt und sie mitten im Zimmer fallengelassen hatte. Ich mochte dieses alte, karierte Hemd von allen Kleidungsstücken Djawids am liebsten. Als ich es ansah, war mir, als hörte ich das geschwätzige Zirpen der Grillen und die unregelmäßigen, abgehackten Atemzüge Djawids, der mich in einer klaren Nacht liebkost hatte. Ich fühlte damals nur den heftigen und verrauchten Atem Djawids, den ich leidenschaftlich und genußvoll einsog. Ich wollte nicht wissen, was Djawid mit mir machte. Ich wollte nur, daß er schneller und erregter atmete, damit ich diesen Duft nach Raute, wie ich ihn von dem Fest Monawar-Chanoms her kannte, in mich einsaugen und lieben konnte. Ich versetzte dem Bücherhaufen einen Fußtritt und wischte die schmutzigen Öltropfen mit dem Saum des karierten Hemdes von dem nach Raute riechenden Djawid-Chan ab. War ich zu spät gekommen? Wer hatte sein Zimmer durchwühlt? Wonach hatten sie gesucht? Hoffentlich waren sie nicht auch hinter mir her und würden jetzt hier über mich herfallen? Wo war das Foto, das mich reich machen sollte?

Hinter meiner Stirn ertönte ein Gong. Ich nahm meinen Kopf zwischen die Hände und kehrte unter dem Zirpen der Grillen zu dem wie eine Bergkuppe aussehenden Hauptgebäude zurück. Fathollahi arbeitete mit einem Schraubenschlüssel in der Hand über einen Motor gebeugt. Da ich selbst mit tausend fest gegen meinen Kopf drückenden Händen die Bälle, die darin herumschossen, in ihrer Bewegung nicht hätte aufhalten können, steckte ich sie in die Tasche. Als ich gerade das Schattendreieck durchquerte, hörte ich Fathollahi rufen:

»He, Junge, komm mal her. Was ist heute los ? Das ist hier doch keine Karawanserei! Ich habe das Zimmer nur an einen vermietet. Seit dem Mittag sind jetzt mindestens hundert Leute rein und raus ... Wonach sucht ihr da?«

Er ließ mir keine Zeit zu antworten. Vielleicht hatte ich ja auch eine Frage. Er blickte unter dem Ellenbogen hindurch mit einem Auge schräg in die Sonne hinter meinem Kopf. Es tat mir leid, daß ich das karierte Hemd Djawids mit dem Öl beschmiert hatte. Ich sagte:

»Nichts weiter. Wer war denn alles hier?«

Seine Sturheit gegenüber der Sonne verriet, daß er aus dem Süden stammte. Noch immer starrte er mit dem einen Auge in ihren Glutofen. Um mich einzuschüchtern, sagte er:

»Antworte mir erst einmal!«

»Hab ich doch, Mann! Nichts weiter. Ich bin hier mit Djawid verabredet.«

»Und das soll ich dir glauben! Was treibt ihr da eigentlich in diesem Loch? Handelt ihr etwa mit Schmuggelware oder gestohlenen Sachen? Hoffentlich habt ihr kein Opium versteckt oder andere Drogen?«

Offensichtlich waren die, die seit dem Mittag in diesem Zimmer ein und ausgegangen waren, Leute von der Drogenfahndung, die Kriminalpolizei, die Wachtposten aus dem örtlichen Polizeirevier oder ähnliches gewesen. Es fehlte nur noch, daß die Armee sich auch noch eingemischt hätte! Trotzdem war mir nicht klar, ob auch die Pasdaran da waren? Fathollahi wiederholte aufgebracht in scharfem Ton:

»Was ist es nun?«

Ich legte die Hand auf meine Steinbrocken-Stirn. Die Wunde mit den geronnenen Blutrinnsalen war verkrustet. Wenn ich daran kratzte, würde es wieder zu bluten anfangen. Mein Stirnknochen war so mürbe geworden, daß er zu Staub zerfallen wäre, hätte ich stärker darauf gedrückt. Gezwungen grinste ich und sagte:

»Herr Fathollahi, Sie kennen Djawid und mich doch gut. Wir sind weder Schmuggler noch sonst irgendwas.«

»Was seid ihr denn dann, daß ihr sie so aufgescheucht habt. Seid ihr etwa gegen die Revolution? Diese Bücher da, wem gehören die denn? Djawid? Sind die verboten? Gegen die Religion? Gegen den Islam?«

Ich hätte gern gewußt, ob auch Mustafa zu denen gehört hatte, die in Aufruhr versetzt worden waren? Ich antwortete:

»Wenn es so wäre, hätten sie die Bücher mitgenommen ...«

»Einige haben sie ja auch mitgenommen.«

Ich hatte keine Lust mehr, dieses sinnlose Gespräch fortzusetzen und fragte ihn deshalb direkt:

»War Mustafa auch dabei?«

»Welcher Mustafa?«

Sein Tonfall war nicht mehr so scharf. Vielleicht nahm er an, auf diese Weise besser etwas aus mir herauszubekommen. Ich erwiderte:

»Der Sohn von Hadji Moschiri!«

»Der Hadji Moschiri, dessen jüngerer Schwiegersohn im Basar einen Schmuckladen hat?«

Dann war mein und Djawids Isfahaner Onkel der jüngere Schwiegersohn Hadji Moschiris? Und auch der gewissenlose Hadji Moschiri hatte seine Hände mit im Spiel? Demnach war ein Kopf der Bande der grausame Sejjed im Gefängnis, einer saß im Basar und der andere in der Moschee. Welche Rolle spielte Djawid dabei?

»Nein, glaube ich nicht. Er muß Isfahaner sein.«

»Doch, doch. Das ist er. Er ist gerade aus Isfahan gekommen. Die Abfindungssumme für diesen Laden ist eigentlich die Mitgift von Hadji Moschiris Tochter. Sein Schwiegersohn ist sehr tüchtig. Wie hieß er doch gleich? Ach, ja. Ahmadi. Hadji Ahmadi. In dieser kurzen Zeit hat er noch einen Laden oberhalb von Bozardjomehri* aufgemacht.«

Ich hatte keine Lust, mir die kleinen und großen Fähigkeiten des Schwiegersohnes von Hadji Moschiri anzuhören. Wenn ich noch ein paar Minuten länger in dieser staubigen, baumlosen Werkstatt bliebe, würde ich umkommen. Ich sagte:

»Mustafa ist auch ein sehr tüchtiger Junge. War er auch unter ihnen?«

»Welcher Mustafa? Aha. Nein, einen Mustafa hab ich nicht gesehen!«, und als ob ihm plötzlich ein Licht aufgegangen sei, rief er:

»Wie denn? Mustafa ist auch in eurer Bande?«

»In welcher Bande, Herr Fathollahi? Wir sind brave Leute,

die keine geeigneten Beziehungen haben, um eine Bande gründen zu können. Nein, so etwas kommt uns nicht in den Sinn.«

Ich schaute ihm direkt in das Auge, mit dem er in die Sonne sah. Bis auf die Wimpern waren Augenhöhle und Pupille ganz weiß. Abends, wenn Fathollahi seinen Schraubenschlüssel weglegte und sich auf die Teertonne setzte, starrte er mit diesem weißen Auge in den Sonnenuntergang, dachte an die hohen Palmen und die Erdölbohrtürme des Südens, seufzte und malte sich den Tag aus, an dem er wieder an seinen Geburtsort zurückkehren und am Ufer des Karuns, gegenüber den Palmen und Gasflammen der Bohrlöcher sitzen und an diese heruntergekommene, staubige Werkstatt zurückdenken würde. Dann wußte er bestimmt nicht mehr, warum und wonach er sich sehnte. Ich ließ ihn nicht weiter darüber nachdenken. Im Weggehen sagte ich:

»Wenn Sie Djawid sehen, richten Sie ihm aus, daß er nicht zu mir ins Hotel kommen soll. Ich habe mich mit dem Mann meiner Tante verkracht und gehe deshalb nicht mehr dorthin.«

Fathollahi schloß auch das andere weiße Auge und schlug sich mit dem Schraubenschlüssel auf den Handteller. Plötzlich schrie weit entfernt eine Krähe. Er erwiderte:

»Und wenn du ihn siehst, sag ihm, er soll seine sieben Sachen packen und verschwinden. Ich will das Zimmer nicht mehr vermieten. Es bringt nur Probleme mit sich. Wenn Polizei und Pasdaran hier immerzu durchmarschieren, vertreiben sie mir die Kunden. Warum gehst du nicht mehr zu deiner Tante? Ein Dach über dem Kopf ist dir nichts wert? Wo schläfst du denn dann in der Nacht? Was ist mit deiner Stirn passiert?«

Stockend sagte ich:

»Ich weiß nicht! Ich bin gegen etwas gefallen, eine Tür, eine Mauer, auf den Boden!«

»Bist du geimpft?«

Ich wartete darauf, daß er weiter fragte. Deshalb knüpfte ich den Faden meiner Gedanken an das abgehackte Krächzen der Krähe. Ich wußte nicht, ob ich meine mit dem Tode ringende Krähe zu Hadji Moschiris jüngerem Schwiegersohn schicken sollte, damit sie ihm die Augen aushackt. Ich war mir sicher, daß sich der tüchtige Hadji Ahmadi nicht einmal die Mühe machen würde, sich zu bücken, um das ganze Geld in die Tasche zu stecken. Selbst wenn ich mein ganzes Leben lang gebückt laufen würde, könnte ich soviel Geld gar nicht auflesen. Fathollahi verlor die Geduld. Er schrie:

»Warum antwortest du nicht? Bist du nun geimpft oder nicht?«

Ich hörte mich hastig sagen:

»Ja, klar doch. Herr Morteza hat mich geimpft.«

Fathollahi hatte nun beide Augen geöffnet. Erst jetzt, nach Jahren, bemerkte ich, daß das obere und untere Lid seines einen Auges in der Tiefe der Augenhöhle zusammenklebten und wie ein Knopf aus Fleisch in sie hineingewachsen waren. Mit der freien Hand fuhr er unter sein ölverschmiertes T-Shirt in die Achselhöhle und sagte:

»Gut, dann wünsch ich dir alles Gute! Du bist doch kein Kind, das man dich zwingen muß. Du weißt sicher selber besser, was gut für dich ist.«

Da ich selber besser wußte, was gut für mich war, nahm ich den gutgemeinten Wunsch Fathollahis mit und ging. Gut war für mich, daß ich den Ingenieur Djawid vergessen und um jeden Preis den Film aus Moradis Dunkelkammer herausholen und an Fachri-Chanom verkaufen mußte. Dann könnte ich mit dem vielen Geld mit meiner aufgezwungenen Frau in Berlin bis ans Ende meiner Tage in Wohlstand und Liebe leben. Ich hatte es dann nicht mehr nötig, stundenlang vor Moradis schäbiger Kamera zu stehen und »Bija, Bija« zu sagen, nur um eine lausige Hornbrille kaufen zu können. Das einzige Hindernis dabei war der schwer zufriedenzustellende Moradi selbst, der diesmal das Recht hatte, von mir enttäuscht zu sein. Ich hoffte, daß der grausame Sejjed, weil er den alten Mann im Gewühl der Universität verloren hatte, genauso verzweifelt an die Hühnerbrust meiner Tante gesunken war, wie er bei dem Gedanken daran flennte, aus Osra-Chanom ein warnendes Beispiel zu machen! Das Rätsel über die Rolle von Hadji Moschiris tüchtigem Schwiegersohn in diesem Abenteuer konnte ich ohne die Hilfe des wagemutigen Mustafa nicht lösen. Was wollte er noch von mir? Alles hing davon ab, daß der liebe Djawid seinem karierten Hemd treu geblieben war und mit dem Foto unseres heldenhaften Reckturners nicht zu Hadji Moschiri oder dem grausamen Sejjed gegangen war. Plötzlich knickte ich mit dem Fuß um. Beinahe wäre ich gestrauchelt und noch einmal mit dem Kopf aufgeschlagen. Ich war wieder in die Ölpfütze getreten. Fathollahi musterte mich mit seinem gesunden weißen Auge von Kopf bis Fuß und schrie:

»Wo hast du deine Gedanken, Junge! Gott hat dir doch zwei Augen zum Sehen gegeben!«

Ich lachte gezwungen und überlegte mir, daß es jetzt gut gewesen wäre, wie damals, nach dem Tode meiner Großmutter, vom Fuß aufwärts gelähmt zu sein! Ich wäre gerne umgekehrt und hätte das karierte Hemd Djawids geholt. Seife zu kaufen kostete nicht viel. Ich war bereit, sogar etwas von dem Geld auszugeben, das ich unter dem Teerfaß versteckt hatte. Daß ich meinen Fuß nicht in das Hotel setzen durfte, war kein solches Problem. Ich könnte das Hemd im Wassergraben an der Straße waschen und zum Trocknen in der Sonne über einen Ast hängen! *Zwischen den Lippen und meiner Kehle / zieht ein Atemhauch rasch hindurch, / der dich ruft / Djawid.* Ich verließ die Werkstatt.

Ich lenkte mich ab von dem Ball, der in meinem Kopf auf und nieder sprang, und starrte auf den Boden. Der graue Asphalt zog unter meinen Füßen dahin und wurde manchmal von einem Rasenflecken unterbrochen. Ich wußte nicht, wohin die Straße führte und wohin sie mich mitnehmen würde. Ich lief in Gedanken an Hadji Moschiris tüchtigen Schwiegersohn weiter. Mit schiefem Kopf, wie bei einem räudigen Hund, blaffte er mich fortwährend durch das Schaufenster mit seinen Gold und Edelsteinen hindurch an, ich solle verschwinden. Er trug den Scheitel in der Mitte und hatte die schwarzen Haare sorgfältig über den Halbkreis seiner Glatze verteilt. Trotzdem konnte er die kahle Stelle auf dem Hinterkopf nicht bedecken. Also war es klar, daß Sejjed

Karim im Gefängnis, Hadji Moschiri in der Moschee und sein Gold verkaufender Schwiegersohn im Basar wie die Glieder einer Kette miteinander verbunden waren. Selbst wenn Badri-Chanom und Fachri-Chanom ihr ganzes Hab und Gut verkaufen würden, könnten sie nicht die schier unersättliche Habgier dieser Sippschaft befriedigen. Nicht einmal mit fünfhunderttausend Tuman, geschweige denn mit ihren fünfzigtausend würden sie an ihren Gefangenen kommen. War also der Fluchtplan für den Mann von Fachri-Chanom nur eine Falle oder ein lukratives Geschäft dieser feinen Gesellschaft?

Der Asphalt unter meinen Füßen blieb stehen. Einige Steinstufen mit einem weißen Geländer zu beiden Seiten tauchten vor mir auf. Die Stufen waren unter dem Schatten der Markise über der Tür schwarz geworden. Ich wußte nicht, wohin ich meine Füße setzen sollte um hochzusteigen. Die Spatzen, die Mustafa vor zehn Jahren gejagt hatte, lagen auf dem Steinteppich in ihrem Blut aufgereiht. Erst jetzt begriff ich, daß ich bei dem wagemutigen Mustafa angekommen war. Vielleicht war Djawid bei ihm!

Aus dem Haus drangen Geräusche. Ich schlich unter der Markise zum Fenster. Der Schatten bewegte sich auch, denn als ich mich umdrehte, war ein kleines Dreieck der ersten Stufe von der Sonne erhellt. Von meinem Platz aus sah die Scheibe für mich wie ein Spiegel aus. Mustafas Mutter im Flur trat ohne Tschador in den Spiegel, hob ihre Arme gen Himmel und verschwand eilig wieder. Kurz danach erschien genau an der Stelle, an der eben seine Frau verschwunden war, Hadji Moschiri. Die Hand in die Hüfte gestützt stand er im Spiegel. Er wußte nicht, was er machen sollte. Mit starrem Blick musterte er alles um sich herum, und als er beim Fenster ankam, blieb sein Blick daran hängen. Er schaute so haßerfüllt, daß ich dachte, er starrt mich durch den Spiegel an. Ich duckte mich und trat in der Eile auf das blutige Herz eines Spatzes, der rücklings auf der Steinstufe lag. Plötzlich öffnete sich die Haustür. Es roch muffig. Ich wollte abhauen, als die Spatzen zu tschilpen anfingen. Das Spiegelfenster war noch an Ort und Stelle. Ich schaute in den Schlund der offenen Tür.

Obwohl ich Schritte von der Schwelle der Tür hörte, sah ich niemanden. Hadji Moschiri verschwand aus dem Spiegel. Eine Stimme sagte:

»Warum stehst du hier herum?«

Ich suchte die Stimme und fand sie im Dunkel des Flures auf der Höhe meiner Knie. Es war Mustafas kleine Schwester Zahra, die mich mit ihren lustigen Mäuschenaugen ansah. Sie hatte sich halb hinter dem Vorhang der Diele versteckt. Ich antwortete ihr nicht, sondern fragte:

»Ist Mustafa da?«

Sie antwortete mir auch nicht, sondern schniefte. Als ich sie genauer betrachtete, bemerkte ich die Tränen in ihren Augen. Sie sagte:

»Mustafa hat mich gehauen.«

Ich wußte nicht, was ich ihr sagen sollte. Bis jetzt hatte ich noch nie mit einem Kind gesprochen und wußte nicht, wie ich mich ihr gegenüber verhalten sollte. Ich steckte die Hände in die Taschen und hörte wieder den Lärm, den die unsichtbaren Hände mit ihrem Ballspiel in meinem Kopf verursachten. Das kleine Mädchen sagte:

»Steh hier nicht herum, geh fort.«

In ihrer Stimme lag weder Furcht noch Drohung. Sie warnte mich vielmehr. Um sicher zu sein, fragte ich:

»Warum?«

Mit Zahra zu sprechen, war nicht so schwer. Der Lärm der Bälle in meinem Kopf legte sich plötzlich wieder. Diesmal tauchte der Schwiegersohn des tückischen Hadji Moschiri in seiner ganzen Erhabenheit im Spiegel auf. Das kleine Mädchen sagte:

»Weil mich Mustafa geschlagen hat, deinetwegen!«

Plötzlich schrie der Herr Schwiegersohn auf:

»Wer war denn am Dugh?«

Hätte meine Großmutter seinen Schrei gehört, hätte sie sicher gefragt, was mit ihm los ist. Als ob man ihn an seiner Eidechse gezogen hätte. Das kleine Mädchen sagte schnell, während sie hinter den Stoffalten des Vorhanges verschwand:

»Er hat dich beschimpft. Ich habe ihm auch gesagt, daß er selbst ein Esel ist. Da hat er mich geschlagen. Weil er mich erziehen wollte. Geh jetzt. Tschüß! Ich muß Mama sagen, daß sie Dugh machen muß. Du sollst auch erzogen werden. Hat mein Vater zu ihm gesagt.«

Ich schrie:

»Ich? Warum?«

Das behaarte Gesicht von Hadji Moschiris tüchtigem Schwiegersohn bewegte sich wie ein schwarzer Fleck über die klare Oberfläche des Spiegels. Zahra sagte:

»Wenn du mir das nächste Mal die Finger in den Rachen stecken willst, faß mich an der Schulter an und nicht hier!«

Mit »hier« meinte sie ihren Hals, der vom Druck meiner Finger noch blaue Flecken hatte. Plötzlich kehrte die Dunkelheit in den Spiegel zurück und das Fenster wurde wieder zum Fenster! In seiner schattigen Scheibe tauchte die verdrossene Gestalt Mustafas auf und blieb in der Mitte des Rahmens stehen. Als er wieder wegging, verschwand er sogleich hinter einer schrägen Linie im Halbdunkel. Nur sein Gebrüll hallte durch den dunklen, tiefen Flur und trieb sowohl mich als auch seine Schwester in die Flucht.

„Wer hat dir gesagt, daß du an der Tür herumstehen sollst, du Schlange! Nutzt du meine Abwesenheit aus, Zahra?«

Vielleicht war Djawid auch dort und saß neben dem mächtigen Hadji Moschiri, seinem tüchtigen Schwiegersohn und dem wagemutigen Mustafa! Sie waren alle da, nur ich fehlte, der ich erst erzogen werden mußte. Djawid hatte ihnen sicher das Foto unseres halbtoten Reckturners gezeigt und ihnen die Geschichte von Basar und Universität erzählt. Deswegen waren sie in Aufruhr geraten und hatten den Befehl zu meiner Verhaftung erteilt. Vielleicht hatte der Herr Ingenieur vermutet, daß ich zu ihm komme. Deshalb hatte er die Pasdaran zu Fathollahis Werkstatt geschickt. Ich hatte wirklich Schwein gehabt, daß sie mich nicht erwischt hatten, als ich mich mit Fathollahi unterhielt. Ich wollte den Namen Djawids nicht einmal mehr in den Mund nehmen.

Ich war so in mich zusammengesunken, daß mein Schatten dem einer Schildkröte mit eingezogenem Kopf glich. Meine Beine hatten es nicht mehr eilig. Sie wußten nicht, wohin sie meinen trägen Körper schleppen sollten, welchen Weg sie einschlagen sollten, der sich nicht als Sackgasse erwies. Als ein Auto der Sepah an mir vorbeifuhr, duckte ich mich und verschwand schnell in einem Laden. Ich hielt mich dort eine Weile auf. Aus Gewohnheit dachte ich wieder an Djawid, während ich eigentlich an Fachri-Chanom denken wollte, wie sie aus ihrem Auto steigt und auf mich zukommt. Ich konnte mir aber nicht mehr vorstellen, daß sie die pralle Geldtasche an mich übergibt. Sejjed Karim hatte sofort meinen Platz besetzt und das Geld genommen! War das ein Spiel des Schicksals? Alle Gefahren hatte ich in Kauf genommen, um das Foto unseres meisterhaften Reckturners zu entwickeln. Jetzt befand sich das Foto in den Händen der Person, der ich es mit aller Kraft zu entreißen versucht hatte!

Da, wo ihre Betriebsamkeit aufhörte, wurde die Straße schmaler und bog nach links ab. Sie erschien dort wie ein blinder Punkt, zu dem nicht einmal die Sonne einen Weg fand. Das letzte Mal hatte ich Djawid an eben jenem Punkt gesehen. *Allein in der Zeit / habe ich dir die Körner meiner Liebe vor die Füße gestreut / doch du flogst fort / wie eine Taube / und ließest dich auf einem anderen Dach nieder!*

Ich ging zu dem blinden Punkt und blieb an der Stelle stehen, an der Djawid gestanden hatte. Ich versuchte, unberührt zu bleiben, wenn ich an ihn dachte. Ich mußte akzeptieren, daß sein Schatten an der Reihe und er plötzlich gestorben war. Das war alles! Ich warf einen Blick auf den Eingang von Mohadjeris schäbigem Hotel, das sich selbst nur mit Mühe auf den Beinen halten konnte. Vielleicht stand ja meine liebe Tante in dem bräunlichen Licht eines Zimmers in der dritten Etage vor einem Spiegel über dem Waschbecken, schminkte sich ihre vollen Lippen und bereitete sich auf den Empfang von Fachri-Chanoms Geldtasche vor. Und auch Sejjed Karim lag vielleicht auf dem Bett, hielt sich das von mir entwickelte Foto vor die Augen und ergötzte sich an der gelungenen Aufnahme. Vielleicht kam ihm in den Sinn, daß er anstatt Doktor zu werden und zu dichten, gleich von Anfang an der Kunst des Fotografierens hätte nachgehen sollen. Vielleicht wäre es ihm dann besser als jetzt gegangen. Ging es ihm denn nicht gut? Ich würde nicht vergessen können, daß Djawid das Foto Sejjed Karim gegeben hatte.

Ich stand am Platze Djawids und hielt mir die Hand an meine Steinbrocken-Stirn. Der Ball des Schmerzes stieß so heftig dagegen, daß ich das Gefühl hatte, sie müsse schon von Rissen übersät sein. Risse, die durch den andauernden feinen Schmerz, der von ihnen ausging, breiter wurden. Ich schaute mich um, ob mich jemand verfolgte. Dabei blieb mein Blick an dem Schild »Reparaturwerkstatt für Fahrräder – Ali Akbari« hängen, das von Ferne heller erschien, obwohl die Sonne nicht darauffiel. Gegen meinen Willen zogen mich meine Füße dorthin. Vielleicht sah ich ja Djawid, während er mit zusammengezogenen Augenbrauen die Speichen eines Fahrrads richtete. Wenn ich ihn sehen würde, würde ich ihm ins Gesicht schreien, daß ich aus tiefstem Herzen wünschte, daß sein Schatten an die Reihe käme, und daß ich hoffte, daß er niemals Glück hätte und Gott es fügte, daß der wagemutige Mustafa oder der grausame Sejjed ihm seinen Anteil am Glück aus der Hand rissen!

Meine Trauer hatte die Gestalt eines grausamen Monsters angenommen. Vielleicht kämen mir nicht so viele giftige Gedanken, wenn ich Gelegenheit gehabt hätte, mit Djawid ein Glas Honigmelonensaft mit Eis zu trinken. Ich erwartete immer noch, daß Djawid mir nachlief, sich im fahlen Licht des Sonnenuntergangs in seinem frischen und sauberen karierten Hemd neben mich setzte und mir von den Gemeinheiten und Grausamkeiten Mustafas erzählte. Nein. Ich würde ihn nicht verfluchen. In einem Augenblick könnte er die Pasdaran rufen und mich ihnen mit auf dem Rücken gefesselten Händen übergeben! Ich merkte, daß ich die Fassung verlor, mir übel wurde und die Tränen zu fließen begannen. Djawid.

Meine Füße liefen los. Auf einmal merkte ich, daß ich dabei war, zu dem schwindenden Licht an der blinden Stelle am Ende der Straße zu gehen. Zwei bewaffnete Pasdaran überquerten eilig die Straße und kamen auf mich zu. Hätte mir Hasan Moradi meine Hornbrille gegeben, hätte ich mich jetzt besser tarnen können. Ich zog meine Locken in die Stirn und ging auf den Boden blickend an ihnen vorbei. Bedeutete das, daß mein Foto noch nicht unter den Patrouillen kursierte? Mein lieber, verräterischer Djawid besaß alle meine Fotos. Er konnte sie ihnen für meine Bekanntmachung ganz einfach zur Verfügung stellen. Mir kamen wieder die Tränen.

Bevor ich zu heulen anfing, versuchte ich, meine wirren Gedanken über Djawid zu ordnen und ihn in einem anderen Licht zu sehen. Das war richtiger. Bis er mir nicht selbst gesagt hätte, daß er das Foto Sejjed Karim gegeben habe, konnte ich ihn nicht verurteilen. Er mußte mir in die Augen schauen und mir sagen, daß er die Freundschaft mit mir für die Mitgliedschaft in Mustafas Gruppe der Wagemutigen verkauft hatte! Wie sehr brauchten denn zwei Menschen Teegläser mit Untertassen und eine Waschmaschine? Zorn zerkleinerte meine tiefe Enttäuschung und trug sie weg. So konnte ich besser nachdenken. Ich müßte Djawid finden und mit ihm an einem Ort sprechen, an dem es weniger gefährlich war. Dann könnte ich herausbekommen, auf welcher Seite er steht. Ob auf meiner oder auf Mustafas. Vielleicht würden wir uns auch wieder versöhnen und den Abend irgendwo miteinander verbringen. Zwar durfte weder ich das Hotel betreten, noch konnte er in Fathollahis Werkstatt, aber der Mellat-Park war zum Schlafen auch ein angenehmer Ort. Was passierte nun mit unserer Hütte?

Ich erreichte die Kurve, und anstatt nach links abzubiegen, blieb ich an der Grenze von Hell und Dunkel, von Sonne und Schatten stehen. Rechts von mir breitete sich das Licht grell auf der Straße und den Dächern der Autos aus, links fielen die Schatten übereinander. Plötzlich erhob sich Djawids Stimme aus dem Autolärm und prallte mir gegen das Gesicht:

»Was hat das denn alles für einen Sinn?«

Ich dachte nicht mehr an den prallen Geldbeutel von Fachri-Chanom. Auch den Gedanken an meine Haargelfabrik in Deutschland hatte ich beiseite geschoben. Sejjed Karim schien kein Interesse mehr daran zu haben, die Erde an der Front mit meinem Blut zu färben. Er war mehr darauf aus, mich zu verhaften und aus mir ein warnendes Beispiel für andere zu machen. Ich wollte nicht einfach sterben, bevor ich nicht das »Problem« meiner Freundschaft mit Djawid geklärt hatte. Vielleicht konnte ich ihn davon überzeugen, daß wir zusammen nach Berlin gingen. Er hatte hier ja auch nichts zu tun. Und auch für die Ausbildung zum Ingenieur war Berlin ein besserer Ort. Wir würden das Geld für den Ein-Mann-ein-Wort-Scheich Faghfur zusammen aufbringen und dann losziehen. Der Rest würde sich schon ergeben. Zusammen! Nein. Djawid konnte mich nicht verraten haben. Dafür hätte er ein schwarzes Herz haben müssen, was er nicht besaß!

Schwankend hielt ich mir die Hand vor die Stirn. Das golden schimmernde Licht auf den Dächern der Autos blitzte und wurde von ihnen reflektiert. Ich bog nach links ab. Von dem blinden Punkt aus heftete ich unverwandt meinen Blick auf Ali Akbaris Fahrradwerkstatt, deren Rolläden halb heruntergezogen waren. Djawid war nicht zu sehen. Vielleicht hockte er mit Hadji Moschiris tüchtigem Schwiegersohn zusammen und goß sich ein Glas Dugh nach dem anderen in den Bauch. Aus übermäßigem Zorn wurde mir schwarz vor Augen. Für einen Augenblick verschwamm Moradis Fotoladen vor meinen Augen. Ich zwinkerte ein paar Mal, denn ich durfte den Laden und den Hoteleingang nicht aus den Augen verlieren. Wenn mich Moradi oder Sejjed Karim erwischten, hatte ich verspielt. *Sag, in welcher Mühle wird mein Schicksal gemahlen? / Ich möchte das Mühlrad mit dem Lauf der Hoffnung drehen lassen, / Siehst du den Siegeskranz auf meinem Haupt?*

Bei dem Gedanken an den Siegeskranz mußte ich lachen. Eine kleine Schwellung in meiner Kehle hüpfte auf und nieder. Ich ging im Schatten der Wand entlang. Er war nicht sehr breit. Deshalb war meine rechte Schulter im Licht der Sonne und meine linke Schulter in der Kühle des Schattens. Aus dem Klang meiner Schritte hörte ich bald in der Hitze der Sonne, bald in der Kühle des Schattens die Stimme Djawids: »Was nützt das? Was nützt das? Was nützt das?« Und er selbst stand vor dem dunklen Schaufenster von Moradis Fotoladen. Zuerst traute ich meinen Augen nicht. Ich dachte, daß die flimmernde Hitze mir seine Gestalt vor dem Schaufenster vorgaukelte. Ich zog auch meine rechte Schulter in den Schatten und starrte die verschwommene Gestalt Djawids an. Ich hatte mich nicht geirrt. Er war es. Deutlicher wurde mir das, als er einen Moment durch den grauen Eingang in den Laden trat und nach einer Weile wieder herauskam. Ich stand hinter der Mauer der Fahrradwerkstatt und wollte ihn von dort aus rufen. Er machte einen Satz und sprang plötzlich in das grelle Licht. Ihm dicht auf den Fersen folgend setzte Sejjed Karim seinen Fuß in die Sonne. Vielleicht besprach er sich noch mit dem schönheitsliebenden Hasan und traf mit ihm eine Verabredung, um seine Eidechse fotografieren zu lassen! Dann fingen beide an zu rennen. Ihre Schatten hüpften wie Frösche auf und nieder. Djawid sagte mir noch immer wie eine Welle ins Ohr: »Was … was … was … was nützt es?« Die Passanten kamen auf mich zu, schauten mir in die Augen, die voller Tränen standen, und gingen vorbei.

Mir war alles klar geworden. Auch Moradi hatte sich voller Eifer der Gruppe der Wagemutigen von Sejjed Karim und Hadji Moschiri angeschlossen. Vielleicht hatte er die Negative dem grausamen Sejjed auf einem Tablett serviert und so sein Geschäft an diesem blinden Ort gesichert, zu dem nicht einmal das Sonnenlicht vordringen konnte. Mein lieber, sich anbiedernder Djawid lief dieses Mal vielleicht hinter ihnen her, um einen Kühlschrank und ein Videogerät für sich und seine Mutter zu bekommen. War denn alles vorbei? Hatte ich Djawid verloren? Was für eine Rolle spielte ich bei der Sache? Damit ich ihn nicht aus vollem Halse riefe, begann ich unwillkürlich die Zinnen auf der Mauer zu zählen, deren Schatten die Erde zackten. Ungeachtet der Wut, die wie eine kleine Schwellung in meiner Kehle auf und ab hüpfte, fragte ich Djawid in Gedanken:

»Was hat das denn alles für einen Sinn, Junge?«

Ich machte kehrt und lief schnell zum Hotel zurück. *Mohadjeris* Hotel war jetzt, wo ich auf der Straße von allen verfolgt wurde, der sicherste Ort für mich. Ich könnte mir aus der Gesäßtasche von Sejjed Karims staubiger Hose einige Hunderter selbst zum Geschenk machen und den Rest des Weges alleine weitergehen! Schon wieder lenkte mich ein Lachen in meiner Kehle ab. *Welcher Weg? / Welcher Begleiter? / Ich bin wie der Wind immer allein gewesen!*

Fachri-Chanom und ihren Geldbeutel würde ich vergessen müssen. Meine einzige Hoffnung war der Ein-Mann-ein-Wort-Scheich Faghfur. Wenn er bereit wäre, von all seinen Preisen abzugehen und nur soviel Geld von mir verlangte, wie ich hatte, wäre mein Problem gelöst! Dann könnte ich mich mit dem Paß in der Hand vergnügt auf den Weg nach Zahedan und Karatschi machen und von dort aus direkt nach Berlin. Dort wartete meine irdische und himmlische Fee Mahtab, die diesen Weg selbst ohne Probleme zurückgelegt hatte, auf meinen weißen Atlaskörper und *meine weichen Hände! Auf Wiedersehen Teheran! Auch in der Hoffnungslosigkeit gibt es sehr viel Hoffnung.*

Um an die Tasche voller Geld des grausamen Sejjed zu kommen, müßte ich ein Stück Flur und drei leere Etagen hinter mich bringen. Gefährlich war das Stück Flur! Vielleicht hatte der grausame Sejjed auch Mohadjeri beauftragt, mich der Sepah zu übergeben, sobald er mich sah. Der Hotelbesitzer stand im gelben Licht der Deckenlampe an seiner schäbigen Rezeption und machte ein Nickerchen. Ich schlich mich an der gekalkten Wand entlang hinter den Geländern nach oben und ging die fleckige Treppe hinauf. Im ersten Zimmer sang ein Afghane laut ein paar Takte von »Herz, o Herz«. Ich setzte meinen Fuß auf einen Lichtstrahl, der aus dem zweiten Zimmer in den Flur fiel und sprang von der Ecke des Ganges direkt zu der hellblauen Tür unseres Zimmers. Bevor ich den Türknauf herumdrehen konnte, ließ mich die kreischende Stimme meiner Tante erstarren.

»Wenn dem Jungen ein Haar gekrümmt wird, ich weiß es, und du – warte! – Karim. Ich habe bis jetzt alles, was du wolltest – warte! – alles, was du gesagt hast, gemacht. - Laß mich jetzt ausreden! – Aber damit bin ich nicht einverstanden. Hast du verstanden? Was weiß ich denn schon? Du kennst dich mit der Sache besser aus. – Wartest du nun oder nicht! – He? – Willst du behaupten, daß du dich immer ordnungsgemäß und dem Gesetz entsprechend verhalten hast, daß du wirklich revolutionär bist? Und das ist dasselbe! – Laß den Jungen in Ruhe! – Laß mich ausreden! – Mir ist scheißegal, ob du einen Haftbefehl hast oder nicht. Klar?! - Warte … Dieser Junge …«

»Dieser Junge« war ich, und meine Tante versuchte mich zu schützen? Dann konnte ich ja doch den Kopf an ihre Hühnerbrust lehnen und sie fragen, was ich machen sollte. Meine Krähe hatte sich geirrt. Sie würde mich nicht anschreien und sagen: »Bleib, wo der Pfeffer wächst!«. Wenn ich jetzt sofort die Tür öffnete, würde sie vielleicht auf mich zukommen und mich weinend in die Arme schließen! Wieder begann sich die kleine Schwellung des Lachens in meinem Hals zu regen! Nein. Ich durfte ihren Worten nicht trauen. Djawid, der Verräter, kam mir in den Sinn. Wenn ich nicht noch einmal betrogen werden wollte, mußte ich auf meine Krähe hören. Ich kehrte wie ein geköpftes Huhn, erstickt und mit den Flügeln schlagend auf die Straße zurück. Sollte doch Sejjed Karim an den Geldscheinen ersticken, die in seiner Tasche schlummerten!

21

Alle waren hinter mir her, mit und ohne Haftbefehl. Ich überlegte, wenn ich dem Ein-Mann-ein-Wort-Scheich Faghfur ein bißchen mehr Ehre erweisen würde, vielleicht erhörte er dann mein Flehen. Ich drückte den Hörer fest an mein Ohr und konzentrierte mich auf die Sprechmuschel. Wie Hadji Moschiri sagte ich:

»Hadj-Agha, seien Sie dem Anliegen ihres geringsten Dieners gewogen ...«

Die abendliche Hitze in der Telefonzelle war feucht und drückend und schlug mir so gegen die Wunde auf meiner Stirn, daß ich mir nicht einmal Hadji Faghfur in seinem Packsattelladen vorstellen konnte. Wenn ich ihn noch ein paar Mal »Hadji« nannte, hätte ich selbst bald geglaubt, daß ich mit einer hoch angesehenen Person sprach und nicht mit einem Schlepper, der den ganzen Tag nichts anderes zu tun hatte, als verseuchte Anzüge hin und her zu tragen. Der Herr Faghfur mit seinen Geschichten bemerkte meine Absicht und schnitt mir mit demselben Tonfall das Wort ab:

»Ich bin keine Hadji, junger Mann. Ich bin Scheich. Wenn Sie dem Anliegen meiner Wenigkeit gewogen gewesen wären, hätten Sie bemerkt, daß es bei der Geschichte nichts zu feilschen gibt. Ich darf Ihnen sagen, daß dies der Preis ist. Den Grund dafür habe ich Ihnen schon rundheraus dargelegt. Die Geschichte ist die, daß ...«

Ich kannte die Geschichte auswendig. Mich wunderte nur, warum Scheich Faghfur meiner Geschichte, nämlich, daß ich in einer ausweglosen und gefährlichen Lage war, keine Beachtung schenkte. Vielleicht, weil ich meine Geschichte nicht richtig erzählt hatte? Ich sagte:

»Ja, mir ist klar, daß alles seinen Preis hat. Aber meine Lage hat sich verändert, sie ist völlig ausweglos!«

»Wie ausweglos?«

Endlich hatte ich es geschafft, seine Aufmerksamkeit zu wecken. Aber jetzt wußte ich nicht, was ich ihm antworten sollte. Sollte ich ihm sagen, daß ich allein, ohne ein Obdach war und überall weggejagt wurde? Sollte ich ihm erzählen, daß mir eine Horde Pasdaran auf den Fersen war? Sollte ich ihm sagen, daß mir mein bester Freund in den Rücken gefallen war? Sollte ich sagen ... Nein, auch wenn meine Geschichte mitleiderregend war, sie ließ sich nicht erzählen! Deshalb sagte ich hilflos:

»Wie? Ich bin eben in Gefahr!«

Sein Tonfall wurde normal:

»Denkst du vielleicht, ich bringe meine anderen Kunden zu ihrem Vergnügen aus dem Land? Wenn du nicht zahlen kannst, ist das eine andere Geschichte! An deiner Stelle würde ich erst das Geld bereithalten und dann ...«

Ich nahm noch einmal meine Mutter zu Hilfe und sagte:

»Nein, ich kann nicht warten. Meine Mutter liegt dort im Sterben. Ich muß möglichst schnell zu ihr.«

Er schnaufte wie eine Lokomotive und schickte mir seine trommelnde Stimme in mein Ohr:

»Dann geh zu offiziellen Stellen, zur iranischen Fluggesellschaft, zu Homa. Basta! Auf Wiederhören.«

Er hatte aufgelegt. Ich hörte noch eine Weile auf das Freizeichen, das sich wie ein Faden dahinzog, und verfluchte Mahtab, die mir den starrsinnigen Scheich Faghfur als den einzigen »zuverlässigen und vertrauenswürdigen Schlepper Teherans« empfohlen hatte. Ich legte den Hörer auf und verließ die Telefonzelle. Ich wußte nicht mehr, was ich machen sollte. Wie eine Eule starrte ich traurig und schwermütig in die Abenddämmerung. Die weißen Lichtflecken um mich herum nahmen in meinen Pupillen die Gestalt kleiner Blumen an und wurden nach einer Weile grau. Wenn ich zwinkerte, leuchteten und blinkten die Flecken wieder über die ganze Breite der untergehenden Sonne. Wenn mir Moradi meine Hornbrille gegeben hätte, könnte ich jetzt alle Dinge, wie mein rachsüchtig gewordenes Herz, in die Dunkelheit ziehen und müßte an nichts mehr denken. Auf alle Dinge, wie auf das lästige Pochen des Schmerzes in meiner Stirn könnte ich die Asche des Todes streuen!

Aus Gewohnheit lief ich los. Obwohl ich verloren gegangen war, rief mich weder der Rote-Beete-Verkäufer noch der Laufbursche des Bohnenhändlers. Nach zwei Biegungen führte die Straße über einen Platz, dessen glitzernde Fontänen regelmäßig bis an den oberen Rand der untergehenden Sonne sprangen, und führte zu einer Stelle, die mit fester Erde und Steinen bedeckt war. Das schräg fallende Licht der elektrischen Straßenlaterne erhellte einen Teil des Bodens bis zur Mitte einer Gartenmauer.

Der Rest der Mauer verschwand in der Dunkelheit. Sie endete in einer verrosteten, grünen Eisentür, die anders als sonst verschlossen war. Ich hatte Fathollahis Werkstatt erreicht und wußte nun nicht, wie ich an das Teerfaß in ihrer südlichen Ecke kommen sollte. Meine ganze Existenz lag unter dieser Tonne versteckt!

Wäre Djawid bei mir gewesen, hätte ich mich schnell auf seine Schultern geschwungen, mich an den Türrahmen gehängt und, nachdem ich mich an ihm hochgezogen hätte, wäre ich mit einem Satz über die Mauer in den Hof gesprungen. Wäre Moradi mit seinem Fotoapparat und dem weißen Schirm hier, hätte er von mir, während ich im Türrahmen hing, ein »verführerisches« Foto machen können. Wenn ich mich später mit Fachri-Chanom im Mellat-Park verabredet hätte, könnte ich ihr dieses Foto für das von ihrem armen Mann verkaufen und …, wenn …

Ich riß mich aus meinen Träumereien, weil ich auf die kaputte Mauer der Werkstatt gestiegen, und als ich abrutschte an den Stacheldrahtreihen hängen geblieben war. Die verdrehten Enden des Drahtes rissen mir die Hand auf und drangen bis zu den Fingerknochen durch. Ich verlagerte mein Gewicht auf die rechte Hand und versuchte, mit der linken den Draht an einer Stelle zu greifen, die glatt war und keine Stacheln besaß. Die Dämmerung nahm zu, kroch Stück für Stück auf dem Draht entlang und füllte meine Augen. Ich hörte, wie ein Drahtende in den Knochen meiner rechten Hand eindrang. Trotzdem zog ich mich hinauf, holte mit der linken Hand das Messer mit dem Perlmuttgriff vom wagemutigen Mustafa aus der Hosentasche und versuchte, damit den ersten Draht durchzuschneiden. Meine ganze Kraft legte ich in die Hände. Ich strengte mich so sehr an, daß ich das Gefühl hatte, innerlich leer zu werden und daß sich das, was noch an Leben in mir war, in den geschwollenen Adern meines Halses sammelte. Die Adern waren durch den Druck so aufgebläht, daß sie fast platzten. In meinem Herzen breitete sich ein warmer Schaum aus, und meine Hände gingen wie Teig auseinander. In der Hoffnung, einen Halt zu finden, um nicht abzustürzen, lehnte ich meine verletzte Stirn an die Mauer. Sollte ich jetzt doch sterben, während ich anderer Leute Mauern hochkletterte. Meine fromme und rechtschaffene Großmutter im Paradies wäre sicher sehr entzückt über die Nachricht, daß ihr Enkel beim Stehlen sein Leben dem Schöpfer übergeben hat! In dieser Finsternis würde ich ohne Schatten sterben!

Der Draht knackte, und das Geräusch fiel wie eine Glasscherbe in die Stille. Mühevoll zog ich mich auf die Mauer und fiel unter dem durchgetrennten Draht der Länge nach hin. Mein ganzer Körper pulsierte im Rhythmus der Herzschläge! Ich entdeckte die Luft neu! *Was für eine Gabe war das Atmen, / und den schweren Duft der Nacht einzusaugen! Wie die Flut aufzukommen / im wundersamen Meer des Lebens!* Jetzt würde ich mich umdrehen, unter dem durchgeschnittenen Stacheldraht hervorkriechen, in den stillen Werkstatthof springen und ohne Mühe mein glückbringendes Teerfaß erreichen. Endlich war die gewundene, dunkle Straße dabei, sich vor mir zu öffnen! Einige umherstreunende Hunde heulten den Mond an.

Ich war noch nicht bis zu dem Faß gekommen, als mich eine langgezogene Stimme auf den Boden fallen ließ: »Stehenbleiben«. Eine andere Stimme wiederholte das Wort wie ein Echo. Nachdem der Klang beider verhallt war, schrie der erste: »Sonst schieße ich!« Dann erhob sich in der Dunkelheit ein Stimmengewirr. Plötzlich brüllte jemand: »Widerstand ist zwecklos. Komm ins Licht und nimm die Hände hinter den Kopf!« Erst jetzt bemerkte ich unter dem Arm hindurch das im kahlen Werkstatthof kreisende Licht. Eine andere Stimme schrie: »Ergib dich! Die Werkstatt ist umstellt!« Die Hunde antworteten ihr mit einem eher winselnden Gebell. Hoffentlich war ich aus Angst nicht wieder meinen Phantasien erlegen und alle diese Stimmen schwirrten nicht im Hof der Werkstatt, sondern in den vier Wänden meines Gehirns umher! Als ich das Knarren der Stiefel auf den Steinen des staubigen Werkstattbodens hörte, war ich mir sicher, daß ich dabei war, auch ohne Gel, Hornbrille und den Glanz von Nivea After Shave auf den Felsen meines Kiefers in der Rolle eines vom Schicksal betrogenen Filmschauspielers geopfert zu werden, an der alles hundertprozentig echt ist. Besonders die Kugeln, die meinen *weißen Atlaskörper* wie ein Sieb durchlöchern würden! Meine Stirnwunde öffnete sich unwillkürlich und ließ dunkle Bluttropfen auf meine Finger fallen.

Ich versuchte, das Stimmengewirr zu enträtseln. Einer sagte: »Ich bin sicher, er ist in der Werkstatt. Ich habe selbst gehört, wie er hinuntergesprungen ist.« Ein anderer flüsterte: »Er kann uns jetzt sehen. Aber wir ihn nicht! Wenn er bewaffnet ist?« Eine dritte Stimme sagte: »Weshalb bist du dir so sicher? Ich habe nichts gehört. Wir vertrödeln hier nur die Zeit.« Die erste Stimme sagte noch einmal: »Ich rufe jetzt Verstärkung!«

Sie brauchten keine Verstärkung zu holen! Ich war sowieso dabei, mein Leben auszuhauchen. Ich betete darum, daß die dritte Stimme an ihrer Meinung festhielt und die Gruppe zum Komitee zurückkehrte. Bedeutete das, daß auch Fathollahi mit denen zusammengearbeitet und ihnen mitgeteilt hatte, daß ich am Nachmittag auf der Suche nach Djawid in der Werkstatt war? Oder hatte ihnen Djawid den Tip gegeben, daß ich wahrscheinlich bei meiner Herumtreiberei auch hier vorbeischauen würde? Oder der wagemutige Mustafa …

Ein verhaltener Schrei riß mich plötzlich aus meinen Gedanken. Es war wieder die erste Stimme. Sie sagte:

»Da! Habt ihr gesehen. Ich hab's ja gesagt. Hier ist sein Messer. Verletzt hat er sich auch.«

Mein Gebet war nicht erhört worden. Letztendlich hatte mich Mustafa mit seinem Messer erstochen! Der Pasdar flüsterte:

»Verstärkung … Verstärkung … Was, wenn er bewaffnet ist? Auch wenn er blindlings schießt, trifft er einen von uns.«

Ich müßte etwas unternehmen. Mindestens vier bewaffnete Pasdaran hatten es auf mein Leben abgesehen, und ich war noch mit Träumereien beschäftigt. Es war Zeit, etwas zu tun. Aber was sollte ich machen?

Der Lichtkegel warf noch immer helle Flecken in die Dunkelheit und kreiste um sich selbst. Ich zog mich in den Schutz der Tonne zurück und schaute mich um. Fathollahis Büro stand wie ein verbeulter Blechbehälter auf dem Werkstattgelände. Hatten sie auch dort alles durchwühlt? Ich war nicht weit weg von Djawids Zimmer. Aber dort konnte ich mich nicht verstecken. Das war zweifellos der erste Ort, den sie noch einmal durchsuchen würden. Hinter den Autowracks war es nicht sicher genug. Wenn die Verstärkung da war, würden sie Stück für Stück die Werkstatt durchsuchen und mich schließlich wie eine Maus aus dem Auspuff eines Autos aus meinem Loch herausziehen. Das Beste wäre, ich würde mich in einen Knochen verwandeln, den die Hunde ins Maul nähmen und fortschleppten. Oder ich würde zu einem Wassertropfen und versickerte in der Erde. Nur wie?

Die Verstärkung traf lautlos ein. Das Quietschen der Reifen drang kurz durch die Stille und verstummte dann gleichzeitig. Danach hörte man Kleidung rascheln und Schritte durch die Dunkelheit tappen. Ein Mann mit kräftiger Stimme schickte jeweils ein paar Leute nach dieser und jener Seite. Er selbst stellte sich mit dem Lautsprecher in der Hand hinter den kreisenden Scheinwerfer. Schließlich holte er einmal Luft durch den Lautsprecher und rief:

»Achtung, Achtung! Letzte Warnung. Ergib dich oder wir schießen. Komm raus.«

Auch wenn ich mich ergeben würde, würden sie mich erschießen. Ich ging nicht hinaus. Ich robbte hinter Djawids Kammer. Meine Kleidung raschelte so laut, daß ich jeden Augenblick darauf gefaßt war, daß das Scheinwerferlicht wie ein Alpdruck auf mich fiel und mich die Gewehrsalven wie ein Sieb durchlöcherten. Im Liegen öffnete ich mit dem großen Zeh die Tür zu Onkel Toms Hütte und verschwand wie ein Tropfen in der Erde!

22

Zwei Tage und Nächte blieb ich ohne Wasser und Brot und ohne Djawid in Onkel Toms Hütte. Ich schlief meistens. Meine aufgerissene Hand deckte ich mit Spucke ab. Die paar Stunden, die ich wach war, rieb ich entweder meine steifen Hände und Füße oder zündete ein Streichholz an, verschluckte seine Flamme und versuchte, das Streichholz brennend wieder aus meinem Mund herauszuziehen. Auf diese Weise vergaß ich die Schmerzen in meiner Stirn. Als ich schließlich den Vorrat an Kerzen, den ich mit Djawid angelegt hatte, aufgebraucht hatte, stand ich auf. Ohne zu wissen, ob es Tag oder Nacht war, öffnete ich klopfenden Herzens mit der rechten Schulter die kleine Tür und trat hinaus. Überall war es grau. In der Werkstatt war weder eine Spur von Fathollahi zu sehen noch von den Pasdaran und ihrer Verstärkung. Ich fühlte mich wie neugeboren!

Als ob nichts passiert sei, wälzte ich mich über den Boden zu dem Teerfaß und beendete das, was ich fast zur selben Zeit schon vor zwei Tagen hatte tun wollen. Ich sagte mir, zwei Tage früher oder später haben auf mein Schicksal keinen Einfluß. Wichtig war nur, daß ich den grausamen Sejjed und seine gutmütige Bande unverrichteter Dinge hatte wieder abziehen lassen. Aber die Gefahr war noch nicht gebannt. Wenn mich der grausame Sejjed erwischte, würde er unverzüglich befehlen, daß sie mich am Ausleger eines Kranes aufhängten. Ich zog den Plastikbeutel mit meinem Geld unter dem Teerfaß hervor, und ohne, daß ich an Djawid und seine Hilfe dachte, kletterte ich über das Tor der Werkstatt und ging weg. Obwohl ich wußte, daß es das letzte Mal war, daß ich das Zimmer von Ingenieur Djawid sah, kehrte ich nicht zurück, um einen kurzen Blick hineinzuwerfen.

Regungslos wie ein Pfeil stand ich hinter einem Baum und hatte meinen Blick auf die halboffene Hoteltür geheftet. In unserem Zimmer brannte kein Licht, und der Saum des Vorhangs hing aus dem geöffneten Fenster. Vielleicht hatten meine grünäugige Tante und der grausame Sejjed das Zimmer geräumt. Was hatten sie mit dem Bündel Briefe von meiner irdischen Fee gemacht? Ich hatte die Briefe zusammengefaltet und in einen meiner Winterschuhe gesteckt, um sie jederzeit mitnehmen und ihre Informationen nutzen zu können, wenn ich mich auf den Weg nach Berlin machte. Ihre unnützen Gedichte waren mir mehr im Gedächtnis geblieben, als die Informationen, die für meine Rettung lebenswichtig waren. Ich mußte an diesen Schuh kommen, egal wie.

Wo auch immer ich hinsah, überall lag der Schatten der Pasdaran auf der Lauer. Ich war mir nicht sicher, ob das Hotel nicht umstellt war. Ich wußte nicht, wie die Sache mit dem Reckturner und Fachri-Chanom ausgegangen war. Ob sie auch auf der Flucht waren? *Seitdem ich wiedergeboren bin / bist du mein Kummer!*

Um mein Gesicht zu verändern und das Hotel zu betreten, fehlte mir die Brille des Verräters Moradi. Ich holte mein Taschentuch aus der Hosentasche, zog es wie das Gekröse eines Schafes bis zu den Brauen über den Kopf und verknotete die Ecken. Die Hosenbeine schlug ich einige Male um. Ich preßte meinen linken Unterarm gegen den Oberarm und stopfte ihn in den Ärmel meines Hemdes. Wenn ich den Oberarm bewegte, schien es, als ob er bis zur Elle amputiert war. Ich zog meine Schuhe aus und versteckte sie in der Tüte mit meinem Geld zwischen einem Lappen. Ich war ein Kollege des blinden Ali, der »Nachrichtenquelle« im Basar, geworden. Wenn mir jemand einen Hackfleischspieß mit Tomaten kaufen würde, würde ich ihm alle meine Informationen zur Verfügung stellen! Im Unterschied zum blinden Ali hatten nicht nur meine »Informationen« keinen Abnehmer, sondern der grausame Sejjed und seine Bande trachteten mir deshalb nach dem Leben. Am Rand des Wassergrabens fand ich einen dicken Stock. Wie ein richtiger Bettler ging ich humpelnd zum Hotel, begleitet vom Lärm der Autos und der Frösche. Ohne mich umzusehen, trat ich schnell ein und fragte den Putzmittel-Mohammed-Agha mit verstellter Stimme:

»Entschuldigen Sie, ist Herr Sejjed Karim Schodja'i da?«

Die hellblaue Farbe des Brettes hinter ihm war abgeblättert. Einige Schlüssel fehlten an seinen Haken. Unser Zimmerschlüssel war an seinem Platz. Mohammed, der Schokoladendieb, musterte mich mißtrauisch von Kopf bis Fuß und sagte:

»Worum geht es?«

»Ich habe eine Nachricht von Hadji Moschiri für ihn. Es ist sehr wichtig.«

Ich schielte auf den blauen Briefumschlag, der herrenlos auf dem Tresen lag. Ich sagte mir, wenn ich Putzmittel-Mohammed Dugh mit fester Gurke und Minze zubereiten könnte, würde er mir sicher den Brief meiner Angetrauten geben. Putzmittel-Mohammed hielt den Kopf schief, verzog das Gesicht und fragte mit noch größerem Argwohn:

»Welcher Hadji Moschiri? Herr Sejjed Karim hat seine Sachen gepackt und ist fort.«

Ich fragte:

»Wann?«

Er wechselte seine Stellung, um weiter zu dösen. Er sagte:

»Das geht dich gar nichts an. Verschwinde, zieh Leine.«

Ich sagte:

»Seine Nachricht ist aber sehr wichtig.«

Ich näherte mich dem Telefon. Mohammed-Aghas Lider waren zugefallen. Er sagte:

»So wichtig wird es schon nicht sein, sonst hätte er mir was gesagt. So, jetzt laß mich an meine Arbeit gehen.«

Ich lehnte den Stock an meinen amputierten Arm und legte meinen rechten Unterarm auf den Tresen. Wäre ich nicht ein Krüppel, hätte ich flugs den Brief geschnappt und wäre abgehauen. Ich sagte:

»Hadji Moschiri hat gesagt, daß Sejjed Karim Schodja'i das Geld, das er ihm noch schuldet, mir geben soll.«

Ich stieß den Brief mit dem Unterarm an und warf ihn auf den Boden. Putzmittel-Mohammed öffnete seine Augen und sagte:

»Gott soll dir doch dein tägliches Brot woanders geben. Ist das eine neue Art zu betteln? Ich hab gesagt, verschwinde. Hau ab!«

Ich ging und machte Platz. Vorher hob ich aber noch den Brief auf und steckte ihn in den Aufschlag meiner Hose. Putzmittel-Mohammed schnarchte im Stehen. Ich humpelte wieder zum Hotel hinaus. Zwei Pasdaran mit blitzenden Gewehren kamen herein. Sie fragten:

»Gibt es was Neues von dem Jungen?«

Ich war zwischen das Froschgequake gesprungen, als einer von ihnen Putzmittel-Mohammed anschrie:

»Wo ist denn der Brief hin? Wenn der Kerl nicht hier war, dann ...«

Ich warf mich zwischen die Autos und war verschwunden.

Ich hatte mich umsonst in Gefahr gebracht. Meine wertvollen Informationen waren für immer in meinem Winterschuh begraben. Meine Angetraute fiel in diesem Brief wieder mit ihrer *sumpfigen Wut* über mich her. Sie hatte mir geschrieben, wenn ich ihr nicht endlich antwortete und das Datum meiner Ausreise mitteilte, hätte ich mir die Folgen selbst zuzuschreiben.

Ich begrabe meine Liebe in einem ausgetrockneten Sumpf / Du bist in der Feuerröte meines Herzens verbrannt / Ich will dich nicht mehr / Siehst du meinen Zorn, / wie er den Horizont rot gefärbt hat?

Vor Zorn hatte sie den Brief auch nicht unterschrieben. Ich zerriß ihn und ließ die blauen Papierschnipsel wie Konfetti durch die Luft fliegen. Ich wartete nicht darauf, daß sie in den Wassergraben fielen. Für mich lag der Brief noch immer herrenlos auf dem Tresen von Mohadjeris Hotel. Vielleicht hatten sie ihn extra dorthin gelegt, um mich in die Falle zu locken. Ich griff mit der Hand an meinen kahlen Kopf und nahm das Taschentuch ab. Ich heilte auch meine Amputation und verschwand schleppend in einer Telefonzelle.

Fachri-Chanom war nicht zu Hause. Badri-Chanom schickte mir nach jedem Satz ein »Aha« hinterher. Sie unterbrach mich nicht. Ich sagte:

»Sejjed Karim ist im wahrsten Sinne des Wortes ein Betrüger. Sie dürfen ihm nicht trauen. Es ist alles eine Falle.«

Sie antwortete:

»Ich weiß. Aber das bleibt unter uns. Er hat dir vieles beigebracht.«

Ich sagte:

»Badri-Chanom. Vergleichen Sie mich nicht mit dem grausamen Sejjed. Ich ziehe doch daraus keinen Nutzen.«

Sie sagte:

»Nein, ich vergleiche dich nicht mit ihm. Jeder von euch ist bei dieser Hurerei »einzigartig«. Sag mal, wie kommt es, daß wir dir leid tun? Der Sejjed wird doch nicht deinen Anteil kassiert haben, und du bist jetzt dabei, dich mit dieser sinnlosen Mitleidstour zu rächen? Wieviel Prozent von dem Geld hast du bekommen?«

»Badri-Chanom. Alles was ich getan habe, habe ich aus Menschlichkeit ...«

Ich mußte lachen. Die kleine Schwellung meiner Kehle bewegte sich auf und ab. Auch Badri-Chanom mußte lachen, aber sie lachte schallend. Ich hielt den Hörer weiter weg, damit mir nicht das Trommelfell platzte. Auf einmal wurde sie ernst. Aufgebracht erwiderte sie:

»Menschlichkeit? Ihr habt meine Schwester ins Verderben gestürzt ... Jetzt wollt ihr sie auch noch unter dem Vorwand durch die Berge und Wüsten jagen, daß ihr Mann an der Grenze an sie übergeben wird. Da sprecht ihr noch von Menschlichkeit?«

Ich legte auf. Meine Absicht war wirklich menschlich.

Der Bus war zur Abfahrt bereit. Unter den neugierigen Blicken der Reisenden fand ich einen Platz am Fenster und setzte mich. Ich behielt den Fahrschein in der Hand, damit niemand einen Vorwand fand, mit mir zu sprechen. Letztendlich hatte ich mich der Entscheidung anderer gefügt. Der Entscheidung derjenigen, die mit Gewehren und Kugeln und

Verschwörungen die Stadt durchkämmten, um mich zu verhaften. Ich wußte nicht, was sie noch von mir wollten. Mein Foto hatten sie mir gestohlen, das Stück von meinem Glück hatten sie mir aus der Hand gerissen, und als ich mich gebückt hatte, um das Geld aufzuheben, das auf den Wegen meines Lebens liegen sollte, hatten sie mich mit einem Tritt zu Boden gestoßen. Meine Stirn brannte wie ein Ofen und brachte mein Inneres zum Schwitzen. Die Sonne zog sich hinter die Berge zurück und färbte den Horizont und die Luft blutrot. War der unendliche Zorn meiner aufgezwungenen Frau sogar schon bis hierher gelangt? Ein heißer und turbulenter Tag ging zu Ende, und ich lief noch immer *allein in Zeit und Raum* hinter meinem unergründlichen Schicksal her. Was ich retten wollte, war wertlos: *mein Leben, ohne Hoffnung.*

Rot gefärbter Horizont. Djawid ging an mir vorüber. Ich wollte ihn rufen und fragen, in wessen Bett er die letzten Nächte geschlafen habe. Ich ließ es. Er ging mich nichts mehr an. Der Mann, der neben mir saß, drehte sich dauernd zu mir um und musterte mich, als ob er einen toten Körper ansah. Vielleicht sah mein Gesicht so abgespannt und gequält aus, daß es sein Mitleid erregte. Unvermittelt fragte er schließlich:

»Willst du ein Aspirin? Du siehst aus, als hättest du große Schmerzen.«

Sein Gesicht sah wie ein Kürbis aus, dem man Augen und Mund ausgeschnitten hatte. Mit seiner quittegelben Haut sah er kränker aus als ich. Mein Inneres war fest wie eine Kugel geworden und in kalten Schweiß gebadet. Die beste Medizin für mich wäre Djawids Stimme gewesen. Ich sagte:

»Ja, vielen Dank.«

Mit keinem Taschentuch hätte ich den Schweiß meiner Eingeweide trocknen können. Es war, als ob eine Hitze, die einen zergehen läßt, irgendwo in mir das Fleisch schmelzen ließ. Der Mann zog seine Schulter hoch und fuhr mit einem Mal mit der Hand in die Tasche seines Jacketts. Er paßte auf, daß er mir mit dem Ellenbogen nicht in die Seite stieß.

»Bitte!«

Eine weiße Tablette rollte über seine faltige und runzlige Hand und stoppte auf seiner Lebenslinie. Die Linie war dort schmutzig, sie gabelte sich und lief bis zum Knick der Handwurzel. Mein Zögern rief seinen Unmut hervor. Er warf die Tablette, die mir vom langen Anstarren immer größer erschien, hoch und sagte:

»Willst du sie nun oder nicht?«

Ich sagte:

»Ja, vielen Dank!«

Ich streckte meine Hand nach der Tablette aus. Für einen Augenblick erstarrten meine Muskeln und machten meine Finger gefühllos. Ein blitzartiger Schmerz fuhr hindurch. Dann verteilte er sich und löste sich wie eine Wolke auf. Ich nahm die Tablette und drehte sie zwischen zwei Fingern.

»Schluck sie. Hier ist auch Wasser.«

Ich schluckte sie nicht. Er hielt sein Kürbisgesicht unter mein Kinn und sah mich mit eindringlichem Blick an. Meine Hand schwebte wie ein spitzes Schwert in der Luft. Der Mann sagte:

»Junge, dir geht es ziemlich schlecht. Wo willst du in diesem Zustand hin? Wo sind deine Eltern? Hast du auch Fieber? Deine Hand ist verkrampft ...«

Ich wollte das Mitleid des Mannes nicht.Langsam sagte ich:

»Nein, es geht mir gut, danke.«

Ich schluckte das Aspirin ohne Wasser hinunter und drehte mein Gesicht zum Fenster. Der Bus fuhr lärmend in der Mitte der Straße auf den Mond zu und rollte in die Dämmerung hinein. In dem roten und violetten Licht der Atmosphäre besaß nichts einen Schatten. Die Erde gab eilig die Hitze der Sonne vom Tage zurück. Dichter Dunst breitete sich wie Nebel über der Straße aus. Der Mann schob sein Gesicht wieder nach vorne. Ein süßlicher Geruch strömte aus seinem Mund. Er fragte:

»Was ist mit deiner Stirn passiert?«

Fortwährend erschienen die Gesichter von Djawid und Mahtab abwechselnd vor der Scheibe in dem aufsteigenden, leichten Dunst. Ich wollte mit keinem von beiden etwas zu tun haben. Den einen hatte ich zurückgelassen und zu der anderen war ich gerade unterwegs. Aber weder der Gedanke an den einen noch der an die andere entzündete einen Funken in meinem Herzen. Ich übte mich darin, sie so zu betrachten, als ob sie seit Jahren nicht mehr existierten. Ich holte tief Luft und sagte:

»Nichts. Es ist nichts passiert.«

Der Blick des Mannes wurde eindringlicher und der süßliche Geruch nach Vanille stärker. Argwöhnisch fragte er:

»Warum sind deine Finger krumm geblieben? Waren die Muskeln verkrampft oder nicht?«

Eine Gruppe von Birnbäumen flog nahe am Bus vorbei und verschwand im Sonnenuntergang. Der Horizont wurde jetzt von imaginären Bildern blauer Gebäude und Hügel zerteilt. Die Sonne war immer noch hinter diesem Blau. Ich sagte:

»Mit mir ist nichts. Es geht mir gut.«

Ich massierte meine Handmuskeln, die steinhart geworden waren. Ich hatte kein Gefühl darin. Als ob ich über Metallfolie strich. Wenn nicht ein stechender Schmerz die Nerven meiner Hand zerrissen hätte, hätte ich geglaubt, eine Metallhand an meiner Schulter befestigt zu haben.

»Darf ich dich anfassen?«

Unwillkürlich sah ich zu seiner Eidechse. So, wie er saß, konnte man nicht erkennen, ob sie steif war oder nicht. Hätte ich doch nur seine verdammte Tablette nicht geschluckt. Dann hätte ich ihm anstelle einer Antwort ins Gesicht spucken können. Ich stand auf und setzte mich woanders hin. Der Gedanke an Mahtab begleitete mich, und beide liefen wir zur Treppe im Haus meiner Großmutter. Obwohl sie unseren Ehevertrag im Himmel geschlossen hatten, durften wir uns nicht allein sehen. Sowohl meine Großmutter als auch Monawar-Chanom hatten es verboten. Wir sahen uns nachmittags, wenn alle schliefen in einem Kämmerchen, das in der Treppe zum Dach endete und das gleichzeitig zum Lagern der Müllbehälter diente. Wir saßen eingehüllt in den Gestank von Hühnerkot und faulem Abfall, hielten uns an den Händen und sahen vor lauter Schuldbewußtsein und Scham nicht uns, sondern die Decke an. Mahtab war mutiger und strich mir manchmal unter verschiedenen Vorwänden über den Kopf, den Körper und die Eidechse. Meine Ohren glühten und es kitzelte mich. Um uns abzulenken, lachte ich grundlos. Im Sommer stiegen wir aufs Dach und setzten uns unter die Weinreben, die bis dort hoch gewachsen waren, und boten einander die runden, rubinroten Trauben an. Manchmal waren wir so ineinander vertieft, daß wir uns anstelle der Weintrauben dicke, große lebende Marienkäfer in die Münder steckten. Als die erschreckten Käfer zwischen unseren Lippen die Flügel öffneten und aufflogen, kamen wir wieder zu uns und fielen uns vor Schreck in die Arme.

Die zornige Mahtab wollte mich nicht mehr sehen. Aber ich habe mich nur in der Hoffnung auf ihre Unterstützung auf diese gefährliche Reise gemacht. Ich hatte nur ihre Adresse und Telefonnummer bei mir. Ich wußte nicht, was mich in einigen Stunden in Zahedan erwarten würde. Weder kannte ich irgend jemanden, noch hatte ich Ahnung, wie die Angelegenheit zu bewerkstelligen war.

So sehr ich auch versuchte, mich an den Fluchtweg zu erinnern, den mir Mahtab in ihren Briefen Stück für Stück beschrieben hatte, ich schaffte es nicht. In meiner Tasche befühlte ich mein erspartes Geld. Im Vergleich zu den mehreren zehntausend Tuman, die Mahtabs Bruder für die Flucht ausgegeben hatte, war das gar nichts. Ob ich es mit dem Geld bis Berlin schaffte? *Ein düsteres Samenkorn ist mein Name / mein Schicksal ist sein Brot!*

Vielleicht ging jetzt gerade Sejjed Karim mit Fachri-Chanoms vollem Geldbeutel unter dem Arm in ein Hinterzimmer der Amir ol-Mo'menin-Moschee, um seinen Komplizen ihre Anteile zu geben. Meine Tante forderte als erste ihr Geld. Sejjed Karim würde ihr die Scheine unter die Nase halten und sagen: »Riech gut daran. Hast du schon einmal in deinem Leben so viele neue, glatte Scheine gesehen?« Meine Tante würde die Scheine wie Spielkarten in der Hand vor ihrem Gesicht ausbreiten. Dabei paßte sie auf, daß ihre frisch lackierten Fingernägel nicht mit dem Geld in Berührung kämen. Sie würde ihren Mund spitzen und sagen: »Nein, mein lieber Sejjed! Ohne mich hättest du aber mit deinen Leuten vergeblich darauf gewartet!« Es wäre aber nicht der passende Moment für einen Schlagabtausch. Deshalb täte Sejjed Karim, als hätte er nichts gehört, und sagte: »Die Sache lief hervorragend.« Um meine Tante völlig zum Schweigen zu bringen, nähme er ihre Hand und würde sie auf seine Eidechse legen. Der tüchtige Schwiegersohn von Hadji Moschiri feilschte bestimmt mit dem grausamen Sejjed um seinen Anteil. Seine Hand konnte Sejjed Karim nicht nehmen und auf seine Eidechse legen. Deshalb würde er ihm mit dem Kopf vor die Brust stoßen, und wenn sich Hadji Moschiri nicht einmischen würde, würden sie aufeinander losgehen. Ich wußte nicht, wie groß der Anteil von Ingenieur Djawid ausfiele. Aber ich hoffte, der wagemutige Mustafa entrisse ihm mit List seinen Anteil!

Der Mann plazierte sein Kürbisgesicht wieder vor meinem Gesicht und sagte:

»Warum läufst du weg, Junge? Ich will doch nur dein Bestes. Hast du Angst?«

Weder hatte ich Angst, noch wollte ich von ihm das Beste. Ich wünschte mir nur, einmal in meinem Leben jemandem zu begegnen, der Schlechtes für mich will. Alle wollten mein Bestes und haben mit ihrer guten Absicht mein Unglück vergrößert. Moradi wollte mein Bestes, hat aber nur an meine schnurdünnen Lippen gedacht, die so leidenschaftlich jenes unheilvolle Wort »Bija« hervorbrachten. Meine Großmutter hatte mein Bestes gewollt und meine Ehe mit Mahtab im Himmel geschlossen. Auch Hadji Moschiri wollte nur Gutes für mich und hat uns unter dem Vorwand, daß meine Mutter gegen die Revolution sei, Großmutters Haus entrissen. Meine Tante wollte mein Bestes, hat aber ständig nur daran gedacht, wie sie mich loswürde. Und Djawid? Der Ingenieur Djawid hatte von allen am meisten an meinen Vorteil gedacht und deshalb mich und meine Freundschaft für einige Schachteln Kleenex und eine Waschmaschine verkauft. Sein uneigennütziges Interesse an mir war so wirksam, daß er die Leidenschaft und die Hoffnung im Leben in mir getötet, ja ausgelöscht hatte. Mein Atem geriet ins Stocken. *Ich bin der, der / voller Schmerzen / auf alles verzichtet!*

Es blieb nur noch Mahtab, die mich mit ihrem feisten Gesicht und ihrem fetten Arsch anschrie: »Fürchte dich vor mir, nimm dich in acht!« Ich fürchtete mich vor ihr, ich nahm mich in acht. Damals als sie mir direkt in die Augen geschaut und gesagt hatte: »Das Weintraubenspiel?«, hatte ich immer zugestimmt, obwohl mir ganz übel wurde. Dann lief sie kreischend zum Weinstock und zog mich hinter sich her. Wir setzten uns unter die rubinroten Trauben. Mahtab streckte die Hand aus und brach eine Traube ab. Ich mußte ihr meine Hände wie eine Schale hinhalten und sie pflückte die Beeren ab. Dann fuhr sie mit gekrümmten Fingern zwischen die Früchte in meinen Händen und zerquetschte sie. Ich mußte meinen Kopf heben und den Mund halb öffnen, damit sie mit ihren Fingern in meinen Mund fahren konnte und ich sie ablecken mußte. Sie sagte, daß das alle Frauen und Männer so machen und Monawar-Chanom ihr erzählt habe, daß die Paradiesjungfrauen nichts anderes zu tun hätten! Sie schloß ihre Augen, steckte mir ihre Finger in den Rachen und zog sie wieder heraus, als ob sie ein Stück Holz durchsägte. Lachend fragte sie mich: »Das ist süß, nicht wahr?« Ich verdrehte die Augen und stieß wie ein Affe ein langgezogenes »Hmmm« aus. Aber die ganze Zeit dachte ich an die Holzstufen der Treppe, die sich nach oben schraubten und zum Dach führten. Auch damals hatte ich keinen Mut wegzulaufen. Jedes Mal, wenn die Finger meiner irdischen Fee in meinem Rachen schabten, würgte mich der Brechreiz, und beim Ersticken versuchte ich ihr zu zeigen, daß mir dieses ekelhafte Spiel gefiel.

Der wohlwollende Mann blies mir noch immer seinen Atem ins Gesicht und hinterließ den süßlichen Geruch nach Vanille auf meiner Haut. Ich sagte:

»Nein, ich laufe nicht weg. Es geht mir gut.«

Als ob er meine Stirn unter ein Mikroskop gelegt hätte, wurden seine Augen groß und weit, und er sagte erschrocken:

»Deine Stirn sieht schlimm aus. Wann bist du gestürzt? Du hast doch gesagt, daß du gefallen bist?«

Ich hatte es nicht gesagt. Verneinend schüttelte ich den Kopf. In der Dunkelheit eines endlosen Tunnels, der den Bus plötzlich verschluckte, verlor ich sein Kürbisgesicht. Aber der warme, nach Vanille riechende Dunst aus seinem Magen kreiste mir noch um den Kopf. Auf einmal stieg die Angst in mir hoch. Wenn er mich anfaßte, was würde ich machen? Die Deckenlampen im Bus flackerten ein paar Mal auf, gingen aber nicht an. Meine Großmutter hatte immer gesagt: »Du mußt selbst auf dich aufpassen! Die Menschen sind sehr schlecht. Diese zweibeinigen Wesen sind zu allem fähig. Nicht einmal diesem alten Mann, deinem Großvater, darfst du trauen!« Unwillkürlich krümmte ich mich zusammen und verkroch mich in die Fensterecke. Wir fuhren unter dem Gewölbe des Tunnels weiter. Unter dem Summen einiger Lampen, die in der Mitte des Busses für einige Augenblicke hell wurden, entfernte sich der starke Vanillegeruch etwas von mir. Der Schatten von diesem zweibeinigen Wesen war aber noch über den leeren Sitz neben mir gebeugt. Plötzlich fuhr der Bus in ein Schlagloch. Die Reisenden flogen wie Aufziehpuppen nach oben und fielen mit abgehackten Schreien wieder auf ihre Sitze zurück. Das zweibeinige Wesen griff erst ein paar Mal in die Luft und bekam dann meinen Oberarm zu fassen. Der Geruch nach Vanille breitete sich wieder auf meiner Haut aus. Meine Großmutter sagte: »Die können nicht mal an streunenden Hunden auf der Straße vorbeigehen.« Unwillig entwand ich meinen Arm, der auf einmal schwer wie ein Stein geworden war, seinem Griff. Ich wollte kein streunender Hund auf der Straße sein. Vor Schmerz schrie ich auf. Der Busfahrer schrie in das ängstliche Durcheinander der Reisenden:

»In der ersten Nacht im Grabe läßt dich Ali nicht allein! Ein lauter Segen für seine beiden Hoseins.«

Das zweibeinige Wesen hatte große Mühe, nicht der Länge nach hinzustürzen. Noch während er nach der Lehne des Sitzes griff, erflehte er mit lauter Stimme seinen Segen.

Der Bus fuhr hupend aus der Dunkelheit des Tunnels in die der Straße hinein. Die Sonne war ganz untergegangen. Das zweibeinige Wesen griff sich mit der Hand an sein birnenförmiges Kinn, ging brummend zu seinem Platz zurück und setzte sich, ohne mir einen Blick zuzuwerfen. Die Deckenlampen des Busses gingen schließlich doch noch flackernd an und ließen mich in der Fensterscheibe lebendig werden. Ein schmaler Spalt hatte sich an der linken Seite meiner Stirn geöffnet. Dann sollte ich wohl jetzt zwei Münder haben! Hinter den schmalen und blutigen Lippen auf meiner Stirn zog schnell eine Reihe Bäume vorbei, in deren Ästen sich ein Haufen Krähen versteckt hatte. Die Baumreihe lief den Hügel hinauf und zog den Bus hinter sich her. Plötzlich flog eine Krähe schnell auf und stieg zur Spitze des Hügels hinauf. Am Horizont war sie so klein wie ein Spatz geworden. Auf einmal legte sie die Flügel an ihren Bauch und stürzte wie ein Pfeil auf die Erde herab. War das nicht meine Krähe? Ich stand halb auf, um in der klaren Nacht zu sehen, wo die pfeilschnelle Krähe gelandet war. Hoffentlich war das Gehirn meiner Krähe nicht zerschmettert worden. Ich war kaum aufgestanden, als ein Schmerz wie ein Speer meine Schläfe durchbohrte. Ohne gesehen zu haben, wo meine Krähe hingefallen war, hatte ich das Gefühl, selbst in einen Brunnen zu stürzen.

Dort war kein Brunnen. Es war Onkel Toms Hütte, und Djawid stand mittendrin und wartete auf mich. Er legte mir die Hand auf den Oberarm und sagte:

»Wo warst du? Du hast dich verspätet.«

Seit er in der Fahrradwerkstatt von Ali Akbari arbeitete, waren seine Hände rauh wie ein Reibeisen geworden. Ich sagte mir, wenn ich in Berlin bin, schicke ich ihm einen Karton mit Nivea-Creme, damit seine Hände so weich wie früher werden. Mit sehnsüchtigem Blick musterte er mich. Er fragte noch einmal:

»Warst du bei Moradi?«

Ich schaute mich um und setzte mich auf das Schaffell. Meine Hand rutschte auf sein geöffnetes Buch: »Der fliegende Mensch. Wer hat das erste Flugzeug gebaut?« Verlegen zog er das Buch unter meinem Arm hervor und schloß es vorsichtig. Erst jetzt bemerkte ich, daß er sein karierte Hemd trug. Er zog seine buschigen Augenbrauen zusammen und sagte:

»Warum antwortest du nicht? Warst du bei Moradi? Was will dieses Männchen von dir?«

Müde streckte ich die Hand nach ihm aus und sagte:

»Laß doch jetzt Moradi. Komm, setz dich zu mir!«

Aber Moradi ließ mich nicht in Ruhe. Er stand neben Djawid, hatte sich mit der Hand in seinen Nacken gepackt und sah mich mit seinen dunkelblauen Augen an. Djawid rückte von ihm ab und setzte sich neben mich. Er fing an, sich mit seinem Buch zu beschäftigen. Um mich vor Moradi zu verstecken, verbarg ich meinen Kopf zwischen Djawids Beinen. Moradi hatte wieder meine Seele unter seinem weißen Schirm und dem blendenden Scheinwerfer ausgezogen und auf die flammende Fackel meiner Großmutter geworfen. Djawid legte mir die Hand auf den Kopf, öffnete ein wenig seine Beine und sagte:

»Heißt das, du willst mir sagen, daß du nicht ständig an Moradi denkst? ...«

Er zog den Saum seines Hemdes aus der Hose, nahm meine Hand und legte sie zwischen seine Beine. Ich holte tief Luft und sagte sanft:

»Wer nimmt schon diesen Hund ernst? ... Komm ...«

Plötzlich ließ mich eine kräftige Ohrfeige Sterne sehen. Ich dachte, es sei Moradi. Aber er war es nicht. Es war meine Großmutter, die mich auch nach ihrem Tod mit ihrem Gebetbuch, der Gebetskette und ihren brennenden Kerzen nicht einen Augenblick in Ruhe gelassen hatte. Wie ein Blutegel klebte sie an meinen Gedanken und saugte das Blut und die Lebensfreude aus mir. Sie war es. Ihr Gesicht war wie bei einer Wüstenmaus dreieckig und spitz geworden. Mit winzigen Augen sah sie mich voller Abscheu an. Sie versetzte meiner anderen Gesichtshälfte eine weitere Ohrfeige. Sie sagte:

»Der Schlag soll dich treffen! Du hast unsere uralte Ehre verletzt! Wie soll ich jetzt Nachbarn und Bekannten in die Augen sehen? Du gehörst in die Hölle.«

»Seine Lider zittern. Er kommt zu sich.«

Das erste, was ich sah, war das Kürbisgesicht des zweibeinigen Wesens, das sich an mir zu schaffen machte. Er hatte die Knöpfe meines Hemdes geöffnet und massierte meine Brust. Der Bus war am Ziel angekommen. Schwach sagte ich:

»Nimm deine dreckigen Hände weg. Laß mich in Ruhe.«

Auch meine Großmutter war da. Aber sie protestierte nicht gegen das Kürbisgesicht. Sie grinste. Wie damals, als sie das untere Gesicht von Monawar-Chanom bestaunt und mit dem Kopf gewackelt hatte. Ich schloß meine Augen. Von einem Samowar und duftenden Kernen war nichts zu sehen. Eine Stimme sagte:

»Der Arme ist vor Hunger ganz schwach.«

» … Was für ein zarter Junge! Nach dem Gepäck und seinen Sachen zu urteilen, stammt er nicht von hier.«

Mahtab hatte mir geschrieben, ich solle keine Aufmerksamkeit erregen. Sie hatte sogar gesagt, ich sollte mir vor der Ankunft in Zahedan die dort übliche Kleidung anziehen. Wenn die Pasdaran und ihre Spitzel erst Lunte röchen, würde ich statt nach Deutschland zu kommen, mich im Gefängnis wiederfinden. Um genau diesem Unglück zu entgehen, war ich auf der Flucht. Das zweibeinige Wesen legte wieder seine Hand auf meine Brust und befühlte meine Brustwarzen. Er war unverschämter als Moradi. Ich machte eine Bewegung um aufzustehen und »mich selbst« zu befreien. Das zweibeinige Wesen legte seine Hand auf meine Schulter und sagte aufgeregt:

»Nein, beweg dich nicht. Wir müssen den Notarzt rufen. Du mußt sofort ins Krankenhaus …«

Ich wollte nicht ins Krankenhaus. Ich hatte keinen Ausweis und keine persönlichen Dokumente bei mir. Ich hatte auch keine Wohnung, keine Arbeit und kannte niemanden. Wenn die Sache so enden würde, würden alle meine Pläne ins Wasser fallen. Ich verstand nicht, warum das Kürbisgesicht an meinem Zustand solchen Anteil nahm. Einer sagte:

»Oh je! So ein Volk von Weichlingen sind wir doch nicht! Noch vor einigen Monaten sind wir mit unserer Brust als Schutzschild vor die Kugeln der verräterischen Armee des Schahs gelaufen. Dieser Junge ist auch einer von uns. Gebt ihm Bonbons oder so was, und er erholt sich wieder. Sein Blutdruck ist zu niedrig! Hat hier niemand Kandiszucker?«

Mit erstickter Stimme sagte ich:

»Vielen Dank. Ich habe selbst welches.«

Ich holte ein schmutziges Stück Zucker aus meiner Tasche hervor und steckte es in den Mund. Auf einmal fiel mir ein, daß ich seit vierundzwanzig Stunden nichts gegessen hatte.

Ich stieg aus. Zahedan lag unter einem Himmel voller Sterne, die langsam verblaßten. Die Luft war glasklar und fühlbar und erzitterte bei jedem Atemzug. Ein neuer Tag begann. Ein reiner und klarer Tag. Ein Tag, um sich zu verlieben. Eine Liebe so kurz wie der Tag, aber voller Zuneigung und Leidenschaftlichkeit. Das Leben lachte mich an.

Ich wollte lächeln. Aber meine Muskeln lösten sich nicht voneinander. Der Schmerz stach einige Male auf sie ein. Sollte doch der Schmerz mein halbes Gesicht lähmen. Auch mit gelähmten Muskeln konnte ich Sardar Ahmad finden!

23

Endlich hatte ich es geschafft. Ich war in Zahedan angekommen. Ich sprang hinten auf einen Kleintransporter auf, dessen Fahrer in einem fort schrie: »Zum Basar – aufspringen!« Ich setzte mich zwischen ein paar Hühner und Hähne mit zusammengebundenen Beinen, ein großes Bündel Petersilie und eine weiße Ziege, die mir ständig mit ihrem Bart in die Nasenlöcher fuhr und schaute auf die breiten Hosenzwickel der Einheimischen. Ich wußte nicht, wie ich Sardar Ahmad finden könnte. Mir fiel ein, daß Mahtab geschrieben hatte, sein Stammlokal sei die Teestube seines Bruders im Basar. Vielleicht hieß die Teestube auch »Zu den Sardaren« und lag zwischen einer Moschee und einem Kebabverkauf!

Ohne jemanden nach der Adresse der Teestube zu fragen, folgte ich dem Duft nach Kebab und frischem Basilikum und der Stimme des Koranlesers und gelangte zur Teestube. Als ob mich der Bruder Sardar Ahmads erwartet hätte! Er stand vor mir auf. Mit dem Ein-Mann-ein-Wort-Scheich Faghfur hatte er überhaupt nichts gemeinsam. Er stieß die dicken Perlen seiner Gebetskette klickend durch seine Hand, und mit einem Nicken bestätigte er meine Worte. Er war mit allem einverstanden. Es war kein Problem, daß Mahtabs Bruder die Hälfte des Geldes später überwies. Ich vereinbarte den Grenzübertritt mit dem Bruder von Sardar Ahmad. Er sagte, er würde selbst mit ihm sprechen. Ich verließ die Teestube und war in bester Laune! Wenn alles so gut klappen würde, wäre ich morgen abend um diese Zeit auf dem Weg nach Deutschland! Kerzengerade, als ob ich einen Stock verschluckt hätte, lief ich los, ohne meinen Schatten zu beachten. Ich hatte meine Haare mit Wasser angefeuchtet und mir die

Locken über die Stirn verteilt. Ich trug neue Kleidung der Einheimischen. Es war für mich nicht wichtig, daß ich keine Sonnenbrille auf hatte. In einigen Tagen würde ich in Deutschland sein und mit Hilfe von Mahtabs Bruder ein Brillengeschäft eröffnen! Sich von den Schwiegereltern aushalten zu lassen, ist nicht gut angesehen, aber es hat auch seine Vorzüge. Mein Herz begann vor Freude wie meine Krähe mit den Flügeln zu schlagen. Nicht einen Augenblick dachte ich an Djawid. Sobald ich das Brillengeschäft eröffnet hätte, würde ich Moradi in einem Brief schreiben, daß er sich seine Brille mit dem Horngestell, für die er meine Seele hundertmal ausgezogen hatte, in den Arsch stecken solle! Bei dem Gedanken an das Onanieren mit der Brille mußte ich lachen. Die Schwellung in meiner Kehle hüpfte auf und ab.

Seit drei Tagen suchte ich Sardar Ahmad und hatte ihn noch nicht gefunden. Was ich gefunden hatte, war Arbeit. Durch sie konnte ich mich gut verbergen. Obwohl ich ständig in der Stadt unterwegs war, nahm niemand von meiner Anwesenheit Notiz. Wie ein Esel warf ich mir einen Packsattel auf den Rücken. Mit einem Sack bedeckte ich Kopf und Gesicht und schleppte Kalk von hier nach dort. Ich beobachtete von unten herauf alle, und mich sah niemand. Wenn mich doch mal jemand anschaute, konnte er nicht viel erkennen. Der Teil meines Gesichtes, der unter dem Sack hervorschaute, war von einer solchen Schicht aus Kalk überzogen, daß nichts zu erkennen war. Nicht einmal meine Großmutter hätte mich erkennen können! Vielleicht war sie deshalb nicht mehr aufgetaucht, seitdem ich den Fuß in diese Stadt gesetzt hatte. Nur einmal, als mir plötzlich der Atem stockte und der Kalksack abzustürzen drohte, half sie mir, ihn wieder auf meinen Packsattel zu ziehen. Genau wie ein Esel hatte ich gelernt, die Last ohne Herrn ans Ziel zu bringen und zurückzukehren. Um zu dem Tor der Werkstatt zu kommen, in der der Kalk gelagert wurde, mußte ich zwei schlammige Gruben umgehen und über einen Wassergraben von einem halben Meter springen. Dann mußte ich durch eine Gasse laufen, die auf eine breite Straße mündete. In einem großen Bogen legte ich die Biegung der Gasse in Richtung Straße zurück, um nicht gegen die Fahrräder zu stoßen, die man zum Verkauf auf den Gehweg gestellt hatte. Dann ging ich auf einem schmalen Pfad an der Gendarmerie, einer Schule und an immer mehr Läden vorbei und passierte die Rückseite des Sepah-Gebäudes. Kurz vor dem letzten Platz der Stadt gelangte ich in die Einöde, in der einige einzelne Häuser wie Wunden inmitten der unbebauten Erde standen. Die größte Wunde war das Haus, dessen Fundamente sie gerade mit dem Kalk errichteten, den ich Sack für Sack auf dem Rücken herschleppte. In dieser Einöde sollte das Gefängnis der Stadt gebaut werden.

Der Teestuben-Bruder von Sardar Ahmad sagte, daß er auf einer kurzen Dienstreise sei. Maschhadi Akbar, der für die Lieferung des Kalks an das Gefängnis verantwortlich war und mich wie einen Esel schuften ließ, sagte, Sardar Ahmad sei an der Grenze beim Schleppen von Revolutionsgegnern verhaftet und ins Gefängnis geworfen worden. Ich hob meinen Packsattel hoch und schaute meine weißen Hände an, deren Linien der Kalk vertieft hatte. Wenn jetzt die Wahrsagerin mit ihren Sieben meine Handfläche sähe, würde sie weder vom Bücken sprechen noch von dem Geld, das wie Kies auf meinen Lebensweg gestreut wäre. Den ganzen Tag kam und ging ich gebückt auf dem schmalen Weg, der vom Kalkstaub weiß geworden war, und das Geld, das mir am Abend vorher auf die Hand gelegt wurde, reichte nicht einmal für einen Fleischspieß mit Basilikum und ein Dach aus, unter das ich meinen vom Kalk weißen Kopf legen konnte. Gedankenlos schüttelte ich mein staubiges Hemd und die Hose aus. Der in die Luft aufsteigende Kalk verschloß mir den Hals. Der Atem verknotete sich unter meinem Herzen und stand still. Ich sagte mir, sollte ich doch in der Blüte meiner Jugend auch noch vom Asthma heimgesucht werden! Als sich mein verknoteter Atem öffnete, begann mein Herz zu flattern.

Ich verzichtete auf den Genuß eines Fleischspießes mit Basilikum und legte den Lohn meiner Plackerei auf den Tresen des Telefonamtes. Mahtab stockte am anderen Ende der Leitung vor lauter Kummer der Atem. Sie fragte:

»Bist du noch dort?«

Ich fragte:
»Wo?«
Sie sagte:
»Was weiß ich! In dieser öden Stadt.«
Ich sagte:
»Ja, da bin ich.«
Sie sagte:
»Hast du dich dort eingenistet? Vielleicht geht es dir zu gut, daß du nichts unternimmst.«

Es tat mir um das Geld leid, das ich geopfert hatte, nur um mir diese Vorwürfe anzuhören. Ich könnte davon drei Hackfleischspieße mit Tomaten essen und wäre gestärkt. Dann würden meine Knochen unter der schweren Last der Kalksäcke weniger knacken. Sie ließ mich nicht zu Wort kommen. Obwohl sie nach Luft schnappte, redete sie ohne Pause:

»Mein Bruder sagt, donnerstags ist es am besten, über die Grenze zu gehen. Morgens um vier. Wenn die Wachposten wechseln. Alle Wechsel finden um vier Uhr morgens statt. Nimm dir einen Stadtplan. Such den Fluß, der jetzt ausgetrocknet ist. Nimm die rechte Seite des Flußbettes, nach zwei Stunden bist du in Pakistan. An manchen Stellen führt der Fluß noch Wasser. Es ist aber nicht tief. Kannst du schwimmen?«

Ich konnte nicht schwimmen. Morgen war Donnerstag. Ich hatte großen Hunger. Plötzlich wurde mir schwarz vor Augen. Durch die Scheibe der Telefonzelle sah ich einen Mann, der ein kariertes Hemd trug. Er hatte auch Djawids Statur. Ich blinzelte ein paarmal. Wenn ich wieder vor Hunger zusammenklappte, wäre niemand da, der mir eine Ohrfeige geben würde. Mahtab schrie am anderen Ende der Leitung:
»Hörst du mich?«

Ich legte auf, damit ich sie nicht mehr hörte. Es kam, wie es kommen mußte. Ich ging und aß mit einem bißchen von meinem Fluchtgeld zwei Fleischspieße mit Basilikum. Djawid verschwand tatsächlich, die Hand in der Tasche, hinter einer Reihe von Bäumen. Ich riß meine Augen auf. Wie war er nach Zahedan gekommen? War er mit Fachri-Chanom gekommen, oder hatte ihn der grausame Sejjed beauftragt, mich zu finden und der Sepah zu übergeben? Meine Stirn begann wieder zu pochen. Wenn Djawid so weiterlief, käme er an der Schule und an einigen Läden und noch mehr Läden vorbei und gelangte an der Biegung zu den schrottreifen Fahrrädern, die dort zum Verkauf aufgestellt waren. Wenn er guter Laune wäre, bliebe er sicher stehen, um sie anzuschauen, und wünschte sich von Herzen das Geld, um eines dieser 28er Herkulesräder mit schwarzem Rahmen kaufen zu können. Es wäre ein leichtes, das Geld zu bekommen. Wenn er genauso für die Gruppe der ergebenen Freunde des wagemutigen Mustafa spionierte und solche Dummköpfe wie mich in die Falle gehen ließe, würde er es bestimmt schaffen!

Ich setzte mich in Bewegung, um selbst rechtzeitig hinter der Einöde zum Werkstattor zu kommen und ihn am Ende der Gasse erwischen zu können. Vielleicht lagen auch der grausame Sejjed oder der ergebene Mustafa hier in der Nähe auf der Lauer, damit Ingenieur Djawid sie rechtzeitig rufen konnte. Ich mußte an den Packsattel und den Sack auf meinem Kopf kommen und mich wieder unkenntlich machen. Dieses Mal würde Djawid mir nicht ungeschoren davon kommen. Noch vor vier Uhr morgen früh, Donnerstag, würde ich es ihm heimzahlen und am Fluß entlang, schwimmend oder nicht, zu meiner mir aufgezwungenen Frau kommen. *Niemand sah / den Haß, / der in meiner Stille / empor kam ...*

Es roch nach warmem Lehm und feuchtem Kalk. Mein Herz war hart wie Beton geworden. Ich hätte ohne weiteres die Stadt in Brand stecken können. Ohne das geringste Bedauern hätte ich Djawid den Kopf abreißen und ihm in die Hand legen können. Der Druck der Qualen und Schmerzen, die ich die ganze Zeit erduldet hatte, hatten sich in ein grausames Gefühl verwandelt, das alle Dinge zerschlagen, zerreißen, zerstören und auslöschen könnte. Auf der anderen Seite der Finsternis stieß ein Vogel einen kurzen Schrei aus. Wenn ich ihn zu fassen bekommen hätte, hätte ich ihn, seinen Kopf in der einen Hand und den Körper in der anderen, mit einem Ruck auseinander gerissen. Ich spuckte in das Wasser, das sich am Rand des Grabens kräuselte und noch ein wenig Helligkeit im klaren Herzen besaß und lief los.

Ich nahm den Packsattel auf den Rücken und zog mir den Sack wie einen Hut dreieckig über den Kopf. Jetzt war es also mein Schicksal, mich unter der Gestalt eines Esels zu verbergen. Ich lief den gewundenen Pfad weiter hinauf und sah Djawids Schatten unter dem gelben Licht eines Fensters am Ende der Gasse. Im Abstand von zwanzig Metern drehte ich einige Runden um ihn. Er stand dort und rauchte und blickte manchmal ängstlich um sich. Vielleicht hatte ihm sein lieber Mustafa die Zigaretten geschenkt. Als ich mir sicher war, daß niemand bei ihm war, näherte ich mich ihm von der anderen Seite der Gasse. Ich hatte mir noch nicht überlegt, wie ich den Angriff beginnen sollte. Ich dachte darüber nach, ob ich ihm zu verstehen geben sollte, wer ihm nach dem Leben trachtete, oder ob ich plötzlich über ihn herfallen und ihn in einer stillen Ecke umbringen sollte. So genau ich auch hinschaute, den Ölfleck auf seinem karierten Hemd sah ich nicht. Vielleicht hatte er ihn gleich mit der Waschmaschine beseitigt, die ihm der liebe Mustafa geschenkt hatte. Ich wurde darüber wütend, daß ich noch vor einigen Tagen dieses lumpige Hemd hatte waschen wollen, eigenhändig und mit Seife, die ich von meinem Geld gekauft hätte. Ich preßte den Kiefer so fest zusammen, daß sich die Muskeln verkrampften. Der Schmerz ließ einen Schrei in meiner Kehle aufsteigen. Auf der anderen Straßenseite hob Djawid wie ein neugieriger Hund seinen Kopf. Ich versteckte mich hinter einer Mauerecke. Eine Maus huschte flink zwischen meinen Beinen hindurch auf die andere Straßenseite. Vor Schmerzen lehnte ich mich an die Mauerecke und weinte leise vor mich hin. Ich wußte nicht, ob ich auch geweint hätte, wenn Djawid nicht das karierte Hemd angehabt hätte. Ich verstummte, um ihn nicht auf mich aufmerksam zu machen. In Gedanken war ich damit beschäftigt, plötzlich auf Djawid loszugehen und ihn mit einer überraschenden Bewegung zu Boden zu werfen. Dann würde ich ihm mit der Faust solange ins Gesicht schlagen, bis alle seine Knochen kurz und klein wären. Ich wollte meine ganze Wut über die Welt und das, was in ihr ist, an ihm auslassen. In meinen Gedanken begann ich den Angriff. Als ich ihm in den Arm beißen wollte, merkte ich plötzlich, daß dieser nackte, weiche Arm gar nicht Djawid gehörte. Verwirrt schreckte ich zurück. Der Arm war gefühllos an einem zierlichen Körper heruntergefallen. War es der Arm meiner Tante? Sollte sie mich bis hierher verfolgt haben? Aber es war nicht meine Tante. Es war Mahtab, die einstmals durch diese Stadt gekommen war und ihren Schatten in dieser abgelegenen Gasse zurückgelassen hatte. Manchmal stieß mein Fuß auch gegen den Eierkopf von Hitler-Gholam Reza. Sejjed Karim hatte sich die Hände vor sein verbeultes Gesicht gehalten, damit ihm mein Bein nicht die Knochen brach. Ich schlug einmal mit der Faust auf den kahlen Kopf des tüchtigen Hadji Ahmadi, und als der gewissenlose Hadji Moschiri meine Faust packen wollte, rammte ich ihm den Unterarm in seinen aufgeblähten Bauch. Die Eidechse des ergebenen Mustafa zerfetzte ich mit einem Fußtritt. Wenn er nicht rechtzeitig weggerannt wäre, hätte ich ihn mit dem Messer entmannt. Als meine Großmutter an die Reihe kam, warf sich Mahtab dazwischen. Ich versetzte ihr eine saftige Ohrfeige. Von der vielen Unruhe, die ich gestiftet hatte, war ich völlig außer Atem. Nur Mahtab lief nicht weg, sie stellte sich vor mich hin. Unter Wimmern empfing sie eine Ohrfeige und fragte schluchzend:

»Warum schlägst du mich, Mann? Bist du verrückt geworden?«

Ich war nicht verrückt geworden. Ich wollte nur, daß mich alle in Ruhe ließen. Ich wollte weder Sejjed Karim noch Hadji Moschiri oder seinen Schwiegersohn in meiner Nähe sehen. Ich wollte, daß mich meine Tante in Ruhe ließ. Ich wollte nicht der Enkel meiner Großmutter sein und auch nicht Djawids Freund oder der Ehemann von Mahtab. Ich wollte den Tag, als unser Ehevertrag im Himmel geschlossen wurde, aus den irdischen Seiten löschen. Ich wollte, daß jeder und alles verbrennt und aufhört zu existieren. Ich wollte ein Mensch ohne Vergangenheit werden und noch einmal geboren werden! Das Zirpen der Grillen wurde so laut, daß es den Faden meiner Gedanken zerriß.

Djawid ging los. In einiger Entfernung umkreiste ich ihn und vergewisserte mich, daß niemand bei ihm war. Er warf seinen Zigarettenstummel in den Wassergraben und umschlang sich mit seinen Armen. Ach, wenn ich doch alles vergessen, zu ihm gehen und meinen Kopf auf seine Brust legen könnte! Ich unterbrach meine Gedanken. Wenn ich mich in diese Phantasien vertiefte, verlor ich all meinen Mut, ihn anzugreifen.

Dann würde der Verräter Djawid-Chan mit einem Triller wie eine Nachtigall Mustafa und seine Gruppe der Wagemutigen rufen und über mich herfallen lassen. Ich mußte die Angelegenheit vor vier Uhr morgens beendet haben und an dem ausgetrockneten Flußbett entlang geradewegs nach Karatschi gehen. *Die Flammen meiner Rache / brennt in ihrem Feuer!* Warum hatte meine dunkelrote Handleserin den schmalen Flußlauf nicht in meiner Hand gesehen? Ich hatte nur noch zwei Stunden Zeit und mußte auch auf meinen Kopf aufpassen. *Es ist Zeit zum Gehen / die kalte und schwere Zeit / du gehst auf einem Weg, dem ich / meinen Rücken zukehre / zufrieden!*

Djawid blieb stehen und stützte sich mit der Hand an den Holzmast einer elektrischen Straßenlaterne. Das Licht brachte seinen Schopf zum Glänzen. Ich beobachtete ihn aus den Augenwinkeln heraus unter meinem Packsattel hervor von der anderen Straßenseite aus. Jetzt hatte er mich bemerkt und trat auf die Straße. Kläffend folgten ihm ein paar Hunde. Aber er beachtete sie nicht. Er rief ein paar Mal laut »Kusch, Kusch!«, dann ließen sie ihn los. Ich lehnte mich mit dem Rücken an einen Baum und wendete mein Gesicht ab. Ich hatte keine Kraft, auf ihn zuzuspringen. Djawid fragte:

»Entschuldigen Sie, mein Herr, wo finde ich hier die Teestube »Zu den Sardaren«?«

Das Wasser floß plätschernd den Graben entlang, und ich hatte in der Dunkelheit der Nacht, im Schatten des Baumes und unter dem Kalksack nicht den Mut, den Kopf zu heben und ihm zu antworten. Vor Angst fingen meine Knie an zu zittern. Unter dem Schutz des Sackes hervor sah ich ihn schnell an und senkte den Kopf. Seine lachenden braunen Augen blickten kalt und sicher. Ich hatte das Gefühl, sein kariertes Hemd besser als ihn selbst zu kennen. Auch sein Geruch hatte sich verändert. Er roch nach Sorgen und nach

Zigarette. Obwohl er mein weißes Gesicht musterte, erkannte er mich nicht. Ich sagte mir, daß er anstelle seines besten Freundes nun einen zweibeinigen Esel in mir fand. Er sagte:

»Na? Wissen Sie, wo die Teestube ist?«

Auch seine Stimme war fest. Vielleicht war er so sicher, weil er mich jagte und an seinen wagemutigen Mustafa auslieferte. Plötzlich sagte meine Stimme drohend:

»Verschwinde von hier.«

Mehr sagte ich nicht, damit er aus dem Zittern meiner Stimme nicht meine Angst hörte. Ich wußte nicht, ob ich mit dieser Drohung auf die Zuneigung Djawids als meinem ehemaligen Freund hoffte oder auf seine Angst als meinem jetzigen Jäger. Ohne das karierte Hemd war er für mich weder das eine noch das andere. Jetzt hatte ich die Kraft dazu, mit einem Tritt seine Eidechse erzittern zu lassen und, während er damit beschäftigt war, sie wieder zu beruhigen, ihm meinen Packsattel ins Gesicht zu stoßen und so zuzudrücken, daß sowohl er als auch seine Eidechse für immer regungslos blieben. Das einzige, was sich in dieser schwarzen Nacht bewegte, waren ich und das Wasser im Graben. Wenn ich ihm folgte, würde ich vielleicht zu dem ausgetrockneten Fluß und meinem Retter gelangen und von dort direkt auf den Weg nach Berlin! Erstaunt fragte er:

»Wie bitte, mein Herr?«

Die Grillen hörten auf zu zirpen. Warum war ich nicht über ihn hergefallen und hatte die Sache zu Ende geführt?

»Nenn mich nicht ständig mein Herr, mein Herr. Hau sofort ab und nimm auch deine Komplizen mit. Sonst wirst du was erleben!«

Er schaute rechts und links hinter sich.

»Welche Komplizen?! Warte! Bist du es? O Mann! Warum hast du dich denn in diese Lage gebracht?«

Blitzschnell fuhr er mir mit der Hand ins Gesicht und riß mir den Sack vom Kopf. Ich hatte keine Gelegenheit, seine Hand in der Luft zu packen. Ich wich mit dem Kopf nach hinten aus und schlug ihm mit der Faust auf die Nase. Meine weiße Faust wurde rot.

»Ich sagte, verzieh dich. Sonst schlag ich dich kurz und klein, so daß das größte Stück deines Körpers dein Ohr ist. Das werfe ich den Hunden da vor.«

Die Hunde waren kläffend bis zur Straßenmitte gekommen. Meine Stimme zitterte nicht mehr. Djawids Hand und sein Gesicht waren auch rot geworden. Das kleine Blutrinnsal verschwand zwischen seinen Lippen und färbte die weißen Zähne rosa wie das Zahnfleisch. Sein Schopf glänzte noch immer unter dem Licht der Lampe.

»Seit einer Woche laufe ich dir hinterher und das ist der Lohn dafür?«

»Hol dir deinen Lohn von deinem lieben Mustafa. Wenn du es schaffst, mich ihm auszuliefern.«

»Bist du verrückt geworden? Mustafa, dieser Esel? Ich bin gekommen, um dir zu sagen, daß du schnellstens abhauen mußt. Sejjed Karim ist hinter dir her.«

»Ich weiß. Du hast ihm das Foto gezeigt. Ich habe euch gesehen. Ihr seid zusammen aus Moradis Laden gekommen.«

»Genau dein lieber Moradi hat ihn informiert und ihm die Negative gezeigt. Ich habe ihn auf eine falsche Spur gebracht. In der Hoffnung, daß du Vernunft annimmst und dich in Sicherheit bringst.«

»Denkst du, du kannst mir noch immer mit deiner Speichelleckerei etwas vormachen?«

»Was habe ich davon, dich zu belügen? Mein Leben ist jetzt auch in Gefahr. Sejjed Karim hat gemerkt, daß ich ihn in die Irre geschickt habe. Er ist auch hinter mir her. Deshalb bin ich geflohen. Jetzt ist er mit Fachri-Chanom und Badri-Chanom beschäftigt.«

»Was hat er mit ihnen gemacht?«

»Er hat ihnen das Foto gezeigt, aber kein Geld bekommen. Die Schwestern hatten aus einer anderen Quelle erfahren, ihr Gefangener ist so gefoltert worden, daß er sich nicht vom Fleck rühren kann. Sie haben außerdem zur Bedingung gemacht, daß sie das Geld erst übergeben, nachdem sie den Mann gesehen haben. Vor der Flucht. Mustafa sagte ...«

»Du hast doch gesagt, Mustafa sei ein Esel?«

»Auf jeden Fall hat er noch keinen Packsattel!«

Ich nahm den Sattel herunter und warf ihn nach den Hunden. Unter meinem Herz, in meinem Herz und um mein Herz herum fing es an zu pochen. Ich konnte Djawid nicht trauen. Ich mußte meinen eigenen Weg gehen. Das Plätschern des Wassers verstärkte meine Schmerzen. Ich schaute auf meine verstaubte Handfläche, die durch Djawids Blut hellrot geworden war. Wie Moradi wollte ich meine Hand hoch heben und mir in den Nacken fassen, als plötzlich eine Blase in meiner Lunge barst und mir den Atem nahm. Im Stürzen streckte ich meine Hand nach Djawid aus. Nicht als Zeichen der Versöhnung, sondern damit er mir hilft.

Das erste, was ich sah, war das Kürbisgesicht des zweibeinigen Wesens aus dem Bus. Ich dachte, daß ich mein Leben als Esel in dieser Stadt nur geträumt hatte und noch im Bus unterwegs zu meiner angeheirateten Frau war. Das zweibeinige Wesen hatte wieder meine Knöpfe geöffnet und massierte mir die Brust. Ich wollte sagen: »Nimm deine dreckigen Pfoten weg!«, ließ es aber sein, als ich merkte, daß ich genau dieselbe Szene schon einmal erlebt hatte. Ich drehte den Kopf zum Fenster. Vier Uhr morgens war vorüber, und ich hatte den Fluß nicht überquert. Die Sonne breitete ihr goldenes Licht tropfenweise über der Stadt aus. Das Wasserrinnsal kam seitlich aus meinem Mund. Ich versuchte mit aller Kraft, den Mund zu schließen. Mein Kiefer schmerzte. Unter großer Anstrengung fragte ich:

»Was für ein Tag ist heute?«

»Donnerstag!«

Als ich meinen Kopf zu der Stimme drehte, merkte ich, daß sich die Szene nicht wiederholte. Weil Djawid auch da war und das zweibeinige Wesen einen weißen Kittel trug und trotz der schmutziggelben Farbe seines Gesichtes munter zu sein schien. Gebieterisch sagte er:

»Bereiten Sie sofort alles für die Injektion vor.«

Einige weißgekleidete Frauen huschten vorbei und verließen den Raum. Das zweibeinige Wesen fragte Djawid:

»Diese Wunde auf der Stirn. Wann hat er sich verletzt? Ich hoffe, es ist noch nicht zu spät!«

Glossar

Abbas	Halbbruder des Imam Hosein (626-680). Er fiel in der Schlacht bei Kerbela am 10. Moharram 61 (10. Oktober 680). Als er versuchte, seinen dürstenden Gefährten Wasser zu reichen, schlugen ihm die Gegner die Hand ab. Die Hand ist u. a. zu einem Symbol für die Barmherzigkeit geworden.
Agha	Persisch: Herr. Wird allein gebraucht oder dem Namen nachgestellt, höfliche Anrede für männliche Personen.
Ahangaran	Berühmter persischer Sänger, der überwiegend religiöse Lieder für Märtyrer gesungen hat.
Imam Ali	Ibn Abi Talib. Vetter des Propheten und von diesem nach schiitischer Auffassung als erster Imam zu seinem Nachfolger als geistiger und weltlicher Führer der islamischen Gemeinde bestimmt.
Aschura	Zehnter Tag des Monats Moharram, an dem im Jahre 680 der Imam Hosein mit seinen Anhängern in der Schlacht von Kerbela fiel. In Gedenken an die als Märtyrer Gefallenen und an ihre Leiden führen die Schiiten Geiselprozessionen durch, während der sie sich u. a. mit Fäusten auf die Brust schlagen.
Basidj	Mobilisierung
Bija	Pers. »Komm!«.
Bozardjomehri	Historisches Viertel in Teheran
Chan	Höfliche Anrede für männliche Personen, meist dem Vornamen nachgestellt.

Chanom	Persisch: Frau. Wird allein gebraucht oder dem Namen nachgestellt, höfliche Anrede für weibliche Personen.
Dugh	Getränk. Mit Wasser verdünnter Joghurt, dem etwas Salz, Pfefferminze oder auch Gurke hinzugefügt werden kann.
Djinn	Geist (Dschinn)
Dürstende Lippen von Imam Hosein	Die Truppen des omajjadischen Kalifen hatten dem Imam Hosein und seinen Angehörigen und Anhängern den Zugang zum Euphrat und damit zum Wasser abgeschnitten.
Eddeh	Frist, in der die Frau nach der Scheidung oder dem Tod ihres Mannes keine neue Ehe eingehen darf.
Elburs	Gebirge im Norden Irans, südlich des Kaspischen Meeres, mit dem Demawand (5601 m) als höchster Erhebung. Teheran liegt an den Südausläufern des Elburs.
Ewin	Berüchtigtes Gefängnis im Norden Teherans.
Ehe auf Zeit	Für eine bestimmt Frist geschlossene Ehe. Das kann auch nur für eine Nacht sein.
Fatimah	Tochter des Propheten Mohammed und Ehefrau von Ali, dem Vetter des Propheten.
Giweh	Schuhe mit einer Oberseite aus Baumwolle und einer Sohle aus in Streifen geschnittenen und zusammengepreßten Baumwoll- oder Leinenlappen oder aus Gummi.
Hadj/Hadji	Ehrentitel für einen Moslem, der nach Mekka

	gepilgert ist, weibliche Form Hadjieh
Hosein	Zweiter Imam der Schiiten
Ibrahim	Einer von 124.000 Propheten der Schiiten. Sein »Wunder« bestand darin, daß er durchs Feuer gegangen ist, ohne verbrannt zu werden.
Imam	Persisch/arabisch: Vorbeter, religiöser und politischer Leiter der Gemeinschaft der Gläubigen. Bei den Schiiten gilt er außerdem als der unfehlbare Lehrer der Gläubigen und als Fürsprecher bei Gott.
Imam Reza	Der achte Imam, liegt in Maschhad begraben.
Isfahan	Hauptstadt der gleichnamigen Provinz, ca. 370 km südlich von Teheran.
Karun	Im Zardkuh-Gebirge entspringender Fluß im Süden Irans, fließt durch die Provinz Chuzestan und mündet bei Choramschahr in den Persischen Golf.
Kebab	Am Spieß gebratenes Fleisch.
Kerbela	Im Jahre 680 fiel in der Ebene von Kerbela nahe der Stadt Kufa Imam Hosein mit seinen 72 Anhängern, als er im Kampf gegen die Truppen des omajjadischen Kalifen Jazid seinen aus schiitischer Sicht rechtmäßigen Anspruch auf das Kalifat durchsetzen wollte. Die Gefallenen werden von den Schiiten als Märtyrer verehrt.
Komitee	»Komitee der Islamischen Revolution«. Die Aufgabe besteht u.a. in der Überwachung der Einhaltung der islamischen Moralvorstellungen.

Korsi	Niedriger Tisch, über den eine dicke Decke gebreitet und unter den ein Becken mit glühender Holzkohle gestellt wird. Die Hausbewohner sitzen auf dem Boden um den Tisch herum und strecken zum Wärmen und zum Schlafen die Beine bis zur Hüfte darunter.
Ladjewardi	Früherer Direktor des Teheraner Ewin-Gefängnisses, der im August 1998 bei einem Attentat ermordet wurde.
Lawasch	Sehr dünnes Fladenbrot.
Man	Eine iranische Maßeinheit für die Masse.
Maschhad	Hauptstadt der Provinz Chorasan im Nordosten des Landes mit dem Grabmal des achten Imam Reza, dem bedeutendsten Wallfahrtsort Irans.
Maschhadi	Ehrentitel für einen Moslem, der zum Grabmal des achten Imam, Ali ar-Reza, in Maschhad gepilgert ist.
Montazeri	Ayathollah, ein sehr einflußreicher Geistlicher im Iran, der sich für bessere Haftbedingungen in Gefängnissen eingesetzt und die Ausübung der Folter besonders von Ladjewardis Bande gegen Khomeinianghänger kritisiert hat.
Mordad, 28.	19. August 1953. Vom amerikanischen CIA initiierter Sturz der Regierung Mossadegh 1952-53
Omar	634-644, in der sunnitischen Tradition der zweite der sog. vier rechtgeleiteten Kalifen aus der Frühzeit des Islam.

Ommat	Die Gemeinschaft der Gläubigen
Pasdaran	Plural von persisch Pasdar, d. h. Wachposten/ Revolutionswächter. Angehörige der sog. Sepah Pasdaran, einer neben der regulären Armee kurz nach der Revolution im Februar 1979 gegründete Armee von Freiwilligen, die der Durchsetzung der Revolution diente. Mittlerweile ist ein Ministerium für die angestellten Pasdaran eingerichtet worden.
Pischgam	Jugendorganisation der Fedajine Chalq, einer linken Gruppierung.
Qazwin	Iranische Stadt, ca. 150 km nordwestlich von Teheran gelegen.
Qeran	Alte Währungseinheit. Ein Zehntel eines Tumans.
Qizil hesar	Gefängnis in Teheran
Ramsar	Iranische Kleinstadt in der Provinz Mazanderan, am Kaspischen Meer gelegen.
Rostam	Bedeutendster Held der persischen Sage, der schon als Kind große Kräfte besaß und bis ins hohe Alter Siege im Kampf für Iran errang.
Sangak-Brot	Auf kleinen Steinen gebackenes Fladenbrot aus Weizenmehl.
Sardar	Pers. Feldherr, Kommandeur.
SAVAK	Geheimdienst unter Mohammed Reza Schah Pahlawi (1941-1979), gegründet 1957
Schahi	Frühere iranische Münze.

Scha'ban	Ohne Hirn. Ein brutaler Bandenführer, der mit Plünderungen und Verbreitung von Chaos den amerikanischen Putsch gegen die Regierung Mossadegh ermöglicht hat.
Sejjed	Ehrentitel der Nachkommen des Propheten Mohammed.
Sepah	Freiwilligenarmee der Pasdaran/Revolutionswächter.
Sprache des Propheten	Arabisch .
Tschador	Persisch: Zelt. Halbkreisförmiges Stück Stoff, das Kopf und Körper der Frau bedeckt.
Tudeh-Partei	Kommunistische Partei Irans, gegründet 1941
Tuman	Die im Gegensatz zum Rial, der offiziellen iranischen Währungseinheit, im Alltag gebrauchte Einheit. Ein Tuman entspricht zehn Rial.
Verborgener Imam	Nach der Lehre der Schia wurde der zwölfte Imam, Mohammed al-Mahdi, im Jahre 874 in die Verborgenheit entrückt. Er wird am Ende der Zeiten wiederkehren, um das Reich der Wahrheit und Gerechtigkeit zu errichten. Bis zu seiner Wiederkunft ist jede weltliche Herrschaft illegitim. Deshalb steht während seiner Abwesenheit in der Islamischen Republik die Führung einem Rechtsgelehrten bzw. einem Führungsrat von Rechtsgelehrten zu.
Vierzehn Unfehlbare	Die zwölf Imame sowie der Prophet Mohammed und seine Tochter Fatimah.
Zahedan	Hauptstadt der Provinz Sistan-Balutschestan

	im Südosten Irans, an der Grenze zu Pakistan gelegen.
Zainab	Schwester des Imam Hosein. Geriet nach der Schlacht von Kerbela 680 in Gefangenschaft des omajjadischen Kalifen. Von den Schiiten als Heilige verehrt.
Zainol-abedin	In der schiitischen Überlieferung Bimar, der Kranke, genannt. Er überlebte das Massaker von Kerbela und folgte seinem Vater Hosein als 4. Imam nach.
Zwölf Imame	Nach schiitischer Auffassung gab es zwölf Imame, die die Gemeinschaft der Gläubigen geführt haben. Der letzte von ihnen wurde 874 in die Verborgenheit entrückt.

Aussprache der persischen Wörter

z = stimmhaftes s

dj = dsch, wie in Dschungel

gh = tiefer Kehllaut ähnlich einem Zäpfchen-r

h = wird immer hörbar gesprochen außer am Wortende

ch = entspricht dem ch in »ach«